刺明

逃生游戏

萧盛 著

图书在版编目(CIP)数据

刺明:逃生游戏/萧盛著. — 重庆:重庆出版社,
2022.12
 ISBN 978-7-229-17337-1

Ⅰ.①刺… Ⅱ.①萧… Ⅲ.①长篇小说—中国—当代
Ⅳ.① I247.5

中国版本图书馆 CIP 数据核字 (2022) 第 247599 号

刺明:逃生游戏
CIMING TAOSHENG YOUXI

萧盛 著

责任编辑:张继佳
责任校对:朱彦谚
封面设计:罗禹哲 桂 描
版式设计:郝 念

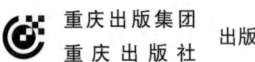
重庆出版集团
重庆出版社 出版
重庆市南岸区南滨路162号1幢 邮政编码:400061 http://www.cqph.com
重庆出版社艺术设计有限公司制版
重庆博优印务有限公司印刷
重庆出版集团图书发行有限公司发行
E-MAIL:fxchu@cqph.com 邮购电话:023-61520646
全国新华书店经销

开本:710mm × 1000mm 1/16 印张:18 字数:315 千
2023 年 4 月第 1 版 2023 年 4 月第 1 次印刷
ISBN 978-7-229-17337-1
定价:49.80 元

如有印装质量问题,请向本集团图书发行有限公司调换:023-61520678

版权所有 侵权必究

目录

Contents

楔　子：	猎鹰	001
第一天：	血梅	008
第二天：	尸坑	043
第三天：	猎杀	072
第四天：	龙隐	111
第五天：	亡命	171
第六天：	毒计	198
第七天：	影子	231
第八天：	死生	243
尾　声：	刺明	257

楔子：猎鹰

亥时，残月如刀，冷冷地挂在天际。

毗邻大明门的西江米巷连狗都不见一只，邻近锦衣卫衙门的路口，两盏风灯随风晃动着，灯光呈淡红色，在惨白的月色下看来，显得有些诡异。

从锦衣卫衙门拾阶入内，正殿上灯火通明，指挥使凌秋风端坐在殿内，两条浓浓的眉头紧蹙，上半身微微往前倾，整个人仿佛像一柄欲出鞘的刀，杀气凛然。

他在等消息，如果此消息属实，必将震动京师。

案上放着一张纸，纸上潦草地写了九个字：校尉冉小七，播州细作。

时下朝廷正对播州的杨应龙用兵，且并不顺利。一年前，明军在天邦囤遭遇合围，三千将士无一生还。皇上震怒，命令兵部彻查此事，务必将泄漏军机者揪出来。然兵部查了一年，一无所获。

如果这个细作潜伏在锦衣卫，那就是惊天动地的大事，拔除这颗钉子，自然是当务之急。可问题是，此消息是真是假，是哪个送来的，何以不具名？如果说扑了个空，或者说这本身就是敌方的声东击西之策，慢说在皇上面前无法交代，万一出了事情，他这个锦衣卫指挥使只怕也要做到头了。

殿外传来一阵细碎而急促的脚步声，凌秋风神色一振，目光一抬，眼中精光乱射，身子又微微往前倾斜了一些，刀将出鞘！

一名校尉小跑着入内，禀道："冉小七尚在屋内，陆镇抚使问要不要动手？"

要不要动手？凌秋风同样在问自己，双方用兵之时，细作遍布京师，除了自己的亲信，谁的话都不可信，可万一这条消息属实呢？

正自犹豫，殿外再次响起脚步声，凌秋风打眼一看，见是司礼监的随堂太监廖文，忙从座椅上起身，一边迎将出去，一边暗自纳闷：值此夜深之际，司礼监到此何事？

未及凌秋风开口，那廖文先张了嘴，轻声细语地说了句："皇上口谕。"

凌秋风迅疾拜倒。不想廖文只吐出两个字："抓人。"

凌秋风听到那两个字，浑身一震，皇上要抓谁？冉小七吗？如果是指冉小七，那么消息如何又传到了皇上的耳朵？难不成他今天得到的消息，已非什么秘密，果若如此……

凌秋风不敢再往下想，抬头问道："抓谁？"

廖文神色严肃，冷冷地反问道："你的衙门里出了细作，莫非你自个儿还蒙在鼓里吗？"

皇上果然要抓冉小七！凌秋风浑身起了层鸡皮疙瘩，这里面一定有问题，但究竟是哪里出了问题，只怕短时间内无法理出头绪来，现在皇上既然下了旨，那就姑且遵旨办差罢了。

"抓人！"凌秋风低沉地下了命令，旁边的校尉得令，若风一般向外跑出去。

半个时辰前，彼时凌秋风尚未接到细作的消息，冉小七与往常一样自斟自酌，喝了会儿酒，约有六七分醉意时，便起身走向卧室。

这是他多年以来的习惯，睡前一定要喝些酒，不然的话整晚都难以入眠。走到门边时，陡然听得一阵锐器破空声传来，直把冉小七惊出身冷汗，酒意顿时就没了，微微一侧身，只觉一道暗器从面门前划过，"笃"的一声响，落在门框上。

冉小七定睛一看，是一枚飞镖，很普通的飞镖，镖身上插了张纸条，取下来一看，上面只写了一个字：走。在那个字的下面，有用钤印印上去的一只鹰。

猎鹰！冉小七心头一震，看来是他的身份已暴露，需要撤离了。

冉小七把那张纸塞入嘴里，咽下，转身入屋，略微收拾了一下，从后窗跳了出去，往后院跑。他在锦衣卫任职，所居住的地方离衙门并不远，更加明白锦衣卫如果得到消息，他们的速度比狼还要快，没有人可以躲得过狼的追杀。

猎鹰是他的上级，他的一切行动皆听从猎鹰指挥。

猎鹰也很神秘，没人知道他的真实身份，包括冉小七。他们之间传递消息只用纸条，阅后即焚。正是由于这种神秘性，方才保证了潜伏在京师的每一名细作的安全，他们像一张网，冉小七只是这张网里的其中一个网结，即便他暴露了，也不会影响全局。

以冉小七的经验看来，猎鹰在朝中的身份应该不会太低，要不然他不可能在第一时间得到第一手消息。有这样一个神一般的上级罩着，冉小七觉得很安心，但这一次他是怎么暴露的呢？这些日子他并未执行过什么任务，更无行动，怎的突然就暴露了呢？

冉小七始终想不透这个问题，后院的墙就在眼前，他纵身一跃，上了墙头，就着月色往四下一瞧，夜凉如水，静得没有任何声音。冉小七正要翻出墙去，说来也巧，对面的街上跑来一条狗，及至十字路口时，像是发现了什么可怕的东西，脚步戛然而止，龇着牙发出"呜呜"声响，隔了一会儿，往回逃走了。

好快！冉小七眼里寒光一闪，锦衣卫已经来了！

看来猎鹰的消息终归还是晚到了一步，从而也不难推断，此番他是毫无征兆地突然暴露的，快到让猎鹰都来不及做出反应。

这太可怕了！冉小七下了墙头，往左右打量，这一片的屋子是联作一体的，墙体为砖，梁椽为木。再看草尖的形态，今晚吹的是西北风，冉小七迅速做出决断，奔入屋内，抱起两坛酒往卧室跑，将酒尽数倒在被褥上，擦亮火煤，扔到床上，"轰"的一声，火苗蹿将起来，帐幔卷入火舌里时，火星很快就蹿到了屋梁上。

"不好！"埋伏在冉小七屋外的乃是北镇抚司使陆天明，此人身材矮小，不足五尺，然看上去却极是精悍，那火光把他那古铜色的脸映得微微发红，透着股沉稳刚毅。他暗叫了声不好，冉小七先是跃上墙头想跑，发现了异常后这才返回去放的火，这明显是提前得到了消息，换句话说，有人泄密！

抓捕的命令尚未传来，要不要行动？陆天明犹豫了一下，"嚯"地低喝了一声"抓人！"他迅速做出了决断，与其眼睁睁地看着他逃跑，不如先冲进去把人抓了再说，将他控制在手里总不会有错的。

这是陆天明的判断，多年在锦衣卫的办案经验，让他做出了这个选择，事实证明他的选择是正确的，因为不久后凌秋风的抓捕命令就到了。

然陆天明很快发现，这一次他似乎错了。

火苗卷上屋梁后，在西北风的助力下，很快蔓延至其他房舍，火光冲天。旁边的百姓纷纷惊慌失措地跑出来，整条街一下子就乱了，人声鼎沸，吵吵嚷嚷。

冉小七跑了，趁着大火在极度的混乱中跑得无影无踪。

子初，五城兵马司协助锦衣卫全城搜捕。

凌秋风在殿内站着，那张孤峭的脸冷得像刀。在其右侧，廖文坐在椅子上，手里端了盏茶，悠悠然地浅抿着，表情淡淡的，像是在看一场好戏。在其左侧后方，则站着北镇抚司使陆天明，他的脸本来就黑，此时脸色阴沉，看上去越发显得冷硬如铁。

"为何要急着冲进去抓人？"凌秋风转过身，看着陆天明冷冷地问。

陆天明目光一抬，颇有些不理解凌秋风，莫非冲进去抓人抓错了吗？旋即他明白了，怪不得冉小七跑了后没再让他参与搜捕，凌秋风在怀疑他。

想到此处，陆天明冷不丁打了个寒战，值此非常时期，若被怀疑是细作，唯死而已。他瞟了眼凌秋风，回答道："事发突然，下官唯恐他趁乱逃跑，这才下的抓捕命令。"

"下令抓捕，你没错。"廖文放下茶盏，忽然插嘴道，"但有个细节你却做得不太妥当。"

陆天明回头道："请廖公公指教。"

廖文道："抓一个区区校尉，需要带那么多人进去吗？"

陆天明脸色一沉，问道："廖公公是何意思？"

"连廖公公都看出问题来了，莫非你尚不知问题所在吗？"凌秋风的语气更冷了，"你带了五十名校尉，如果将那条街的各个路口封锁，冉小七是跑不掉的，可你却没有如此做，而是带了三十七人冲入火中，让十几人留在外面，以致外围有了缺口，这才给了冉小七逃跑的机会。"

陆天明沉默了会儿，而后沉声道："倘若冉小七跑了，下官愿承担后果。不过……凌指挥似乎是在怀疑下官，刻意放走了冉小七？"

凌秋风道："你从没出过差错，何以此番会犯下这等错误？"

陆天明舔了下有些发干的嘴唇，他虽是北镇抚司使，然到了这种时候，依然不免心慌，说道："冉小七的意图很明显，欲趁乱逃走。下官当时想的是，趁他还没走出自家的屋子，以迅雷不及掩耳之势抓人，因此才多带了些人进去。"

"陆镇抚使的想法，倒也符合当时的环境。"廖文又插嘴道，"当此混乱之际，莫要自乱了阵脚，且等外面的消息罢了。"

凌秋风没再说话，事实上他是相信陆天明的，此人沉着冷静，办案从未出过差错，无论是什么样的案子，只要有此人盯着，他就会觉得心安。只是今晚的事情太诡异了，按照廖文所说的来推断，他与皇上几乎是在同一时间得到消息的，在此期间在是否抓人的问题上他犹豫了下，直至皇上传来口谕，方才下令抓捕。但也就是在他犹豫的时候，消息便传到了冉小七处，实在是太快了！

是谁给他和皇上同时传了消息，又是谁向冉小七预警？或许这所有的谜团，只能等逮捕冉小七后方才能够揭晓。

将近寅时了，这是黎明前最黑暗的一段时间，也是最难熬的。

外面响起了脚步声，殿内的人神色为之一振，一名校尉急奔入内，禀报道："人抓到了！"

"在何处？"凌秋风眼里闪过一抹精光。

"在仵作处。"校尉道，"人是北城兵马司抓到的，在安定门大街围捕时，冉小七见插翅难逃，事先吞下了含在嘴里的毒药。"

凌秋风急了，吼道："让仵作验尸，快！"

"可惜了！"廖文叹了一声，神色有些落寞，就好像错过了一场即将开始的好戏，转身回到座位上，端起那盏茶又品了起来。

"死人也可以开口说话。"陆天明听到冉小七没逃脱后，神情一下子就放松了，他虽出了差错，但好歹抓到了人，只要仵作能从尸体上找出端倪，那么他的嫌疑就可以洗干净了。

陆天明微妙的神色变化，尽数落在凌秋风的眼里，陆天明轻松了，他似乎也一下子轻松了，只要锦衣卫没有被彻底渗透，那么他就有信心将冉小七背后的人挖出来。

寅时一过，仵作那边就来了消息，说是在冉小七腹中发现了一张纸，由于其吞下去时，将纸揉作一团，短时间内并没被消化。

凌秋风盯着那张纸，良久没有说话。廖文问道："那只鹰代表了什么？"

"代表了一个人。"陆天明解释道，"代号猎鹰。"

廖文又问道："谁是猎鹰？"

"不知道。"凌秋风道，"安插在播州的我方暗使，在来信中曾提到过此人，乃是杨应龙安插在京城的细作，并且其身份在朝中可能不低。"

"朝中？"廖文吃惊地看着凌秋风，眼珠子都快掉出来了，"你说此人就在我们中间？"

"对。"凌秋风看了眼廖文，又道，"请廖公公带我去面圣吧，皇上一定也等着急了。"

"谁是猎鹰？"万历帝看上去有些疲惫，眼睛微微发红，他看着从冉小七肚子里取出来的那张纸，微蹙着眉头问，"这是否意味着细作不止冉小七一个？"

凌秋风道："启奏皇上，我方暗使在一年前曾提到过猎鹰，说是身份可能不低，就在吾等中间，只是此人潜伏得很深，尚未有头绪。"

万历帝吃惊地看着凌秋风道："你的意思是说，除了朕之外，这里所站的每一个人，都有可能是猎鹰？"

凌秋风没有即时回答，因为万历帝的这句话让他觉得有些别扭，这等于是把他这个锦衣卫指挥使也列入嫌疑人范围了。

廖文阴阳怪气地插嘴道："凌指挥使正是这个意思。"显然他也有点别扭，毕竟这是掉脑袋的大事，哪个也不愿意被卷入其中。

然而，这也是事实，在抓到猎鹰之前，谁也洗不脱嫌疑。

万历帝身子靠在椅子上，微微仰起头，闭上眼重重吐了口气，他还能相信谁？

"天邦囤一役，吾军惨败，天下震动，朕更是震惊莫名。我朝雄师，威震天下，何以败在区区一个杨应龙手里？"万历帝的声音大了起来，似在指责，"就是这猎鹰坏的事！此人不除，三军不安，须尽快挖他出来！"

"臣领旨。"凌秋风揖手道，"从今晚之事来看，似乎是有人在暗中帮我们，皇上可知那人是谁？"

凌秋风以为万历帝可能知道今晚送消息之人的身份，不想万历帝也是一头雾水，道："举报冉小七的那张纸，是在朕的寝宫发现的，没人看到是何人所送。"

从宫里出来后，凌秋风思绪纷飞，冉小七一死，线索就断了，如何能在短时间内揪出猎鹰？还有，今晚举报冉小七者究竟是谁？或许唯有找出此人，才是本案最好的突破口。

回到锦衣卫衙门后，凌秋风因心情浮躁，也没打算回府，在后衙睡了一晚，次日一早，便见陆天明走了进来。

一大早见到他，让凌秋风颇觉意外，道："陆镇抚使昨晚也没睡好吗？"

陆天明笑笑："平白让凌指挥使怀疑是细作，如何还睡得安稳？"

凌秋风嘴角一弯，笑出声来，道："你也莫要有脾气，在挖出猎鹰之前，谁都逃不了嫌疑，包括我还有廖公公，在皇上面前也都有嫌疑。"

陆天明听了此话，心里倒觉得平衡了些，至少凌秋风并非是在刻意针对他，便说道："今日下官便是为此事而来。"

凌秋风眼中精光一闪，问道："有眉目了？"

"不敢确定。"陆天明古铜色的脸上透着股寒光，"锦衣卫衙门里少了一个人，三四天没见着他了。"

"谁？"

"印晓天。"

"印晓天？"凌秋风一时没想起此人来。

陆天明道："凌指挥使还记得奉天观的静月道长乎？"

提到那牛鼻子老道，凌秋风可谓是刻骨铭心，点头道："记得。"

"此人便是静月门下的俗家弟子。"陆天明道，"他还有个身份，乃是内官监采办太监王兴收养的义子，后来是王兴通过关系，安排他入锦衣卫，做了个打杂的小厮。"

凌秋风冷笑道："这可就有趣了。"

"更有趣的在后头。"陆天明道，"他跟锦衣卫总旗包万民的关系极好，亦师亦友。"

凌秋风眉头一皱，绕来绕去又绕到锦衣卫里来了，难不成那猎鹰真在锦衣卫？或者说锦衣卫已被敌方渗透，潜伏的细作不止猎鹰一人？

"查。"凌秋风沉声道，"立即查找印晓天的下落，跟他有关的人也一并彻查一遍。"

第一天：血梅

一

印晓天睁开眼时，发现自己躺在地上，眼前一片漆黑，伸手摸了摸，往后不远处是一堵墙，便撑起身子往后走了几步，贴墙靠着身体，瞪大了眼睛使劲往四周打量，奈何什么也看不清楚。这里似乎是另一个空间，一个不像是人待的异常空间，除了黑暗就什么也没有了。

"娘的，是哪个无根的阉货把小爷关到这种地方来了！"印晓天恨太监，所以骂人时总把无根的阉货挂在嘴边，"明人不做暗事，快给小爷出来！"

这个空间似乎很大，印晓天的喊声在黑暗中回荡着，然很快就被黑暗吞没。这种感觉就像天地之间暗无天日，而在无垠的黑暗里，只余他一人，死气沉沉，阴气森森。

人是最恐惧黑暗和孤独的动物，饶是印晓天平时嬉皮笑脸，喜欢跟人吹牛，说他敢于与天斗与地争，什么也不怕，可到了这种异乎寻常的所在时，也不禁头皮发麻。

这里究竟是什么地方，我为何会到此地？

印晓天顺着墙壁慢慢蹲下身子，努力使自己克服恐惧，平静下来，把来此之前的事情理清楚，唯有如此，才有望逃出这个鬼地方。

印晓天是个孤儿，四岁时父母在一场瘟疫中双双去世，四处流浪。七岁那年流浪到京师时，饿得两眼冒绿光，抢了街上馒头店里的两个肉包子撒腿就跑，掌柜的边跑边追："哪儿来的野东西，敢偷老子的包子，给老子站住！"

印晓天实在饿坏了，居然在奔跑过程中，将两个包子吞了下去，回身朝后面追来的掌柜嘻嘻笑道："你个不长眼的老东西，说小爷偷你包子，你倒是搜搜，要是搜出来了，小爷加倍奉还！"

掌柜知道包子被他吃下肚子里去了，往哪儿找证据去？气得七窍生烟，从街旁抓起根木棍就打。印晓天人虽机灵，可到底饿了几天，即便吃了两个包子下去，也没能迅速恢复体力，况且那掌柜人高马大，哪里斗得过他？三两下就被打倒在地，这时候恰巧撞上了出宫办事的太监王兴。王兴见这小子看上去虽脏兮兮的，但有灵性，很是机灵，心生怜悯。要知道太监是没有子嗣的，为了能有个后代，领养之风盛行，就想着把这小子收养了，认个义子。

那时候的印晓天谁能给他吃的，谁就是爹，无须王兴诱惑，直接就跟他入了宫。然到了宫里，看上去好是好，到处跟人间仙境一样，且有吃不完的好东西，但有一样几乎让印晓天崩溃——只要是男人，入了宫后，无论年纪大小，一律阉割。

入宫半月后，王兴就把他绑了，专门请了人来要阉了他。

莫看印晓天人小，可这三年来四处流浪，也算得上见多识广，知道阉了后会是什么后果，那是断子绝孙的大事。即便不去考虑传宗接代，眼下的这一关也很难挺得过去，那东西割了之后，至少得有一个月时间，撒泡尿都能把你痛个半死，那是人过的日子吗？

"爹，你饶了我吧！"印晓天知道王兴最在意什么，情急之下，把一直不愿喊出口的那个字喊了出来，且喊得震天价响，着实把王兴喊得一阵激动。再看这小子，长得俊朗，油腔滑调的，将来不知道会招多少姑娘喜欢，便生了恻隐之心，印晓天看王兴的神色，似有转圜的余地，急又喊，"爹，你若阉了我，便是一刀斩了将来的孙子，要了他们的命。你放心，我的儿子跟你姓，姓王，而且要生一屋子的小王八蛋，天天绕着你转，让你儿孙满堂，享天伦之乐！"

"唉……"王兴叹了一声，走上去把绑印晓天的绳子解了，不管这小子说的是假是真，但他说的每一句话，都值得他用余生去回味、期盼。

"不割了？"执行宫刑的人奇怪地看着王兴问，意思是说，你若是不阉了他，他在宫里也待不下去。

王兴自然明白宫里的规矩，好在他是老公公了，宫里熟人多，便使了些银子，把印晓天安排去了锦衣卫打杂，有无官阶，能挣多少银子都是次要的，关键是可以让他活下来。

锦衣卫是养闲人的地方，太祖开国就传下祖制，各个衙门都有限员，唯独锦衣卫不受人员限制，所以各级在京官员的公子哥儿，或是有些背景，且中了进士，一时找不到空缺的，甚至深受皇上喜欢的画匠、文人，都往锦衣卫塞，什么样的人都有，是个三教九流云集之所。

好在印晓天嘴不笨，又带着股江湖习性，讲义气，跟什么样的人都能打成一片，十年来在宫里和锦衣卫混得如鱼得水，虽说始终没混上个品级，身份低，但大伙儿都认他这个朋友。一月前，锦衣卫接到命令，前往贵州办差，说是要去一个叫播州的地方，查探海龙囤的地形。

海龙囤是什么样的地方，印晓天不知道，但是对播州却是一清二楚。那是个法外之地，自本朝太祖皇帝以来，云、贵、川三地的土司，各自治理所辖区域，形同地方上的土皇帝。特别是播州土司杨应龙，心狠手辣，不受朝廷节制。万历帝早就想将那些土司改土归流[1]，但杨应龙阳奉阴违，屡屡给朝廷出难题，使得改土归流的政令在播州难以推行。

万历帝虽累年不上朝，却是个有野心的雄主，打完了朝鲜之役、宁夏之役后，便发动了播州之役。万历二十七年（1599年），朝廷派大军直扑播州，一路势若破竹，攻克三百余座城镇，最后在一个叫天邦囤的地方，被杨应龙利用地势围困，全军阵亡。

次年，朝廷再次集结大军，从八个方向合围播州，打得杨应龙望风披靡，节节败退，最后退守至一个叫海龙囤的地方死守。说也奇怪，明军到了海龙囤后，寸步难行，屡攻不克。

印晓天消息灵通，得知此事后，出于好奇，曾去宫里打听过，问那海龙囤究竟是何所在，居然能令我朝大军难越雷池一步？

宫里有个小太监，与印晓天年龄相仿，姓包，由于消息灵通，人送外号包打听。他告诉印晓天，那海龙囤是座山，但不是普通的山，是座神山，其东面有六座关隘，分别是铜柱关、铁柱关、飞虎关、飞龙关、朝天关、飞凤关，西面有三关，分别是后关、西关、万安关，各座关隘俱建于崇山峻岭之上，慢说是人，野兽都上不去。

印晓天闻言，暗吸了口凉气，心想端的是一夫当关万夫莫开的绝险之地，便问道："南北两面也上不去吗？"

包打听叹息着摇了摇头，脸上露出抹惊恐之色，那表情就好似他亲自去过一

---

[1] 改土归流是指把土司制改为流官制。

般:"南北两面更是去不得。有一次我军想从南面的山区上去,那里建了一座楼,好像叫什么……绣花楼,当时楼台上坐了一名妙龄女子,悠悠然地坐在上面绣花,面对我军兀自手起针落,面不改色。"

印晓天讶然道:"你不会跟小爷说,那小娘们挡住了我大明的三军将士吧?"

"岂止是挡住了三军啊。"包打听喝了口酒,嘴里啧啧两声,故作神秘地道,"她把三军将士啊,吓得魂飞魄散。"

"可别唬小爷啊。"印晓天见他越说越邪乎,嘿嘿笑了笑,"难不成她是九天玄女下凡,会法术?"

"不管你信不信,反正那小娘们真就会法术。"包打听夹了口菜,放嘴里吧吧嚼着,"当时我三军将士见楼上只有一位绣花的姑娘,就悄悄摸了上去,想着等夺了那座城楼,再放了她便是。她见我军摸上去,你猜怎么着?那小娘们凤目一抬,挑了挑那双柳眉,居然朝我军嫣然一笑,手捏绣花针,忽然把绣花针往空中这么一抛,穿在针眼儿上的红线随着针飞出,在空中形成了道弧线,这时候不可思议的事情发生了。"

"发生了什么?"

"加一壶酒。"包打听故意压住话头,晃了晃空瓶,跟印晓天讨酒喝。印晓天为人豪爽,岂会在乎一壶酒钱?笑道:"你只管说,今晚酒管饱。"打了个响指,让小二送酒过来。

包打听这才说道:"那根针带着红线越飞越高,那是在晚上,当时明月当空,绣花针在月光的映射下,忽然寒光一闪,那道光越闪越大,最后形成了一道强光,晃得人眼睛都睁不开,我朝将士情知不妙,想要往后退,可惜晚了。天空出现异象,强光里居然幻化出二三十位飘然如仙的绝美仙子,踏着白云摇首弄姿,那场景,啧啧,千古罕见,所有人都看呆了。"

印晓天听得兴起,哈哈笑道:"该不会是杨应龙要施美人计吧!"

"想得美!"包打听道,"俗话说,色字头上一把刀,那些仙子姐姐出现的时候,周围的环境就变了,星辰移位,山川倒置,原本静止不动的物体,俱皆变了方位,我军想要撤出来都不知道往哪儿撤。忽然喊声大作,山里突地冲出大批兵马,切瓜似的见人就砍,我军五千人马,只逃出来十余个。"

除了南面的绣花楼,北面也布了奇阵,一脚踏入,便如同进了鬼门关,有进无出。

那晚印晓天与包打听边喝边说,喝了许多酒,后来晕晕乎乎的,连自己都不知道是如何回去的，一觉醒来人就已经在这个暗无天日的鬼地方了。

"难道是那个无根的阉货算计了小爷？"印晓天的眼前不由得浮现出包打听那不正经的嘴脸来。可是再转念一想，包打听不过是一个无品无级的小太监，成天和他称兄道弟的，得闲便来找他喝酒侃大山，没理由设计这么一出，把他关到这儿来啊。

最关键的是，印晓天同包打听一样，充其量也不过是个小混混罢了，一没财二没权，更没得罪什么人，人家把他关起来能得到什么好处？

劫色？想到这个点儿上，印晓天不由得"嗤"地笑出声来，虽自忖相貌俊朗，有些风度，可世上也没有这等如饥似渴的姑娘啊。

"娘的，该不会是包打听的恶作剧吧！"印晓天思来想去，身上没半分教人劫持的资本，心头便轻松了许多，又站起来，摸黑往前走出几步。此时，眼睛基本适应了里面的黑暗，能隐约看得到三尺之内的距离，慢慢地往前摸过去。他相信如果是恶作剧的话，这里应该有门，就算是从外面反锁了，凭他的本事也有办法出去。

印晓天边走边暗暗地计算着步数，走出一百零八步时，手掌触到了墙。不对，印晓天用手指摸着墙，是湿的，心头一怔，这不是墙，而是石壁，从石壁湿润的程度判断，这里根本不是房间，应该是一座巨大的天然石室。

思忖间，走到石壁跟前一看，果然不出所料，的确是石壁。印晓天暗吸了口凉气，他没在京城里，至少是在京郊的某处山内。

不是恶作剧，包打听断然干不出这样的事来。那会是谁干的，抓他来此目的何在，他究竟被抓到了什么地方……一个又一个的问题袭上心头，印晓天又害怕了起来，张嘴要骂人时，黑暗中陡然传出"嘎"的一声响，声音不大，但在这种黑暗静阒的空间里听来，着实震耳欲聋，直把印晓天吓得一跳。

这是什么鬼东西发出的声音？印晓天迅速抬起头，声音是从顶上传出来的，莫非上面藏了什么东西？

想到此处，印晓天只觉浑身发冷，汗毛都竖起来了，心头更是怦怦直跳，不知是害怕的缘故还是真有什么东西跟他同处一室，瞬间觉得里面的氛围都变得诡异起来，阴气森森的。只是这里实在太黑了，盯了半天，也没发现什么，倒是出现了幻觉，好似头顶真有东西正朝他哈气，那气息冰冷刺骨，直往他的衣领里面钻。

"别他娘的装神弄鬼，小爷天生胆大，目能夜视，早就看到你了。出来吧，乖乖地脱了裤子,来小爷处领五十杖的赏!"印晓天壮着胆喊,以此来抵御恐惧。但是上面发出"嘎"的一声后,就再没传出声响,偌大的空间里静得只剩下印晓天越来越粗重的喘息声。

印晓天知道上面一定有东西,必须把它弄清楚,不然的话随时都会有危险,思忖间脚步往前挪,由于这里的一切都是未知的,脚下不敢迈得太大,又往回走五十四步时,隐约看到头顶有道横梁。一般房内的横梁最多两掌宽,然他现在看到的这道梁却奇大,足足有三尺宽,如果上面真藏了什么东西,委实难以发现。

印晓天盯着那道梁,对这里的建筑慢慢有了个大体的概念,如果这个空间是座天然石室的话,就没必要安置房梁。有梁就说明是栋房屋,而且是栋倚山而建的房屋。

印晓天转了个方向,顺着横梁的位置纵向往前走,走出二十步时,隐约看到了对面的墙壁,与他一开始所依靠的墙壁一样,是用木头所制,再往前走出十步,居然看到墙上挂了副悬梯,与上面的横梁连在一起。

这个发现让印晓天越发好奇,显然这是关他之人有意设计的,目的是想让他沿着悬梯爬上去。可是爬上去做什么呢?想到刚才从梁上发出的那声异响,印晓天不觉心里发怵,莫非那个狗娘养的阉货,要让他爬上去送死?如果真是这样,那阉货端的是缺德到家了。

印晓天长长地吐了口气,在这样的环境下,如果不爬上去看个究竟,只恐死得更快,横竖是一死,倒不如直接爬上去,死也做个明白鬼。

"娘的,小爷上来了!"印晓天用手拉了拉悬梯,确定不是机关后,便往上蹬。

到了上面才发现,这道房梁不但很宽,而且高得很,几乎与上面的穹顶相齐。仔细看的话,能看出梁上是经过精心设计的,安装了许多巨大的木头齿轮,这些齿轮贯穿整根横梁,一眼望不到头。

也不知是什么力量在驱动,每个齿轮都在慢慢转动,由于转的速度极其缓慢,所以听不到它转动的声响。印晓天暗松了口气,刚才那声异响应该是齿轮发出来的,危险算是暂时解除了,但新的问题再次出现,横梁上的这些装置是用来做什么的?

印晓天用手摸了摸身边的一个齿轮,发现在齿轮的旁边有一个暗楔,由于暗楔是嵌在两个齿轮的中间,不仔细看的话很难发现。印晓天把头凑近了去看,暗楔上居然刻有字,隐约看出所刻的是"初一"二字。

印晓天瞿然一省，难不成这个巨大的装置是用来计时的？如果是用来计时的，为什么会装在房梁上面？带着巨大的好奇，他沿着齿轮边缘往前爬，到了第二个齿轮面前时，果然发现也有一个暗楔，上面刻有"初二"两个字，只不过这个暗楔并没嵌到齿轮里面去，而是横向悬在外面的，所以很容易发现。再往前看，"初三""初四"的暗楔也是悬在外面的，由于光线太暗，无法看到更远的地方，但不用看也能猜得出来，这是一个计时装置，从"初二"到"三十"的暗楔都没有嵌进去。刚才的异响就是"初一"暗楔弹入齿轮内发出来的，也就是意味着今天是初一，或者说是意味着他在这里度过了第一天？

印晓天生来机灵，但眼前所见的场景着实把他难住了，将他关到这鬼地方也就算了，还装了这么一个计时器，对方究竟想要干什么？

如果一个月满了呢？小爷我满月了，又会如何？不知为何，一阵巨大的恐慌感倏地袭上印晓天的心头，他加快速度往前爬，想要弄明白这个计时装置的尽头还有没有提示。

横梁的尽头果然有个刻有"三十"的暗楔，每个暗楔的旁边都有一个齿轮驱动，三十个齿轮，三十个暗楔，串联在一起形成了一个设计精巧的时间驱动器。看着这个庞大的精巧的装置，印晓天的心里升起阵阵寒意。现在完全可以排除恶作剧的可能性了，没人会如此煞费周章地玩这种恶作剧。

那么对方的用意何在？想要从他身上得到什么？印晓天发觉自己的身体在战栗。抬头间，发现墙上立了块木牌，犹如灵位大小，凑过去看时，上面刻了两行字，上书：一十一天，阳寿即尽。

那八个触目惊心的字，把印晓天看得心惊肉跳，他在这里待一十一天后就得死？

"是谁？"印晓天趴在梁上大喊，"是谁要小爷的性命？你想知道什么，小爷如实相告就是了，何须玩这种把戏？出来！"

印晓天觉得，他身上没什么有价值的东西，更不知道天大的秘密，只要有人出来肯跟他谈，一切就都好说了。可惜的是，喊声落后，四周又归于平静，好像天地间真就只剩他一人似的，根本就没人出来理他。

如果说对方不是为了从他身上得到什么，那么关他的意义何在呢？

印晓天从横梁上爬下来，折腾了一圈后，肚子有些饿了，咕噜噜直响。但现在已顾不上肚子了，得把事情想明白，设法走出这暗无天日的地方。当下又坐下来，双手抱膝，苦思冥想是不是得罪了什么人，对方的目的是要报复？

思来想去，他这个人虽说看上去不着调，但至多偶尔跟人开玩笑开过了头，从没做过缺德的事，所以断然没有人会恨他恨到想要将他折磨至死的地步。难道是那晚跟包打听喝了酒后，污辱了哪家权贵的千金或正房妻室？

不可能，断不可能！印晓天很快否决了这种想法。他天生就是一副招惹女人的俊美体质，多少黄花大闺女往他怀里送，都不曾起过什么歹念，即便喝了酒，也只会酒壮英雄胆，不会去干那种龌龊之事。

既然没犯人家妻女，那还能有什么事值得对方如此大费周章地要取他性命呢？

不会是那个见不得人的师父，惹上了什么事，要让小爷来偿命吧？想起那位师父，印晓天不由得迭连叹息，一天到晚装神弄鬼、神神秘秘的，还不许印晓天对外说是他的徒儿。实际上在他那儿也就学了些风水堪舆、看相卜卦之类唬人的东西，拿出来吹吹牛还行，没一点实际作用。

莫非那老东西胡乱指点，动错了人家祖坟，人家恨之入骨，抓小爷来泄恨？果若如此，小爷这罪受得端是比窦娥还冤了。

包万民走入北镇抚使司的时候，陆天明正坐在后衙的书房内喝茶，见着包万民，起身迎上来道："包总旗来了！"

包万民的锦衣卫之职是世袭的，其实他骨子里是位书生，好读书，若有闲情时也会写些文章，种些花草，可以说在锦衣卫衙门内，真正参与办案且还能保持这种书生气息的，唯独他一人。正是由于他身上的这种书生气，加上心思缜密，办案时鲜出差错，故如今虽只是一名总旗，但上上下下都比较尊敬他。

"陆镇抚使。"包万民手持柄折扇，温文尔雅地朝陆天明揖手。

"来，帮我品品这雨前龙井如何。"

包万民瞧了眼陆天明，这是个精明干练的主儿，在锦衣卫里，除了凌秋风之外，论能力没人能超越他，平素只埋头办案，对喝茶品茗、侍花弄草这些雅事全无兴趣，毫无疑问，他今日请他来断然不是为了品这雨前龙井。

包万民告了声谢，徐徐地坐下，说道："这雨前龙井无须品尝，下官闻着便知断是好茶无疑。令下官难以猜度的是陆镇抚使的心思，便请直言吧，免得下官如坐针毡。"

陆天明笑了一声，在包万民旁边坐下，说道："你我同僚一场，莫非不能坐下来喝口茶吗？包总旗万莫紧张，就是想与你聊聊天罢了。"

包万民自然是不相信的，但他心思细腻，既然对方未直接明言，他也就不予追问，淡淡地笑了一笑，端起茶盏浅抿了一口，点头道："好茶！"

陆天明道："听说包总旗收了一名弟子，可有此事？"

来了。包万民狭长的眉头微微一动，莫非他指的是印晓天？那小子油腔滑调的没个正形，虽偶尔会因了管不好嘴得罪人，但也不至于惊动镇抚司啊。

"陆镇抚使果然是能人，居然连这等鸡毛蒜皮之事，都难逃你的法眼。"包万民放下茶盏微微哂道，"下官确实收了一名弟子，唤做印晓天。不过此子顽劣，既没读书的心思，也非学武的料子，故下官并没公开收他入门。"

"那就奇怪了。"陆天明讶然道，"想包总旗能文能武，何以要收一个既不能文也不能武的顽劣子弟，与自个儿过不去？"

包万民听得出来，印晓天可能出事了，而且还不是小事，不然的话，堂堂一位北镇抚司使不会去关心这么一个打杂的小厮。那么他到底出了什么事？包万民忽然紧张起来，只是迫于锦衣卫等级森严，纪律严明，所办的都是大案要案，陆天明没说，以他的身份自也不便相问，只说道："确切地说，下官与印晓天不是师徒，是玩伴，平日里喜欢听他天南地北地吹牛谈天。"

陆天明又问道："你觉得此人品性如何？"

"倘若他品性不端，下官自也不会与他交往了。"包万民趁势问道，"是出什么事了吗？"

"他失踪了。"陆天明道，"为了便于查找，这才找你来问问情况。"

"失踪了？"包万民大吃一惊。

是真的失踪了吗？包万民对锦衣卫的行事风格太了解了，那些人发起狠来什么事都干得出来。当然，这只是他的猜测，以他对印晓天的了解，那小子虽然喜欢胡说八道，但品性断然是不会有问题的，做不出有违道义或危害国家之事，那他到底是怎么失踪的？

陆天明没说原因便把他送出来了，很显然，在印晓天失踪一事的背后，还牵扯到了其他事情，而且这件事情的性质严重到不便向一名总旗透露的程度。

从北镇抚司出来之后，包万民的心情沉重如铁，然让他更加吃惊的是，在此之后，他居然被人监视了，陆天明在怀疑他吗？

外面的天已然亮了，可关印晓天的地方依然伸手不见五指。

今日凌晨，印晓天想了许久，没想出个所以然来，后来便迷迷糊糊地睡过去了,梦里跟包打听又是喝酒又是吃肉,好不痛快,也不知睡了多久,被饿醒了,手一摸,口水流了一地。

"这么下去用得着一十一天吗?三天后小爷就会饿死。"说完这句话的时候,印晓天才发现不对劲,因为如果对方真想关他一十一天,怎么会让他饿死呢?

想到这里,印晓天顿时来了精神,就算要死,也不能做饿死鬼。当下慢慢地起身,像瞎子一样往前摸过去。他从小就跟各种人打交道,懂得审时度势,无论身处怎样的环境,面对什么样的人,都能混得如鱼得水。这个地方虽说空荡荡、黑乎乎的,见不到人影,但他早将已走过的方位和步数记在心里,绝对不会浪费体力去走重复的路。

往左侧走了百余步时,脚下碰到了个东西,印晓天心下暗喜,果然是留了物资的!他并不着急去拿东西,须先探清楚所处的位置再说,脚步又往前挪,未出十步,隐约看到了一堵墙,按照他对这个地方的了解,那里应该是石壁,上去一摸,果然是略带着湿润的石头,不由得暗暗得意,小爷乃天纵奇才,即便是身处绝境,也能活下来!

思忖间,从原路返回,再次碰到脚下的东西时,弯腰去看,见是一只麻袋,袋子不大,而且看上去扁扁的,应没装多少东西。印晓天大失所望,这里面就算是食物,也撑不了几天。提起来时很轻,用两枚手指都毫不费力,"娘的,阉货忒缺德,这么些东西给蚂蚁吃也吃不了几天。"用手捏了捏,里面装的是两三件细长的物什,袋口用一根细绳绑着,解开后往里一探,拿出来的是一根火煤和三根蜡烛。

"那缺德的阉货,倒想得周全!"印晓天苦笑了一下,虽说不是食物,但在这种暗无天日的环境下,有了光源也是件让人兴奋的事,当下把蜡烛点亮了,迫不及待地往四周打量。

这里的环境与他先前预想的差不多,是座倚山而建的建筑,三面是石壁,一面木墙。不过那木墙并非普通的木头,乃是用一根根大柱子排列而成,拼接得严丝合缝,密不透风。在那堵木墙的右侧,也就是印晓天第一次醒过来的不远处,也放了只麻袋,不过那只袋很大,难道是食物?

印晓天看到那只袋子,眼睛冒绿光,忙不迭走上去,将袋口的绳子解开了,就着蜡烛往里一看,果然是食物,有馒头、干饼、肉干等,还有四壶水和一坛酒。

看到食物后,印晓天的心情就好多了,此前的紧张和恐慌感一扫而光,迫不及待地打开酒坛,拿了块肉干,美滋滋地享受起来,只觉此刻手里拿着的食物,比之平时吃的山珍海味还要美味得多。

喝了半坛酒后,身子一下子热乎起来,本想把它一口气喝光的,想到至少要在这儿待一十一天,往后的日子长着呢,硬生生忍住,把木塞子塞好,小心翼翼地将那坛酒放在旁边,然后抓了个馒头来啃。

食物一下肚,思维也变得活跃起来,便又去想会被抓来此地的原因。

从这里的布局来看,显然是精心设计过的,这绝对不是一处普通的地方,更加奇怪的是,迄今为止,没有发现门,那么没有门他是怎么进来的?

肯定还有机关,这个看上去比死牢还要牢固的地方,除了横梁上那个巨大的计时器外,一定还隐藏着其他精巧的机关。如此一个独特之所在,关他这么个小人物,是不是大材小用了?对方的意图究竟是什么?

印晓天很快又想到了他那个不着调的师父。他入锦衣卫时不过七岁,好在只是个打杂的,也就扫扫地,去后厨帮人烧烧火而已。等大了些,便担水、劈柴,可依然很闲,没事的时候就到处乱转,由于人缘好,偶尔也会跟锦衣卫一起装模作样地出去办差,这才认识了他的师父静月道长。

静月道长是奉天观的观主,有人说他是活神仙,上知五百年,下知五百年,也有人说他是神棍,装神弄鬼而已。但无论外界传言若何,当今皇上万历帝依然很喜欢他,遇上解不开的心结或是有疑难事时,便会传旨让静月道长入宫,有时也会亲自去奉天观讨教。

印晓天拜静月道长为师,不是为了学那些装神弄鬼的本事,纯粹只是为了打发时间而已。而静月道长肯收他为徒,除了小子机灵之外,还因为长了张好嘴,会说话,讨人喜欢,观中无日月,便收了他,打发寂寞。

两个无聊的人,就这样莫名其妙地成了师徒。

万历二十七年,也就是决定攻打播州前夕,万历帝又来向静月道长讨教,当时印晓天正在观里研究堪舆之术,听得圣驾莅临,为免冲撞皇上,静月道长让他先行避一避,印晓天称好,躲入了隔壁的厢房。

不消多时,万历帝走进来,身边只跟了个随身的太监,入座奉了茶后,万历帝直奔主题,问道:"播州土司杨应龙自封半朝天子,与朝廷分庭抗礼,实在猖狂!不平播州,未免显得朝廷怕了他了,难以服众。倘若举兵,眼下刚刚结束援朝平倭之役,元气未复,恐伤筋动骨,苦了百姓,一时左右为难,恳请道长赐教一二。"

静月道长低眉沉吟着，没有说话。万历帝又道："道长有难言之隐吗？"

静月道长微微一笑，道："皇上平倭寇、靖边陲，功高盖世，志存高远，心中早有了主意，何须再来问贫道呢？"

万历帝叹道："道长明察秋毫，洞悉了朕的心思，实乃高人也！不过朕内心惴惴不安，望道长提点。"

静月道长道："可战，宜速决。"

万历帝闻言，眉结一松，微哂道："朕明白了。不敢叨扰道长清修，告辞。"

待万历帝走后，印晓天从隔壁厢房里出来，道："你也真是胆大得紧，国事也敢插手。"

静月道长翻了个白眼，道："皇上心里早已决定用兵，无论为师怎么说，都难免一战，只是本朝累年征战，国体亏损，速战速决是唯一可取之道。"

"万一败了呢？"

静月道长一愣，望了他一眼："你觉得会败？"

印晓天道："胜败本是兵家常事，无关紧要。可你刚才也说了，本朝累年征战，国体亏损，万一败了，误国害民，到时候那些六科给事中去朝上聒噪一番，你只怕得移驾牢狱，你我师徒的缘分也就尽了。"

印晓天的嘴就像让佛祖开过光一般，明军攻打播州，居然真的遭遇惨败。他得知消息后，第一时间跑去奉天观，将此消息告知了静月道长，并劝静月道长最好找个地方躲躲。本朝言官天不怕地不怕，以被皇上廷杖打屁股为荣，万历帝对那些人也毫无办法，到时候皇上架不住压力，来奉天观拿人再想逃就晚了。

静月道长却固执得很，说他清清白白，心胸坦荡，更没做亏心事，何以要躲起来不敢见人？

"你啊，你就犟吧，没做亏心事入狱吃牢饭的多的是，不差多你一个！"印晓天那开过光的嘴真是说啥来啥，不出两日，锦衣卫果然就来抓人了。好在印晓天在锦衣卫混了那么多年，上上下下都吃得开，在被带走之前，向总旗包万民求情，莫急着拿人，容他和静月道长叙些话，看其是否有什么交代。

包万民与印晓天亦师亦友，得闲时会教他些防身之术，二人关系颇深，便点头答应了，只叮嘱他动作快些，莫耽搁太多时候。

静月道长倒是没把这次的牢狱之灾放在心上，似乎也没什么要交代的，只拿出一件旧道袍交给印晓天，道："你我师徒一场，为师身边也没什么物件可赠送的，这件道袍乃为师平时换洗所用，你且留着做个纪念吧。"

印晓天看着那件道袍拿不是，不拿也不是，心想没物件送你不送便是了，这道袍又破又旧，而且我也不是出家人，要它何用？碍于他马上就要被带走了，不想跟他抬杠顶嘴，便收了那件道袍。临别时，印晓天忽然伤感了起来，他这位装神弄鬼的师父，虽说没教他多少本事，可到底是对他好的。在这世上，除了那位太监干爹，他举目无亲，所谓一日为师，终身为父，师父端的是给了他父亲般的温暖，便交代道："师父，到了里边后，千万保重身体啊！"

静月道长答非所问地道："好生保存这件道袍，这是为师留给你的唯一的物件了。"

听完这句话，印晓天伤感的情绪顿时就没了，心想你就不能说两句暖心的话吗？即便是叮嘱我好生钻研相术也行啊。

在此后的很长一段日子里，印小天经常去牢里探监，也算是尽了师徒之谊。

直到有一天，印晓天又去探监，被牢卒拦了下来，问情由时，狱卒说，静月那老道疯了。

要说静月道长说疯话唬人，印晓天信，但若说他精神失常疯了，那是不可能的事，便问道："他在狱中做了什么，欺负女犯人了？"

狱卒跟印晓天也算相熟，笑道："你却是不知，他刚开始时还只找牢犯算命，有些人不相信这些，他也要硬拉着人替人算一卦。昨天下午，他忽然大吵大闹，说是要见皇上，问他究竟有何事非要见皇上时，他只说兹事体大，须当面说与皇上知。后来皇上带了三法司的大人们果然来了狱中，你猜他说了什么？"

印晓天也十分好奇，紧跟着问了一句："说了什么？"

"他说，朝中有播州方面的细作。皇上问细作是谁，他却摇头说不知，只念了一首诗：往日道袍敝，今朝着新衣。新衣无尘埃，敝袍藏污垢。当时皇上和三法司的大人们听了，都是莫名其妙，这算是哪门子诗？这事传出去后，六科给事中的那些人坐不住了，联名上疏，说他妖言惑众，扰乱朝纲，非要说朝中有细作的话，也定然是静月那老道，乱我人心来了。为免再乱我军心，须即刻斩首。好在皇上仁慈，未降罪下来，只把他打入了死牢。"

印晓天听完，倒吸了口凉气，那老东西说话越来越口没遮拦了，没个确凿的证据，就说朝中有细作。举朝上下那么多人，要是一个一个去查，朝廷岂非真就要乱了？

当时，印晓天也觉得静月道长疯了，可现在想来，静月道长的举止，十分耐人寻味，先是那件旧道袍，千叮咛万嘱咐要他好生留着，然后便说朝廷有细作，两者有什么联系吗？难道他被抓之前，就已经知道朝中有细作，而将秘密藏在了那件道袍之中？

不对，如果静月道长真知道有细作，何不直接说出来，念那首酸诗作甚？

印晓天吃饱了后，身体有了力气，在那边来回踱步。退一万步讲，就算道袍里藏了秘密，或是朝中真有细作，关他何事？何以要把他抓到这种地方来，而且不多不少只关一十一天？一十一天这个数字，代表了什么？

印晓天忍不住又拿起酒坛，喝了一口酒。或许还有一个可能，朝中的那细作以为，静月道长在被抓走之前，把秘密说给他听了，所以才把他关在一个暗无天日的地方，要逼他就范。若是在规定的时间内，还不屈服的话，就要了他的性命。

"这么看来，小爷应该还在京师。"印晓天抬头望了眼穹顶，头上是屋顶，乃是用普通的椽子、房梁组成，要破他一个洞逃出去，也非难事。在这种地方吃饱了后，反正闲着也是闲着，说干就干，从那道悬梯爬上去，站到横梁上时，抬手便能触到屋顶，用力一拉其中一道椽子，结实得很，纹丝未动。

印晓天机灵，鬼主意也多，灵机一动，拿蜡烛去烧椽子，那椽子虽然结实，毕竟只有儿臂大小，烧了盏茶工夫后，用手一拉，果然就断了。印晓天大喜，如法炮制，一连烧断了三根椽子，将蜡烛交到左手，右手奋力向上一拍，他从小做杂役，手臂的劲道不小，一拍之下，泥沙俱下，上面显然松动了。如此又拍了几掌，敢情屋顶的瓦片已经被他拍开，露出个洞来。

印晓天把蜡烛放在脚下的横梁上，两手往洞口一扳，利用双手的力道，慢慢地把身体撑将上去，及至整个身体露在外面，两眼往周围打量时，脸色顿时变了，方才的喜悦之情一扫而光。

黑，还是无边无际的黑，印晓天本以为破顶而出，便能逃出生天，回到外面的世界，可做梦也没想到，所谓的外面的世界，依然是一片异乎寻常的漆黑的空间，这究竟是什么地方，地狱吗？

陆天明把王兴、包打听、包万民等与印晓天相干人等，一一问询了一遍，汇总成一份详细的笔录，交给凌秋风去阅览。

凌秋风仔仔细细地看了一遍，抬头问陆天明道："你觉得印晓天会是猎鹰吗？"

陆天明摇了摇头道："不太可能。那小子打小就被王兴收养，没过多久便进了锦衣卫，他被播州方面收买的可能性很小。下官也顺道打听了一下，在锦衣卫跟他接触过的人都说，那不过是个爱喝酒吹牛的主儿，胸无大志，下官倒是觉得，他的失踪可能跟奉天观的静月有关。"

凌秋风冷笑道："他的失踪跟谁有关，并非是我关心的，我关心的是，与猎鹰有没有关系。"

陆天明沉默了下，道："这个……不好说。"

凌秋风眼里精光一闪，问道："为何不好说？"

陆天明道："那静月是如何被抓进来的，凌指挥使应该清楚。他主张皇上攻打播州，后天邦囤一役，我军惨败，这才被言官弹劾。"

凌秋风道："事实上即便静月不主张，皇上也会对播州用兵的，静月的牢狱之灾，可以说是替皇上受的。"

"没错，天邦囤之败，与静月没有直接关系，所以皇上是心存愧疚的。"陆天明道，"那次静月在牢里大吵大闹，非要见皇上，皇上就果真到牢里去见了他一面。"

"往日道袍敝，今朝着新衣。新衣无尘埃，敝袍藏污垢。"这件事凌秋风自然是记得的，还记得当日静月念那首诗，像背诵唐诗名句一样能够一字不差地背诵下来。当日静月在狱中说，朝中有细作，随后念了这首诗，毫无疑问，此诗与播州有关，甚至可能与猎鹰有关，难不成静月知道猎鹰是谁？如果他知道，何以不直接说出来？

"那件道袍失踪了。"陆天明一字一字地道，"印晓天也失踪了，这说明什么？并且下官觉得，昨晚举报冉小七的人，也有可能是奉天观的人。"

"我这就入宫去。"凌秋风急步往外走，静月道长是皇上的人，其虽已被抓，但想要提审他，须经皇上同意。

万历帝听完凌秋风的来历后，大为兴奋。如果静月道长真的知道谁是猎鹰，那就可以把京师的细作一锅端了。考虑到静月道长的安危，让凌秋风将其送进宫里来，并差武骧左卫营沿途保护。

从宣武门出来往东南走一段路，经永光寺，有一条胡同，唤作柳巷儿，巷子里有一家杂货店，叫作永寿南北杂物，掌柜叫胡永寿，大同府人，做的是南北两地的杂货生意。

就在静月道长被从锦衣卫刑狱押送去宫里不久，胡永寿便得知了消息，这个年过半百，看上去圆头圆脸的生意人，在得悉此消息时，身上的那股生意人的圆滑的气息顿时消失不见，取而代之的是沉稳和一股狠劲儿："速去通知上面，要快。"

这句话落下时，有人反身急奔而出。胡永寿抬头看了眼面前站的一位年轻人，又道："今日必有大事发生，你亲自去盯着。"

那年轻人乃是胡永寿的儿子，叫作胡青云，二十多岁，常年跟在其父身边，继承了其父的稳重，见得他父亲如此这般安排，问道："父亲是觉得静月不可靠吗？"

胡永寿道："兹事体大，须做到万无一失，不然的话，你我都得死在京师。"

"是。"胡青云欲转身往外走，胡永寿忽叫住他道："播州那边近来可有什么消息？"

胡青云剑眉一沉，回头道："播州近日不甚太平，各级要员接连被杀，均是一剑毙命。"

"哦？"胡永寿那双淡淡的短眉一动，"是哪方面的人做的？"

"尚不知情。"胡青云道，"最奇怪的是那凶手的杀人手法，一剑割喉，血要么洒在地上，要么喷溅在墙上，星星点点，状若红梅。那凶手便用血补画出了梅树，故在每一位死者身边，无一例外都有一棵梅树，若泼墨也似，恣意挥洒，风格写意，只怕天下再也找不出如此诡异的画作了。"

"这是挑衅？"

"也是打击。"胡青云道，"如果那凶手持续作案，杨应龙身边的官员没几个能活得下来。"

"所以杨应龙也开始行动了。"

"没错。"胡青云道，"他正在全力缉凶。"

"可有眉目？"

"还没有。"胡青云道，"播州人给那凶手取了个外号，叫作血梅，如今播州城内人人谈梅变色，杨应龙下了命令，要求播州府在十日内务必找出凶手。"

"明军兵临播州城下，决战在即，杨应龙确实也该有所动作了。"胡永寿道，"你去吧，务要谨慎，莫出差错！"

二

播州地处贵州北部，位于大娄山南侧、乌江北岸，从北往南形成了一个倾斜式的地貌，北边是崇山峻岭，高耸入云的山脉。一路往南，中间是丘陵冈坝区域，起伏连绵，占了整个播州一半以上的面积。播州城正是建于这块区域，乌江、湘江、赤水河皆从播州擦过。

有山有水，土地肥沃，百姓本可在此安居乐业，可是近两年来，播州宣慰使杨应龙反明，明军屯兵城外，杨应龙则退守城西北的海龙囤，使播州成了极为敏感的战争缓冲地带，龙蛇混杂，间者暗探遍布，时常发生打斗，百姓自是人心惶惶，惴惴难安。

杨应龙俨然一个土皇帝，其所居住的地方，不仅有太监，还有宫女、嫔妃。海龙囤铜柱关前，刻有杨应龙亲笔所书的一副对联，曰：养马城中，百万雄师擎日月。海龙囤上，半朝天子镇乾坤。公然与朝廷叫板，足见其野心之大。

杨应龙的野心越大，播州城内各方人物的内心就越是不安。要知道这些年来，本朝皇帝出兵朝鲜打击倭寇，又镇压了宁夏哱拜之乱，战绩赫赫，中外臣服，区区一个播州又岂在话下？因此很多人认为，朝廷攻克海龙囤，平定播州不过是早晚的事。鉴于此，播州几乎处于一个无秩序，且无人管理的混乱状态，宣慰司形同虚设。

杨应龙意识到如此下去，明军未打进来，播州城倒先乱了，不利于作战，便差其弟弟杨兆龙到宣慰司坐镇，以控制播州内部局面。

在特殊的时候，树欲静而风不止，即便杨兆龙极力维稳，依然收效甚微。特别是近日播州城内出现了一个叫"血梅"的杀手，半月内连杀六人。死者有两个共同的特征，一是皆为官员，二是俱为一剑割喉，血溅在地上或墙上，形成泼墨般的梅花状，那凶手杀了人后，似乎还颇有情调，又用鲜血绘了梅树，与那星星点点的梅花状血滴完美地融作一体。

这一日，杨兆龙刚刚起床，披着件长衫，弯着腰跟一只鹦鹉逗趣。他是个粗人，早上没有洗漱的习惯，用那蒲扇样大的手抹把脸，就算是把脸洗了。名义上是播州府正印，可他并不怎么去衙门，那些什么民生经济、城内建设等乱七八糟的事情，他听着就脑仁儿疼，全权交给副手归无迹打理，并交代归无迹："除非有命案，或是打打杀杀的事情，否则别来寻老子。"

不过最近杨兆龙的脑仁儿又疼起来了，在他的管辖地连出六桩命案，凶手还嚣张得很，总要在死者旁边画一幅泼墨般的血梅图，这不存心挑衅吗？可惜的是，尽管他们竭力追凶，至今尚未查到凶手，甚至连凶手是男是女都不知道。

归无迹又出现了。看到那张死人一样毫无生气、全无表情的脸时，杨兆龙的脑仁儿就更疼了。他交代过，除非有命案，或是打打杀杀的事情，否则别来寻他，莫非他娘的又死人了？

归无迹是个严谨的人，做事一丝不苟，脸永远都阴着，好像天下人都欠了他银子似的，即便遇上再大的事情，那张脸都不会出现任何波动。不过这张死人脸却让杨兆龙觉得很踏实，播州城内大事小事几乎没有他搞不定的，一般情况下他不会找上门来。当然，一旦他出现，那肯定是惊天动地的大事。

"又他娘的死人了？"杨兆龙竖着浓眉，瞪大了眼睛看着归无迹问。

"是的。"归无迹淡淡地道，"还是血梅干的。"

杨兆龙骂了一句，把手里喂鹦鹉的饲料瓶狠狠摔在地上，砸了个粉碎。莫看他已四十有余，却依然是个火爆脾气，怒目圆睁，沉声道："半月以来，连取七条人命，紧倒着惹老子，丝儿活腻了！这次死的是谁？"

"本府推官尚元素。"

"紧倒捉杀老子的人，把老子当软柿子捏，而且还他娘的捏上瘾了。"杨兆龙来来回回在厅堂上走了两圈，红着眼又问了一句，"还是没找出有用的线索？"

归无迹面无表情地点了点头。

"你去把……把那谁……"杨兆龙气急之下，一时叫不上来人名，手往空中虚指了两下，憋红着脸道，"戈青锋，给老子找来。"

归无迹目光一抬，眼睛射出一道寒光："就是三圆山监狱的那个醉鬼？"

"没错。"

想起那个醉鬼，归无迹忍不住皱了皱眉头。那是个实打实的酒鬼，全天几乎没哪个时段是清醒的，慢说让他缉凶，能把他亲爹亲娘认出来就已经算不错的了："他能查出凶手？"

"你查出来了吗？"杨兆龙十分直接地怼了一句，把归无迹怼得哑口无言，转身就走出去了。

杨兆龙是了解戈青锋的，他虽然成天浑浑噩噩，醉得连自己的亲娘都不认识，但若论才华，他堪与归无迹比肩。只不过人各有命，此人的际遇委实惨了些，十几岁就死了爹娘，好不容易找着个肯嫁与他的，也让仇家给弄死了。为了给未婚妻子报仇，他手刃仇人。按律戈青锋难逃制裁，乃因杨兆龙惜才，求其兄长杨应龙网开一面，打发去了三圆山监狱当了个牢头，从此以后，喝酒度日，成天一副恨不得将自己喝死的鸟样，人事不省。

　　尚元素是个雅人，好书画，喜品茗，府上有专门的一间茶舍，曰"幽茗小筑"，现如今已变成幽冥地狱了。甫入茶舍便是一股浓烈的血腥味扑面而来，尚元素坐在一张红木靠背椅上，依旧保持着一种舒适的坐姿，甚至连面部表情亦是恬淡的，唯独眼里透露出一丝丝的恐惧。

　　喉咙上有一道细长的剑伤，一剑割喉，快到死者尚未来得及恐惧便已经死亡。

　　世上端的有如此之快的剑吗？杨兆龙暗吸了口气，随之内心传来一丝恐惧，如果是我遭遇此人，能挡得了几招？思忖间，目光一转，在尚元素右侧的墙壁上，用鲜血画了一幅梅花图，红得刺眼。

　　门口响起脚步声，杨兆龙转身去看，只见归无迹阴沉着脸走过来，显然十分不情愿。后面跟着两个人，抬着副担架，上面躺了个醉汉。人未近，酒气早已扑面而来，那味道简直跟在酒缸里泡了几天的醉鱼无甚区别。大早上的，能把自己喝成这样的，普天之下只怕也找不出第二个了。

　　由于是喝醉了酒的缘故，戈青锋脸上红扑扑的，从脸颊到嘴角有一道细长的疤，看样子像是剑伤，在酒精作用下，通体呈暗红色，像条蚯蚓黏在脸上似的，很是怪异。满嘴的胡子，不知道有多少天没整理了，胡子上甚至还能看到挂了些细小的肉粒。头发就更乱了，披散着，一如枯草，没一丝光泽，对这样的人来说，用绳子扎一下头发，估计都是件麻烦事，能省则省。人看上去倒还年轻，二十五六岁的样子，只是可惜了好好的一副身板，几乎给喝垮了，全身上下没几两肉。

　　归无迹看了眼后面担架上的人，冷冷地道："人带到了。"随后退到一边，冷眼旁观着，要看看杨兆龙如何用此人。

　　杨兆龙吩咐道："取一盆水来，给他洗个脸。"

　　"洗甚？洗甚？"戈青锋似乎连睁眼的力气都没有，懒洋洋地道，"相亲吗？"

　　杨兆龙失笑："让你这厮儿相个死人，看你有没有这本事。"

　　戈青锋边眯着眼哼哼唧唧的，边道："不会又是血梅的杰作吧？"

杨兆龙道："没错。"

戈青锋摇头道："此人倒是执着，然却毫无创意，隔三岔五地画幅血梅，也不嫌烦。扶老子起来。"

抬担架的两个人一左一右扶他起身。他摇摇晃晃地走到桌前，近距离地看着尚元素，眯着眼道："好快的剑！"

"看出了什么吗？"归无迹不冷不热地问了一句。

戈青锋没有理他，依旧看着尚无素："死都死得这么安逸，倒是少见。"

杨兆龙道："这说明血梅的剑太快了，快到让人来不及恐惧就死了。"

戈青锋又看了会儿，忽然转头问道："尚元素会不会武功？"

归无迹道："他是文官，不会武。"

戈青锋又问道："一个文人，看到一个陌生人提着剑突然出现在面前，会不会怕？"

杨兆龙和归无迹一愣，自然是会怕的！随即明白了戈青锋的意思，血梅的剑是快，可是剑再快，他从进屋到杀人的过程，总还是需要时间的，但为何尚元素的神态、坐姿还如此安逸，这说明了什么？

"这说明尚元素生前看到的是熟人。"戈青锋的眼里闪过一丝精芒，"要么是朋友，要么是同僚。"

杨兆龙啪地拍了下手掌，恍然道："对啊，这么简单的道理，老子如何没想到！"

"如果是这样的话，血梅就有可能是朝廷安排在播州的细作。"想到此处，归无迹连声音都变得阴冷起来，"目的是要击溃播州各级衙门以及各级官员的心。"

戈青锋摇摇晃晃地走到担架前，慢慢地往上躺好，伸手把前面的乱发拨到眼前盖住，以遮去光线，而后闭上眼道："再把老子抬回去。"

"抬哪儿去，监狱吗？门都没有！"杨兆龙嚷嚷道，"把这厮儿抬播州府去。"

戈青锋撩开眼前的乱发，睁眼道："你那播州府衙门没监狱自在，老子不去。"

"不去也得去！"杨兆龙瞪大眼大声道，"没查出凶手前，你只能待在播州府，大不了老子像供祖宗一样，好酒好菜天天把你供着。"

戈青锋叹息一声，把眼前的乱发重新盖上，没一会儿便传出打鼾声。

印晓天看着眼前这片漆黑的世界，心像被泡在冰水里，凉透了。他回身把蜡烛拿上来，往前面一照。这个空间实在太大了，比之下面依山而建的屋子不知大了多少倍，烛光在这样的环境下，直若萤火，什么也看不清楚，给人的感觉是进入了十八层地狱，一层更比一层瘆人。

印晓天坐在屋顶，望着眼前无边无际的黑暗，灰心到了极点。往回走吧，不甘心，往前吧又不知道会遇上什么，进退两难，于是又骂道："是哪个无根的阉货，出来见小爷，敞开了把事情说清楚，没必要玩这种把戏！"印晓天绝望地嘶声大喊，这时候只要有人肯出来见他，什么事情都可以谈。可惜的是，喊声落了后，声音像被黑暗吞噬了，未见任何回应。

"娘的！"印晓天灰心丧气地骂了一句，从屋顶上站了起来，眉头一蹙，咬了咬牙道，"想让小爷死，没那么容易！左右是困在这儿，闲得发慌，小爷就往前闯一闯，看你能把小爷怎样！"当下赌了一口气，拿着蜡烛，慢慢地踩着屋顶往前走。

这个屋顶与普通的房屋结构一样，整体呈下坡之势，约走了三十五六步的样子，便到了屋檐边沿。印晓天伸出脖子往下探了探，烛火下隐约能看到地面，不算太高，正要往下跳，忽想到了件重要的事，急又收了脚。跳下去后，如果前方是死路，如何再返回屋顶，回到那间密室里去呢？毕竟干粮及其他物资都在密室里面，万一要是跳下去后，爬不上来，那就真的只能等死了。

思忖间，往两边看了看，居然在右侧不远处看到挂了副悬梯，与密室横梁下所挂的悬梯一模一样。"娘的！"印晓天苦笑着骂了一声，很明显，对方是在一步步引导他往前走，可这么做的目的究竟是什么，再往前走有什么玄机？

印晓天猜不透，也没有选择的余地，只能随着对方的指引，一步步往前走。小心翼翼地下了悬梯后，脚下所踏的是凹凸不平的岩石，可见他身处在一个天然的巨大的溶洞之中，究竟有多大，他无法预测，但可以肯定的是，此地不比密室，存在更多的不确定性，须步步小心。

在这种地方行走，由于看不到前方的事物，且静得像是在一个密封的空间，听不到一丝声音，越往前心里的恐慌感便越强烈。走出三十余步后，印晓天发现自己的喘息声越来越粗重，即便是闭紧了嘴巴，依然能清晰地听见鼻息，在整个黑暗的空间回荡。后来甚至产生了幻觉，仿佛周围隐藏着许多怪物，用眼睛瞪着他，嘴角流着哈喇子，随时会扑上来吃他身上那鲜嫩的肉。

印晓天快崩溃了，想要返回密室，好歹那里相对安全一些。可如果回去了，相当于放弃了生还的机会，就真的只能等死了。正暗自犹豫，烛光隐隐照到了一样东西，约距离他十步开外，猩红色，方形，似乎是个箱子。不过如果真是箱子的话，体积较大，藏两三个人或关入一只大型的野兽都没有问题。

看着黑暗中那只猩红的箱子，印晓天没觉得高兴，心猛一下就抽紧了。在这样的地方陡然出现一只箱子，实在太诡异了，对方是何意图，里面会装着什么？

印晓天虽然害怕，但既然有所发现，绝没置之不理的道理，壮着胆一步步往前。这时候已能看得清楚了，果然是一只大箱子，没有上锁，应该就是想让印晓天去打开的。

站在箱子面前，印晓天迟迟不敢下手。从在密室里醒过来到现在，他也明白了些对方的意思，设计此局的人没想让他速死，而是要让他不得好死，像猫捉老鼠一样，捉弄他，逗他，把他吓得心胆俱裂方才甘心，不然的话，就不会设计那巨大的计时器，提供食物和装备，然后再一步步引导他走到这儿了。

印晓天平时自视聪明机灵，可在对方如此诡异莫测的安排下，也只有认命的份儿。既来之则安之，无论对方想在他身上得到什么，只有一步步走下去，才能得到谜底。他这样安慰着自己，蹲下身把手里的蜡烛在一块平整的地方放好，暗暗地吸了口气，两手一抬，掀开了箱盖。

本以为箱子里会有什么机关，或是什么怪物蹿出来，在掀开箱盖的同时，身体本能地往后躲了一下，打开后却发现，里面一点动静也没有。拿起蜡烛往里一照，不禁目瞪口呆。

箱子里面居然是一堆衣物以及日常的生活用品，梳子、铜镜，甚至碗筷等一应俱全。"娘的……"印晓天本想骂这哪里是幽禁，简直是想让他来此地长居的打算，可话刚出口便发现不对劲了，那些衣物是他平时穿的，铜镜和梳子也是他平时用的，对方是把他住所的所有物件都搬了过来。

"这他娘的是什么意思？"印晓天翻了下里面的东西，翻出了静月道长送给他的那件道袍，不由得心头一沉。对方果然是想在他身上得到什么重要的东西，只不过他还不确定想要的东西究竟藏在哪里，索性把所有物件都搬了来。

印晓天的脑子快速地转动着，事到如今，基本可以确认三点，一是他应该还在京师的某个地方，因为只有在京师附近，才可以把他家里的东西快速地移到此地来；二是这个地方虽然暗无天日，但在暗处一定有人监视他的一举一动；三是对方想要的东西一定在箱子里面。

静月那老东西究竟在道袍里藏了什么秘密，或者说道袍代表了什么？

"往日道袍敝，今朝着新衣。新衣无尘埃，敝袍藏污垢。"印晓天默念着静月道长在狱中所吟的那首蹩脚的诗，忍不住翻动了下那件道袍，毫无发现。

或许毫无发现才是正常的，在把这些东西搬到这里来之前，对方一定仔细搜查过，在没有发现任何异常的情况下，才会大费周章地把他弄到这里来。

看来京师真有播州的细作，应该是静月道长有所发现，只是没有确凿的证据而已。可即便如此，依然让那细作感受到了威胁，所以才想方设法要找到静月道长留下的线索。

"老东西啊老东西，你一天到晚神神道道地糊弄人倒也罢了，可朝中那些人也是你能糊弄的吗？没把他们唬倒了，倒把你徒儿糊弄到了这鬼地方！"

印晓天越说越气，狠狠地将那件道袍扔在地上。此时，眼睛的余光瞥见袍上的图案时，神色间微微一变。

道袍被甩在地上时，袍上所绣的图案正好朝上。那些图案印晓天以前也曾见过，只是那时候没搞懂静月道长给他道袍的含义，因此没往深处去想，然在这种环境下再看到那些熟悉的图案时，不由得教他思绪翻涌。

道袍一般分为六种，分别是：大褂、得罗、戒衣、法衣、花衣、衲衣等，按等级或身份不同，穿不同的道袍。印晓天手里的这件道袍叫作法衣，又称天仙洞衣，通体紫色，上面用金丝银线绣了道教的各种图案，乃是在举行隆重祭祀时所穿，也只有像静月道长那种级别的道士方有资格穿上身。

道袍上绣着郁罗箫台、日月星辰、八卦、宝塔、龙凤、仙鹤、麒麟等吉祥图案，在这些图案之中，指向性最强的便是那郁罗箫台。

郁罗箫台是传说中西王母居住的仙山宫阙，但那是道教的称呼，它实际上是一座山，位于河北满城，俗称玉京山，乃道教圣地。静月道长曾与印晓天提过那地方，现在仔细回想起来，静月道长一共跟他提过两次，一次是无意间提起，大概描述了下郁罗箫台，另一次则是万历帝来讨教播州之役后的第二天，静月道长说与他，他日若有不测，去郁罗箫台可消灾厄。

当时印晓天还取笑道："若有灾厄，也该是你，不若早些去郁罗箫台避避为妙。"现在想来，静月道长其实早料到了会有牢狱之灾，提前给印晓天安排好了后路，只是印晓天虽然机敏过人，但却没有放在心上。若是早些参透了，在静月道长被捕当日就赶去玉京山，便不会有今日之灾了。

想到此处，印晓天后悔不迭，悔不该一直把静月道长当作糊弄愚夫痴妇的普通道士，更不该不把他的话当回事，事实上他是有道行的，所言所行皆有玄机。

照此看来，朝中的奸细确实存在，而且是位手眼通天的能人，对宫里的事，甚至皇上的一言一行都了如指掌，这才让静月道长不敢开口，而是将玄机藏在了道袍之中，希望印晓天能完成他的未竟之事。还有一个可能，静月道长在狱中装疯卖傻，喊着朝中有奸细，说不定就是故意传出消息来，好让没开窍的印晓天上心。

印晓天跺跺脚，越想越觉得对不起师父，然现在补救还来得及吗？莫看他平时看上去像个滑头，油腔滑调的，内心其实好强得紧，也能吃得了苦，不然漂泊流浪的那几年也很难活得下来。这时候想到愧对师父，想到此事关系到大明江山社稷，便暗下了个决心，无论怎样都要活着离开这个鬼地方，去完成师父交代他的事。下了决心后，此前的恐慌感一扫而光，故意踢了下那件道袍，然后骂骂咧咧地拾起来，装作若无其事地丢入箱子里面，随手把箱子盖一合，转身回了那间密室。

既然有了目标，印晓天不敢再大意，因为接下来要面对的问题，要比他原先想象的复杂得多。玉京山上究竟藏了什么秘密，那个潜伏在朝中的细作是谁，他是被那细作抓来的，还是另有其人，是关在京郊还是另外的地方等，皆一无所知，在决定下一步行动之前，他心里必须有个头绪。

根据牢房狱卒所说，静月道长被捕后，万历帝曾带了三法司去过一次监狱，但当时静月道长只说朝中有播州方面的细作，至于具体是谁，没有细说，只念了首蹩脚的打油诗，不难看出静月道长并不知道细作究竟是哪个，只不过是从战争的形势中预测出朝中存在细作。照这个思路推演下去，玉京山所藏的秘密有可能不是那细作的信息，而是和播州之役相关的其他秘密，这个秘密引起了那细作的不安，所以才把印晓天抓了起来，试图从他身上得到秘密。

想到此处，印晓天反而糊涂了，如果那细作想要得到秘密，最便捷、简单的方式是从静月道长身上获取，为何会抓他这么个小混混呢？印晓天平时虽是一副不着调的模样，脑子却很是好使，马上想到那个细作可能已经猜到了秘密藏在道袍上，只是无法由郁罗箫台联想到玉京山上去，所以他才会把那件道袍放在箱子里，目的是想从印晓天的举止中看出端倪。

嘿嘿！想要从小爷身上得知秘密，可没那么容易！印晓天为自己的机智暗自得意，继而又想到，此事既然是那细作干的，那么他决计还在京师，而且那细作不会轻易让他死，说不定那催命的计时器，也只是用来吓唬他的，以便可以尽快从他身上获知消息，换句话说，他有足够的时间想办法从这里出去。

想到自己的性命暂时无虞，印晓天松了口气，心想：娘的，跟小爷斗，你还嫩了点儿！当下又吃了些干粮，喝了两口酒，倒头就睡，反正一时死不了，睡饱了再说。

三

在锦衣卫、左骧武卫营等大批禁军的护卫下，静月道长被带入了禁宫。

浩浩荡荡地入宫，该已惊动细作了吧？难道播州细作的真面目，今日真要被揭开了吗？万历帝看着静月道长，莫名紧张起来。

是的，紧张。事情真的如此简单吗？如果静月道长真的知道细作是谁，何以不早些说出来？想到此处，万历帝的心里又涌起一丝不安。

静月道长是方外之人，虽说在狱中待了一段时间，亦未见他憔悴消瘦，见了万历帝后，从从容容地揖手行礼。

万历帝本就是相信他的，只不过是迫于压力，这才拿他入狱。此时相见，心中愧疚，亲自上去托住静月道长的手，轻声道："教道长受苦了！"

静月道长摇摇头，微哂道："皇上言重了，道门中人，不惧轮回，遑论苦寒乎？"

"印晓天失踪了。"待静月道长入座后，万历帝道，"锦衣卫在京师暗查无果。"

听到这句话时，静月道长清癯的脸变了一变："他……失踪了？"显然他对此也感到十分意外。

万历帝道："道长不知道他失踪一事吗？"

静月道长摇头。凌秋风忍不住插嘴问道："那么道长可知他为何会失踪？"

静月道长瞟了眼凌秋风，冷冷一笑，道："重兵护卫，将贫道送入禁宫，凌指挥何须还明知故问？"

凌秋风闻言，呼吸不由得急促起来："真是为了那件道袍？"

"是的。"静月道长颔首道，"道袍上有个郁罗箫台的图案，倘若晓天细心些，应该能参透其中的意思。郁罗箫台实指玉京山，只要带着贫道的那件道袍去，玉京山紫罗观自会有人接见。"

万历帝"呼"地站起来道："玉京山紫罗观里有什么？"

"城防图。"静月道长看着万历帝道,"播州海龙囤的城防图。"

去年明军在天邦囤惨败,就是因为对那里复杂的地形不甚了解。今年朝廷集结大军,从八个方向合围,虽说一路势如破竹,逼近播州,却怎么也无法攻克海龙囤,其真正的原因便是,海龙囤的地形比之天邦囤更加险恶复杂。明军但要一脚踏入,有去无还,如果有了海龙囤的城防图,拿下播州,指日可待。

原来是这样!原来静月道长身上背负的不是细作的秘密,而是播州海龙囤的城防图!照这么看来,细作应该是意识到了什么,才把印晓天和那件道袍一起带走。

可这里面还是有问题的,如果静月道长手中真有海龙囤的城防图,何以不早些拿出来,却炮制了这么一起道袍事件,是另有深意还是故弄玄虚?

此外,如果静月道长手里只有城防图的话,可能现在的情况比想象的还要复杂些。举报冉小七的是谁?京师里既然有人知道细作,何以不现身出来配合朝廷,要躲在暗处?是有特殊原因,还是播州内部出现了什么问题?

播州内部有"五司七姓[1]",在当前形势下,他们对杨应龙一意孤行与朝廷对抗,难免会产生不满的情绪。如果是这样的话,对朝廷倒是有利的,怕就怕还有更加复杂的因素。

"为何不把城防图早些交给朕?"

静月道长听得出来,万历帝的话里没责备,而是怀疑。他看了眼皇帝,幽幽地叹了口气,道:"皇上何以不问问贫道,城防图从何而来,几时得到的?"

万历帝愣了一下,此时再看静月道长,他那清癯的脸依旧恬淡如水,没有丝毫慌张,也没有愧疚,他是清白的,一直都是清白的,你也一直相信着他。何以要在这个时候起疑?当下换了个语气,说道:"道长有何苦衷,不妨道与朕听。"

静月道长说道:"去年我军惨败,虽非贫道之过,但毕竟皇上在用兵之前,曾来找贫道问计,当时贫道与皇上说,宜速决,没想到竟全军覆没,贫道心中日夜不安,想着无论如何,也要弥补此番过失。于是贫道托一位侠义之士,混入杨应龙身边,用了将近一年时间,摸清了海龙囤的城防、排兵布阵及机关等情况,绘作图送来京师。"

"送来京师?"凌秋风敏锐地捕捉到了漏洞,问道,"为何不直接送去位于播州外围的明军军营?"

"他去了。"

---

[1] 五司指五个土司,即真州、余庆、白泥、容山、重安等五个土司官;七姓指田、张、袁、卢、谭、罗、吴等七大家族。

"哦？"凌秋风两眼精光乱射，"没送进去吗？"

"送进去了，却差点没回来。"说到这里，静月道长那张清癯的无波无澜的脸，透露出一丝丝的恨意，"军中有细作，在那里等待他的是龙潭虎穴。若非他武功高强，杀出一条血路，就被我军当敌人杀了。"

凌秋风道："所以他就把城防图送到了京师？"

静月道长显然不怎么喜欢凌秋风问话的语气，冷冷地反问道："换作是你，你会如何做？"

凌秋风却不管他是否对自己有意见，又紧跟着问道："他是谁？"没想到静月道长居然摇了摇头。

凌秋风冷笑："不能说吗？"

"不能说。"尽管面对的是皇上，静月道长依然一脸坚决，"贫道怕细作就在我们中间。"

众人你看看我，我看看你，一脸错愕。此时，除了万历帝和静月道长外，还有锦衣卫的凌秋风以及左骧武卫营的指挥使司马寿，难不成他是在暗指猎鹰就在他们中间？

那司马寿体形高大，一脸的虬髯须，再加上是武行出身，脾气本就不是太好，只是碍于皇上的面，没敢发作，却也忍不住发出"哼"的一声，表示不满。

万历帝倒是理解静月道长的顾虑，那位侠义之士已经为此犯过一次险，在查出猎鹰之前，为保证他的安全，完全在情由之中，遂道："道长请继续往下说。"

静月道长道："天邦囤大败后，贫道料到必有一场牢狱之灾，当时印晓天还劝贫道说，去外边避一避。然城防图未到，贫道怎可抽身，故一直在等播州的消息。直至锦衣卫去奉天观的前三天，城防图才送到京师。为了安全起见，贫道将城防图送去了玉京山紫罗观。"

想到这件事，万历帝不禁叹了口气，道："是朕错了！"如今细想起来，即便入狱之后，静月道长依旧心系播州战局，一直嚷嚷着京中有细作，甚至以诗暗示，道袍之中藏有秘密。可他不仅没有参透静月道长的暗示，还依然将他关在狱中。

静月道长见皇上当众承认过错，心下一阵激动，揖手道："皇上如此说，着实令贫道无地自容也。"

"道长。"司马寿还是忍不住开口了，他的声音有些大，在殿内回荡着，"你既然怀疑猎鹰就在宫中，不肯透露那位侠士名讳，何以就敢道出城防图所在，莫非就不怕让猎鹰抢了去？"

静月道长道："这个不劳阁下担心，在城防图被安全送到播州军营之前，贫道以为皇上是不会让这里的人离开禁宫的。"

凌秋风问道："那么让谁去玉京山呢？"

万历帝道："凌指挥使可有合适的人选？"

凌秋风愣了一下，没敢去接这话茬，他怕出意外。姑且撇开城防图的重要性不说，单说在这非常时期，万一要是出了意外，被扣上个细作的帽子，那便浑身是嘴也说不清楚了。

按照司马寿的性子，若换在往日，他早就主动请缨了，但当他看到凌秋风的样子时，同样选择了沉默。没有人知道那猎鹰是谁，也就意味着谁都有可能是猎鹰。如果在去玉京山的路上出了差错，细作之名便算是扣死了，届时一入刑狱，别说是洗清嫌疑，连死亡都是种奢求。这样的鬼差事，哪个敢揽？

然而，让司马寿意外的是，凌秋风只是愣了一下，随后便把这活揽下了，朝万历帝请命道："启奏皇上，若信得过臣的话，臣愿走这一趟。"

他没推荐别人，主动揽下了这要命的活儿，令万历帝和司马寿都大感意外，唯独静月道长的表情没有变化。在他眼里看来，主动揽下此活，反倒是明智之举，既然谁都有嫌疑，那就索性揽下此活儿，取得城防图，把嫌疑洗清了。

"不过臣尚有一问，在走之前须问个明白。"凌秋风剑眉一扬道，"取得城防图后，如何处置？"

万历帝没有即刻答话，目光一转，看向静月道长，城防图是他藏在玉京山的，卧薪尝胆许久，理应有更好的计划。

静月道长道："取得城防图后，火速送往播州明军军营。"

凌秋风道："还是由我送去吗？"

静月道长道："此事不宜易手。"

凌秋风脸色一沉，眼里闪过一道精芒。明白了，这是一趟有去无回的死路，静月不光是要去取回城防图，还要"捕鹰"。城防图一旦被送入播州明军军营，对播州方面来说几乎是致命的。猎鹰得知消息，必会现身沿途拦截，这样的话神秘的猎鹰就浮出水面来了。

"好计！"凌秋风面无表情地道了一声，目光炯炯地看着静月。他现在越来越看不透眼前的这个道士了，不惜将某一人置于死地而实施他的"捕鹰计划"，如此奇思巧谋，绝非一个普通的道士能想得出来的，那么他是否还有另外的身份，如此做的目的究竟是什么？

不对，现在猎鹰是谁尚不知晓，诚如静月道长所言，细作有可能就在他们中间，那么他就不怕他凌秋风就是猎鹰吗？要知道如果派出去取城防图的人就是猎鹰，那后果不堪设想，这一点静月不可能没有想到。假设他想到了，何以还会放心地交给他去办？或者说……

凌秋风暗吸了口气，或者说这起道袍事件的背后，还有更大的不为人知的秘密？

"我还有一事问道长。"凌秋风看着静月道长道，"举报冉小七的是不是你的人？"他故意将"你的人"三字重点强调，显然在他的眼里，或者说以他的办案经验来看，静月并非只是一个普通的道士。

"举报冉小七？"静月道长一脸迷茫，"谁是冉小七？"

不是他的人？那么还会是谁呢？还有那个印晓天，是否已落入了猎鹰的手里？

"就按道长的意思办。"万历帝同意了静月道长的计划。实际上对万历帝而言，这是个无奈的决定，谁都信不过，莫非就谁都不用了吗？若如此，便果真是作茧自缚了，凌秋风主动请缨，忠勇可嘉，他更愿意相信他是清白的。

当下，静月道长借纸笔写了封书函，交给凌秋风，道："将此信交给玉京山紫罗观的清风道长，他自会将城防图取来予你。"

"皇上。"凌秋风出去后，司马寿忍不住道，"凌指挥使只身前往，太危险了！"

"你担心他？"静月道长说出此话后，用一种近乎诡异的眼神看着司马寿。

司马寿看到这种眼神，再怎么粗枝大叶也看出味儿来了，他是在怀疑我是猎鹰，要借支援凌秋风的机会出去传递消息吗？罢了罢了！司马寿暗叹一声，值此非常时期，还是先行自保吧。

"担心也是正常的，朕也担心。"万历帝看到静月道长的神色，开口道，"同朝为官，彼此关心，朝廷之幸也！"

见得皇上撑腰，马司寿一阵感激，便把心中的担忧一并说了出来："如遇大规模追杀，凌指挥使必九死一生，臣以为，当派人暗中支援。"

"此言差矣！"静月道长即刻反驳道，"尾随在凌指挥使身边的人越少，便越容易引出猎鹰，若凌指挥使战死，那也是为国捐躯。"

司马寿闻言，暴脾气顿时就上来了："若城防图也丢了呢？"

万历帝目光一转，看向静月道长，只见他泰然自若，拂须道："不怕，贫道自有计较。"

万历帝跟着问了一句，"道长有何预案？"

静月道长向万历帝微微揖手，道："皇上恕罪，容贫道暂时保密。"

司马寿哼了一声，显然对他十分不满，都什么时候了，还要故弄玄虚。万历帝虽然相信他，但此事毕竟关系到国家安危，你若再如此遮遮掩掩，万一有所差池，那就不是回去蹲监狱如此简单了。本想逼他说的，然又想到，无论是方外之人还是江湖中人，凡能人异士都有他们的怪脾气，越是压迫越会适得其反，此乃他们的可贵处，亦是可恼处，只得静观其变。

胡青云大步走进来，道："禀父亲，锦衣卫指挥使凌秋风业已出京，往玉京山方向去了。"

"甚好！"胡永寿端起茶盏浅抿了一口，笑道，"看来一切都在计划之中，人手都准备好了吗？"

"准备好了，一百五十人随时待命。"

"入夜后准时出发。"胡永寿随手把玩着手中的茶盏，"好戏开场了。"

凌秋风从宫里出来后，心中一直忐忑不安，倒不是说他担心自己的性命，而是怀疑静月道长的身份。从道袍事件到捕鹰计划，都是他策划的，现如今播州局势几乎就掌握在了他的手里，连皇上都无从左右，万一那道士有问题呢？

这实在太可怕了！

凌秋风的担忧并非没有道理，道袍事件是他一手炮制的，是否可以理解为，印晓天的失踪也在他的计划之中？如果是，印晓天的失踪又意味着什么呢？

如果道袍事件本身就有问题的话，那么道袍中所隐藏的城防图的秘密，可能也是有问题的，或者说城防图根本就不存在。要是这样的话，他究竟想要干什么？静月是否就是猎鹰？

一切都是猜测的，自然这所有的一切也都是谜，或许只有到了玉京山，才能将之解开，又或许他根本就到不了玉京山，这一路上就会有人要了他的性命。

出了京师后，一路上并无遇到阻拦，这反而让凌秋风不安起来，太静了，在如今这样的形势下，越静越是不太寻常。

沙沙一阵响，秋风起，落叶纷飞，红的青的叶子如落英一般，五彩缤纷。

傍晚的风带来了一丝凉意，特别是在这林子里，颇有些肃杀之气。凌秋风眉头一拢，分明感觉到了一股杀气，来了！快马急驰中右手一探腰际，拔刀在手。

刀光乍现，似乎连空气也一下子凝重起来，衣袂迎风声在树叶的沙沙作响中，听起来依然清晰。凌秋风目光一扫，只见一位黑衣人从树上掠将下来，刀锋迎风劈下。

你终于出现了，猎鹰！

凌秋风一拉马缰，脚下快马一声嘶鸣，铁蹄戛然而止。他的脸一如寒风中棱角分明的岩石，峻峭孤冷。刀身往上一迎，当的一声脆响，火星四溅。凌秋风只觉手臂微微一麻，上半身忍不住往后仰，那黑衣蒙面人则一个空翻，落到地上，脚下踉跄了下，双方的功力不相上下。

凌秋风知道遇上劲敌了，右腿一抬，下了马，往前走两步，与那人面对面站着。此人身子不高，看上去有些胖，脸上套了个面具，面具很普通，乃是一张微笑的娃娃脸，看上去很是可爱。

这副打扮着实让凌秋风感到意外，难不成如此一个矮矮胖胖、戴着娃娃面具者，就是猎鹰？

"你是猎鹰？"

"是的。"那黑衣人倒是毫不避讳，直接承认了。

不对！凌秋风身为锦衣卫指挥使，专办京师的大案要案，天生敏锐，任何疑窦都难逃他的法眼。如果对方真是猎鹰，他不该在此出现，因为他的目标是城防图，拦截他毫无意义。

"很奇怪我会在此现身是吗？"猎鹰直挺挺地站着，语气阴沉，"我是来告诉你这是一个圈套，静月有问题。"

"哦？"凌秋风更加奇怪了，如果眼前这人真是猎鹰，那么静月无疑就是自己人，如何会有问题？

猎鹰似乎早就知道仅凭三言两语无法说动对方，便又道："播州有五司七姓，几大家族向来貌合神离，此番我主杨应龙公然与朝廷作对，五司七姓中分成了三派，一是主战，二是主和，三是欲浑水摸鱼，趁乱取代我主，主掌播州，从目前的情况来看，静月应该是第三阵营中人。"

"何以见得？"凌秋风越听越是震惊，但他依然保持着镇定，以及对敌人的警惕。

"谁举报的冉小七，是你们自己人吗？"猎鹰冷冷地问，"如果是你们自己人,何以如此鬼鬼祟祟不敢现身?"

举报冉小七的人一直是个谜,凌秋风原以为是有高人在暗中相助,不过经猎鹰如此一说,确实需要重新审视此事了。他本就怀疑静月道长的身份,现在看来,静月道长说他不认识冉小七,极有可能是装出来的。但是,假设静月道长有问题,这中间也有解释不通之处。静月道长是主张皇上出征的,天邦囤之败完全是战略上的失败,而非静月道长之故。再者说,天邦囤一役,无论是胜是败,对那所谓的第三方阵营没有任何好处,相反,倒是给静月道长造成了极大的困扰,不仅遭遇牢狱之灾,其弟子印晓天也因此失踪。最为关键的是,如果这次再出差池,给他带去的极有可能是杀身之祸,他如此与自己过不去,究竟所为何来?

"他是要借你引我现身,进而除掉我。"猎鹰的黑衣在晚风中飘飞,只不过他的身子又矮又胖,又戴了副娃娃面具,看上去有些滑稽,"除掉了我,也就取得了皇上的信任,甚至成为真正意义上的帝师,从此后他就可以在京师为所欲为。"

凌秋风两眼一眯,眼中精光乱射,沉声道:"你的意思是,借我之手杀你,便是他给皇上纳的投名状?"

"没错。"

"哼!哼!"凌秋风冷笑两声,"那么城防图呢?如果他要向皇上纳投名状,一张城防图足矣。"

"没有城防图。"

"没有城防图?"凌秋风吃惊地看着对方,警惕之心再次涌起,如果没有城防图,就算是借他之手除掉了猎鹰,那也是欺君大罪,是要被处死的,静月没有那么傻。

"海龙囤是没有城防图的。"猎鹰肯定地道,"因为当年建海龙囤的人都死了,就算有人能把海龙囤的地形画下来,那也是只得其形而未能得其神,外人进去,照样会误入机关,有去无回。"

"如果没有城防图,静月必死!"

猎鹰摇摇头:"他不会死,你会死。"

凌秋风明白了,只要他一死,有没有城防图就成了一个谜,难道静月真是细作?

"嗖"的一声响,夜色下一支利箭直奔猎鹰。猎鹰转首,目中精光一闪,"来了!"刀头一迎,挡开来箭,朝凌秋风喝道,"可敢与我并肩一战?"

莫非真如猎鹰所言，这是个圈套？凌秋风一手擎刀，一手护胸，目不转睛地看着前方，上百人无声地朝这边围过来，他们身着黑衣，手持各类兵器，杀气腾腾，犹如索命的无常，虽无声无息，然那气势却足以震慑任何人。

那些人没有蒙面，就这样光明正大地杀了过来，当前一人低喝声："猎鹰，受死吧！"手中的长枪一舞，荡起一股劲风，劈头盖脸地朝猎鹰打落。

猎鹰见来势太猛，侧身避过，单刀斜走，袭向对方。那人手持长枪，收回时要慢一分，来不及接招，急忙退开，但与此同时，一大群人业已袭到，大片的兵器，将猎鹰包围，只听得一阵急促的兵器撞击声，一场杀戮开始了。

面对这场厮杀，凌秋风不知该如何面对。如果真如猎鹰所言，玉京山没有城防图，他空手而回，这一路上又没人跟着为他做证，的确是说不清楚的，静月想把细作的帽子往他头上扣，那是轻而易举的事情。但是，他一旦和猎鹰并肩作战，要面对的将是什么呢？不光是死而已，还有通敌的罪名等着他，届时即便是他死了，家人也难免会被株连。

看来这是一个死局，无论怎么选都是死路一条。

兵刃交击声越来越激烈，若爆栗般不断响起，在这一瞬间，凌秋风的心中转过了无数个念头，倏地一咬钢牙，纵身一跃，从那围剿之中脱身出来，他不选择站队，不去帮任何一方，翻身上了马，朝玉京山方向疾奔。

他的任务是拿到城防图，无论城防图存不存在，他都得走这一趟，这是做臣子的本分，至于从玉京山回来后会发生什么，暂且不管了。

那些黑衣人之中有人高声喊道："凌指挥使，猎鹰就在此地，你不帮我们抓他，是何道理？"

马在疾驰，凌秋风的内心在剧烈地跳动。那上百名黑衣大汉是什么身份，受何人指使来抓捕猎鹰？他们不可能是皇上的亲军，宫内的任何一支禁军都不会作如此装扮。是静月的人吗？如果是，那可能真的是一个圈套，光是不抓猎鹰独自逃离，就足以治他的罪了。

凌秋风回头望了眼后面，激战仍在持续，估计在短时间内无法分出胜负。要回去救猎鹰吗？

凌秋风被这个想法吓了一跳，然在这样的情况下，也是合理的，如果静月的身份有问题，暂时与猎鹰联手，揭开静月的真面目，显然是一条捷径。可转念一想，这样做风险太大，兴许未揭穿静月的身份，他就已人头落地，甚至株连九族了。

凌秋风钢牙一咬，继续催马往前。

没奔出多远，只见前方山径上站了一个人。由于天色已黑，山里更是伸手难辨五指，看不清路上所站何人，只能隐约看到那人像标枪一样直挺挺地站着，一股浓浓的杀气随着夜风迎面而来。

凌秋风暗吃一惊，在对方不远处勒住马头，刚要发问，只听那人高声道："顺天府捕头胡青云奉命办差！"

凌秋风认得他，大同府人，其父胡永寿，做的是南北杂货生意，胡青云是其独子，虽说未曾读书考取功名，但二十余岁便做到了顺天府捕头的位置，也是件相当了不得的事。莫要看他年少，老成持重，心思缜密，是个厉害的角色，只是他为何会出现在此？莫非围剿猎鹰的那几百名黑衣人，是他安排的？

凌秋风心头一沉，道："我乃锦衣卫指挥使凌秋风，奉旨办差，请胡捕头莫挡我路。"

"请凌指挥使见谅，你可能暂时还不能走。"

一丝不祥的预感瞬间袭上凌秋风的心头，要来的终归还是来了，看来猎鹰说得没错，这趟差事本身就是个圈套，喝道："胡捕头此言何意？耽误了皇上的差事，你担得起吗？"

胡青云没有说话，只从怀中取出一张纸条，捏作一团，食指一弹，落向凌秋风。凌秋风接在手里，展开来看，只见上面潦草地写了一行字：锦衣卫指挥使凌秋风有问题。

看着这一行字，凌秋风的身体禁不住一颤。这字迹他太熟悉了，与举报冉小七的那张纸条一般无二，也就是说，先前举报冉小七的那人也举报了他！

好毒的计策！冉小七是细作已成铁案，说明那人的信息来源没有问题。现在又来举报他，那么谁会怀疑此信息是假的？更可怕的是，他刚才接触了猎鹰，与其进行了一番长谈……

是谁干的？哪个如此狠毒将他与猎鹰绑在一起，如此做的目的是什么？

是静月吗？他利用他引猎鹰出洞，与此同时，又将他除掉，难道真是要掩盖没有城防图的事实？

果若如此，猎鹰与他所言的可能都是出自肺腑，并无虚假。可他总觉得还有哪个环节没有想透，究竟是哪个环节未曾理清楚，短时间却又想不起来，遂盯着胡青云道："胡捕头是要将我带走吗？"

胡青云点头道："是的。在下官出来之前，顺天府已向皇上请示，皇上的意思是，如果猎鹰提前出现，则将猎鹰和凌指挥使一同带回。"

凌秋风问道："如果猎鹰没出现呢？"

"就让凌指挥使继续去玉京山办差。"

"这是什么意思？"

胡青云剑眉一挑，道："凌指挥使的办案经验远比下官丰富，何故多问？"

凌秋风明白了，猎鹰在半途现身，也就意味着他与猎鹰是同谋，否则猎鹰不会平白无故地现身。

"哈哈哈……"凌秋风迎着夜风一阵冷笑，好一个天衣无缝的死局啊！猎鹰为何会出现？因为这世上根本就不存在城防图，猎鹰想借此机会，借他之手挖出播州另一方势力的细作，以赢得他们内部斗争的胜利，来巩固杨应龙在京师的据点，或者说是要报了冉小七的仇。可是这一次连猎鹰也没有想到，静月早已为这次的行动埋好了伏笔——举报冉小七，然后用同样的手法举报凌秋风，而且为了避免被猎鹰提前得知消息，未向皇上举报，而是把消息送去了顺天府，此计草蛇灰线，伏延千里，绝妙之极！

我不能被带走。凌秋风暗下决心，他知道若被带回去，必死无疑，但只要活着，证明没有城防图，挖出静月，便能洗清嫌疑。虽然逃出去后，暂时会被通缉，但似乎这是当下唯一可能选择的活路了。

"得罪了！"凌秋风手中刀倏地一晃，大片的刀光洒向胡青云。

"砰砰砰"一阵爆炸声陡然响起，凌秋风大吃一惊，手上的招数不觉慢了几分。胡青云快速地往那边瞄了一眼，但见那边十数名黑衣人被炸飞，原本密不透风的包围圈顿时被炸开了道口子，猎鹰那矮胖的身子趁乱纵跃出来，人尚未落地，随手又丢出一颗弹丸状的东西，落地即炸，挡住了追上去的那批人，身子又是一纵，掠入到丛林中，倏忽消失。

胡青云叹了口气，撤身出来，还刀归鞘："你还要逃吗？"

那些黑衣人分作两拨，一拨去追猎鹰，另一拨则往这边围将过来。凌秋风也叹了口气，刚才那些黑衣人知道有胡青云在前路挡着，故将精力都放在了猎鹰身上，今猎鹰已逃，将矛头对向了他，只恐是想逃也逃不掉了。

第二天：尸坑

一

印晓天是被计时器的声音惊醒的，那"嘎"的一声响，意味着一天又过去了。

不过现在印晓天知道了短时间内性命无忧，倒也没先前那么的恐慌，拿出来个馒头，咬了两口，从旁边取过那只酒坛，晃了晃，约还有半坛，喝了两口解馋，又放了回去。

吃饱了后，人顿时就有了精神，起身爬上悬梯，到了屋顶后，又从屋顶的悬梯而下，小心翼翼地拿着根蜡烛往前走，到了那只箱子边时，踢了一脚，朝着四周漫无边际的黑暗处骂道："哪个无根的阉货，吃饱了撑的把小爷的家伙什都搬了过来？连内裤都没落下，倒他娘的细心，想请小爷在这鬼地方长住啊？门儿都没有！告诉你这阉货，小爷一定会从这儿走出去，出去后一定会让锦衣卫把这鬼地方查封了，免得再害人！"骂了一通后，继又往前走，心想无论前面是龙潭还是虎穴，小爷闯定了。

往前走了十余步，忽又想起了什么，返回到那只箱子前，打开盖子，又把那件道袍取了出来，借着烛光端详。这件道袍印晓天已经很熟悉了，但他有个毛病，那就是大意，若非是在这种绝境之下，绝对不会去留意道袍上的细节。

烛光下看得分明，在郁罗箫台的旁边果然有一个奇怪的图案，它不属于道教纹饰，上面画了一条龙，像是在刻意掩饰什么，龙纹很浅，描得也比较小，如果不是刻意细看，极容易将它视作一条不起眼的虫子。在这条龙的下面绘了一汪水，与龙形图案一样非常小，不过从此图的寓意上分析，那一汪水应该代表了海。

印晓天今天忽然想起这个图案，是因为昨天曾瞟过一眼，只是他粗心大意，没怎么上心，刚才忽想起它，则是心中掠过一个地名——海龙囤。他不知道这个图案与海龙囤是否有关，但是在这节骨眼上，却让他不得不考虑到这上面去。

眼下朝廷正在与杨应龙对阵。那杨应龙利用海龙囤天险，将明军挡在了播州城外，难越雷池一步。最让人担心的是，朝中还有杨应龙安插的细作。静月道长尽管被抓进去吃皇粮了，还疾呼朝中有细作，希望能引起皇上的注意。那么问题来了，道袍上的图案是否如郁罗箫台一样指向了一个地方？所指的是不是海龙囤呢？如果指的就是海龙囤的话，与郁罗箫台又有何联系呢？

印晓天又迅速浏览了下道袍上的其他图案，余下的乃是八卦、仙鹤和日月，并无可疑之处，不由得皱了皱眉头，心想师父啊师父，你与我打什么哑谜呢，在把这件道袍交给我的时候，悄悄与我说了道袍上的秘密又何妨？

心念甫落，忽想到在逮捕静月道长的当日，乃是锦衣卫总旗包万民带人去的，莫非师父怀疑包万民，或者说细作就在锦衣卫？

娘的！印晓天暗骂了一句，如果细作就在锦衣卫的话，小爷不是天天跟那细作在打交道？思忖间又看了眼道袍上的图案，难不成师父是在暗示，让我按图索骥寻找藏匿在锦衣卫的细作？

不对啊，师父虽然有些道行，但毕竟不是神仙，如何会知道细作就在锦衣卫？如果他知道细作就藏在锦衣卫里，何以不直接告诉皇上，让他去查，而要在道袍上面做文章？兹事体大，关及国家福祸，不应在这种事情上故弄玄虚。

"郁罗箫台……海龙囤……"印晓天默念着这两个地名，脑海中倏地灵光一现，激动得暗暗捏起拳头，"玉京山紫罗观里藏着的是海龙囤的秘密，从眼下的形势来看，这个秘密不是海龙囤的地形图，便是城防布控情况。只要拿到了这个秘密，明军便能长驱直入，一举攻克播州！"

想通了这个重要的关节，印晓天兴奋不已，他爷爷的，原来师父把如此重要的一个任务交给了我！

印晓天自小父母双亡，七岁被王兴带入宫，险些被阉了，后一直在锦衣卫打杂，迄今为止不过是一个不起眼的小人物罢了，每天除去做些杂务外，便是到处找人喝酒吹牛。有时候他也想过自己的未来，然以他的出身而言，这辈子别说封侯拜相，即便是纳入正式的官吏编制，也是不大可能的。什么样的出身过什么样的日子，这是上天注定的，哪怕你有再远大的理想亦不过是空想罢了。哪承想无聊的时候，拜了一个道士为师，居然冥冥之中让他卷入了天下大势的漩涡中，肩负起了拯救天下的重任，如何教他不为之兴奋，为之自豪呢？

印晓天把那件道袍重又放入箱子里，起身的时候，只觉浑身热血沸腾，哈哈，他印晓天竟也能担此重任，与那些拨弄风云的大人物干一样的事。那就干吧，成大事者，皆须历经非常之磨难，或许眼前的困境仅仅只是一个开端，但咱不怕，小时候便失去了亲人，四海为家，浪迹江湖，连那样非人的困难都过来了，还有什么事可以难倒他呢？

印晓天坚定地迈开脚步，往前走去。尽管尚有些疑团难以解释，比如静月道长究竟是什么身份，他如何会得到海龙囤的地形图等问题，但这些对印晓天来说，似乎不太重要了，重要的是他现在有了使命。烛光照出他并不高大的身体，此时他的体内仿佛有了一股强大的力量，在暗中支持着他，让他有了勇往直前的决心和信念。

这个地方实在太大了，走出百余米后，前面依然是无边无际的黑暗，像是没有尽头，烛光若萤火，除了印晓天自己的身体外，便看不到其他任何的景物了。直至走出千余米后，印晓天才发觉脚下所踏的土地有些不一样。

从前面一路走来，脚下都十分坚硬，显然都是石头，而现在明显软了许多，低下头就着烛光一看，下面是泥地，而且有些潮湿。

这意味着什么呢，是不是意味着他已经走出了山区，即将抵达出口？在极度的黑暗和绝境之中，哪怕是一丝丝的希望，都能让人在心中产生曙光。印晓天快步往前走，出于谨慎，心中依然暗记着走出去的步数，又往前走三百余步时，只觉脚下越来越软，空气中隐隐飘浮着一股奇怪的味道。

印晓天感觉不对劲，停下了脚步。他轻轻地嗅着气味，这味道很熟悉，是在哪儿闻过的呢？

印晓天不停地翕动着鼻翼，辨别空气中飘浮着的气味，倏地心中一沉，一抹恐惧袭上心头。

他在锦衣卫是打杂的，除了扫地、劈柴火、担水等这些杂活之外，还要去后厨帮忙倒泔水。

所谓的泔水，就是每天吃剩下的饭菜，倒在一个专门的木桶里，每天会有人来收。一般情况下收去的泔水是拿去喂猪的，既有油水，又有各种混合在一起的剩菜，猪喜欢吃，且吃了后又容易长膘，养猪户非常喜欢。

不过，慢要看只是泔水，但凡是从公家流出来的，便不是人人都可以去取。由于公家的泔水多，油水足，需要有关系的人才能弄到手，因此又产生了泔水牙子[1]。从牙子那里过一道手，赚取些中间费，才能到养猪户手里。

夏天的时候，泔水容易发臭，有时候牙子为了省事，两天来取一回，泔水都冒泡有馊味了，臭气熏天。印晓天去监督取泔水的人时，得使劲捂着鼻子，不然那味道实在不好闻。

此时空气中飘浮的气味，与那发馊的泔水有几分类似，细嗅的话似乎还有腐臭的味道，这正是让印晓天感到恐惧的原因。在这种暗无天日的鬼地方，怎么会有腐臭味呢？用脚尖踩了踩下面的泥土，这个地方十分松软，不出意外的话，下面应该埋了东西。

印晓天禁不住打了个寒战，然既已发现了异常，怎么也得弄清楚底下的情况，唯如此方能增加逃出生天的机会。他现在是肩负了使命之人，一举一动皆能影响时局，跟以前不一样了，怎能退缩呢？

想到这里，印晓天再次鼓起勇气，转身数着步子往回走，那个箱子里还有他做菜用的勺子，虽说用来挖土小了些，也只能将就着用了。

取来勺子，印晓天往左右手掌呸呸地吐了两口唾沫，开始挖土。他现在是有使命的人，怕他个鸟！

播州府内，戈青锋躺在床上，烂醉如泥，时不时地发出打鼾声。

归无迹皱皱眉头，显然无甚耐心了，朝杨兆龙道："将军，你请个酒神来供着，如何抓到血梅？只会徒然浪费时间而已。"

杨兆龙也失去耐心了，但现在一点线索也没有，甚至连血梅是男是女都不知道，想查都无从下手，叹道："老子现在实在是没办法了，只能期望这酒神，看看是否会有奇迹出现。"

门外响起脚步声，归无迹出去查看，须臾复回，说是大将军有请。

"都后半夜了，大哥还让我上海龙囤？"杨兆龙天不怕地不怕，就怕其兄长杨应龙，嘟囔了一声，起身走出去，并叮嘱归无迹，须好生看着那酒神。

杨应龙与杨兆龙虽是兄弟，但两者有本质区别。杨兆龙是个粗野的汉子，心直口快，无甚心机，有时甚至还有几分可爱；杨应龙则偏于阴鸷，喜怒不形于色，看到他那张脸便让人觉得心慌。即便是杨兆龙，也不敢在兄长面前造次，见他桌前放了副空餐具，便知是给自己准备的，呵呵两声憨笑，坐将上去，迫不及

---

[1]　牙子是指古代的中间商。

待地喝了三杯酒，这才稍稍过了些瘾，抹了把嘴道："哥哥，那血梅还是没有抓到。"

杨应龙瞟了他一眼，脸上兀自没有任何表情，伸手捏起桌上的一张纸，丢到杨兆龙跟前。杨兆龙好奇地打开来看，只见上面写道：冉小七被人举报，逃之不及，已死，此为内部所为，小心播州有人作乱。另，查奉天观静月身份，是否与播州其他势力有关。其弟子印晓天和一件道袍失踪，可能已入播州，一并查找。

再看下面的落款，乃是猎鹰，日期是昨天。杨兆龙惊得瞪大了眼睛："是哪个急着赶死的厮儿在作乱？"

杨应龙道："播州的五司七姓之中，最有可能与我较劲的是田家。"

杨兆龙放下酒杯，"呼"地起身，红着脸想要发作。

杨应龙低喝道："你要作甚？"

杨兆龙道："老……我去把那厮儿剁碎了给哥哥下酒！"

"坐下。"杨应龙又是一声低喝，"明军就在城外，你想把播州内部搅乱了，让他们打进来吗？值此非常时期，维稳是重中之重，只有播州内部稳定了，才有余力去与明军周旋。"

"哥哥不知，那酒神……哦不，那戈青锋说，血梅可能就在播州府，是我们自己人。"杨兆龙激动地道，"这就对了啊，不是他田家干的还能是哪个？不在这时候把他们剁了，还要等到什么时候？"

"得有证据。"杨应龙郑重地道，"我们兄弟掌管播州，每做一件事，须让人信服。"

"那接下来得怎么做？"

杨应龙道："先查那道士的身份，顺藤摸瓜找出印晓天。"

"不对啊，那奉天观在京师，跟播州有什么关……"杨兆龙说到一半，似乎想到了什么，浑身一激灵，"大哥的意思不会是……"

"没错。"杨应龙饮下一杯酒，再抬头时眼中精光一闪，"我怕的就是当年那些人没死绝，你若是不想去，就让归无迹去查。"

"晓得了。"杨兆龙端起酒杯，狠狠地吞下一口酒，那粗犷的脸微微颤动着，连喝了几杯酒后，又问道，"血梅一案怎么办？"

杨应龙道："如果血梅也与田家有关，便可并案调查。"

"晓得了。"杨兆龙又答应了一声，一副魂不守舍的样子，显然杨应龙口中的当年那件事，给他造成了极大的恐惧。

杨兆龙失魂落魄地回到播州府，将情况跟归无迹讲了一遍。归无迹闻言，那张木无表情的死人脸微微动了一下，道："大将军的意思是当年那些人没有死绝，反而把海龙囤的地形泄露出去了？可即便真有人没死绝，此事与那印晓天有何关系，就因为那件道袍上藏了城防图的秘密？"

杨兆龙奇怪地道："难道这个理由还不够把印晓天掳至播州来吗？"

"不够。"归无迹肯定地道，"当年海龙囤的建造工程是将军你亲自监督的，你心里应该最是清楚，建筑归建筑，设计归设计，机关归机关，每个工程都独立分工，互不相干。即便有人逃出去了，也不可能绘制出完整的城防图。其次，退一步讲，就算有人绘制出了城防图，到了那静月手里，抓他一个弟子有什么用，威胁？静月会为了一个弟子而献出城防图吗？"

杨兆龙道："那件道袍不是一起失踪了吗？"

归无迹脸皮一动，冷冷地哼了一声，道："将印晓天抓至播州，再逼他说出道袍上的秘密，需要多少时间？如果抓印晓天真是为了道袍上的秘密，为何不在京师，而要千里迢迢地将他抓到播州？"

杨兆龙一拍大腿，叫道："是啊，这是为何？"

归无迹道："这说明道袍只是个幌子，静月和抓印晓天那人都另有图谋。"

"他们有何图谋？"

"静月的目的很明确，就是要挖出猎鹰，他显然跟我们是敌对的，帮另一派势力在做事，这也从侧面证明了，在播州内部平静的表面，暗流汹涌，包括血梅，如果不是明军所为，那么眼下播州内部的形势已十分严峻了。"归无迹停顿了下，又道，"至于那失踪的印晓天，如果他真的在播州，可能是有人想控制静月。"

杨兆龙是属于行动派，但不会想问题，估计也懒得想，便又问道："为什么要控制那道士？"

"唯一的可能是静月不是他的人。"归无迹冷静地分析道，"甚至可能他也在怀疑道袍里所藏的秘密的真实性。至于为什么抓了印晓天可以控制静月，这一点我还没有想透。"

"有一个问题老子也没有想明白。"杨兆龙用那蒲扇样大的手摸着下巴上刺猬一样的胡子，佯装沉思，"他为什么偏偏要利用静月挖出猎鹰？"

归无迹眼睛一亮："这的确是个好问题。"

杨兆龙嘿嘿一笑，颇有几分得意。归无迹道："想要解开这个谜，须查清静月的底细。"

杨兆龙道:"照你这么说,海龙囤的城防图没有泄露?"

归无迹点头道:"应该没有。"

二人正自说话,忽听躺在床上的戈青锋喃喃地道:"你好吗……我……嗯,很好……"杨兆龙、归无迹扭头一看,只见他兀自闭着眼,脸上带着丝微笑,那道细长的剑疤扭曲着,看上去十分怪异。

杨兆龙叹了口气,他知道他又梦见未婚妻了。

后半夜的时候,廖文送茶点进来,并带来了一个消息:猎鹰现身了,但是猎鹰并没等凌秋风拿到城防图,而是在半道上与凌秋风见了面,两个人持续谈了很久。

万历帝问道:"抓到猎鹰了吗?"

廖文道:"没有,不过胡青云把凌指挥使带回来了。"

万历帝面如死灰,敌方不仅渗透到了锦衣卫,连锦衣卫的指挥使亦倒戈成了他们的人,这实在太可怕了!要知道锦衣卫乃是皇帝身边的亲军啊!那猎鹰究竟是谁,他的表面身份在朝中是否比凌秋风更高?想到此处,万历帝的身体禁不住战栗起来。

廖文看到万历帝的样子,无比心疼。他太了解万历帝了,这是个重感情的帝王,现在连身边的人都背叛了他,可以想见他有多痛心,轻声劝道:"主子莫想太多,一切等胡青云来了再说。"

万历帝目光一转,落在静月道长身上,只见他低着头,没有说话的意思,摆在他旁边的茶点亦不曾动过,不觉有些奇怪。按道理说他应该高兴,他的计划成功了,不但引出了猎鹰,还把猎鹰的另一个同伙意外地挖了出来,即便是万历帝的心情影响了他,也不至于沮丧到茶不思饭不想的地步,刚待发问,静月突然从座位上起身,"扑通"跪下,以额伏地,疾声道:"请皇上恕贫道欺君之罪!"

这个举动着实把万历帝吓了一跳,什么叫恕他欺君之罪,他隐瞒了什么?不由得问道:"道长何以如此?"

还是廖文的心思细,很快意识到是什么事,那细白的脸色微微一变,道:"道长不会是想说,城防图……"

"是,所谓的播州城防图并不存在。"静月道长趴在地上说出这句话的时候,万历帝的脸色顿时就白了,没有城防图,所谓的道袍事件、播州的那位侠义之士都是他编造的谎言。但随即万历帝也明白了，这一切都是为了抓捕猎鹰，当下大大地叹了口气，道："你啊，实在忒大胆！"像是在责备，却又是那么的无力，因为他心里明白，不管怎样静月还是立了功的。

廖文却对静月的行为感到十分不满，或者说是在为他的主子抱不平，冷冷地道："现在猎鹰现身了，可不但没抓到他，而且事情还没有往你设想的方向走是吗？"

"是，猎鹰猜到了没有城防图，但问题就出在这里。"静月抬头道，"他明知道没有城防图，为何还要现身与凌指挥使见面？"

万历帝目不转睛地看着静月道长，眼中多了几分担忧："为何会如此？"

门外传来轻微的脚步声，廖文急出去看，小声与外面的人说了两句后，入内禀道："主子，北镇抚司使陆天明求见，说是有要事启奏。"

万历帝颔首，示意让他进来，随后看向静月道长，让他回话。

静月道长道："猎鹰去见凌指挥使，可能是要杀贫道。"

万历帝惊道："通过凌秋风之手杀你？"

"没错。"

"错了！"话落时，陆天明大步走将进来，他身材虽矮小，但说起话来中气十足，揖手朝万历帝道："启奏皇上，凌指挥使可能卷入了一个圈套，有人想要让他死。"说话时眼睛有意无意地瞟了眼静月道长。

万历帝自然留意到了陆天明的这个举动，因问道："何以如此说？"

陆天明道："静月道长一直关在锦衣卫刑狱，如果猎鹰想通过凌指挥使的手杀他，随时都有机会，简直易如反掌。"

万历帝深以为然，遂问道："何以说凌秋风入了圈套？"

陆天明道："皇上容禀，猎鹰何许人也？乃杨应龙安插在京师最深的一颗棋子，事实也证明他是一个老练狡猾之极的细作，若非他向杨应龙提供了消息，我军何至于在天邦囤惨败？这样的一个人，他会随随便便现身吗？而且他传递消息的方式是纸条，在文末印一只鹰，此乃众所周知之事，道长说他现身是想通过凌指挥使杀你，岂非荒唐？这样做不只猎鹰自己有暴露的风险，而且如果凌指挥使是他同伙的话，也会将他一并暴露，这般傻事连普通人都干不出来，你觉得猎鹰会如此糊涂吗？他若真如此糊涂，早死千百回了，哪还容得他至今尚在京师作乱？此外，今天的事还有个很大的漏洞，猎鹰知道城防图不存在，大可以让凌指挥顺顺利利地去玉京山，然后再一路暗中护送，让那份假城防图送去播州军营，到时候照样可以把道长你置于死地,但奇怪的是,猎鹰在半途拦住了凌指挥使,还与他谈了话,更加奇怪的是,凑巧顺天府收到了举报,说凌指挥使有问题,这说明什么?"

司马寿忍不住问道:"说明了什么?"

"说明这是一个圈套。"陆天明一字一字地沉声道,"而且今天出现的那人也不是猎鹰。"

陆天明的这番推理合情合理,更是震撼人心,闹了半天,原本认为的猎鹰不是猎鹰,而凌秋风也没有嫌疑。那么谁有嫌疑,谁又是猎鹰?

事实上陆天明的意思已相当明确了,这场所谓的捕鹰行动是静月道长策划的,最大的嫌疑人非静月道长莫属。他虽没有言明,但大家都心知肚明,静月可能就是猎鹰,他如此煞费苦心,甚至可以说是用尽心机地策划这一系列事件,其实就是想掩盖自己的身份。

万历帝倒吸了口凉气,他现在糊涂了,到底该相信谁?

见万历帝沉默,其他人都不敢发言,似乎都默认了陆天明的分析,特别是司马寿,本就对静月道长有些成见,更加认为陆天明所言不差。静月道长也没有反驳,不知是因为顾及身份不屑与陆天明在皇上面前大吵,还是别的什么原因,反而用双手支起身体,闭上眼盘坐在地上,像是在闭目打坐。

殿内一时间静了下来,落针可闻,这样的气氛令人感到压抑,十分不舒服。隔了一会儿,廖文打破了这种沉默,这个太监还是有些胆量的,直接戳破了陆天明的怀疑,道:"陆镇抚使认为真正的猎鹰是道长吗?假设道长就是猎鹰,这里面也有个地方说不通,他关在锦衣卫,如何举报冉小七和凌指挥使?"

陆天明嘿嘿一声冷笑,道:"这个不难。众所周知,他虽是方外之人,但朝野上下都将之视为帝师,连皇上都对他尊敬有加,哪个还敢跟他发难?所以即便他在锦衣卫刑狱,行动上不甚自由,然与外界沟通却未受限制,完全可以在狱中运筹帷幄。"

廖文为了确认陆天明的意思,又问了一句:"也就是说道长发号施令,由他人代为实施?"

陆天明没有回答,显然是因为只是猜测,没有确凿的证据,不敢把话说得太满,但从他的神色中不难看出,默认了廖文之言。

廖文问完后,回头看了眼万历帝,再没说话。万历帝阴沉着脸,不知该如何是好。正自犯难,外面再次响起细碎的脚步声,廖文出去后很快回来传话,顺天府捕头胡青云为免出意外，直接把凌秋风带到宫里来了。

万历帝神色一振，道："让他们进来。"他要看看到底谁才是真正的细作。

二

印晓天拿做菜的勺子一勺一勺往下挖，好在这里的泥土松软，不用太费力。挖了约半尺深后，那腐肉的味道越来越重，印晓天本身胆子就不怎么大，再加上在这种漆黑的环境下，四周只有一根蜡烛一个人，连自己的每声喘息都听得分明，但凡有一丝响动，都能让他心惊肉跳，如果挖下去出现了他想象中的情景，该如何是好？是该逃呢，还是……

想到此处，印晓天不由得摇头苦笑，纵然想逃，你也得有地方逃啊！罢了，别说没地儿逃，就算可以逃，你现在是有使命的人，肩负着国家兴亡大事，能逃吗？

印晓天尽量想一些冠冕堂皇的理由，以抵抗心中越来越盛的恐惧感，咬着牙继续往下挖。

"笃"的一声轻响，声音很小，但在这种环境下，哪怕再轻微的响动，在印晓天的耳里听来，亦是惊心动魄。拿蜡烛往坑里一照，身子不觉战栗了一下，那是一段骨头，可能是年月已久，呈黑褐色，再刨开一些，便更清楚了，是一截臂骨。

印晓天心头怦怦直跳，难不成这里是坟墓？思忖间，往前望了一眼，这片松软的地方很大，少说也有数百步方圆，天下有这么大的坟墓吗？继而一想，古往今来，多少帝王将相，他们死后的墓穴要比普通百姓家的房子不知大上多少倍，如果说这个黑暗无边的空间，是一座巨大的墓穴的话，也不算奇怪。

可即便是坟墓，那么问题又来了，是哪个无根的阉货，如此穷极无聊，把他关到墓穴里来了？要知道此事如果是那播州的细作所为，想要从他身上得到道袍的秘密，没必要找一座坟墓把他藏起来啊。

事到如今，已无暇顾及怕不怕了，他必须把眼前的事情弄清楚，遂鼓起勇气继续往下挖，这不挖倒还罢了，越挖越是惊心动魄。

埋在下面的不止一具尸体，而是成千上万，这是一个千人坑，方圆数丈，俱为白骨！

印晓天不知道挖了多久，他已经忘记了时间，彻底被眼前的场面吓傻了，这究竟是什么地方，为何会有如此多的白骨，莫非真是地狱吗？

一阵阴风拂来，印晓天一阵战栗，这一抖，全身的肌肉便开始不听使唤，止不住地瑟瑟发抖。蜡烛在他手里不停地摇晃着，蜡油滴到手上时，烫了他一下，亦把他从极度的恐惧中拉了回来。从这些白骨的颜色上判断，怎么也有十来年了，之所以这么久了还有异味，完全是这个封闭的空间所致，腐臭味散发不出去，便一直在这里流荡，若阴魂一般，经久不散。

那么这些尸骨会是谁呢？为何会有这么多人死在这儿？

印晓天只觉头皮发麻，心想小爷不会也得死在这里吧？看着这些白骨，他对自己先前的推测产生了怀疑，那个巨大的计时器再次在眼前浮现，一十一天，阳寿即尽，眼前的这些尸骨便是因此而来的吗？

印晓天感觉快崩溃了："谁，谁想让小爷死，站出来，就算是死，也让小爷死个明白！"

面对着方圆数丈内成千上万具白骨，印晓天先前的勇气、决心和逃出去的希望，瞬间破灭了。他害怕、恐惧、彷徨、不知所措。但不知为何，却没有逃，哪怕是逃去密室躲起来的念头都没有。

他意识到这里不是什么坟墓，天下没有哪一座坟墓是如此潦草埋人的，即便这些人都是陪葬者，也断然不会被横七竖八地堆在一个坑里。

如果不是墓穴，那会是什么地方？

仿佛冥冥中有一股力量在吸引着印晓天，或许是好奇心和对生存的渴望吧，至于那些为国为民的使命，他已经没什么心思去想了，对他来说，现在最重要的是弄清楚这里究竟是什么地方，怎样才能出去。

好像有些饿了，印晓天怔怔地在累累白骨面前待了许久，是五脏庙提醒了他，时间不早了。他回过神来，见手里的蜡烛也将燃尽，便决定先回密室吃了饭再说。

这一次印晓天取了块肉干出来，并决定把那剩下的酒全喝完，生死尚且难料，还把酒藏着舍不得喝干甚，留给鬼喝吗？做鬼后的事等做了鬼且再说，趁现在还能喘气，先把想吃的吃了，图个内心的安逸。

肉干不好咽，但下酒还是不错的。印晓天放开了吃喝，喝完酒后把坛子扔一边，又吃了些干粮，感觉精气神恢复了许多，望了眼这暗无天日的地方，虽说不知道吃的是中饭还是晚饭，管他呢，饿不着就行。

重新点了根蜡烛,把剩下的一小截蜡烛吹灭了放好,作为备用,重又出发,爬出屋顶。

这一次印晓天没有再往千人坑那边走,他还是认定了自己此前的推测,对方是想从他身上得到秘密,所以才会把他家里的一应物什都搬来,以便从他身上找出端倪。至于关押他的这个地方,究竟是一个怎样的环境,目前掌握的信息尚不多,因此无从推测,但有一点是可以肯定的,此非等闲之地,一定是一个非常重要的地方,把他关到这地方来,一定是另有目的,要么是想吓唬他,教他服软认怂,老实交代,要么……

印晓天想不出更多的理由了,也没心思去想,总之这个地方很大,他得先去摸清楚了再说。

从密室的屋顶下来,往右侧走,走出三百五十几步的时候,看到了一间石屋,不大,仅容得下十来个人,很粗糙,像是临时砌上去的,不过看起来应该有些年头了,墙角有些地方的石块掉落了一些。印晓天绕着它走了一圈,没看到异常,便从石门而入,走了进去。

里面有桌有椅,俱是木头做的,染了厚厚的一层灰,估计业已腐朽。印晓天没敢去碰,借着烛光在周围看了一遍,除了在正对门的一面墙上画了些图案外,再无发现。

那些图案应该是设计图,呈几何形,每条横竖线都画得很直很规整,且标注了长宽数字。印晓天本来就没多少文化,对这些建筑学上的数字和几何图形,自然更是一窍不通,见没什么有价值的东西,便走了出来,继又往前。

离开石屋,依旧以密室为对照物,再往右走,有一条很明显的路径。路径的两边是石块,凹凸不平,但这条路径却是平整的,显然是有人开凿而成。这个发现让印晓天顿时兴奋起来,既然有路,那就一定会有出口。从目前发现的情况来看,这里面是被人精心打造过的,说不定石屋里的图形,便是当年的工匠留下的,可见当年进出此地的人还不少。

不对!难道那些白骨就是工匠吗?

印晓天周身一震,如果说当年的工匠都被杀死并埋在了此地,是不是意味着此地已经被封死,即便有出口,也成了一个无人知晓的秘密?照这么推测的话,要想出去,岂非比登天还难?

一次一次燃起希望,又一次一次破灭,把印晓天折磨得快疯了,拾起一块石头,狠狠地往前面扔过去,很快传来笃的一声响。他本是想发泄下情绪,没想到扔出去的石头这么快就传来了回响，前面就是尽头了吗？

印晓天往前走，不管是不是出口，先去看看再说。烛火微弱，照不见更远的地方，但就眼前所看到的场景，也足够印晓天震撼的了。

面前所呈现的是一座石林，很大，究竟有多大，印晓天无法揣测，至少在烛火的照射范围内，看不到石林的尽头。每一根石条至少有手臂大小，高一丈以上，有些则有树干样大，两三丈高。这些石林看上去参差不齐，高矮不等，而且明显可以看出，是人工打造出来的。石条的根部俱插在地下凿出来的岩石孔位之中，虽说严丝合缝，但依然不难看出刀削斧凿的痕迹。

看着这座陡然出现的突兀的石林，不知为何，给人以一种诡异、神秘之感，像是有种摄人心魄的魔力，教人不知所措。印晓天怔怔地站了会儿，首先跳入脑海里的问题是，它们是用来做什么的，怎么会在这洞中出现一座人工石林？会不会是传说中的八卦阵之类的机关？如果是机关，石林的前面要么是出口，要么有更加重要的东西，不然的话，犯不着花费大量的人力物力，在这儿摆一道假把式故弄玄虚。

印晓天拜静月道长为师，虽没学到什么真本事，但算命相卜、五行八卦、风水堪舆等那一套用来吹牛的东西，却还是学了几分。当下举着蜡烛在石林周围绕了一圈，在外围没看出任何玄机，便壮着胆儿往石林里再走入十几步，又细细观察了番，还是看不出是什么阵势，"真奇了怪了，难不成真不是什么机关，只是用来唬人的？"

印晓天喃喃自语了几句，又摇摇头："不对，打造这座石林费时费力，不说取材，光是把这些石条钉入到地面的岩石中，也是项浩大的工程，哪个阉货会无目的地干这种蠢事？"在强大的好奇心驱使下，继又猫着腰往里走，走出二三十步时，发现了一座人工造就的假山。

说它是假山，乃是有明显的人造痕迹，比如山上的亭台楼阁只是模型，最多只能容一人钻进去，但即便如此，依然很高，抬头望时，烛光难以照到它的顶端，山峰插入黑色之中，看不清上面的状况，越发衬托出其神秘。

从山麓处看，首先映入眼帘的是一座角楼，为四角、重檐三层建筑，每一层都是琉璃瓦铺就，飞檐翘角，在烛火下散发出幽幽的淡淡的金色光芒，十分精致。角楼的底座是堵城墙，一直往山上延伸，直至黑暗的尽头。抬起手臂把蜡烛端高了再往上看，有一座关隘，高高地矗立在山崖上，气象万千，沿途上去，俱是峭壁，因此越发显得它高大雄伟，大有一夫当关万夫莫开的气势。关门前的屋檐下，隐隐挂了一块匾额，上书三个字，隐约见是"飞……关"，中间的那个字因写得潦草，且又有些距离，看不真切。再往上看，在蜡烛余光的照耀下，还可以看到很多座关隘，若巨人一般屹立着，形如长城，城墙串联起一座又一座的烽火台，但这里的环境显然比长城更加陡峭，山势倒斜。

这究竟是什么地方，石林和假山是用来做什么的？按说印晓天并不傻，甚至可以说是机灵的，但眼前的建筑却让他坠入了云里雾中。

毫无疑问，这些费尽心思设计的建筑，肯定有其特殊的作用，可是在这样一个暗无天日的地方，建如此一座规模宏大的石林假山，到底是出于怎样的动机呢？

现在，可以肯定的是，此前遇到的那座千人坑，断然是这里的工人无疑，建成之后，为了防止泄密，如数被杀，无一活口，说不定他如今暂时落脚的密室，就是当初工人们休息的场所。从这个方向推测，他现在所处的这个暗无天日的巨大的空间，对某些人而言可能意义非凡，至关重要。然而，新的问题亦因此产生，既然此地如此重要，为何要把他关到这里来呢？不怕他发现秘密吗，还是对方本来就没有让他活着出去的打算？

如果说对方没有让印晓天活着出去的打算，为什么还要设置那座巨大的计时器，并且告诉他"一十一天，阳寿即尽"。这不是脱了裤子放屁，多此一举吗？

三

后半夜，戈青锋酒醒了，迷迷糊糊地睁开眼睛，发现两个大男人陪着自己。一个是成天端着张毫无表情的脸，半天憋不出一个响屁的归无迹，另一个则是闲不住坐不住的杨兆龙，看着那一对性格反差极大的人坐在一起，戈青锋暗叹一声，着实难为杨兆龙了。

杨兆龙见床上有响动，扭过头来看，瞪着他那双大眼叫道："你总算还魂了！"

"几时了？"

杨兆龙也不知道几时了，回头问归无迹。归无迹淡淡地道："该是快到寅时了。"

"他娘的，天都快亮了。"杨兆龙道，"你到底有没有把握查到血梅？"

"拿酒来。"戈青锋没有回他的话，翻身坐到床沿上，伸了个懒腰。

"刚刚还魂又喝，你他娘的就不怕喝死？"杨兆龙惊异地看着他，"老子请你来是查案的，可不想供一尊酒神。"

戈青锋揉揉眼，然后用小手指挖着眼角的眼屎，连看都没看他一眼："那你把我送回去。"

"拿酒来！"杨兆龙奈何不得他，高声大叫，似乎在用这种方式发泄怒意，"多拿几坛，老子要看他是如何死的。"

戈青锋抬起头，看着杨兆龙那愤愤然的样子，脸上的那条疤痕一动，歪着嘴笑了起来。须臾，下人搬了四坛酒来，戈青锋端起坛子，一把撕去封口，仰首咕噜咕噜豪饮，直至饮尽坛中酒方才放下，而后端起第二坛又饮。

杨兆龙目不转睛地看着他，像是在看一个怪物。归无迹兀自纹丝不动地坐着，脸上没有任何表情，只是眼神中带着丝不屑，他依旧认为杨兆龙看错了人。

戈青锋喝完第二坛酒，脸色又红润起来，人似乎也有了精神，摇摇晃晃地站起来，道："我得走了。"

杨兆龙"呼"地站起来，问道："去何处？"

戈青锋见他一脸的紧张，笑着拍了拍他的肩膀，道："将军放心，我不会跑，带我去见大将军。"

此话一落，归无迹终于有反应了，脸皮微微一动，道："你去见大将军作甚？"

"跟他去聊聊血梅。"

杨兆龙眼神一亮，笑骂道："莫非你这厮儿睡了一觉，在梦中得到某位大仙指点，有眉目了？"

归无迹对戈青锋十分不满，蹙眉道："聊血梅之事何以一定要见大将军？"

在戈青锋眼里，人只分两种，即喜欢的人和讨厌的人，只要是喜欢的人，无论贫富贵贱皆可攀交；若是讨厌之人，无论他官大官小，财富若何，亦不会放在眼里。很显然归无迹是他讨厌的人，便冷冷地道："有些事你做不了主。"

归无迹呵的一声冷笑，问道："哪些事我做不了主？"

"如果血梅是播州府的高官，能否越过大将军将之斩杀？如果知道了血梅下一个目标是谁，未向大将军禀明，出了意外你担得起责任吗？"

归无迹没有立刻答话，而是用一种奇怪的眼神看着他，那眼神分明是在问，莫非你睡了一觉，真就知道了血梅的身份，知道他下一个目标是谁？

杨兆龙实在忍受不了他们打哑谜斗心机，问道："血梅是谁，他的下一个目标是谁？快给老子说！"

戈青锋从桌上提了坛酒在手，边喝边往门外走，没再理会他们。归无迹自然不会追随出去，杨兆龙却带着一脸的好奇尾随而出。二人在衙门外上了马，直奔海龙囤。

"今晚真他娘的见了鬼了，一晚上走两趟海龙囤！"杨兆龙嘴上虽发着牢骚，但内心却颇为激动，只要能把血梅揪出来，一晚上让他跑十趟也不为过。

过了寅时，杨应龙不知是没睡还是睡不着起来了，居然在后院练功。他要的是一杆枪，枪法甚是熟练，忽而枪尖疾走，寒星数点，虚实难辨，忽而晃动枪身，若龙腾于野，呼啸生风，身随枪走，枪随身移，招数中难见破绽。

"好枪法！"戈青锋似又有几分醉意了，摇摇晃晃地走上去，叫了声好。杨应龙扭头一瞥，呼的一声，枪身一震，挟着股劲风往戈青锋笔直刺来。

戈青锋两眼一眯，那惺忪的醉眼倏地露出抹寒光，沉肩斜走，右肩往回一磕，刚好磕在枪身上，将对方的长枪撞了开去。

杨应龙见他身法如此灵活，嘴角含笑，道："我听二弟说，你虽酗酒成性，但功夫却丝毫没落下，看来他倒是没看走眼。"

杨兆龙憨笑道："大哥说的是，我这眼睛毒得紧哩。"

杨应龙看着戈青锋问道："你上海龙囤来，是有眉目了？"

戈青锋道："近来播州官员屡屡被杀，人心惶惶，据我所知，有不少人辞官，可是？"

杨应龙眉头一沉，点了点头。这正是他苦恼之处，明军大举压境，如果再不控制播州内部局势，无须明军攻城，早晚崩溃。

"可有态度坚决，誓要与敌方斗争到底之人？"

杨应龙不像他弟弟，心思敏捷，很快明白了戈青锋的意思，道："有。播州兵马司指挥使冯群曾在街上愤然大喊，要与播州共存亡，无惧血梅威胁。"

杨兆龙再迟钝此刻也明白过来了，大声道："血梅的下一个目标是冯群？"

戈青锋两眼微红，道："应该错不了。"

"那还等什么，老子……"杨兆龙连眼睛都红了，正想说老子这就派人去，却被杨应龙喝止，只得嘟囔了一句，将后半句话咽了回去。

杨应龙的表情十分严肃，沉声道："你打算怎么做？"

"若大将军信得过的话，我想亲手抓他。"

"你一个人？"杨兆龙瞪着眼睛问。

杨应龙却道："你出手最合适。"

杨兆龙不甘心，这么好的一次可以大打出手的机会，怎能少了他？

"大哥……"

杨应龙举起手，没让杨兆龙继续说下去。

实际上杨应龙的状况与万历帝一样，在没查出细作前，没人可以信任，戈青锋不起眼，让他出手可能是当下最好的选择了。

万历帝本是相信静月道长的，至少在虚报城防图、陆天明出现之前，是信任他的。可如今他不知道该信谁了，道袍事件是他蓄意策划的，城防图是假的，不光是堂堂锦衣卫指挥使被他当成了棋子，连他这个一国之君亦在其摆布之列，对这样一个人他还能继续予以信任吗？

胡青云走入殿内来，后面跟着凌秋风，在向万历帝揖礼的时候，凌秋风瞟了眼静月道长，眼里充满了愤怒。

胡青云把他所见到的一五一十陈述了一遍，万历帝没有作任何表示，目光一转，看向凌秋风，那眼神分明是在问，你有何话说？

在胡青云陈述的时候，凌秋风一直在想如何把这件事说清楚。但这里有个难处，即他与猎鹰面对面的时候，说了什么没有人可以为他证明，换句话说，无论他怎么表述，依然难脱嫌疑。思来想去他放弃了主动陈述的机会，朝万历帝道："皇上有何疑问，问臣便是，臣当如实回答。"

绝大多数人遭到怀疑的时候，都是想急着辩解澄清，没想到凌秋风却放弃了主动陈述，倒是令万历帝颇感意外，道："既如此，朕问你，猎鹰为何现身，与你说了些什么？"

凌秋风猜到了万历帝会有此问，略理了理头绪，答道："启奏皇上，猎鹰现身出乎臣的意料。他告诉臣，这世上不存在海龙囤的城防图，在建完海龙囤后，里面的人没有一个活着出来。当时臣也觉得奇怪，既然没城防图，为何猎鹰还要冒着暴露的风险现身？他告诉臣，此番道长让臣去玉京山，本身就是一个圈套。"

万历帝眉头一动，这与陆天明所说的不谋而合，便问道："是个怎样的圈套？"

凌秋风道："猎鹰说播州有五司七姓，在我军开始攻打播州后，那些势力分成了三个阵营，一为主和派，二为主战派，三则是浑水摸鱼、欲趁乱夺杨应龙之权，猎鹰说静月应属于第三方势力。"

万历帝的呼吸陡然紧张起来，如果凌秋风没有说谎，那么静月道长便铁定有

—059—

问题。他吞了口唾液,道:"如何证明他是属于第三方势力的人?"

凌秋风道:"猎鹰说,举报冉小七便是最好的证据,其实此事非是有人暗中相助,而是播州内部斗争的结果。"

"也就是说举报你也是他所为?"万历帝瞟了眼静月道长,盯着凌秋风问。

凌秋风毕竟是专职办案人员,说话十分讲究,道:"据猎鹰所言,正是此意。"

"如果说你没有问题,他为何要举报你?"万历帝的语气带着几分烦躁,无论是静月道长还是凌秋风,都曾是他最信任之人,如今却都与细作沾上了边。最让他难以接受的是,现在居然要亲自审问他们,他的心是矛盾的,也是痛苦的,"还有,在胡青云的人围攻猎鹰的时候,你为何不协助擒拿,要独自离开?"

凌秋风常年与万历帝打交道,能从他的眼神中感受到这种矛盾和痛苦,为此,他皱了下眉头,事实上他又何尝不是背负着此等矛盾和痛苦呢?

"当时臣听得猎鹰说没有城防图的时候,臣与他说,没有城防图,静月必死。但猎鹰却告诉臣,静月不会死,臣会死。"凌秋风抬头看向万历帝,许是激动的缘故,脸上的肌肉跳动着,"这时候,那些黑衣人出现了,看他们的行头,臣分不清是哪方面的人,或者说帮他们抓了猎鹰后,他们会不会连同臣一起抓了?形势未明,臣不敢冒险,而当时最保险的做法是按原计划去玉京山,不管有没有城防图,走这一趟是臣的责任。可惜的是臣没有走掉,让胡捕头拦了下来。恕臣直言,有一点臣以为猎鹰没有说错,这是一个圈套,先是利用臣引出猎鹰,然后再将臣一并捉拿,那么实施这个计划的人,不仅向皇上纳了投名状,取得了皇上的信任,更为重要的是,锦衣卫易主,他就可以在京师为所欲为,甚至挖出锦衣卫安排在播州的暗使。"

"我明白了。"廖文适时插话道,"猎鹰现身,是要反向利用你,与他合作,揭穿静月道长的身份。"

"没错。"凌秋风道,"但猎鹰没想到的是,在实施捕鹰计划之前,静月就已经做了铺垫,即举报冉小七,同样的字迹、同样的方式再举报臣,而且这次的举报信息没有经过朝廷,而是直接送去了顺天府,成功瞒过了猎鹰,让猎鹰也是措手不及。"

万历帝看了眼陆天明,朝凌秋风问道:"你觉得与你见面的是猎鹰本人吗?"

凌秋风捕捉到了万历帝的眼神,也忍不住朝陆天明看了一眼,很快便明白了,怪不得陆天明会出现在这里,原来他为自己辩白来了。从万历帝的言语中不难猜测,陆天明认为静月才是真正的猎鹰。

凌秋风看着陆天明,眼神中露着感激,在这种时候为他站出来说话,是需要冒极大的风险的,搞不好还会惹祸上身。然陆天明还是站出来了,即便他不认同静月是猎鹰的这种猜想,但依然感激陆天明。

"臣以为是猎鹰本人。"凌秋风不想为了洗清自己,而使此案偏离了方向,静月的身份断然有嫌疑,但不可能是猎鹰,"猎鹰的确是想通过臣之手杀静月。"

万历帝问道:"那么你想杀他吗?"

"臣不想杀他,若有机会的话,臣想查他。"凌秋风说这话的时候,眼睛有意无意地朝陆天明瞟去,而后又将目光移向站在一侧的胡青云。陆天明似乎明白凌秋风在暗示什么,微微点了下头。

"你想查贫道什么?"静月道长盘坐于地,始终闭着眼睛,凌秋风说出这句话的时候,霍然睁开,神情无比严肃地看着他问道,"就凭猎鹰的那几句话吗?"

此一问是相当有分量的,时机也恰到好处,如果真的因为猎鹰的那几句话查他,这本身就说明了凌秋风有问题。

凌秋风似乎不想做这种无谓的辩解,沉默不语,只等万历帝圣裁。

"带下去吧。"万历帝神情颓丧地挥挥手,猎鹰依然逍遥法外,自己人则在这里唇枪舌剑,相互猜忌,无论如何,猎鹰成功了,他彻底扰乱了朝廷最高决策者的心。

印晓天拿着蜡烛怔怔地在假山面前站了良久,始终没想明白在这种地方建造石林假山意义何在。

"他娘的,待小爷爬上去看看再说。"印晓天豁出去了,不进则退,时间不断地流逝,如果畏首畏尾,止步不前,那就只有等死的份儿了,右腿往上一抬,攀着岩便上去了。好在这座假山虽然陡峭,但假山毕竟是假山,有人工建造的痕迹,借着石头与石头拼接的缝隙攀上去,并不是什么难事,而且石头未长苔藓,不滑,更无许多草木的阻挡,没花多少时间,便爬到了城墙上,沿城墙往上走就更容易了。

不多时,已至那座关隘下,举起蜡烛抬头往关门上看时,已能清清楚楚地看到上面写着"飞虎关"三字。

"飞虎关……"印晓天眉头一皱,喃喃自语,"这个地方小爷好像在哪儿听说过……对了,就是听包打听说的。"

印晓天记得,那晚包打听跟他说了许多关于海龙囤的事情,其中便提及了飞虎关。想到这里，印晓天的脸色顿时就变了，这就是传说中的令明军难越雷池一步的海龙囤的模型！

这个想法在脑子里跳出来的同时，他被自己吓了一跳，一系列问题亦随之而来。

毫无疑问，海龙囤的建筑图是机密，更慢说这模型了。一旦被人摸透了，泄露出去，海龙囤天险再怎么易守难攻，也容易让对方找着突破口，这对播州来讲，几乎是灭顶之灾，从而也解释了千人坑里那些人的死因，为了保住这个秘密，杨应龙把所有的建筑工人都杀了。可是如此重要的一个地方，是谁把他送进来的，目的是什么？还有，他原先想自己应该还在京师，现在看来想错了，大错特错。从目前的情况来判断，他极有可能在播州，而且是在战略要地海龙囤的某个地方。

乱了，印晓天的脑子彻底乱了。从那间密室里发现巨型计时器，告诉他只有一十一天的寿限开始，到发现海龙囤的模型，这中间到底有什么联系？

按理说，对方想从他身上得到道袍里所隐藏的秘密，而且这个秘密十有八九与播州的战事有关。设定那计时器，一来是吓唬他，教他认尿，二来估计也没有想让他活着离开这里。但问题症结也正在于此，无论是想吓唬他还是弄死他，在京师把他绑了，随便找个隐蔽些的地方，也可以达到同样的效果。让人匪夷所思的是，对方不但不辞辛劳，把他绑到了距离京师千里迢迢的播州，费尽心思地弄了那么一个计时器，还把他带到了当年建设海龙囤的绝密之地来，任谁吃撑了也不会干如此愚蠢之事啊？

傻子都看得出来这里面是有问题的，但所有已知的问题却又是自相矛盾的，饶是印晓天机灵，也是越想越糊涂，脑袋里嗡嗡作响。

"不想了。"印晓天放弃了去猜谜，"小爷先睡一觉再说。"

在这样的地方，在哪儿睡觉都是一样的，与其来回往返密室，倒不如去飞虎关里面随便找个地方，虽说它只是模型，但躺一个人是绝对没有问题的。在决定踏入飞虎关的时候，印晓天下意识地往山下望了一眼，隐约看到石林里似乎有东西在晃动，白色的，淡淡的，像山岚。但是山岚是不会晃动的，而且这里只是座假山，再加上是在封闭的空间里，怎么可能会产生雾气？

印晓天浑身的汗毛顿时就竖起来了，那是什么东西？本来在这里待了整整两天，心态上已慢慢调整过来了，无论是死是活，能否出去，先把这里面的环境搞清楚再说，至少这样能给自己找些事做，心理上不会崩溃。可看到那东西后，印晓天差点就崩溃了。这地方死了那么多人，阴气肯定重得很，难道是有不干净的东西？

由于从飞虎关到山下有些距离，再加上里面太黑，看不清楚那究竟是什么东西。印晓天想把蜡烛吹灭了，以免被那东西发现，可吸了口气后，却又不敢吐出去。人是最怕离群独居和黑暗的物种，一个人待在这种地方已然足够使人恐慌，若再把唯一的光源灭了，在黑暗中去面对未知的东西，那是需要极大的勇气的。

就在印晓天犹豫的当口，底下那东西似乎已经发现了这边的光源，朝着假山这头飘来。印晓天见状，心头咚咚直跳，后脊梁骨发凉，双腿不争气地哆嗦起来，情急之下跑入了飞虎关的关门里面。

关隘里面不大，但麻雀虽小五脏俱全，穿入关内，登上二层的烽火台时，居然发现了一口石锅，石锅里面装了可燃物，乃是在战时发现敌情，用来传警的。印晓天把蜡烛凑上去一点，轰的一声，火光大盛。

终于亮了！看着点燃的火和随之腾空而起的浓烟，印晓天下意识地觉得安心了些。如果下面出现的真是脏东西，定然怕火，却也是在这时，怪事发生了。

那东西不但不怕火，而且还加快了速度朝着火源而来，更加让印晓天吃惊的是，火光居然吸引了更多的白色魅影出来。它们不知是从何处过来的，及至印晓天发现时，已然飘荡在石林之中。由于此时城楼上点了火，视线好了许多，那些白色的东西果然并非山岚，乃是穿着白衣的人，一个个披散着头发，脚不沾地，飘飘荡荡，不是鬼魂还能是什么？

"鬼啊！"印晓天平时吹牛的时候，说他自己天不怕地不怕，即便是鬼怪，遇上了他也只能怪他们生前没积德，定打得他们连鬼都没法做。可是吹牛归吹牛，真见了传说中的鬼魂，却是另一回事了，直把他吓得魂飞魄散，转身欲下城楼，要往山上跑，然却不知为何，忽然一阵晕眩，两脚居然轻飘飘地像踩着棉花，迈不开步。

"这他娘的使的是什么妖法，小爷小命休矣！"眼见得那些白色魅影往山上飘来，有些甚至已到山腰，将近飞虎关了，印晓天急得出了一身冷汗，奈何越急越迈不动步，踉跄一下摔倒在地，偏不巧头撞在那口石锅上，昏死过去。

也不知道昏睡了多久，再次醒过来的时候，眼前一片漆黑，没有火，也没有烛光，连那些白色鬼魅都不见了，仿佛做了一场噩梦，梦醒后一切如旧，似乎什么都没有发生过。

印晓天怔愣了会儿，只觉脑袋一阵阵发疼，伸手一摸，黏黏的，往鼻端一凑，传来股血腥味，敢情是刚才摔倒时撞的，挣扎着起身，小心翼翼地往山下观察，确定没有鬼魂后，这才放下心来。

它们去哪儿了？难道那些东西喜欢火光？太不可思议了，人都说鬼怕光，见光就会死，这里的鬼居然喜欢往光源凑，这他娘的是哪门哪派的鬼！

经此一闹，印晓天再无睡意，或者说刚才昏迷时已经睡够了，又往山上走，此时不敢把蜡烛点亮，摸黑而行。

从飞虎关往上，有很长的一段路，沿途皆是山石打造的城墙，不知道这个巨大的模型与真实的海龙囤是按多少比例所建，印晓天足足走了一盏茶工夫，才到了另一座城楼，唤做歇马台。

歇马台自然不是用来歇马的，这里是另一个制高点，它有两个功能，一是瞭望，二是传递军情时的一个中转点，山下的士兵将信息传递至此后，换作这里的士兵接替往上传递，若接力赛一般，一层一层往上送，由此可见，山顶必是杨应龙的老窝所在。

此时，印晓天再向山脚瞭望，下面一片漆黑，只能隐隐约约地看到绵延陡峭的山体，模型尚且这般险峻，那明军被挡在海龙囤外，一点儿也不意外。再抬头向上望，依稀看到山势兀然往黑暗处无限延伸，望不到头，心想他娘的杨应龙如住在天宫一般，别说明军面对的是实实在在的海龙囤，小爷现在望着这模型都望而却步。再转念一想，现在他基本可以断定，自己身在播州，假设道袍上的秘密真是海龙囤的城防或地形图的话，对方可能是想从他身上知道这张图的下落，以免落在明军手里，给播州带去灭顶之灾。但这个想法同时也是矛盾的，海龙囤的城防图落于他人之手，对播州方面来说，本身就是件致命的事，再让他来此地熟悉海龙囤的地形，后果岂非更加严重？除非……

印晓天的脑子里倏地跳出了个大胆的想法，除非道袍上的信息是故弄玄虚，对方把他抓到这儿来，是想从他的行为上判断出，他到底知不知道海龙囤的地形和布防情况，一旦让对方看出端倪，他也就成了这里的冤魂。

印晓天觉得这是很有可能的，静月老道最擅长的就是故弄玄虚，这种事他绝对干得出来。照如此看来，他需要镇定一些，装出一副像故地重游模样，说不定还能靠着道袍上的假消息苟活些日子。

印晓天在歇马台上怔怔地站了良久，虽然觉得自己的这些揣测有一定道理，但毕竟只是凭空瞎猜，没有绝对的信心。也不知现在是什么时辰了，印晓天觉得肚子有些饿。

现在距离密室有些远，回去的话要经过千人坑不说，保不准还会遇上那些双脚不沾地的鬼东西。想起那些东西，印晓天就心里发怵，万一跟它打了照面，它总不会因为小爷长得风流倜傥，是个人间地府两界少有的好少年，而放小爷一马吧？可是如果不回去，铁定得饿死。在饿死还是吓死两种选择之间，印晓天犹豫了。虽然都是死，结果也都是走咽气那条道儿，但效果决计不同，痛苦程度自也大相径庭。

想来想去，迟疑未决，肚子却越来越饿了，最后决定宁被吓死也不做饿死鬼。毕竟饿死是个长期而痛苦的过程，没个五六天还不一定咽气，吓死顶多是一晃眼的事儿，两眼一翻就过去了，好歹痛快些吧。印晓天牙一咬，转身从歇马台走下来。

不知道这次是不是没点蜡烛的原因，沿途居然没遇上那些东西，仿佛它们根本不存在，在飞虎关看到的只是幻觉。印晓天忍不住摸了下头上的伤，血虽然干了，可碰到伤口依然痛得很，那绝对不是幻觉。

在密室里坐下来后，喝了一通水，从袋子里掏出干粮来边吃边想。如果说是光源吸引了那些东西，那么下来时没点蜡烛，那些东西没出现是说得通的。但是，他上去的时候，手里是拿着蜡烛的，为何在石林的时候没出现，到了飞虎关就出现了呢？是巧合，还是有什么地方自己没注意到？匆匆吃完东西，便又出发了，他想解开这个谜团，不然的话，待在这种地方实在太危险。

这次印晓天做了些准备，那座假山虽只是海龙囤的模型，但依然大得很，至少得花一天时间才能把它摸清楚，于是将干粮、水和蜡烛都备上，省去往返的麻烦。

再次回到石林前，印晓天不敢大意，步步为营，猫着腰一点一点往前移动。虽说没有蜡烛的照明，视线不好，但他的眼睛早已适应了这里的环境，走得慢些，近距离观察却是没有问题的。

细看之下，果然让印晓天发现了端倪。

石林之中石条林立，确实没什么玄机，但是地面上却长满了草。

地面长草本是正常现象，但如果是长在石头缝里，且只有单一的一种植物，就不免让人起疑了。印晓天蹲下去凑近那植物细看，刚蹲下身便闻到一股淡淡的气味，说不上香，但比较独特，有点儿像新鲜蔬菜的那种清新的味道。在这样的环境中，任何一种情况都有可能是致命的，印晓天二度走入这里，十分谨慎，立马用手捂住了鼻子。

这植物只有一指高，茎细多叶，叶子呈紫色，又细又长，故株叶大多都垂落在地面上。印晓天细细地看着，虽不认识它，但始终觉得这种植物出现在这里，显得突兀，肯定是有人刻意种植的，目的何在呢？总不能是因为要美化下石林吧？

心念未已，忽然眼前一晃，仿佛晕眩了一下，印晓天急忙站起来，同时抬起手臂，用袖口挡住鼻和嘴，迅速地离开了石林。

这些草的气味是有毒的！快速走到山麓下时，印晓天回首望了眼石林，看来在飞虎关看到的那些白色鬼魅果然是幻觉，而罪魁祸首就是石林里的那些不知名的草。第一次进入时，由于走得快，毒性发作没那么快，直至上了飞虎关才出现幻觉。如果不是模型，而是走入真实的海龙囤，只怕还没出那片石林，便已中毒出现了幻觉，慢说是一小股人马，便是千万雄师，也难越雷池半步。

印晓天捂着鼻和嘴，暗吸了口气，看来包打听没有吹牛，绣花楼上那位神秘的绣着花的仙女姐姐，以一根绣花针吓退明军，所言非虚。

这上面还有多少未知的机关呢？印晓天往山上望了一眼，抬腿走了上去，无论还有多少机关，也不想去管对方将他囚于此是什么用意，反正他娘的闲着也是闲着，把这座模型先摸透了再说。

四

戈青锋坐在酒馆里喝酒，桌上放了两碟小菜，一碟是花生米，一碟是酱牛肉，店家是怎么端上来的，依旧怎么放着，纹丝未动，但酒却空了两坛，现正喝着第三坛酒。

由于昨晚没睡，从海龙囤下来后，戈青锋睡了整整一天，到傍晚饭点方才起床，也不梳洗，顶着一头鸟巢式的头发穿过几条街道，进了这家酒馆。

喝了一两个时辰，戈青锋已有六七分醉意了，抬起头时眼神迷离，有意无意地朝对面的一座大院望了一眼。那是播州兵马司指挥使冯群的宅院，如果不出意外的话，血梅的下一个目标就是冯群无疑。只要支持杨应龙的官员都死了，或者因恐惧辞官走了，那么杨应龙也就垮了，这是血梅的目标。

戈青锋边望着那座宅子边喝着酒，嘴角倏然扬起，露出了抹痴痴的笑。

"你好吗……我……很好……"眼前逐渐模糊，前面那星星点点的灯火慢慢地幻化出一个人来，一个娇俏的人儿，穿一袭淡粉色的衣裙，脸上带着抹温柔的笑。那如花般的温柔的笑,似乎足以把戈青锋的心融化,于是他也笑了起来。

"你好吗?"戈青锋看着她慢慢地走过来,痴痴地盯着她问。

"你可好?"那娇俏的人儿轻启樱唇,关切地问。

"我……"戈青锋一阵激动,然千言万语却不知从何说起,他想说,自从你走后,我的人生再无光彩,甚至觉得失去了活着的乐趣,可他又不想破坏眼前这美好的气氛,怕她又走了,相见无期,于是淡淡一笑,轻声道,"挺好……"

是的,挺好,只要能再次相见,一切都挺好的。戈青锋痴痴地看着她,痴痴地笑,所有的苦楚、思念皆化为乌有,他多么希望这一刻即永恒。

可是她还是在他眼前渐渐消失了,像烟一般,越来越淡,终至消散。

戈青锋的眼睛晃了下,泪光盈盈。他知道这是梦,不对,确切地说应该是幻觉,因为他知道她已经不在了,永远地离开了这个世界。可即便是幻觉又怎样呢,他每天喝酒,让自己不省人事,期待的就是这片刻的幻觉。或许在别人的眼里,他疯了,可他宁愿做个疯子,享受那片刻的温存。

戈青锋叹息一声,起身付了酒资,摇摇晃晃地走出酒馆。

应是亥初了吧,夜已有些凉意,走出一条街,绕到冯宅的后园,见左右无人,身子一纵,落入院内。莫看他喝了酒,身手却依旧十分灵活,迅速看了下当前的环境后,猫着腰径往前面走。

冯群没有睡,坐在书房里。确切地说,这间书房对冯群来说只是用来装裱门面的,有些身份或资产者,购置或装饰宅子时,书房是必须考虑的,哪怕对看书丝毫不感兴趣,一如不懂书画者一定要在客厅内挂上几幅字画一样,非是用来欣赏,而是装饰。所以冯群的书房里虽有不少藏书,却一本都没有翻过,他喜欢在书房里会客,无非是想给客人透露这样一个信息——他不是个粗鲁的武夫。

这或许是虚荣心在作祟,好在冯群的虚荣心就仅此而已,在公事上绝不含糊。就像近段时间血梅屠杀播州要员,许多人都辞官避祸,他却反其道而行,公开表示要与播州城共存亡,无惧血梅。

兵马司是负责城内治安的,这两天他一直在等血梅出现。

戈青锋躲在书房对面走廊的一道横梁上,看着那冯群,觉得此人虽是个武夫,却是个有血性的男儿,若是真让人杀了,实在可惜!

时间悄无声息地流逝,亥时将过,戈青锋躺在梁上,忍不住打起盹来。

不知过了多久,突听得砰的一声响,戈青锋急忙睁开眼,定睛一看,只见书房内多了个黑衣人,头戴顶藤制的黑色大帽,帽檐压得很低,手里提了柄剑。冯群虽然一直盼着血梅出现，但当这样一个神秘人物陡然出现在面前时，依然不免有些紧张，手掌一拍书桌，低喝道："你是谁？"

戈青锋悄悄地支起身子，做出一个随时向前扑的动作。如果他猜想得没错的话，此人定是血梅无疑。

那黑衣人哼了一声，伸手把那顶藤制大帽取了下来，沉声道："冯指挥使不用紧张。"

戈青锋的心顿时提了起来，据他推测，血梅是播州府人，而且应该身居要职，所以那些被杀官员的脸上并没有表现出惊讶或恐惧，也就是说在作案前露出真面目是他的惯用伎俩。果然，冯群看到那人，脸上的紧张之色便没了。

戈青锋知道血梅要动手了，双腿用力在梁上一蹬，身若离弦之箭般地蹿了出去。

可惜还是晚了。血梅的剑太快了，灯火下寒芒一闪，若电光石火，冯群的脖子上便出现了一道血痕，随即血如喷泉一般喷射出来，尚未待他表现出惊讶或恐惧，砰的一声，便倒在一张躺椅上。

几乎与此同时，戈青锋赶到了，拳头一捏，格格作响，朝对方的后脑勺击去。血梅的动作十分干净利落，收剑，戴上大帽，右臂往后翻转，背后像长了眼睛似的，剑尖直奔戈青锋面门。

戈青锋暗呼声"好快的身手！"单腿在门框上一点，身体趁势一个空翻，落在门外，寒声道："你今晚走不了了。"

血梅缓缓地转过身，那顶黑色的藤制大帽几乎遮去了他大部分脸，他把大帽的带子往下巴一扣，嘴角微微上扬，露出一抹不屑的冷酷的笑意，剑身倏地一挑，扬起一道匹练，往戈青锋的脖子扫落。

戈青锋钢牙一咬，弯下腰身，出腿如电，逼退对方的剑势后，拳头又是一捏，格格作响，直奔对方胸口。

血梅收起了那股不屑的冷笑，显然戈青锋的武功修为出乎他的意料，身子一偏，剑随身走，矫若惊龙，嗖嗖嗖连出数剑，那匹练也似剑光几乎笼罩了戈青锋要害。

戈青锋眉头一皱，眼里射出一道精芒，脸上那道细长的伤疤在这时候呈现出鲜艳的红色，在对方逼人的剑势下，不退反进，像是一只被激怒了的凶兽，咻咻然只管往前冲。

血梅看到他这种不要命的打法，惊诧不已，真是一个疯子。剑光如电，在戈青锋的左肩划落，连衣带肉被削去一片，鲜血迸溅。然戈青锋却似感觉不到疼痛，甚至连眉头都不曾皱一下，身体兀自往前，右拳如铁锤一般，挟着股劲风往前击出。血梅想躲已然来不及了，正中胸口，身体往后跌的同时，喉管里涌上一股血腥味，哇地吐出口血来。落倒在地时，头上的大帽斜了，戈青锋目光如电，看清了他的脸，嘴角露出一抹冷酷的笑意。

打斗声惊动了冯府里的人，杂沓的脚步声越来越近，留给血梅的时间不多了，他存在的价值就是隐蔽，像幽灵一样飘荡在世间，一旦被识穿，便成了一颗废棋，失去了利用价值。他看了眼戈青锋，眼下唯一的出路就是杀死眼前的这个人，只有杀了他，自己的身份才不会暴露。

戈青锋似乎看透了他的心思，咧嘴一笑，道："你杀不了我！"

血梅咬着钢牙站起来，伸手重新戴好黑色大帽。他是名杀手，隐藏在黑暗中的杀手，走上了这条路，往往只有两种选择，一是杀掉对方，二是被对方杀掉，尽管他知道冯府里的人赶到后，自己存活的概率渺茫，但他别无选择。右肩一振，剑身嗡嗡作响，杀气再度从他的体内涌将出来。

戈青锋兀自看着他，没有动手的意思，道："其实你还有第三条路可以走。"

血梅的声音有些诧异："愿闻其详。"

"听我的。"戈青锋的声音中没有丝毫商量的余地，"在逃出去之前，一切行动都听我的。"

"你是谁？"血梅显然在犹豫，同时不由得怀疑起戈青锋的身份来。他不杀自己，愿帮自己逃出去，说明他也是有双重身份的，并非杨应龙的人。

戈青锋看着他，目光炯炯，没再说话，只等血梅做出决定。

"好。"血梅看了眼赶过来的冯府的人一眼，快速做了决断。只要戈青锋也拥有双重身份，他就不怕被骗，只不过需要付出些代价而已，至于是什么代价，他尚无法想象，当务之急是先逃出去再说。

"走！"戈青锋低沉地喝了一声，血梅会意，身子一纵，往外掠出去，戈青锋喝道，"还想走吗？"疾追上去。

上了屋顶，二人一前一后，兔起鹘落，在月下奔走。跑出一条街，下面传来疾呼声，血梅扭头往下一看，是杨兆龙赶来了。杨兆龙把眼瞪得大大的，厉喝道："厮儿终于现身了，快，配合戈青锋，把厮儿给老子拿下，生死不计！"底下的人纷纷散开，分别往几条岔道跑出去，围堵血梅。

杨兆龙手提一柄厚背大刀，铁塔似的身子一纵，跃上一道墙，在上面一借力，上了屋顶，紧跟着前面二人追。

血梅迅速扫了眼当下环境，低声道："现在要怎么逃？"他的意思是再这么下去，全城的官兵都会被吸引过来，若到了那一步，便插翅难飞了。

戈青锋道："下去。"

血梅犹豫了一下，下去的话不是自投罗网吗？但仅仅只是犹豫了一下，在上面奔跑过于引人瞩目，同样没办法逃出去，身子一纵，在半空中一个倒翻，落入一条巷子里的官差丛中，剑气如虹，杀出一个缺口，疾奔而出。戈青锋紧随其后，杨兆龙的身法终究慢了一拍，率着官差在后面追。

"进去。"抵达一条十字路口时，戈青锋低声说了一句，血梅身子一转，转入了一条小巷。在巷子的尽头，有一堵墙，是条死路，血梅脚下用力，掠上墙头，翻入墙的另一头，戈青锋紧跟着其后。两个人看了眼面前的环境，这里是城东郊，居住的人没那么密集，前方有一座垃圾场，垃圾场的周遭稀稀落落地散布着一些低矮的房子，毫无疑问，这里生活着一些在低层挣扎的人，说直白些就是贫民窟。

戈青锋向血梅使了个眼色，二人奔向那些矮房。进入里面后，狗吠声此起彼伏地响起，那些房子里的人本已睡了，纷纷被惊起，灯光渐次亮起，有些胆大的举着灯出来查看。

戈青锋和血梅顾不上会否惊世骇俗，施展轻功，一路狂奔。出了贫民窟，再往前是一条绕城河，河的对面就是城墙，城上有士兵把守。

"厮儿，看你娘的往哪里逃……"这是杨兆龙的声音，有些气喘，但看到血梅已无处可逃，声音中带着丝兴奋。

血梅望了眼不远处的城墙，不知如何是好。刚想去问戈青锋的意思，陡然见戈青锋追上来，抬腿就是一脚，血梅不曾防备，这一脚端的把他踢得七荤八素，身体在半空中划出道抛物线，扑通一声，掉入河里。戈青锋纵身一跃，也跳到河里去，看那架势给人的感觉是即便追到天涯海角，也要取血梅性命。

杨兆龙人高马大的，又有一身武艺，去任何地方他都不怕，但他不会游泳，怕水，身边带来的那些官差，虽也有会水的，可惜跟戈青锋、血梅二人的功夫悬殊，即便下了水估计也追不上，只能沿着河追着跑。

杨兆龙因不能亲自下水去追而感到有些遗憾，不过他对戈青锋的表现十分满意，那小子平时虽然一副半死不活的样子，动起手来着实是生龙活虎，他相信戈青锋一定能把血梅擒获。

官差沿着河跑出一段路后，便再也没有看到戈青锋和血梅二人的身影，他们像在水里消失了，一头扎入水底后，再也没有上来。

"走，去城楼上歇歇脚。"杨兆龙倒是看得开，他相信戈青锋一定会带来好消息。

戈青锋和血梅凭借深厚的内力修为，在水中潜行了一段路后，估算着应已走出了杨兆龙的视线范围，便冒出头来，朝四野望了一下，确定没有异状，这才上了岸。

两个人在冯府打斗时，都受了些伤，再经过这一路狂奔，早已精疲力竭。戈青锋一头倒在地上，边喘着粗气边道："现在要是有酒就好了。"

血梅坐在地上，与戈青锋保持了一定的距离，不敢放松警惕，说道："现在可以说了吧？"

"说什么？"戈青锋微微闭着眼，懒洋洋地道。

"你是谁？"

戈青锋头一偏，看向他，"你觉得你有资格知道我的身份吗？"

血梅一愣，没有说话。

"把帽子摘了吧。"戈青锋依然偏着头看他，"此地连个鬼都没有，还掩饰什么。"

血梅依言摘下了大帽，露出一张面无表情的脸，由于胸口被戈青锋击了一拳，估计受伤不轻，脸色是惨白的，此时看起来着实与死人无异。

"归统领。"戈青锋好整以暇地道，"我救了你一命，现在该到你偿还的时候了。"

归无迹知道戈青锋救他定有目的，并不感到意外，冷冷地道："说吧。"

"我要印晓天的下落。"

归无迹闻言，脸色一变，他自然知道印晓天是谁，由于静月道长的行为牵动了各方的神经，印晓天的下落便显得至关重要了。他是怎么失踪的，被谁带走了，身上带了什么秘密等，所有的谜团都需要找到他方后才能够揭晓，所以现在不仅杨应龙在找他，他的主人田家庆也在找，可以肯定的是朝廷那边定然也想找到此人。那么戈青锋是哪边的人，他的另一重身份是什么？

第三天：猎杀

一

洞中无日月，印晓天没听到那巨型计时器发出的声响，自然也不知道一天又过去了。从歇马台上去，是一段很陡峭的路，呈倾斜状，且石阶很高，爬了二十余阶后，印晓天便弯着腰呼哧呼哧地喘气了。抬头望了一眼，至少还有上百个台阶，慢说爬了，想想都累，索性一屁股坐下来："杨应龙啊杨应龙，你建的是城堡啊还是仙宫啊，要是从山上下来去播州城买个菜，来回一趟，想死的心都有了，哪还有心情吃饭？这里还只是模型而已，真实的海龙囤，上去一趟，端的比登天还难。唉，想做高人也不易，高处不胜寒啊，在这种没烟火气的地方待着，天天看看风景，望望山上的雾，有甚意思？"

印晓天喃喃自语了一番，喝了几口水，怨怪着这水喝得能让人淡出鸟来，那个无根的阉货也不给他多备上几坛酒，稍歇片刻，又喘着气往上爬。

从飞虎关、歇马台一路上去，叫作飞虎大道，城墙砌得十分坚实，火炮都打不穿，这里正处于山腰，是最陡峭的地段。穿过飞虎大道，矗立于山巅的有一座与飞虎关同等大小的关隘，唤做飞龙关。印晓天一看这关名，笑道："真他娘的越高越威风，下面是虎，上面是龙，那山顶是什么，仙宫？"

到了飞龙关后，前面是个分岔路口，一条通往山上的城墙，若长城一般弯弯绕绕，沿山体而建，把整座山顶都围了起来，在路口正前方又建有一道关口，唤做朝天关；另一条路则通往海龙囤的中枢——王宫，路口也有道关隘叫作飞凤关。

印晓天先是通过飞凤关，进入了海龙囤的中心地带，看到这里的景象后，目瞪口呆。

王宫是按紫禁城的规格建的，只不过这座王宫建在山上，受山体面积所限，其规模没明王宫那么大，但麻雀虽小，五脏俱全，连建筑风格也与紫禁城相似。所有大殿均为木结构，黄色的琉璃瓦顶，地面为青白石，饰以色彩斑斓的彩画。若是从高处鸟瞰，整个建筑群都沿着一条南北向的中轴线，错落有致地渐次展开，南北取直，左右对称，气象万千，蔚为壮观。

"看来杨应龙那阉货想当皇帝想疯了，居然在山上建了座王宫！"印晓天边对这里的建筑啧啧称奇，边骂杨应龙不是东西，很多人都想当皇帝，但像他这么明显的，普天之下只怕唯此一人了。

印晓天花了将近半天的时间，在王宫里面绕了一周，这才沿着朝天关的城墙绕山而行。绣花楼那妙龄女子用绣花针打退明军的事情，对印晓天来说有一定的诱惑力，想看看那绣花楼究竟是个怎样神奇的所在。

从朝天关往南而下，这一带俱是崇山峻岭、峭崖陡壁，没有上山的路，因此朝天关端的是天险，无人可破。

绣花楼在海龙囤的正南面，它算不上是关隘，只是地理位置比较突出。在南面城墙里单独辟了道口子出去，有一条甬道可供通行，拐过道弯，沿青石台阶而上，便可见一座悬置于山崖之上，坐落在青山之间的红色的两层高楼。

整个建筑与周围的城楼不同，俱采用木材，涂以明艳的红漆，窗棂皆为镂刻的纹饰，贴有乳白色的印花窗纸，顶上的瓦片是灰色的，与整体的红色相互辉映，彰显出了种典雅之美。

进入楼里，一应摆设简约典雅，虽不奢华，却又不失灵动，隐隐透着股高贵，可以想见，此楼是专为那妙龄女子而设。看着这里的装饰，印晓天不禁好奇，那女子究竟是谁，竟能得杨应龙如此宠爱？

顺着左侧靠墙的楼梯而上，登上二层楼，南面是一个大大的阳台，四周垂挂着红色纱幔，此处虽无风，然看上去依然有曼妙之美。阳台正面的栏杆前，摆了一张绣花桌，也是红色的，只不过颜色比楼层本身淡了一些，桌面上镶嵌着白玉纹饰，看上去十分精美。

桌上放了块未绣完的花布，看上去绣的应是牡丹，花瓣殷红如血，莫看只是模型，却十分逼真。印晓天伸手摸了摸那块未绣完的花布，心想要是那姑娘真的在这里便好了。转目间，忽看到墙上挂了幅画，隐约可见画上是位女子。

印晓天对绣花楼上的那妙龄女子十分好奇，心想这里既然挂了幅画像，应该就是那姑娘的了。因印晓天已知道那些白色魅影乃是石林里的毒草所致，楼里没有毒草，不惧那些鬼东西出来吓唬人，便掏出蜡烛来点上，往那幅画像凑上去。

画像上所画的果然是位妙龄女子，二九年华，肤若凝脂，面如明月，皎洁生辉，披着一肩秀发，着一袭淡粉色的上衣，下套件月白裙子，裙摆处镶着粉色花边，亭亭玉立。右手捏了个兰花指，指间有一枚细小的绣花针，看上去绝对是位待字闺中的良家女子，绝非是包打听口中那位会使法术，以一枚绣花针逼退三军的人。

再往画的右下角看，写着一行细小的楷书：杨家千金三妹玉容。

"杨三妹，原来你叫杨三妹！"印晓天边欣赏着画中人，边惋惜地摇头，"可惜你是杨应龙那阉货的妹妹，要不然，小爷定把你娶到手，带你去过神仙一般的逍遥日子。"

许是昨晚没有休息的缘故，到了这时辰，印晓天有些乏了，即便是这画中的美人也无法让他提起神来，心想小爷便在那杨三妹的绣花楼里睡上一觉罢了。当下吹灭了蜡烛，席地躺下，想着杨三妹那如花的娇颜呼呼睡去。

不知道是不是在梦中看到了杨三妹，印晓天露着一脸的憨笑，嘴角的口水直往地板上滴。

归无迹见他打听印晓天的下落，很想问一句你究竟是谁，但他知道问了也是白问，便忍了下来，说道："我欠你一命，本当尽力报恩，可惜我也不知道他的下落。"

戈青锋看着他，逼视着他的眼睛，似乎想要看他有没有说谎，过了会儿，才问道："你是田家的人对吧？"

归无迹没有直接回答，反问道："为何认为我是田家的人？"言下之意是说，你不是杨家的人，却一言道破我是田家的人，莫非你是明军的人？

"如果不找出印晓天，你会死得很惨。"戈青锋虽然依旧悠悠然地躺着，但语气却变得低沉了起来，"杨大将军在找印晓天你不知道吗？"

静月道长奇怪的举动，引起了各方的注意，而其弟子印晓天的离奇失踪，使得此事越发地扑朔迷离。明军被挡在播州城外，自然是急着想把此事查清楚，把播州的细作悉数铲除了。如果说戈青锋是朝廷的人，并非没有可能，这是归无迹对他的第一印象，但是，有些事情想得太复杂了也许反而会误入歧途。此人酗酒度日，浑浑噩噩，甚至连杨兆龙都没放在眼里，表面上看确实毫无进取心，然事情要从不同的角度去看。他是个牢头，在当权者眼里看来，跟一条虫无甚区别，最重要的是三圆山监狱名义上虽然是属于播州府管理的，但实际上三圆山正好位于田家的势力范围，那一带大事小事都由田家说了算，那么他的处境就变得微妙起来了。现在他专心为杨应龙办事，万一哪天田家看不顺眼，随便捏造一个理由，都可以把他踩死。播州的五司七姓在地方上都有根基，杀了这么一个人，杨应龙自然不便过度插手，与田家公然对立。

从这个角度来说，戈青锋想要讨好杨应龙，从三圆山调出来是极有可能的。

归无迹摸不透他的身份，只好放弃了这种试探，道："我尽量。"这句话相当于间接承认了他就是田家的人。

"不是尽量，是必须找出来。"

归无迹本来就是个自负之人，没把谁放在眼里，见他咄咄逼人，不由得有些恼火，沉声道："你如何认定印晓天就在田家？"

"印晓天没在杨大将军手里，那就只能在田家。"戈青锋支起身子，与归无迹面对面地坐着，由于没有喝酒的缘故，双目如电，逼视着归无迹道，"田家庆虽是个残废，却有一个无比灵敏冷静的头脑，我感觉他在谋划一个行动，一个尚未露出端倪的精密无匹的可怕行动。"

"当然，你现在还是可以选择。"戈青锋扯了根草咬在嘴里，然后狠狠地把咬断的那截草吐在地上，脸上露着股狠劲儿，"生还是死，选吧。"他认定了印晓天就在田家，也认定了归无迹一定能把他找出来，或者说他本身就知道印晓天在何处，只是不想说出来而已。

"你这是在逼我。"这件事对归无迹来说委实是太难了，作为一个细作，一个杀手，其使命就是为了主子服务的，哪怕要付出生命，也在所不惜。他甚至在进入播州府当细作时，就已经准备好了随时赴死。如果戈青锋在冯府就把他杀了，他会毅然赴死，连眉头都不会皱一下。可问题是，戈青锋给了他希望，带着他千辛万苦地逃了出来，再让他做生与死的选择，他肯定会犹豫的。

人之所以能好好地活着，活得快乐，就是因为人生之中充满了希望，无论这个希望是自己创造的还是别人给的，皆足以使人提起信心。对归无迹来说，无论他知不知道印晓天的踪迹，只要照着戈青锋的话做了，那就是种背叛，这是他无法接受的。

好在还有希望，只要他还能活着，那就还能希望。归无迹尽量隐藏起心中涌起的杀气，郑重地点了下头，道："好，给我三天，三天后给你答案。"

戈青锋起身，拍了拍屁股，道："走吧。"

归无迹诧异地看着他，意思是说我还要跟着你走吗？

戈青锋也诧异地看了他一眼，道："出来这么久，我没抓到血梅，杨兆龙会不会起疑？你离开播州这么久，就这样回去，又当如何解释？莫非你没想过这些问题？"

这一连串的问题着实把归无迹问住了，他也算是精细之人，平素做事滴水不漏，可能是在与戈青锋对话时，心有点乱了，的确没去想那些问题，便问道："你有办法解决？"

"我打算再帮你一次，希望你也别让我失望。"戈青锋没跟他说接下来要做什么，只交代他把身上的衣服脱了收起来，莫顶着血梅的招牌招摇过市。

归无迹起身，依言脱了那身黑衣，拾起那顶大帽，想要把它扔进河里时，戈青锋道："你身上的衣物收好，到前方的村子时，拿个东西装起来。"

归无迹微微一愣，但毕竟是心思缜密之人，随即便意识到了什么，道："你究竟想要干什么？"

果然，戈青锋的答案正如他想的那样，找个血梅的替死鬼。然后他又用那种冷酷却又带有几分戏谑的语气问道："你觉得在播州，谁最像你？"

归无迹很快想到了一个人，一个同他一样的剑道高手，其剑法完全不在他之下，而且也同样是田家手底下的干将。

他究竟要干什么？归无迹默默地看着戈青锋的背影，心想此人实在太可怕了。难不成他今晚救我就是一个陷阱，其真正的目的是要利用我，去杀害田家的重要成员，以此来报复我对播州官员的谋杀？

归无迹倒吸了口凉气，此前他还怀疑此人是明军的细作，现在看来基本可以排除这种可能性了。他是要替杨应龙报复田家，而且这种报复的方式实在太高级了，不着痕迹，不会让外人反感，且无法叫人拒绝，因为他是在帮你，不然的话你就得死，如何拒绝？

归无迹收拾起衣物，跟在他身后走去，看着前面的身影，眼里的杀气越来越浓，他不能让他牵着鼻子走，等走过了这道坎，得想办法让此人在这世上消失。

兜兜转转，不知走了多少时候，来到了一座并不起眼的宅子面前。在来的路上，归无迹留意了下，如果他没有算错的话，此时理应将近鸡鸣时分了。再看眼前的这座宅子，归无迹验证了自己的猜想，戈青锋要杀的是他——田家手底下得力干将之一、剑道高手李朝宗。

戈青锋回头看了眼归无迹，见他犹豫，眼里闪过一道寒光，问道："干吗？"

归无迹咬着牙，一时间难做决定。从个人感情上来讲，为了自己能活下来而去杀害自己的同僚，这种事他绝对做不出来。可是，眼下的事情不能只从个人感情去解读，他打入杨家多年，是田家培育的一颗最有力的也确有绝对杀伤力的棋子，在此之前，田家一直没有起用他，让他蛰伏着，只希望他能在有需要的时候发挥最大的作用。现在他的作用才刚刚体现，如果就这样暴露了，便辜负了田家多年的栽培。但这还不是最主要的，最主要的是田家有一整套的行动计划，他只是其中的一环而已，如果他这一环被破坏，就会影响接下来的计划，甚至会打乱整个布局，那么他就是个罪人，虽百死而无法赎其罪。

戈青锋没再给他犹豫的时间，纵身一跃，跳入墙内去了。归无迹看着他消失的人影，两眼通红，充满了恨意，牙一咬紧随而入。

是时，天尚未明，这座宅子里的人正在熟睡，整栋宅邸无一丝光亮。戈青锋大摇大摆往前走，穿过一道不长的走廊，他往左右看了看，从房子的格局判断出卧房的位置后，径往前走去。

归无迹跟在他身后，心跳越来越快，他从来没有因去杀一个人而害怕过，这一刻他却感到无比恐慌，希望前面的这个刽子手找不到李朝宗，更希望李朝宗能把他杀了。

对啊！归无迹倏地眼睛一亮，何不趁此机会联合李朝宗把他杀了！

然而一阵兴奋过后，眼里的光随即黯淡下来，他是一名杀手，同时也是一名细作，是拥有双重身份的，李朝宗会相信他吗？

不会。杨、田两家虽同属五司七姓，嘴上喊着"同气连枝"的口号，实际上是水火不容的，李朝宗不可能相信杨兆龙副手嘴里说出来的话。

戈青锋在卧房门口停下，未及他敲门，门内的人已有了反应，人影一闪，门随之打开，微亮的晨光下剑光一闪，剑尖散发着一股逼人的寒光抵在戈青锋的喉部，发出阵嗡嗡细响。

戈青锋浑然不为所动，眼睛一抬，看向眼前之人，只见门内站着位四十岁左右的中年人，虽穿了身睡袍，但看上去依然雍容华贵，气度不凡，剑眉微蹙，眼里闪过一抹令人不敢对视的光。单手举剑，左手自然地垂下，可见他对自己的剑法十分自信，在不知来者是谁的情况下，依然相信手中剑可以在瞬息之间逼退对方。

"果然不愧是剑术名家！"戈青锋由衷地赞叹了一句。

"你是谁？"李朝宗手臂一动，剑尖贴着戈青锋的喉咙，又是一阵嗡嗡细响。

卧室内响起一阵窸窣的轻响，不一会儿走出位中年妇人，敢情是李朝宗的妻子。

戈青锋向那妇人友善地笑了笑，那道疤痕也随之动了几下，随后朝李朝宗道："可否借一步说话？"说话间使了个眼色，李朝宗朝他后面望了一眼，那人他是认识的，乃是杨兆龙手底下实际管理播州府的人。

"好。"李朝宗收起剑，回头让他的夫人先回去休息，交代她去去就回。

归无迹很想提醒他，这一走只怕再也见不到你的夫人了，但他知道如此做是愚蠢之极的行为，不但李朝宗不会相信他，还会恼怒戈青锋，把他真正的身份暴露出来。

李朝宗要带他们去客厅，戈青锋说不用了，就在庭院里随便找个地方便可。李朝宗没有勉强，走入一座凉亭，亭子的一侧是座假山，周围树影婆娑，真是个下手的好所在！

"他是播州府的人。"戈青锋与李朝宗面对面地站着，两个人不过一尺距离。

"我知道。"李朝宗看了眼归无迹，似乎浑然没有防备戈青锋。

"他怀疑你是血梅。"

"什么？"李朝宗吃了一惊，此时他看到归无迹的目光明显带着怒意，"你有证据吗？"

归无迹哼了一声，你个傻子，他把你的注意力引到我身上后，就要动手了。

戈青锋果然动手了，出拳如风，一尺的距离，绝无落空的可能。

砰的一声轻响，归无迹分明听到了骨头碎裂的声音，随后他看到李朝宗的身体往后跌，落地时，戈青锋没有给他起身反击的机会，纵身过去，又是一拳落向李朝宗的面门。

又是砰的一声，李朝宗的头刚仰起，就遭遇了迎头一击，脸上顿时血肉模糊。这一刻，戈青锋又变成了一只凶兽，只见他嘴角微微咧开，露着牙齿，如果走近看的话，他脸上的那道疤以及双眼都是血红的，咻咻然喘着粗气，砰的又是一拳，击在李朝宗的额头，头骨碎裂，一代剑术高手，在毫无防备之下，就这样被活活打死。

"还等什么？"戈青锋起身，狠狠地看着归无迹，"他是血梅，你是代表播州府的缉凶之人，你还在等什么？"

归无迹狠狠地扔下那个包着黑衣大帽的包袱，愤怒地朝外走出去。天亮了，或许对他来说，将迎来更加严酷的考验。

二

太阳刚刚升起，顺天府经历袁刚带着两名随从便到了永寿南北杂物商行的门前，打量了两眼后，举步入内。

店内的伙计以为是顾客上门了，连忙上来招呼道："客人需要些什么？"

袁刚亮出了腰牌，并出示知府和通判联名签署的清查治下各商户账目令，伙计的脸色一变，恭敬地道："大人稍等，小的这就去请掌柜出来接待。"

须臾，胡永寿急步出来，见得经历，脸上端起笑，道："原来是袁经历来了，不曾迎迓，乞请恕罪！大人先请里屋奉茶。"他儿子胡青云在顺天府当差，府里那些当官的他即便不熟，也是有所耳闻的，因此甫见面便套近乎。

袁刚称好，入了里屋，待下人端上茶来，胡青云也过来了，笑道："袁经历亲临敝店，实在是稀客。"

袁刚呷了口茶，他是秀才出身，虽没能更上一层楼，但依旧保持着读书的习惯，举手投足间保持着读书人的优雅，揖手道："胡捕头莫怪，例行公事，情非得已。"说着把顺天府的查账令送给胡青云。

胡青云瞟了一眼，道："在下理解，辛苦袁经历了！在下要赶去当差，失陪莫怪。"

"胡捕头这两天挺忙吧？"袁刚扭头问了一句。

胡青云转过身，微哂道："经历说得是，你也知道昨日顺天府参与了件大案。"

"可有结果？"

胡青云摇头叹气，道："所涉及的都是朝中的大人物，哪能那么快就有结果？"

"也是。"袁刚放下茶盏说道，"不敢耽搁胡捕头的公事，请便。"

胡青云作揖，转身离去。胡永寿露着生意人特有的笑脸，似乎还想套近乎，袁刚不想在这里浪费太多时间，道："今日要盘查许多商铺，请胡掌柜行个方便，将账簿取来，我也好交差。"

"是，是，是。"胡永寿迭声答应，起身亲自去把账簿取来。

袁刚看着桌上一大摞账簿，问道："今年的账目都在这儿了吗？"

胡永寿愕然道："经历要查全年的账吗？"

"正是。"袁刚一脸严肃，似乎没有商量的余地。

胡永寿无奈，只得应了声好，又去取来。

袁刚及其两名手下，查得十分仔细。时间似乎过得很慢，让胡永寿觉得很是难熬。

"咦，胡捕头也会参与记账吗？"袁刚看着其中一页，颇是好奇地问了一句。

胡永寿笑了笑道："小老儿有时需要外出备货，犬子若在店里，便由他记了。"

"也是。"袁刚颔首道，"胡掌柜经营着偌大个商铺，难免要出去备货或应酬。"

正说着话，有人走进来，乃是管理铺子的伙计，说是外面有人找袁经历。袁刚讶然道："何人找我竟找到这里来了？"

伙计道："乃是顺天府的差爷。"

袁刚哦的一声，道："让他进来吧。"

须臾，顺天府的差役入内，禀道："奉府尹大人命，叫经历即刻回府。"

袁刚愣怔了一下，问道："是何要紧事？"

差役道："这个小的不知。"

袁刚一想也是，既是要紧事，定不会跟当差的人透露，当下起身，向胡永寿作揖告辞，命令随从把没查完的账一道搬走。

胡永寿惊道："袁经历要搬去衙门吗？"

"正是。"袁刚道，"待我查完，即刻送还。"

胡永寿本想说下次再来店里查便是了，但既然袁刚已经开口了，不好意思捧着账簿不放，这样反而会显得心里有鬼似的，只得答应，端着笑恭恭敬敬地把袁刚一行人送出门去。

待官差走完，胡永寿的脸立马就沉了下来，目光中多了几分凶狠，看上好像换了一个人。他怔怔地看着袁刚远去的背影，总觉得这件事蹊跷，官府查账以核对赋税上缴的情况，往年偶尔也有，但印象中从来没有如此认真过。最让胡永寿想不通的是，他从来没有在账簿上做过文章，可以说是守法商户，其子又在顺天府当差，这是众所周知的事，那么官府查得如此仔细，用意何在？

很明显是醉翁之意不在酒，莫非是哪里出了问题？胡永寿越想越不对劲，转身进入里屋里去了。

袁刚进入顺天府后，顺天府尹常峙在后衙坐着，旁边还坐了北镇抚司使陆天

-080-

明，他看到袁刚进来，起身问道："拿到了吗？"

袁刚看了眼常峙，答道："拿到了。"挥手示意让随从把账簿放下，随后将他们打发走。

陆天明迫不及待地翻开账簿，并从怀里取出那张举报冉小七和凌秋风的纸条，与账簿上的字迹一一比比，没过多久，一拍桌子，涨红着脸道："没错，就是他！"

"果然是他？"常峙吃惊地凑上去，只见账簿上胡永寿的字迹与举报的字迹一模一样，"怎么会是他？"

陆天明冷冷一笑，道："是他才是合理的，不然的话，常府台不觉得出现在顺天府的举报太及时了吗？"

常峙已有五十余岁了，经历了无数大风大浪，蹙着灰白的眉头道："陆镇抚使的意思是，凌指挥使肯定是清白的？"

锦衣卫是专办要案之所在，习惯了各种怀疑，陆天明对他的疑虑并不觉得反感，答道："静月设下捕鹰计划，目的是要引猎鹰现身，但这计划有个致命的漏洞，即所谓的城防图是不存在的，要想堵上这个漏洞，唯一的办法是让去玉京山之人跟细作挂钩。据我推测，按照静月的计划，是要让凌指挥使拿到假城防图之后，与猎鹰血拼，然后让胡青云出去收拾残局，最后猎鹰和凌指挥使在打斗过程中都死了，城防图不知所终，如此静月既捕获了猎鹰，又能瞒天过海，一箭双雕。

"只是让静月没想到的是，猎鹰提前现身了。很显然猎鹰十分肯定这世上并不存在城防图，他想通过凌指挥使之手除掉静月，目的很明确，就是要报冉小七之仇。那时胡青云一定潜伏在暗处，他看到凌指挥使和猎鹰谈了那么久，根本没有要打斗的意思，只得率人出去，试图剿杀二人。因为那二人不死，静月就得死。胡青云心里非常清楚，无论是凌指挥使还是猎鹰，都是当世一等一的高手，他和他手底下的那些人非其敌手，所以他一开始打算是要逐个击破，先是借凌指挥使之手，拿下猎鹰，再趁其不备，杀掉凌指挥使。可惜的是凌指挥使没有掉入这个圈套，他当时虽也迷惑，但依然做了个十分正确的决定，谁也不帮，按照原来的计划去玉京山。

"胡青云的计划再次被打乱，只得亲自现身拦截凌指挥使。然如此一来，无论是猎鹰和凌指挥使，都可以轻松脱身，那些废物没一个能拦得住他们。猎鹰一走，就没有杀凌指挥使的必要了，因为一旦凌指挥使出事，猎鹰就会趁此机会攻击静月，静月必死无疑，所以胡青云只能将其带回。后面的事常府台应也有所了解了,在接到外部传来的消息后,静月很快就向皇上坦白了没有城防图一事,试图通过举报以及凌指挥与猎鹰交谈一事做文章,置他于死地,这也是我怀疑他就是猎鹰的原因所在。"

常峙听完他的分析,说道:"你的意思是,静月最终的目的是杀了凌指挥使后,再把他的人安排进去,从而控制锦衣卫?"

陆天明冷哼一声,道:"常府台应该知道锦衣卫在各地都安排了暗使一事吧?在播州也有,他们就像钉子一样插在播州心脏,随时都可以给他们致命一击。掌握暗使名单的只有指挥使一人。"

常峙唔的一声,不置可否。陆天明又道:"现在经过字迹比对,证实了胡青云父子就是静月在外部的联络人,同时也证实了我的推测,多谢常府台配合调查,先行告辞。"

常峙到底是老成持重之人,起身道:"陆镇抚使想要做什么?"

陆天明回头沉声道:"查封永寿南北杂物行。"

"万一没查出什么来呢?"

这一点陆天明倒是没想过,不觉愣了一下。常峙继道:"就算可以认定举报冉小七和凌指挥使的是胡永寿父子,也不足以指认他们就是细作。至少从眼下已知的情况分析,无论是静月的道袍事件、捕鹰计划,还是胡永寿父子的举报,他们都是在为朝廷做事,没有一项证据可以证明他们是细作。"

见陆天明沉默,常峙又道:"如果说静月和胡永寿父子真是细作,那么他们无疑是十分棘手的对手,面对这样的对手,鲁莽不得。"

陆天明道:"依府台之见,当如何行事?"

"继续往胡永寿父子这条线上挖,我相信一定能挖出更多的线索。"

陆天明一想也是,只要挖出更多的证据,不怕静月他们不服法,当下道了声谢,急步出去。

陆天明走后,常峙急令备车,入宫去见万历帝。昨天胡青云直接带凌秋风去了宫里,他并没有出现,作为顺天府一府之正印,他有必要入宫去见一下皇上。

万历帝似乎是刚睡醒没多久,眼睛尚有些虚肿。常峙见他这副模样,叹息道:"近日来皇上辛苦了!"

万历帝摇头苦笑道:"卿言之甚是矣,朝中出了细作,朕寝食难安。"

所谓食君之禄,为君分忧。常峙深知万历帝之忧虑,将早上所查得的情况细细禀奏。万历帝听完,虚肿的眼里放出光来,道:"卿以为,静月究竟是忠是奸?"

因此时唯君臣二人，常峙无须顾虑，吐出了肺腑之言，说道："臣以为，静月是细作的可能性更大。"

万历帝眉头一动，又问道："为何？"

常峙道："启奏皇上，此人的心机太深了，且不说道袍事件、捕鹰计划连皇上也一道儿骗了，单说举报凌指挥使一事，他究竟有何证据？"

"举报冉小七时不也没有证据吗？最后还是查实了。"

"此事的可怕之处就在这里。"常峙道，"假设静月是一心为皇上分忧，何以不直说，要通过胡永寿父子举报？胡永寿父子是什么身份，我们一无所知，谁知道这一招是虚是实，有何居心？"

万历帝道："那么卿是认为猎鹰与凌秋风所言是真实的？"

常峙已从胡青云处得知昨晚的情况，说道："臣以为，猎鹰冒险现身，其所言应不假。"

万历帝沉默了会儿，抬眼道："胡永寿父子谁负责去查了？"

"是陆镇抚使。"常峙道，"臣相信很快就会有消息。"

"陆天明曾认为，真正的猎鹰可能是静月，卿是如何想的？"

对于猎鹰一案，没人敢信口胡说，此人隐藏得太深了，迄今为止可以说是一点线索也没有。如果说昨晚现身的真是猎鹰，的确有些反常，但说静月是猎鹰，那么假扮猎鹰的是谁？其假扮猎鹰目的何在？是为了掩护真正的猎鹰吗？这显然也是说不通的。因为自称猎鹰之人的出现，使静月的疑点浮出了水面，同时也牵出了胡永寿父子，这对静月来说一点好处也没有，显然不合情理。

"臣……"常峙沉吟片响，说道，"还是偏向于相信凌指挥使所言。"

"内斗……"万历帝略有所思地念着那两个字。

常峙道："如果这真是播州内斗的结果，对我们来说是次机会。此外，静月背后的身份也须尽快查实。"

"朕已经派人去查了。"

常峙没想到万历帝的行动如此之快，因没见万历帝说是让谁去查了，他也不敢多问，只道："皇上圣明。"

印晓天不知道自己睡了多久，感觉这一觉是他来到此地后，睡得最香的，醒来后神清气爽，睁开眼时又看了看墙上那杨三妹的画像，笑道："有美人做伴就是不一样，竟睡得如此踏实。"起了身，用手抹了抹脸，算是净了面了，边喝水边走向阳台，这里居高临下，山下若有风吹草动，皆可一览无余，又自言自语地道，"怪不得包打听说，当日明军想从这里偷袭，被杨三妹挡了回去，在此坐镇，明军行动再隐秘，也是徒然，岂有不败的道理？"

说话间，印晓天眉头一皱，眯着眼往下望去，"难不成杨三妹真会法术，能用一根绣花针打退明军，世上真有如此神仙一般的人物吗？不对，不对……"忽然间似想到了什么，从衣服的下摆扯下一块布，往脸上一蒙，一股异味吸入鼻端，又酸又臭，险些把自己熏死过去："小爷有多少天没洗澡了？衣服上的'异香'，竟连自己都无法消受！"晃了晃脑袋，往阳台一纵，跃了下去。

由于这只是模型，从绣花楼的二层跃下来，也不是很高，到了底下，留心观察了一下，见无异状，便把蜡烛点上了，一步步往下走。约走出百来步时，果然又看到了在石林里发现的那种异草，不由得笑道："原来那小娘们不会法术，是这种草让人产生的幻觉，看来传说中神秘莫测的海龙囤也不过如此而已！"

发现了这里的机关后，印晓天暗暗得意，心想小爷要是能活着出去，岂不是能助明军攻破海龙囤？到了那时，小爷便是此战大大的功臣，从此以后不就飞黄腾达了吗？

想到此处，顿时热血沸腾，信心大增，又朝山下走了些路，一路上都是那种异草。如果这是一座真山，山上到处都是毒草，行军时很难发现异常，难怪明军会着了道儿。思忖间，要往回走，却发现周围的环境变了。

印晓天下来的时候，这一带是沟壑，一层叠一层往山下延伸，周围虽也有树，但由于基本是岩石结构，树木并不多，而且枝杆多矮小，可是这时候他突然发现居然身处密林之中，身边低矮的树都成了参天大树。这里的环境本身就黑，被这些大树一遮，越发黑了，伸手难辨五指。往上面看时，绣花楼不见了！

这是怎么回事，难道我中毒了？

这个念头跳出脑海的时候，印晓天很快便否定了。首先，他下来的时间不长，那种草的药性发作没那么快，不然的话，他从石林经过时，也不会到了飞虎关才看到幻象，这是说不通的；其次，有了上次的经验，他下来时用布遮住了口鼻，减少了毒气吸入的可能性。综合这两点，目前遇到的情况，绝非中毒现象。

如果不是中毒，那他娘的是怎么回事呢？印晓天顿时慌了："印晓天啊印晓天，你这人最大的毛病就是容易得意忘形，粗心大意。平时吹吹牛、忘乎所以一下也就罢了，在这种害死人不偿命的地方，你怎可大意呢？"

印晓天自责了一番，席地坐下，闭上眼睛深呼吸，以便让自己的心尽快静下来。他天资聪慧，一旦静下心来，脑子里便会涌出许多想法。就目前遇到的情形来分析，最大的可能性是这里布了一座奇阵，在奇阵和异草的双重作用下，若事前没有防备，绣花楼就是阎罗殿。

印晓天睁开眼，发现眼前的景象又变了，到处都飘着雾气，而且雾气很大，飘飘袅袅地萦绕在山间树林之中，使之周围看起来若仙境一般。山势走向和景物业已移位，仿佛一瞬间来到了另一个地方。

印晓天知道了这是阵法所致，因也不惊。在静月道长处他是学了些奇门异术的，虽不敢说精，但好歹也懂些皮毛。起身观察周边的景物，很快就瞧出了端倪。

应该说设计此阵之人是比较高明的，这个阵法虽然以五行八卦排列，却是在现有的自然物体上，稍作改动，达到了阵法与自然山体之间的高度融合，外行人想要辨别出来，相当困难。另外，此阵充分体现出了一个"巧"字，一如写文章，自然山体粗犷狂野，不循章法，然经那人略微一动，便发生了奇妙的变化。古人云"一字之师"，有时一字之差，其意韵便不可同日而语。不难发现，设计此阵者，乃是个大师级的人物。

"不对啊！"印晓天眉头一沉，他虽然爱吹牛，但终归是有自知之明的，"既然是大师级人物设计出来的阵法，缘何小爷一眼就识破了？总不会是刚才睡了一觉，梦见了那杨大美人儿，心智大开，然后三花聚顶，五气朝元，玄门妙法融会贯通了？"

说到这儿，印晓天把自己都逗笑了，随即又一想，难不成那设计者与小爷同出一门？

这个可能性是极大的，但也更加匪夷所思。海龙囤的建设是很多年前的事了，自然不可能是静月道长的弟子设计的，难道是静月的师父或师兄弟设计的，或者说这里所有的一切，皆是出自静月道长的手笔？

这么一想，印晓天顿时凌乱了。无论是哪种可能，这里的一切都与静月道长有说不清道不明的关系，如此看来，他手握海龙囤城防图就是意料中的事了。现在最关键的问题是，哪个把他绑到这里来的，用意何在？不会是……

印晓天被自己的想法吓了一跳，连忙摇头，静月那老东西再无聊也不会干这种事吧？然再仔细琢磨，也不是没有这可能。城防图是静月道长亲自绘制的，为了防止失窃，藏在了玉京山，然后留下线索，想让印晓天去取，结果印晓天没想到那一层去，万般无奈之下，在狱中吟那首打油诗提醒万历帝，结果万历帝也没想到那上面去。于是静月道长急了，索性差人把印晓天绑到这儿来了，以便让他了解海龙囤的设计，出去后助明军破城。他这人灵性有余，而勤奋不足，为了防止他偷懒，所以设计了那个巨型计时器吓唬他，以为鞭策。

这种想法有多少合理性呢？从时间上推断是合理的，在决定要打播州之前，万历帝曾去请教过静月道长，当时静月道长说的是宜速决，结果天邦囤一战，明军惨败，朝中那些不识好歹的言官就开始参奏弹劾。静月道长可能那时就已经猜到了朝中有细作，想方设法提醒万历帝，希望能把那细作揪出来。因为只有揪出细作，攻破天邦囤，他手里的海龙囤城防图才能起作用。可惜的是万历帝架不住言官的悠悠之口，把他抓了。这时候他只能病急乱投医，把留有城防图线索的道袍交给印晓天。

当然，如此推断也有不合理之处，比如，静月道长何以不早些把城防图献出去呢？是怕细作从中作梗，还是他心中有别的顾虑？这所有的问题，想是想不明白的，只有当着静月道长的面才能问得清楚。

"静月那老东西究竟藏了多少秘密？"此时，印晓天不得不对静月道长另眼相看，由于看破了此阵的奥秘，走出来并不困难，回到绣花楼上后，又瞄了几眼墙上那幅杨三妹的画像，便举步往楼梯下走，下了几个阶梯，又返回去，将那幅画像摘了下来，对着画像上的人说道，"杨三妹啊杨三妹，这地方阴森恐怖，暗无天日的，这张画像也不知道在这儿挂了多少年，定是寂寞得紧吧？今日小爷把你取下来，随身带着，也算是救你脱离苦海了，日后若能遇见你的真身，不奢望你以身相许，至少也得感谢一下我这个恩人吧？当然了，小爷现在也寂寞得紧，把你带在身边，心中多少便有了慰藉，如此说来，咱们虽未谋面，却也算同甘共苦了。"说话间，把画像小心地卷起来，心安理得地放入随身所背的背包里。

在这种鬼地方，心理上若无慰藉，确实难熬得很，印晓天把那画像收入囊中后，内心有了些依靠，似乎不再是自己一个人在黑暗中摸索，内心好受了许多。

三

包万民从玉京山紫罗观回来后，直接就去见了陆天明。陆天明问他情况如何，包万民说了三个字："很意外。"

包万民虽说底子里是个书生，但心思缜密，办案能力很强，在锦衣卫里颇受人尊重，毫不夸张地说他已见惯了大案要案、奇闻怪事，但在紫罗观见到那个人时，依然被吓了一跳。

那人是紫罗观的观主清风道长，他与静月若世外高人般的形貌不同，看上去像个俗人，哦不，确切地说，他比一般的俗人更要引人瞩目些，脸形消瘦，颧骨高耸，那双眼珠子像是临时嵌上去的，骨碌碌转动间，好似随时会掉出来。脸上密密麻麻的满是疤，有的细长，有的呈块状，整张脸几乎没有完整处，凹凸不平，看起来严重变形，令人无法直视。那件灰色道袍套在他瘦若竹竿的身上，松松垮垮的，也是十分怪异。

究竟经历了什么，会使他的脸变成如鬼魅般的令人毛骨悚然？包万民第一眼看到这张脸的时候，只觉心里发毛，愣怔了许久，没有说话。

"施主，见贫道所为何事？"清风道长先开口了，声音有些低沉。

包万民捏着折扇作揖，道："道长莫怪，在下失礼了！"他是个文雅人，丝毫没有官架子，从怀里取出封信，那是静月道长写的，原是打算让凌秋风带着它来紫罗观，猎鹰的出现让凌秋风未能成行，陆天明的意思是带着这封信再上玉京山，看能不能发现些什么。

清风道长接过信，打开封口，抽出信纸来看，动作不紧不慢，颇是优雅。包万民心想，到底是修道之人，此人虽面目丑陋，但却是有涵养的。

清风道长看完信后，皱了下眉头，抬头问道："这是什么？"

包万民狭长的眉毛一扬，反问道："道长看不懂里面的内容吗？"

清风道长咧嘴一笑，脸上的那些疤随之动了一下，讶然道："什么城防图？贫道从未听说过。"

"那么道长认识奉天观的静月道长吗？"

"识得，偶有交往，但不是很熟。"

包万民听完他的回答，觉得有些不可思议。如果他俩不熟，静月何以要写这封信？如果他早就知道了凌秋风无法抵达紫罗观，这封信也到不了清风的手里，可为什么信中内容偏偏指向了玉京山紫罗观？只是随意所指吗？

陆天明听完，同包万民一样，诸多疑团浮上心头，道："不对，清风一定认识静月，而且是一伙的。现在静月已被关在顺天府，他不承认俩人相熟是正常的。现在难就难在，所有的一切都只是推测，没有证据证明他们是细作。"

包万民道："那就只能去播州取证。"

陆天明脸色凝重，沉吟片晌，道："我想启动在播州的暗使。"

包万民微微一惊，锦衣卫在重要的地方都安插了暗使，但在绝大多数时候都处于闲置状态，换句话说，只要不启动他们，那些暗使便宛如平民，在那里生活着，毫不起眼，而一旦启动，他们便会变成一柄尖刀，以迅雷不及掩耳之势插入敌方要害。为了保护他们，各地暗使的名单是绝密，整个锦衣卫只有指挥使掌握了名单，也只有在指挥使的授意下，才能启动他们。

陆天明说这句话时脸色凝重的原因就在这里，猎鹰尚未捕获，播州的细作可谓无处不在，如果在这时候向凌秋风要暗使的名单，可能反而会被人怀疑。包万民理解他的顾虑，道："有一个办法，在第三方的监督下，去凌指挥使那里要名单。"

凌秋风眼下被关在顺天府，不知道常峙敢不敢做这个担保人。陆天明起身向外走去，包万民愣愣地站着，看着陆天明离去的背影，略有所思。其实他很想做这个担保人，但这是不现实的，担保人只能是另外一个不相干的机构的人。

陆天明赶到顺天府的时候，常峙刚从宫里回来，听了陆天明的话后，常峙道："此事皇上已经安排人去查了。"

"谁去查了？"

"皇上没说。"常峙道，"在这种敏感的时候，我也不便相问。"

陆天明嘴上说既然皇上已派人去了，那是再好不过了，但出了顺天府的门时，心中十分好奇，皇上让谁去查了，在这种时候，莫非在皇上心里还有绝对信得过的人选吗？

李朝宗的死让播州内部的形势瞬间紧张起来，他是田家手底下最得力的干将，如果他是血梅，也就意味着杨田两家的对立公开化了。

尸体放在播州府的停尸间里，血梅的黑衣和大帽放在尸体旁边。杨应龙坐在椅子上，脸色铁青，从他的呼吸中不难看出，在压抑着怒意。杨兆龙的怒意则直接表现在脸上，嚷嚷道："田家父子不敢来吗，何以还没到？"

戈青锋站在一侧，手里捧着坛酒，不时地喝一口，脸上又有些红晕了，但依旧是一副什么也不在乎的样子，房间里压抑的氛围似乎一点也没影响到他。归无迹表面上面无表情，脸上如往常一样罩着寒霜，实则内心若波涛汹涌，他陷入了戈青锋布下的陷阱，同时也让田家十分被动，该如何收场呢？

五司七姓虽然各有各的心思，甚至明争暗斗，但表面上依旧喊着同气连枝的口号，现在李朝宗被指认是血梅，也就是意味着田家蓄意杀害播州官员，杨氏兄弟会放过田家吗？五司七姓会放过田家吗？

似乎无论怎样，此事都不可能善了。归无迹暗暗地捏紧拳头，开始后悔了。如果昨晚与戈青锋死战，哪怕是死了，至少他的表面身份是杨兆龙的副手，播州府的实际管理者，不会累及田家。

五司七姓的人陆陆续续都到了，杨应龙分明是要借此机会，声讨甚至一举灭了田家。

停尸间里不热，甚至有些阴冷，归无迹的额头却沁出汗来，田家父子会来吗？来了只会送死，或许他们此刻在另想办法吧？

"他娘的！"杨兆龙双目暴突，额前的青筋夸张地凸起，"田家父子不会来了，老子这就带人去请！"

杨应龙早就做了这个准备。如果田家父子没出现，那就当着五司七姓的面去田家抓人，血梅疯狂屠杀播州官员，死了那么多人，这时候没人会帮田家说话，正好趁此机会铲除田家这股势力。

杨兆龙转身往门外走，刚到门边，门口人影一闪，险些跟他撞个满怀，定睛一看，只见来者六十开外，须发灰白，高额大脸，眉目慈蔼，看上去就是个普通的老者，见着杨兆龙那张满是怒意的脸，微微一笑，道："杨贤侄还是老样子，一点耐心也没有，莫非就不能体谅一下犬子身子不便吗？"

说话间，那老者的后面出现了一张轮椅，由一名丫鬟推着，轮椅上坐了位十七八岁的少年，脸形消瘦，面色白皙，那种白皙是近乎病态的苍白，没有一丝血气。他的身体靠着高高的椅背，十分羸弱，所以尽管看起来眉清目秀，却全无男儿之英气，神色间透露出来的是一股若老人般的垂暮之气。

归无迹看到田家父子出现时，震惊不已！他知道这位看上去病态恹恹的田家少爷聪慧无比，是个奇才，可眼下的环境，是个无解之局，他们何以还是出现了？思忖间，胸口不由自主地剧烈起伏起来。

戈青锋目光一瞟，落向那位田家少爷田家庆身上。他还是那样镇定，即便嗅出了这里肃杀的气氛，依旧是一副云淡风轻的样子，这真是位奇人！

轮椅被推进来后，田家庆示意后面的丫鬟将他推到李朝宗的尸体旁边，怔怔地看着李朝宗那张毫无生气的脸，然后微微一声叹息。

"给个说法吧。"杨兆龙怒视着田家父子，大声道。

田宏仁却看着杨兆龙，反问道："谁杀了他？"

戈青锋提着酒坛，摇摇晃晃地走出两步，道："是在下。"

田宏仁伸手揭开李朝宗身上的衣服，灰白的眉头越蹙越紧，"好狠，三拳就把他打死了！"

"田兄，他就是血梅，该给我们、给播州父老一个交代了。"五司七姓中有人道。

田宏仁没有去理那人，兀自盯着戈青锋问道："你是如何把他打死的？"

"跟他纠缠了很久，追了许多路。"戈青锋回头看了眼木无表情的归无迹，又道，"不过能让他伏诛，多亏了归统领帮忙，不然的话，躺在这里的可能就是在下了。"

"哦？"田宏仁目光一抬，看向归无迹。他脸上虽没表露出什么，但心里却惊诧不已，归无迹是他们安插在播州的一颗暗棋，极具杀伤力，他如何会帮着戈青锋把李朝宗当血梅杀了，莫非他已暴露？田宏仁眼里寒光一闪，"归统领也认为他是血梅吗？"

"他不是血梅。"未及归无迹开口，田家庆微弱的声音陡然响起。他说这句话的时候，脸色一如既往地平静，看不出丝毫波澜，但语气却十分坚定。

杨应龙知道此子聪慧，是个难缠的角色，冷笑道："人赃并获，莫非有假？"

杨兆龙喝道："莫当着五司七姓的面信口胡说，说他不是血梅，有何凭据？"

"让杨二哥失望了，没有凭据。"田家庆白皙的脸露出一抹浅浅的笑意，好像真的是跟邻家的兄长在聊家常。看着这张脸，杨兆龙委实莫名其妙，没有凭据，你居然还能笑得出来？

"各位伯伯、叔叔、兄长。"田家庆抬起手向五司七姓的人拱手道，"五司七姓是一家，我们一直是同气连枝，同仇敌忾，特别是在这种时候，外敌当前，敌军兵临城下，我田家如何会做出这等没有人性之事？各位如果信得过我田家庆的话，给我些时间，我一定把真正的血梅抓出来，给诸位和播州百姓一个交代。"

杨兆龙闻言，像听到了天下最好笑的笑话一样，仰首大笑道："给你多少时间，一年？十年？"

田家庆淡淡地道："一天。"

"一天？"杨兆龙的笑声戛然而止，瞪大了眼看着他，然后又抬头看向他哥哥，似乎在征求杨应龙的意见。

"给我一天，我能证明李朝宗不是血梅，并把真正的血梅抓到你们面前。"田家庆又强调了一句。

杨应龙满以为这一次田家父子走不出停尸间了，没想到峰回路转，田家庆提出了这么个要求，一个让人无法拒绝的要求。

归无迹暗松了口气，田家少爷果然不愧是田家少爷，轻轻一句话就化解了危机，但同时另一种不安袭上心头，他就是血梅，而且就是田家庆安排的。那他口中的真正的血梅指的是谁？

是要牺牲我而挽救这局面吗？归无迹心想，这的确不失为一个好的解局之法，毕竟他的表面身份是杨兆龙的副手，只要把他抛出来，等于是把眼下这难堪的局面抛给了杨应龙。只是有一个问题归无迹尚未想透，为何是一天后抛出真正的血梅，一天的时间意味着什么？

五司七姓的人开始交头接耳，骚动起来，眼下田家庆虽然没有办法证明李朝宗不是血梅，但他承诺了一天后揪出真正的血梅，没有理由不给他机会。

杨应龙虽是播州之主，但如果大家都倾向于给田家庆机会的话，他也不能违背众人之意，强行去铲除田家势力，这样很有可能会适得其反，搬起石头砸自己的脚，当下问道："既无证据，那么你究竟是何理由怀疑李朝宗不是血梅？"

"直觉。"田家庆用手臂转动轮椅的轮子，面向杨应龙道，"直觉告诉我血梅还会出来杀人。"

田家庆的声音虽小，但语气很肯定，这使得他那微弱的声音，有了一种独特的穿透力，直击众人心头。大家的目光从田家庆身上，移向躺在停尸台上的李朝宗，最后落在了戈青锋身上。如果李朝宗不是真的血梅，那么是戈青锋错了，还是他有意为之？如果是有意为之，那么戈青锋的身份就值得怀疑了。

戈青锋两眼一眯，脸上的那道疤随之抖动了一下。这是田家庆在向归无迹下命令，让他今晚再以血梅的身份杀人，如此一来，李朝宗是假血梅一事自然就会败露，田家庆是要弃车保帅。戈青锋冷冷一笑，聪慧无匹的田家庆也不过如此而已。归无迹一死，他虽无法再利用他找出印晓天，但是除掉血梅的目的还是达到了。

杨兆龙讶然道："你说血梅还会出来杀人？"

"血梅何许人？"田家庆的脸上浮动着淡淡的笑意，"一个孤傲、冷血的让人闻风丧胆的杀手，他听说自己居然被一个区区牢头杀了，会有什么反应？他会证明给你们看，他还活着。"

杨兆龙是相信戈青锋的，而且他打心里认为，他请的人不可能在这种事上出差错，遂戏谑地看着田家庆道："那么你倒是再给算算，血梅会在何时出来杀人？"

"今晚。"田家庆毫不犹豫地回答，"时间紧迫，先走一步了，告辞。"说完这句话的时候，他又把头靠在椅背上，微微闭上眼。丫鬟把轮椅转了个方向，缓缓向门口推。

田宏仁向大家拱拱手道："诸位，明天见。"转身跟出去。

田家父子就这样寥寥几句之后，在众目睽睽之下走了出去，没人敢去拦，自然也没有人再提声讨一事。

杨氏兄弟的肺都快气炸了，打发走了五司七姓的人后，杨应龙怒视着戈青锋道："李朝宗究竟是不是血梅？"

在这样的情况下，戈青锋自然不敢把话说死，道："禀大将军，昨晚追血梅时，很多人都看到了，在下和归无迹追到李府，才将其诛杀，按理说不可能有错。但是今天看田家庆如此自信，在下也糊涂了。"

"那厮一定在搞什么鬼。"杨兆龙道，"大哥放心，我这就去把所有在职官员都召集到播州衙门，然后再派重兵，里三层外三层地围他六圈，将衙门里外变作铜墙铁壁，老子倒要看看那厮还怎生搞鬼。"

杨应龙觉得弟弟总算说了句靠谱的话，怒意稍退，沉着脸点了点头。

出了停尸房，杨兆龙道："我随大哥去海龙囤调兵，你俩去召集在职官员到衙门来。"听他的口气，对今晚的这场硬仗信心满满。

看着兄弟俩走远，戈青锋回头看向归无迹，冷笑道："田家庆弃车保帅，你不心寒吗？"

归无迹只是冷冷地盯着他，没有说话，不过从他的眼神里不难看出，已经做好了赴死的准备。

"这次田家庆算错了。"戈青锋与他对视着，沉声道，"你真以为你一死，田家就可以脱身了吗？没这么简单，你的身份明天就会暴露。"

归无迹依旧冷冷地盯着他，没有说话。

"不信？"戈青锋举手喝了口酒，晃晃酒坛，听声音已所剩无几，索性一口饮完，将酒坛往地上一放，"田家庆说血梅今晚会杀人，为何血梅就如约出现了？他说没有证据证明李朝宗不是血梅，可为何如此自信他不是？明天我会把昨晚的事一五一十地说出来，你觉得田家能脱得了身吗？嘿嘿，都说田家庆聪慧无匹，不过如此而已。"

归无迹厌恶地看了他一眼，转身就走。

"还有件重要的事忘了与你说。"戈青锋似乎十分乐意看到他不耐烦的样子，走上两步，又道，"今晚的播州府会成为铜墙铁壁，你有下手的机会吗？如果你没有下手的机会，田家庆今天的话就不能实现，李朝宗依旧会被认定为血梅，田家的势力明天就会瓦解。"

归无迹没有停下脚步，依旧往前走，步履坚决，生与死的考验已经来临。对他来说，真正该顾虑的不是生死，而是能否完成任务，给他的主人一个交代。

是日下午，袁刚又带着两名随从去了永寿南北杂物商行，胡永寿照例接待了他。袁刚特别留意着他的表情变化，但是从胡永寿的表现来看，一如往常，没有丝毫不自然。

归还了账簿，袁刚起身告辞。胡永寿叫住他道："袁经历稍等。"转身从书桌上拿起一只信封，递到袁刚手中。袁刚颇是诧异，问道："这是何物？"

"经历莫慌，非是贿赂。"胡永寿笑了一声，随即表情便严肃起来，交代袁刚务必亲手交给府台大人。

袁刚捏着这封信，心里七上八下，胡永寿这般慎重，信中究竟是什么东西？及至衙门，径直找到常峙，将信交给了他。

常峙紧蹙着眉问道："他没具体说信的内容吗？"

"他只说让下官亲手交给府台。"

常峙取出信纸，定睛一看，越发惊讶。袁刚低头瞟了一眼，只见上面只写了五个字：静月有问题。

"他举报静月！"袁刚惊讶得下巴都快掉了。

"你马上再去一趟胡永寿处，让他来衙门。"常峙吩咐袁刚一句后，又叫了人进来，去请陆天明。常峙觉得胡永寿角色的突然转变，非同寻常，这里面有两种可能性，一是如陆天明此前所推测的那样，胡永寿和静月是一伙的，现在静月不仅没有成功除掉猎鹰，还被怀疑并关入了大牢，在这种情况下，胡永寿必须忍痛砍掉这条尾巴，以使自己能安全活下来；二是凌秋风可能真有问题，冉小七是他举报的，已证实是细作无疑，静月也是他举报的，事实证明静月的嫌疑很大，按照这条思路继续推理下去，很难相信凌秋风是没有问题的。

现在就看胡永寿到了衙门后，会提供什么样的证据了。常峙怔怔地站着，脸色铁青。

陆天明很快就到了，他是骑马过来的。锦衣卫衙门靠近皇城，在承天门附近，顺天府则位于北边的安定门大街，相隔较远。虽然骑了马，依旧有些气喘，进门就问："怎么回事？"他只是听传话的人讲，收到了举报，府台令速去顺天府，却不知具体内容，因此心中十分焦急，还是胡永寿举报的吗，这次又举报了谁？

常峙把那张信纸递给他看。陆天明看着上面的内容，半晌没有回过神来，胡永寿这突如其来的一招，是何用意？

常峙看着他问道："陆镇抚使有何想法？"

"不敢想。"

陆天明回答得很干脆，几乎没做任何思考，但这的确是陆天明最真实的想法。常峙苦笑了一下，眉头紧蹙，额头的皱纹亦如波纹般凝结着，事实上他也一样，不敢想，但他更希望这是胡永寿的自救行为。凌秋风的职位太高了，是皇上身边的禁军头领，如果说他是猎鹰，朝廷上下谁也接受不了。

没一会儿，胡永寿在袁刚的带领下进了后衙。常峙注意到，他手里拿了只牛皮袋子，微微鼓起，应是装了不少东西。

会是什么呢，证据吗？常峙尽量控制住紧张的情绪，举步迎上去，道："胡掌柜别来无恙啊？"

胡永寿因其子在顺天府当差，自然识得常峙，拿着那只牛皮袋子揖手道："劳府台记挂，小老儿尚好。"

略寒暄了两句，常峙便直接切入主题，说道："胡掌柜应该知道本府请你过来的目的了，事到如今，我们也没必要绕弯子，打开天窗说亮话吧。本府目前已知，冉小七、凌秋风都是你举报的，现在又举报了静月道长，你要知道这些都是当朝官员或重要人物，你想过后果吗？"

胡永寿笑了一下，是那种商人式的笑，带着对官员的敬意，但这股笑意稍纵即逝，郑重地点头道："草民知道后果，所以在举报静月道长之前，想了很久。"

常峙问道："这就是你到现在才举报静月道长的原因吗？"

"也不全是。"胡永寿道，"这些天犬子一直在取证。"

"胡青云在取证？"陆天明暗吃一惊，"你们究竟是什么身份？"

"如果草民说只是商人，没有其他身份，两位大人信吗？"

常峙迟疑了一下，显然他不太相信，道："那要看是出于什么目的了。"

"为国为民。"说到这里胡永寿表现出一副大义凛然的样子，声音也在无意识下大了一些，"我军在天邦囤惨败，今又于海龙囤受阻，在播州城外举步维艰。实不相瞒，草民作为一个商人，对数字十分敏感，当今皇上雄韬伟略，英明神武，宁夏之役、朝鲜之役大捷，平定边疆，扬我国威，但是，国库已然空了。"

眼下播州之役未取得进展，而军费之开支却在源源不断地增加，长此下去，是要出问题的，国家一旦出问题，百姓就更苦了。鉴于此，草民和犬子便做了些力所能及之事，希望朝廷能摆脱这种旷日持久的战争，把精力投入到恢复生产生活上来，让百姓过上好日子。"

"好，很好！"常峙嘴上说着好，脸上却看不出赞许之意，毕竟是京畿之地，顺天府尹，不想对未经确认之事轻易表态，眼皮一抬，示意袁刚去把胡青云叫来。

在胡青云来之前的这段时间，虽不甚久，但室内的气氛较为压抑，偶有说话，然这种有一句没一句的谈话，使氛围更为紧张。陆天明知道这是常峙刻意制造出来的，他斜瞟了眼胡永寿，果然见他有些紧张，只是不知道是装出来的还是自然流露。

没过多久，胡青云到了，他本就在顺天府当差，这地方已经很熟了，但当看到胡永寿也在里面时，脸上微微一愣，问道："父亲缘何在此？"

"我把调查静月的资料送来给府台大人。"

不知道这句话是不是在暗示，胡青云听了之后，脸上立刻就轻松了，道："原来为此。"

常峙看了眼胡永寿手里的牛皮袋，说道："胡掌柜打算先从哪里说起？"

"还是先说静月吧。"胡永寿看了眼胡青云，又道，"对静月的调查一直是犬子在做，让他来讲述可能会更为具体。"

常峙点头表示同意。陆天明正在为静月的身份发愁，听得这父子二人已调查清楚，不由得调整了下坐姿，洗耳恭听。

胡青云可能是在调整思绪、整理语言，在大家的瞩目下停顿了片响，方才说道："静月有播州的城防图，只是他还没拿到手。那件道袍并非故弄玄虚，但也不是如诸多人猜想的那样，道袍上指的是城防图的藏匿所在，其真正的意义可能是让印晓天取得城防图后，送至玉京山。"

毫无疑问，胡青云这几句简单的话语，打破了所有人此前的推断和猜测，将这段话转换后，其另一层意思就是，印晓天的失踪是静月安排的，目的是要窃取播州的城防图。如果是这样的话，还是有许多疑点，首先最重要的是他为何骗皇上，而且到了现在还在骗？是怕被猎鹰窃取信息而一直忍辱负重？还是说对朝廷没有足够的信心？其次，为何让印晓天取得城防图后送至玉京山去，是播州军营真有细作吗？如果军中真有细作的话，静月是如何知道的？按道理来说，军中是否有细作，现在谁也不确定，静月不可能未卜先知，那他如此做是否另有目的？还有，既然静月让印晓天取得城防图后送去玉京山，显然静月与清风是熟悉的，甚至可能是生死之交，但是，包万民去玉京山的时候，清风说他与静月只是认识而已，并不熟稔，他为何要撒谎，难不成也是为了防止泄密？

陆天明忍不住问道："有何凭据？"

胡青云道："静月入狱后，我和家父便感到此事不寻常，从那时起就开始暗查静月了。从后面的调查结果来看，静月在狱中的几次暗示，可能不是针对皇上，而是向印晓天说的。只是印晓天顽劣，整天游手好闲的，没往深处想，最后逼得静月下狠手，将他弄晕后直接送去了播州。"

常峙打断他的话道："既然印晓天顽劣、游手好闲，为何不托付他人去办此事，比如清风？"

"清风和静月身份特殊，不宜出现在播州。"胡青云的话头停顿了下，似乎在想措辞，"种种迹象表明，他们跟杨应龙有仇，而且仇恨还是比较深的。他们费尽心机要取得城防图，可能并不是为了报效国家，而是为了报仇。"

这么一说，似乎就可以解释静月的种种奇怪举止了，说白了他所做之一切皆是为了个人利害，连当着皇上的面实施的捕鹰计划，亦不过是他报复的手段之一罢了。这也可以解释清风那张阴森可怖的脸，是如何形成的了。

"印晓天是清风负责送去播州的。"胡青云向常峙揖手道，"请府台大人恕下官利用职务之便，动用了沿途的驿站，让他们密切注意运载了印晓天的那辆马车，可惜的是我们的人只能跟踪到播州城外。"

陆天明道："既然只跟踪到了播州城外，为何说印晓天去播州是为了窃取城防图？据凌指挥使说，当晚猎鹰出现，就是因为他知道这世上不可能存在城防图。如果猎鹰之言属实，印晓天就算到了播州，只怕也无法取得城防图吧？"

胡青云道："在印晓天失踪前，我曾偷偷摸进印晓天住所，看过那件道袍。道袍上的图案所指，就是要让印晓天取得海龙囤的城防图后送往玉京山，清风强制送印晓天去播州，也印证了我的这个推测。至于如何取得城防图，应该与他们的经历和隐藏的真正身份有关，只要揭开他们的真实身份，以及所经历的事情，便可以解开印晓天将如何取得城防图之谜。"

常峙道："这就是你说静月可疑的原因吗？"

"是的。"胡永寿接过话茬道，"当一个人心里充满了仇恨，心心念念着报仇雪恨，就会丧失理智，什么样的事情都有可能干得出来，这样的人不宜再待在皇上身边。"

陆天明道："但知道了他心里在想什么，就可以利用他是吗？"

胡永寿微笑道："草民正是此意。"

陆天明与常峙对视了一眼，似乎是在交换此时对方的想法。从胡青云的叙述来看，几乎没有什么破绽，但有两点依然值得商榷，一是胡永寿父子的动机太单纯了，如此大费周章的暗查只是出于大义、为国为民吗？二是从当晚凌秋风遭遇之事推断，静月与胡永寿是有联系的。他们在这时候抛出静月是不是为了替静月洗白呢？从他们抛出静月的时机来看，并非没有这种可能。袁刚去查账后，胡永寿就把静月抛了出来，如果说这是巧合，实在是太巧了。

说到这里，又回到了问题的原点，查明胡永寿父子的身份。只有查清楚他们是清白的，方能相信他们的话。

"说说凌秋风吧。"常峙与陆天明对视一眼后道，"为何举报他？"

胡永寿几乎没有迟疑地道："他可能就是猎鹰。"

"什么？"常峙惊得瞪大了眼睛。说心里话，当初陆天明怀疑静月是猎鹰的时候，他尚可以接受，甚至怀疑凌秋风的身份可疑同样也可以接受，但若说他是猎鹰，没敢去想。如果他是猎鹰，那么当晚与凌秋风会面的戴着娃娃脸面具的黑衣人又是谁，安插在播州的锦衣卫暗使的身份是否已暴露？

四

印晓天从绣花楼下来后，沿城墙一路往西走。这又是一条很长的路，抵达南门时，看到一堵土墙，虽说泥土里面混了沙石，但是在如此重要的地方立一堵土墙，不免令人诧异。沿着土墙走，可以直达北门，从土墙中段往东边看，王宫遥遥在望。在王宫的西边，即靠近土墙的这一头，是一片建筑群，其面积比之王宫还要大，看样子应该是嫔妃、太监、宫女等居住的后宫。

看到后宫时，印晓天似乎明白这堵土墙的用意了。贵州一带各民族杂居，宫里头估计也是各民族的人都有。王宫虽然按照明王朝的规格建了，但是起居的地方，还保留了一些自家的特色。贵州多山，大多数地方亦多以土屋土墙为主，在这里保留一堵土墙，一则照顾了居住者的习惯，二则也算是留了些人间烟火气，设计者算是别出心裁了。

从北门往山下走的路很险，俱是不规整的山岩。印晓天拿着蜡烛，一步一步往下，一点也不敢马虎。走到一处角楼，稍歇会儿，继续往下，又有座关隘，唤作中门，连接着中门的是月城，军中又称作瓮城，乃是城门之外的重要防御设施，整体呈半圆形，两侧城墙与中门相连，与主城浑然一体，古语瓮中捉鳖，便是由此中而来。

从月城往下望，西关、后关两座关隘隐隐可见，在西关和后关之间，有一座土城，与三圆山联作一体。从海龙囤的整体格局来看，西边的确是相对易于进攻的地方，因此印晓天特别留了心。

土城是一座城堡，黄泥墙茅草顶，颇具民族特色。不过从它的建筑风格和所处的地理位置推断，非是民居，更像是军营，设计简单，每一座土屋前空间较大，利于士兵活动。城中心有一座帅府，操场上立有一杆旗。

从后关出来，模型上只标注了前面是三圆山，再无其他说明，这多少让印晓天有点遗憾。如果能摸清楚三圆山的地貌和布防情况，将来不仅有利于明军进攻，更加可以了解杨、田两家的真实关系，这对破解当下的战局绝对是有帮助的。可惜这座庞大的模型，只表现出了海龙囤的建设情况，山下则毫无涉及，如同印晓天上山的起始点飞虎关一样，其实在东北面，飞虎关往下还有铁柱关和铜柱关，模型上面同样没有提到。

印晓天在这里休息了会儿，取出干粮和水，填了下肚子，准备往回走，打算去北边摸一摸情况。转目间发现不远处立有一块碑，走过去把蜡烛往碑上一照，上面刻有"龙隐谷"三字，在它的旁边另有一行标注，上书"龙隐海靖"四个小楷。

印晓天在碑前蹲下，蹙着眉琢磨："龙隐，明显就是指的龙隐谷，海靖是什么意思？哦对了，幸好小爷平时手不释卷，学富五车，这个靖……也有指平安的意思，海靖就是说海上平安……不对啊，贵州四周都是绵延起伏的大山，哪来的海？难道指的是海龙囤？"

印晓天托腮做凝思状，像文学大家一样对着那四个字研究："龙隐退了，海上没有浪了，自然就平安了，难不成这个山谷里面有龙？"

印晓天连忙起身，朝着四周望。黑暗中很难看得清楚，但大致的地貌却依稀可以辨认。这座山谷与海龙囤比起来不算大，加上模型有意忽略了这一带，至少从表面上看不出什么端倪来。然而印晓天觉得，龙隐谷里面一定有蹊跷，不然"龙隐海靖"四字又不是什么成语，写这四个字的人总不会是为了显摆自己学识渊博吧？

印晓天举着蜡烛在龙隐谷绕了一圈，只可惜做这个模型的目的是建设海龙囤，山下的这些地方只是标注了个地名而已，没有表现出来，或者是有意隐去了这个地方？

印晓天失望而返，走到土城里又想了会儿，也没想出什么头绪来，反而有些困乏了："他娘的，海龙囤的基本情况已摸清楚了，小爷便犒劳下自己，捧着杨大美人儿好生睡一觉。"说罢取出杨三妹的画像来，抖展开来痴痴地看了会儿，然后抱着就睡。

小憩了一两个时辰，醒来时精神大振，抬起手抹了把脸，好几天没洗漱了，只觉一把抹下来满手的灰，摇头叹道："在这鬼地方待了几天，端的就变成鬼了，要是如此出去，定是吓谁谁死。"

吃了些东西，又往上走。穿过中门抵达北门后，北边是一段很长的城墙，从城墙下面的山势来看，这里的地形应该是最为凶险的，到处都是崇山峻岭、峭崖陡壁，慢说是行人，猴子都会望而却步，因此北边没有设城楼。

绕了一圈，从北面绕至飞龙关，印晓天对这座海龙囤的地形便有了个大概的印象。北面是绝对无路可走的，南面山势虽说比北面略为平坦，尚可行人，但依然是险之又险，不然的话，也不会在南面只建了座绣花楼。东面有山路，然每条道都十分险峻，且在每个制高点都建有城门，从山麓的铜柱关到山上的飞龙关，宛如长城，绵延于山体，遥相呼应，如果有人想从东面攻上去，几乎等同于送死。唯独西面，地势最为平坦，估计是受地势的限制，所设的关隘也不多，要拿下海龙囤的话，唯西面是突破口。

从目前已知的情况来看，明军从西面进攻也没有成功，可见杨应龙把主要兵力集中在那里了，想要成功破城，也非易事。

"娘的，小爷辛辛苦苦走了一圈，只是证实了海龙囤是铜墙铁壁，牢不可破！海龙囤牢不可破还需要小爷去证实吗？"印晓天想到自己白忙活了大把时间，盛怒之下，狠狠地踹了两脚城墙，转身下山，走出石林后，又回头望了眼那座高大的模型，"我回去做什么，还去那个密室里等死吗？"可再一想，不回去又能做什么呢？

想到自己一无所获，印晓天又懊恼起来，难道他只有等死的份了吗？抬头时，看到了前面不远处的千人坑，如果能逃得出去，那些人如何还会死呢？

夜幕降临，播州府所有在职的官员，无论官大官小都被统一集中在了衙门后院。一两百人把后院都挤满了，只得在院子里搭了几个临时的帐篷。

遇上这种事，杨兆龙的兴奋多过于紧张，忙东忙西到处都有他的身影。现在，在他的安排下，整个后院，全天候不间断有人巡逻，从后院往外延伸，果然里三层外三层围了六圈。此外，位于衙门外围的岔路口，也派了重兵把守。如是安排，别说是人，老鼠都进不来，即便进来了，也决计找不到机会下手。

杨兆龙似乎也对自己的安排十分满意，向归无迹问道："你看看还有什么地方不足的？"语气中洋溢着得意。

归无迹木然地道："将军如是安排，别说一个血梅，便是三个血梅也束手无策。"

戈青锋喝着酒，跷着二郎腿，一副作壁上观的样子，瞟了眼归无迹，嘿嘿冷笑道："没错，将军的这阵仗，估计血梅已经在犯愁了。"

杨兆龙哈哈一笑，道："老子再去视察视察，看看还有什么遗漏的。"

看着杨兆龙走远，戈青锋从花坛边的石头上起身，晃晃悠悠地走到归无迹身边，在他耳边说道："瞧出可下手的地方了没？"

归无迹闻着他一身的酒气，不由得皱了皱眉，厌恶地退开两步，冷冷地道："看我笑话？"

"没错。"戈青锋眼里带着笑，似乎很享受眼前的状态。

归无迹看着眼前这张带着戏谑的脸，想起他在杀李朝宗时那凶狠的样子，低沉地道："如果有机会，我会让你死得比李朝宗更惨。"

戈青锋举起酒坛喝酒，咕噜咕噜豪饮着，似乎在用这种姿势告诉归无迹，你没有这种机会了。

归无迹转身离开。戈青锋放下酒坛，用那带着红丝的眼睛盯着他的背影，他准备去了，今晚的考验即将开始。

田家庆真的会放弃归无迹吗？尽管戈青锋认为除此之外，没有更好的办法了，但又隐隐觉得事情没有如此简单。那印晓天是怎么回事，如果他在田家庆的控制之下，那么他在这场战争中会起到什么样的作用？他是京师奉天观静月道长座下之弟子，那静月又会是什么身份呢？

戈青锋眉头一沉，忽想起了一件事，当年……

戈青锋正自回忆，杨兆龙跑了过来，脸色有些慌乱。戈青锋心头一沉，迎上去问道："出什么事了？"

"归无迹呢？"杨兆龙瞪着眼睛四处查看，因没见着归无迹的身影，朝戈青锋道，"出事了，龙隐谷那边似乎出事了。"

戈青锋两眼微微一眯，眼里射出道精光，沉声道："出了什么事？"

"龙隐谷出现了异象。"杨兆龙说这话的时候，脸色苍白，十分慌张，完全不像是一个粗犷、暴躁的大汉应该表现出来的样子，"据三圆山那边传来的消息说，龙隐谷内突然响起隐隐的杀伐之声，可是往那边探望，却又丝毫看不到人迹。"

戈青锋不解地道："有这种怪事？"

"你以为老子跟你开玩笑呢？"杨兆龙着急地朝人群喊，"归无迹，给老子过来！"

须臾，归无迹出现在了众官员之中，快步往这边走过来。杨兆龙将龙隐谷出现的异状又说了一遍。归无迹眉头一动，看了眼杨兆龙，道了声："我知道了。"往衙门外走。

戈青锋想拦，但转念一想，何必多此一举呢，田家庆想把血梅抛出来，就顺着他的意愿便是，一个人如果想要死，谁能拦得住呢？

"要出事了。"戈青锋看着归无迹消失的方向淡淡地说了一句，目的是想提醒杨兆龙，血梅即将现身。果然，杨兆龙紧张地问道："还会出什么事？"

"血梅。"

"血梅？"

戈青锋朝着他点点头，心想归无迹出去后，血梅就出现了，莫非你还不明白吗？

"血梅不是被你杀了吗？"杨兆龙依旧执着地相信戈青锋，并没往歪处去想，"他……他……你不会跟老子说，他真的没死吧？"

"事情发展到现在，变得越来越诡异，无风不起浪，龙隐谷的异象有蹊跷。"

及至衙门口，归无迹骑上马，微微弓着身，迎着疾风往前跑。这时候，他整个人仿佛化作了一柄利剑，冒着寒意，然脸上却散发着一种光芒，那是一种带着希望的光，似乎在这一刻，他的整个人都有了活力。这种活力在他身上表现出来的则是杀气，如果可以，他愿意帮田家庆荡尽世间一切的阻碍，助他成就霸业，因为他没有放弃他！

到了三圆山附近，归无迹下了马，交给那边的士卒，纵身一跃，只身进了三圆山。

山里很黑，阴森可怖，归无迹却若闲庭信步，走得很轻松。再往前就是龙隐谷了。他在谷口停下脚步，里面黑影一闪，在归无迹面前一闪而没。归无迹轻巧地掠起身子，朝那人消失的方向扑去。

进入龙隐谷后不久，来到一座山崖下，是时月光皎洁，映得崖壁白晃晃一片。

崖下一人一椅，仿佛与这山崖融作了一体，纹丝不动，静静地停在那儿。轮椅上的人穿一袭淡蓝色的衣衫，体形消瘦，那张白净的脸在月光映射下看上去更加孱弱了。他靠在椅背上，一副有气无力的样子，见归无迹走上去，依然不为所动，眼睛恍然地盯着某个地方。

归无迹扑通跪在满是石粒的地上，低头道："属下该死，让少爷作难了。"

"戈青锋胁迫你，目的是什么？"田家庆在风里缩着身子，声音微弱，但他那声音似乎具有一种穿透力，直击归无迹心坎。

"他要印晓天的下落。"

"果然是为印晓天。"田家庆喃喃地说了一句，似乎是在自言自语，"知道他的身份吗？"

"不知。"归无迹道，"属下犯下大错，已做好必死之准备，请少爷盼咐。"

"你不能死。"田家庆看着他，眼里陡然漫起一层寒芒，"但那个戈青锋必须得死。明天……我会让他死得比李朝宗还惨。"

归无迹的胸口剧烈地起伏起来，少爷不愧是少爷，不管遭遇怎样的事、多大的困难，他总是有办法解决，而且永远那样自信。他似乎被田家庆感染，陡然间目光炯炯，道："属下要如何做？"

"没有人规定一定要在播州府里杀人。"田家庆语气一顿，"龙隐谷即将成为角斗场，你明白了吗？"

归无迹眼中寒光一闪，道："属下明白了。"

田家庆伸出手，做了个手势，修长的手指在月光下如透明的一般。后面的丫鬟会意，转动轮椅，在一名黑衣壮汉的护送下，消失在夜色里。

归无迹站在风中，像标枪一样笔挺地站着，此时他的体内犹如这夜里的风，奔涌呼啸着。

由于归无迹去龙隐谷后一直没有音讯，杨兆龙不由得急了，到了这时候，这位可爱的憨汉第一反应却是归无迹会不会出了意外？

想到意外，杨兆龙的脸色顿时惨白，当年的那件事，给他的印象实在是太深刻了，哦不，确切地说应该是太恐怖了，像今晚一样当年的龙隐谷也出现过异象，这是巧合吗？

"怎么了？"戈青锋的声音在耳边响起时，把杨兆龙吓了一哆嗦，戈青锋见他的样子，不由得失笑出声，"如何跟娘们一般，这般胆小了？"

"归无迹会不会出了意外？"

"要不然我走一趟龙隐谷？"

杨兆龙正有此意，当即就答应了，他想着此时的播州府已是龙潭虎穴，血梅根本没有机会下手，但戈青锋临走之时，他还是交代了一句："早去早回。"

"好！"戈青锋想好了，如果归无迹再次杀人，必让他伏法，到时大不了跟杨氏兄弟赔个不是，真凶抓到了，而且枉死的李朝宗还是田家的人，相信他们也不会为难。至于寻找印晓天，只能另想办法。

戈青锋的确逮到了归无迹行凶的证据，确切地说，他赶到的时候归无迹恰好正杀完人，剑锋划过死者喉咙的时候，鲜血喷溅到墙上，泼墨一般星星点点，剑光一闪，由上而下划落，落地时，剑身嗡嗡作响，地上的血在剑气的推动下，大片大片地朝墙上飞溅。他正在绘制血梅图！

这是一座哨所，位于三圆山通往后关的山脚下，也是田家和杨氏势力的分节点，后关以上属于是海龙囤界，由杨氏节制，后关以下则是由田家的人把守。这座哨所正是杨氏的人，其位置也相对偏僻。戈青锋进去的时候，里面的三人俱已被杀，血梅图亦画得差不多了。归无迹听到门口的脚步声，转头看时，见是戈青锋，似乎一点也不感到意外，破天荒地咧嘴一笑，只是在这样的环境下，他的笑看起来十分诡异："你来了！"

戈青锋看到他脸上的笑，只觉身上的汗毛都竖了起来。在那一瞬间，他分明感觉到了股杀气和巨大的危险，至于是什么样的危险，他一时尚未想到，把牙一咬，脸上的那道疤痕随之动了一下，全身的肌肉都处于临战状态。

归无迹看着他一步一步走入哨所里面，笑意一点一点在脸上消失，把那柄沾满血的剑搁在桌上。

戈青锋看到他的动作，颇是诧异，这种时候他放下兵器作甚？

"要束手就擒吗？"戈青锋脸上的疤又是一动，目不转睛地看着他。

归无迹右掌一立，呼的一声，倏地朝戈青锋面门拍去。戈青锋早有准备，低喝声："找死！"右拳往前直推，打算跟他硬碰硬地接一招。

归无迹以剑术见长，那一掌本就是虚张声势，掌至途中陡然收回，手臂稍稍往后一扬，掌缘切中放在桌上的剑柄。剑柄乃是悬空于桌外的，经他一切，剑尖蹿上半空，在烛火的映照下划过一道精芒。归无迹看得真切，右掌一推，再次击在剑柄上，此时剑尖正好对着戈青锋飞射过去。

这一招着实让戈青锋防不胜防，急切间收回拳头，身子退出哨所，上半身一偏，剑锋从他面门呼啸而过。归无迹抓起哨所内放着的一杆长枪，喝一声："血梅，看你还往哪里逃！"枪杆一指，从哨所内直奔而出。

听到这一声喝，戈青锋的脸色顿时变了，所谓狗急了跳墙，他浑然没想到归无迹会出此奇招。

是我大意了！戈青锋一声暗叹，呼的一拳打出，拳头触及枪杆。归无迹本就不擅使枪，枪杆被拳风往外荡将开去。戈青锋趁此机会猱身而上，他又开始拼命了，脸上的那道疤痕呈现出一种夸张的红色，像果粒一般饱满，眼里充满了杀气。归无迹情知不是他的对手，但是他已豁出去了，即便拼却这条性命，也要确保田家少爷的计划成功。

砰的一声，归无迹挨了一拳，身子倒跌。戈青锋没给他喘息的机会，奋力一纵，半空中出拳如电，由上而下往归无迹兜头击落。

下边的打斗声惊动了后关的士兵，纷纷冲将下来。归无迹一个驴打滚，避开对方的袭击，趁机喊道："快抓血梅！"

那些士兵都是杨应龙手底下的人，归无迹作为播州府的实际管理者，自然是有威信的，没有人会去怀疑他，纷纷呐喊着往戈青锋冲过来，手快的弯弓就是一箭，驰援归无迹。

戈青锋咬牙切齿地看着那些冲上来的士兵，内心跃起一股无奈感。有人说秀才遇着兵，有理说不清，事实上谁遇着了兵，都没办法跟他们讲道理。戈青锋纵身一跃，退出一丈来远，朝着归无迹冷冷一笑，转身飞奔而去，他不是要逃，而是去找杨兆龙。这种时候他只有把昨晚和刚才发生的事情一五一十地向杨兆龙坦白，求得他的支持，方能脱身。

"大胆！"听到胡永寿说凌秋风可能是猎鹰时，陆天明无法像常峙那样保持冷静，"你知道你在说什么，需要承担什么后果吗？"

"草民知道。"面对陆天明的呵斥，胡永寿并没慌张，依旧神态自若，显然是有成竹在胸的。

看到胡永寿那镇定自若的神态，陆天明泄气了，从古至今没一个平民敢冒犯官员，更别说无中生有的诋毁了，他敢以这种神态面对在座的高官，只能说明一件事——他有证据。

"有证据吗？"常峙瞟了眼胡永寿握在手里的牛皮袋子问道。

胡永寿似乎没有将牛皮袋子里的东西拿出来的意思，说道："列位大人现已知道冉小七是草民举报的，亦已知晓猎鹰曾知会冉小七，让他逃走。不知列位大人可否想过这里面存在的两个问题，一是冉小七是如何暴露的，二是猎鹰如何把消息传给了冉小七。"

"没错。"常峙点了下头，眼里露着些许期待。事实上对所有人来说，发现冉小七是细作的过程，都是个极具诱惑性的话题。除了想要知道这个谜底外，还有个很重要的因素，即迄今为止，官方没有查到有价值的线索，反而被静月搞得焦头烂额，唯一可以确定是细作的冉小七还是别人举报的，而且抓到时已经死了，线索因此而中断，面子上过不去。

"不瞒列位大人，冉小七与犬子在生活中常有来往，犬子则在交往中发现了端倪。"

"哦？"陆天明不由得朝胡青云看去，这倒是个有趣的收获，在此之前确实没有去调查过冉小七的人际关系，这是他们没有做到位的地方，如果早些去调查，或许今天就不会如此被动了，"你和冉小七交往多久了？"

"有两年了吧。"胡青云想了想，小心翼翼地道，"他平时人还不错，挺豪爽的，所以彼此在没有公务时，就会相约喝酒或去附近走走。发现他异常其实是在一年前，也就是朝廷向播州用兵前夕。有一段时间他神神秘秘的，约他他也不出来。有一次好不容易凑在一起了，我与他正喝着酒，外面进来一人，在他耳畔说了几句话，他听完后脸色便不对劲了，对我说有些私事需要处理，道声抱歉后，便匆匆离开。不过当时我虽觉得他有事，却尚未起疑，直至后来很长一段日子都没见到他的踪迹，我才觉得事情有些不对劲。"

常峙眉头一沉，道："他失踪了？"

"对，失踪了。"

"失踪了多久？"

"两个多月。"

常峙看了眼陆天明，无须猜测，冉小七失踪的两个多月里，正是朝廷对播州用兵的时候，换句话说，明军在天邦囤遭遇惨败，是猎鹰泄露了军机，并且是托冉小七将消息传递出去的。

"天邦囤之役结束后，冉小七重新回到了我的视野，太巧了，于是我决定在暗中调查。"胡青云剑眉一挑，朝常峙道，"府台莫怪，当时只是怀疑，故未向你禀报。"

常峙点点头，表示理解，并示意他继续往下说。

"冉小七虽然出现了，但那段时间他依旧很忙，我俩基本没有碰面的机会。后来我侧面去锦衣卫打听，问他们最近是否很忙，常出任务？但锦衣卫给我的答复是，没有特别忙，与平常一样。这就让人奇怪了。"在说到调查冉小七的过程时，胡青云说得很细，这可能是接下来会涉及凌秋风的原因，毕竟事关朝廷高官，马虎不得，"当时天邦囤之役虽已结束，但朝廷对播州用兵并没有结束，派出八路大军，对播州实施合围，加上在天邦囤战役之前，冉小七的神秘失踪，我有理由怀疑，他在做一些非常之事。"

"接下来就是持续一个多月的跟踪。"胡青云从其父亲手里拿过那只牛皮袋子，用双手捧着，恭敬地放在常峙旁边的桌子上，"跟踪调查之结果，全部记录在此，请大人查阅。"

这时候外面的天早已黑了，房外有敲门声问是否要送吃食进来，常峙直接回绝了。当下所谈论的乃是机密，不宜让外人听到，关键是这时候谁也没心思吃东西。

常峙打开袋子，这时候陆天明也凑了上去。袋子里面装的是一本厚厚的册子，详细记录了胡青云跟踪调查的过程，时间跨度多达半年之久。这是后期伪造的还是真实记录，不得而知，但可以肯定的是，胡青云确实对锦衣卫进行了跟踪暗访，因为里面也提到了冉小七与陆天明的几次交集。经陆天明确认，他确实与冉小七有过几次接触，与记录没有出入。

在与陆天明确认后，常峙不由得暗自心惊。这父子俩实在太可怕了，他们像幽灵一样无处不在，就连像锦衣卫这样专业从事缉捕、跟踪、调查的机构，亦能被他们监视，且从未被发现。倘若他们要监视其他地方，岂非更加易如反掌？

然而，令常峙更惊心动魄的是后面的暗查记录，锦衣卫指挥使的行踪几乎是透明的，他何时去衙门、何时回家，或在途中喝了酒、买了什么东西，事无巨细皆记录在案。这样的事情，慢说是一位朝廷高官，便是普通的百姓被日夜盯着，也是件极不舒服的事情。

继续往后翻，发现凌秋风通过一条隐秘的渠道，曾向播州传递过两条消息，一条是去年天邦囤之役打响之后不久，另一条居然是在三天前！

凌秋风向播州传递的是什么样的消息，不得而知，但就此事而言，确实可疑。所谓的隐秘渠道，乃是在紧急情况下方才会启用的专用通信线路——极速战鸽。

这种飞鸽传书的方式只有官方才有，且官方也不会常用。众所周知，飞鸽传书并没想象中那样方便。信鸽传信的方式是利用其归巢的天性，如果是远距离传送的话，普通鸽子的体力无法达到，辨别方向能力也是一个问题，因此在信鸽的培养和训练前，须精选优质的鸽子，再予以训练，比如想让信鸽从北京到南京送信，就需要把南京的鸽子送到北京，利用其归巢的天性，不断地从北京往南京这条线路飞，一直训练到不会再出问题，方才会正式用在通信上。但这只是普通信鸽的要求，极速战鸽的训练更加严格，对飞行的路程也做了严格规定。为了不使重要信息出意外，每只极速战鸽只在邻城固定的驿站之间传送，换句话说，若是从京师到播州送信，需要经过几十个固定驿站才会抵达。

如此做虽然麻烦，但可以确保两点，一是确保了信息的安全性，二是极速战鸽经过特殊训练，体质好，短途飞行可以发挥其最佳的飞行速度，加快了传送的速度，从京师到播州最快当天就可以送到，最慢亦可以次日抵达。

凌秋风启用这样的渠道在向播州传送什么样的信息？带着这样的疑问继续往后看，发现凌秋风经常神出鬼没，有几次胡青云也会跟丢，而且随着播州战局的紧张，其踪迹越发神秘。

看到此处时，常峙和陆天明不约而同地紧张起来，凌秋风真会是猎鹰吗？继续往后翻，胡青云居然进入了凌秋风的私邸！

常峙和陆天明用眼神交流一下，显然胡青云的做法是不合法的。区区一介捕头，在没有授权的前提下，私入正三品朝廷大员的私邸搜查，若非事关猎鹰，常峙只怕早就发火了。胡永寿父子虽打着为国为民的侠义旗号，但胡青云毕竟不是侠客，是有公职在身的，而且此事也超出了所谓的行侠仗义的范畴，更不是你单枪匹马能去干的事情，万一捅了娄子，这责任谁担？

据上面记录，在凌秋风的私邸并未搜查到有价值的线索，但看到了一枚刻有飞鹰的印铃。为避免打草惊蛇，他没去动印铃，只用纸盖了个印回来，在这一页的记录上附了一张随手撕下的残纸片，上面的印有点浅，但依然不难看出，这正是猎鹰常用的印铃！

"天不早了，你们先回去吧，这本册子我先留下了。"常峙脸色铁青，语气生硬，没有丝毫商量的余地。

胡永寿知道他心里不好受，也很难接受眼前的事实，故什么也没说，带着胡青云揖手告辞。

待他们出去后，常峙严肃地看着陆天明和一直没有说话的袁刚问道："你们如何看待此事？"

"下官无法判断此事的真实性,恕难表达意见,但有一疑虑。"袁刚郑重地道,"下官刚去他的店铺查了账,他便站出来说静月有问题,下官以为,不像是巧合。"

常峙道:"你是觉得,胡氏父子动机不纯?"

袁刚想了一下,郑重地点了下头。常峙把头转向陆天明,期待着他的想法。不想陆天明竟站了起来,说道:"兹事体大,我建议府台马上禀奏皇上,听听皇上的意思。另外,请府台让我去见见凌指挥使和静月。"

常峙沉着脸想了一想,道:"我俩一起去见凌指挥使和静月吧,见了他们再入宫。"

陆天明能够理解常峙的心思,凌秋风和静月就关在顺天府,见了他们后再去面圣,或许心里更有底气些。

出门时,常峙让袁刚去找左骧武卫营指挥使司马寿,通知他连夜去凌秋风府邸,查一查那枚猎鹰的印铃是否真的存在。袁刚答应了一声,临走时忍不住问了一句:"府台要不要先用些膳食?"

常峙叹了口气,此刻心乱如麻,实在没心思吃东西,回头看了眼陆天明,似乎在征求他的意见。陆天明嘴角微微一撇,像是要笑,最终却没有笑出来,道:"走吧。"显然也没吃东西的心思。

印晓天怔怔地站在千人坑前发呆,时而灰心丧气,觉得前途渺茫,生死难料,所有的努力都是白费的;时而又觉得,辛苦了这么多天,摸清楚了海龙囤的情况,如果就这样默默地死在这儿,可惜之极!

忽然,手指传来一阵疼痛,原来是蜡烛燃到了尽头,烧及手指。疼痛之下手一抖,蜡烛落地,火光熄灭,眼前又恢复了黑暗。

"得出去,小爷一定得出去!"印晓天咬咬牙,"小时候到处流浪,小爷都活下来了,区区一个山洞,莫非还能把小爷困死吗?"

"阉货,你他娘的听好了!"印晓天对着黑暗喊,"不管你出于什么目的,把小爷囚禁在这鸟地方,但小爷告诉你,这天下没有什么能吓倒小爷,也没有什么能难倒小爷!"

黑暗中除了洞里传来的回音外,自然无人应答,而对印晓天来说,这些话更像是宣誓,给自己打气。虽然说这里死了那么多人,但那些人是在修筑完海龙囤后被活埋的,而他不同,他是被送进来的,既然可以被送进来,那就一定有进出口。

出口最有可能在什么地方呢？印晓天左右前后环顾。按照他之前的设想，古代帝王造墓穴，为了以防万一，工匠们往往会偷偷地留一个暗道，以便被活埋时能够逃出去。从这个溶洞的结构上来看，有两处地方最有可能预留逃生口，一是前面那个海龙囤的模型，工匠们每天在那里修建，完全有时间和机会留下暗道；二是那间密室，那是工匠休息的地方，也有足够的时间和机会。

打定主意，印晓天再次穿过石林，走近海龙囤模型前，掏出根新的蜡烛，点燃了，绕着模型边缘一点一点找过去，耐着性子把每一处可疑的地方都摸了一遍，直至燃尽了整根蜡烛，找遍了海龙囤模型下面所有的地方，均未发现出口。

印晓天使劲地扔掉手里那截残烛，瘫坐在地，暗暗地告诉自己，别气馁，你是要做大事的人，身上背负了重要的军事机密，怎能丧气呢？不是说要做大事者，必先苦其心志，劳其筋骨，饿其体肤，空乏其身吗？小爷如今该吃的苦都吃了，该饿的也饿了，劳动筋骨更是不消说，那接下来必是小爷叱咤风云、斩妖孽、除奸邪的时候了。

"走！"印晓天喊了一声，撑起身子向密室走，他相信如果暗道没在海龙囤模型上的话，那就必然在那间密室里。

从原路返回，摸黑入了密室里，又取出根蜡烛点上，趁着心里的那股子劲儿尚未过去，拿着蜡烛沿密室的墙壁细看。

这间密室是座倚山而建的建筑，即三面石壁，一面木墙。当印晓天眼睛的余光扫到木墙那边时，发现有些不对劲，忙不迭转身，把蜡烛往那边凑，打眼一瞧，禁不住倒吸了口寒气。

那只装有食物和水的麻袋子，当初就是在木墙那边找到的，所以他吃东西、喝水或是休息时，都靠在木墙下，可现在那只麻袋子不见了！

难道这里还有人？还是真他娘的有鬼？

印晓天瞬间觉得这间密室阴森起来，浑身上下起了层鸡皮疙瘩，在心理作用下，头顶更是阴风飕飕。在这里待了三四天，成天一个人自言自语的，没想到除了他之外，还有其他活物，回头想想实在太匪夷所思，太恐怖了！

估计是太紧张的缘故，印晓天的呼吸不由得粗重起来，他小心翼翼地举着蜡烛，慢慢地顺着木墙向右侧移动。木墙的长度并不长，走到另一侧的石壁也就十几步的样子，但是在这极短的时间里，印晓天的脑子转过了无数个念头。如果发现这里另有他人，那人会是谁，要怎生应对？如果不是人……那会是什么？是

-109-

鬼？是怪？又该如何是好？想到这些，他只觉冷汗已湿透了后背，举着蜡烛的右手微微颤抖着，烛火摇曳，终于照到了另一侧的石壁。

那堵石壁下什么都没有，哦不，没有发现怪物或者人，但是那只麻袋子却静静地躺在墙根下。

再次发现那只麻袋子时，印晓天不由得对自己的记忆产生了怀疑。难道是小爷糊涂了，袋子是我自己动过的？疑惑间，他慢慢地往前走过去，发现在袋子的里端，也就是靠墙的那头，多了一样东西，是把铁锹！

没错，这里还有其他活物！

看到那把铁锹时，印晓天抛开疑惑，确定这里不止他一个人。这只麻袋子里面装了赖以生存的重要物资，所以他把里面的东西点得清清楚楚，当初没有铁锹！

"是谁，给小爷出来！"印晓天着实被吓坏了，大喝一声，俯身抓起那把铁锹，牢牢地握在手里，霍地转身往四周看，"小爷是练过的，管你是人是鬼，小爷都不怕，出来！"

嘴上越是说不怕的人，心里往往越害怕。印晓天连自己都能感觉到，拿铁锹的手在颤抖，眼睛不断地往四周看，等待着潜伏在暗中的那人出现。

霍地嘎的一声响，把印晓天惊得跳了起来，但他很快发现这是那座巨型计时器发出来的声音，一天又过去了，离死亡又近了一步。

第四天：龙隐

一

杨应龙接到龙隐谷出现异象的消息时，心头跳了一下，一股不祥的预感席卷而来，无论怎样这都不是个好兆头。他叫来宫中侍卫，吩咐去带一支禁军来，在宫外候着，没过多久，便带着这支禁军连夜下了海龙囤。

越接近后关，嘈杂之声便越大，杨应龙眉头一沉，果然出事了！

一个传令兵飞快地奔上来，见到杨应龙时，跪下参拜，禀道："启禀大将军，血梅出现了，后关下面的哨所里三人全部被杀！"

听到这句话，杨应龙的瞳孔开始收缩，脸色越来越黑，是戈青锋有问题还是田家庆使的诈？

只听那传令兵继续禀报："归无迹和戈青锋二人交手，归统领称戈青锋是血梅，但并没有将其抓住，现已逃之夭夭。"

杨应龙沉声道："你是说戈青锋跑了？"

"是的。"

这里有两种可能，一是戈青锋真有问题，不然的话他不可能逃跑；二是海龙囤上的士兵只认归无迹，在他的号召下形成了绝对的优势，戈青锋不想吃眼前亏，暂时离开。如果是后者的话，戈青锋此时应该去找杨兆龙了，这说明他是没有问题的。

要是戈青锋没有问题，难道是归无迹有问题？杨应龙一时糊涂了，按理说今晚的骚乱是田家庆策划的可能性更大些，可当事人怎么都是他这边的人呢？

杨应龙暗吸了口气，在归无迹和戈青锋之间，有一人肯定是有问题的。

"走！"杨应龙生硬地低喝了一声，继往后关方向走。

那是个极为敏感的地带。由于播州现阶段依旧实行土司制，境内的五司七姓都手握一定的权力，特别是田家，后关以外的三圆山一带一直由田家管理，在那里出了事，处理起来连杨应龙也会十分被动。

果然，田家已经动手了，三圆山一带已经封禁，派兵包围了三圆山监狱。

那是戈青锋任职的地方，由于他无妻无室，是个孤家寡人，平时就住在监狱的班房里。田家庆包围那里，是不是认定了戈青锋就是血梅？

太巧了！田家庆在停尸房时说血梅会再杀人，血梅就真的出现了，毫无疑问，这是有预谋的。那么问题来了，到底谁是真正的血梅？杨应龙迅速分析了下眼前的形势，他觉得要弄清楚谁是血梅，关键在于戈青锋。昨晚他去追踪血梅，随后杀了田家的得力干将李朝宗，理由是李朝宗是血梅。不管李朝宗是不是血梅，可以肯定的是，田家一定对戈青锋恨之入骨，今晚的事情极有可能是田家的报复。

然而在确定是田家的报复后，又会引申出一个新的问题，被戈青锋认定是血梅的李朝宗到底是不是血梅？如果他就是血梅的话，那么指认戈青锋是血梅的归无迹就有问题，他在配合田家庆实施报复。但如果李朝宗不是血梅呢？是戈青锋认错了，还是有意为之？

"去播州府，把戈青锋找来。"杨应龙认为，这些问题只有戈青锋才能回答，吩咐禁军去播州府找人。随后又带人去了三圆山监狱，却被告知没有田家庆的命令，谁也不能接近监狱一步。

杨应龙敢与朝廷分庭抗礼，多少是有些自负的，没有想到却在播州地界被人拦下了，怒不可遏，连后面跟着的禁军也觉得气愤，纷纷抽出兵器在手。眼看着一场内战一触即发，杨应龙到底没有失去理智，低叱道："去把田宏仁叫来。"

负责把守监狱的人道："田少爷吩咐，今晚不见任何人，明日一早，会当着五司七姓的面，给大家一个交代。"

杨应龙怔怔地看着田家的人，一双拳头捏得格格作响。种种迹象显示，田家已经开始向他下手了，而且越来越强势，是他的动作慢了一拍，这才会处于被动。猎鹰从京师传来的消息其实可视为一种预警，无论是静月的异常动作，还是印晓天的失踪，可能都与田家庆暗中所策划的行动息息相关。

以杨应龙对田家庆的了解，他一定有更大的动作，现在所看到的只是冰山一角而已。与之公然冲突，只会让播州更乱，非明智之举，当务之急，他必须尽快找出真正的血梅，查明静月的身份以及印晓天的去向，方能防患于未然。

理智战胜了冲动，杨应龙没再说什么，转身向播州府而去，今晚注定了又会是一个不眠之夜。

尚未走出海龙囤下面的山区，去播州府寻戈青锋的禁军回来复命，说是戈青锋没有到过衙门。没过多久，杨兆龙也急匆匆地赶了过来，将归无迹如何离开衙门，因其许久未归，戈青锋又出来寻找等事详细地说了一遍。

杨应龙闻言，眼里闪过一抹寒光。戈青锋去了何处，被田家庆抓去了吗，还是逃了？思忖间，远处奔来一人，正是归无迹。杨兆龙急问道："你究竟去了何处？"

杨应龙盯着归无迹看，那眼神像极了猎豹，阴沉、犀利、凶狠，随时都会扑上去咬断眼前那猎物的脖子。面对这样的眼神，归无迹自然是恐惧的，但多年的潜伏经验练就了他处变不惊的能力，任何的心理活动都不会轻易表露在脸上，抬臂揖手道："龙隐谷出现异状时，我遵将军之令赶过来，进入谷内，绕谷细查了一圈，没有发现异常，又踅返出谷。及至后关下的一座哨所时，发现哨所内不对劲，赶过去时，里面三人已然被杀，戈青锋正在尸体旁画血梅。不瞒两位将军，看到那场景时，我接受不了了，追查血梅者竟是血梅本人，何其讽刺！故出手慢了一拍，被戈青锋抢占上风，加上我的功夫本不及他，便让他跑了。"

杨应龙冷冷地问道："你没去追吗？"

"去了。"归无迹看了眼杨应龙，依然木无表情地道，"但没追多远，他就消失了。"

"消失了？"杨兆龙瞪着眼，不可思议地道："好好的怎么会消失了？"

归无迹略作思考后道："可能是跑了，也有可能是让田家庆抓了去。"

"大哥……"未待杨兆龙说完，杨应龙便道："你去后关调兵，随我去田家，要是他们敢阻拦，杀进去！"

"好嘞！"这是杨兆龙求之不得的事，早该给他们点颜色看看了，不然田家那对狗父子怕是忘了谁才是播州之主。

杨应龙急步往田府而行，脸上笼罩着股浓烈的杀气。他不能再让田家庆牵着鼻子走了，必须争取主动，如果说硬闯三圆山监狱会挑起五司七姓的不满，那么作为播州的实际掌管者，进入田家总是合乎情理的诉求吧？今晚他必须见到戈青锋，谁要是敢阻拦，就休要怪他翻脸不认人了。

距离田府三丈开外,果然被人拦下来。这里驻扎了一队人,不过人数并不多,领头的看到杨应龙兄弟的阵仗,显然有些心虚,说请将军稍候,容他们去禀报一声。杨兆龙十分看不惯田家的这般作风,嘴上骂骂咧咧,恨不得冲上去打一架。好在等的时候不久,去禀报的人便回来了,说是主人请两位将军过去。

杨应龙便让军队在原地待命,带了杨兆龙和归无迹进入田府。

戈青锋果然被田家抓了。他被关在地下的审讯室里,甫入这间狭窄的房间,便有一股伴着血腥味的闷热之气扑面而来。房间的中央垒了一个火架子,下面有炭火在燃烧,架子上放着被火烧得通红的各种刑具。这间房间本身就不透气,再加上生了火,越发闷热。

田家庆那苍白如纸的脸在此时看起来,微微发红。他似乎天生就属于这种幽暗闭塞环境的,精神状态也比平时好许多,至少是挺直了背坐在轮椅上的,两眼在火光下散发着精灵般诡异的光芒。

田宏仁并没出现在此,不知是刻意避开了还是在忙其他的什么事。戈青锋被绑在一块竖起的木板上,从杨应龙的这个角度看过去,可以从侧面看到木板上钉满了铁钉。那些钉子细而尖,针头只露出寸许,它有个可爱的名字,叫作刺猬。

戈青锋的整个背部贴在刺猬上,铁钉根根入肉,但不会伤及筋骨。前胸也是血肉模糊,大部分都是鞭痕,也有被烙铁烫过的黑乎乎的伤口。整张脸都沾满了血,右眼角高高肿起,嘴巴微微张开着,嘴角滴着血水。听得有脚步声,他吃力地将垂下的头颅稍稍抬起,并努力地睁开左眼,看清楚是杨氏兄弟时,他居然咧嘴笑了,尽管那笑意十分阴森可怖,但是在这样的情况居然还能露出笑意,实在让人觉得不可思议。

杨兆龙杀人如麻,为人不可谓不凶狠,可是当看到戈青锋的样子时,震惊不已。一股怒火在他的体内燃烧起来,这是他亲自指定缉查血梅的人,今却被当成血梅在此拷问,这是要翻了天了,喝道:"谁给你的权力?"他向田家庆厉喝,言下之意是说,动我的人,莫非不需要经过我的同意吗?

"抱歉!"田家庆彬彬有礼地向杨氏兄弟颔首,听其声音,似乎真的带有歉意,眼神也很真诚,"事发突然,在下也是迫不得已。"

"老子倒是想听听你是如何个迫不得已法。"杨兆龙怒笑着,语气咄咄逼人。杨应龙没有说话,由着弟弟发火。

"他是明军的细作。"田家庆转头看了眼戈青锋,"也就是传说中的血梅。"

杨兆龙怒目圆睁,道:"证据呢?"

田家庆目光一转，落向房间中央的那座火架子上，盯着火焰看，没有直接回答杨兆龙的话，自顾自地道："海龙囤的城防图可能已经泄露了。血梅杀人前，去了龙隐谷，可能是在找印晓天。"

听到这句话，杨应龙终于再也无法装作镇定，吃惊地看了眼田家庆，又看了眼戈青锋，最后将目光落在杨兆龙身上。杨兆龙被他盯得浑身发毛，嚷嚷道："不可能，这不可能，没有人可以进入那里！"

田家庆的眼睛从火焰上移开，朝杨应龙道："大将军恕罪，海龙囤的城防图是否泄露，关系到播州安危，事关重大。在下便派兵包围了龙隐谷和三圆山监狱，不容任何人进出，就是为了不让证据流失。父亲已经去查了，天亮前应该会有消息。"

"嘿嘿……咳……咳……"戈青锋忽然笑了一声，只是伤势太重，又咳了起来。杨兆龙兀自不敢相信这是事实，或者说他根本就不相信田家庆的鬼话，便朝戈青锋道："你有话说，是吗？"

"有……酒吗？"戈青锋吃力地说出这句话时，让杨兆龙颇是失望，"他娘的，都什么时候了，你还想着酒！"

"将军……"戈青锋咧咧嘴，道，"不管我承不承认，到了这儿，都不可能活着走出去了，我忠于将军，莫非在临死之前，将军还吝啬一坛酒吗？"

杨兆龙愣了一下。杨应龙目光一抬，亦盯着他看，眼里精光乱射，一句"忠于将军"让兄弟俩从田家庆预设的情境中抽身而出。是啊，此前血梅杀的都是播州府的官员，这也是他们怀疑血梅是田家庆在暗中作祟的原因，然而戈青锋一出手，便杀了田家庆的得力干将李朝宗，且不论李朝宗是不是血梅，这一招委实给杨氏兄弟出了口恶气，从这一角度来看，他的确是忠于杨氏的。更为重要的，田家庆说血梅会再现身杀人，血梅便果真如其所言出现了，而且所谓的血梅正在经受着田家庆的拷打，这合理吗？

"酒！"杨兆龙厉喝一声，那架势就像是要吃人一般。旁边侍候着的人看了眼田家庆，见他垂着眼皮没有发话，便出去拿了坛酒过来。杨兆龙粗鲁地从那人手里夺过酒坛，撕下封口，送到戈青锋面前，喂给他喝。

戈青锋仰着脖子贪婪地牛饮着，中间呛了几次，依旧固执地要杨兆龙往他嘴里倒酒，直至一坛酒饮尽，方才大吐了口气，道："谢谢将军！"

"你知道谁是真正的血梅是吗？"杨兆龙把空坛子往地上一摔，挑衅似的问。

田家庆依旧垂着眼皮，看着地上的某一处地方，似乎眼前发生的事跟他一点关系也没有。归无迹的内心却剧跳起来。

戈青锋拿那只左眼看着杨兆龙，断断续续地道："将军，我命本贱，趁着现在，给我个痛快，我不想熬了。"

杨兆龙咬着钢牙，眼中血红。他太了解戈青锋了，自打未婚妻被杀后，就再无斗志，酗酒度日，浑浑噩噩，恨不得早一日死了，去地下与亡妻团聚。他怎么可能是血梅！

"我既然让你卷入了漩涡，就可以再把你拉出去。"杨兆龙厉声道，"说，谁是血梅，老子一定给你报仇！"

"报仇……报得了吗？"戈青锋的眼神迷离起来。他太了解报仇的滋味了，一点儿也不好受，一点儿都不痛快，因为失去了的永远都是失去了，不可能再回来，而受过的伤害会在心里刻下烙印，时时地提醒着你曾经历过那些不堪回首的往事。

有三年了吧？不，好像是四年前……

常峙和陆天明坐在静月道长面前，静月道长则坐在牢房一角的草席上，草席下面铺了些草，能抵御一些地上的阴冷。

在来见静月道长之前，常峙和陆天明为先去见谁犹豫了许久，或者说他俩都不愿意去面对凌秋风，因为一旦开口便意味着怀疑。在胡永寿父子和凌秋风之间，他们当然更愿意相信凌秋风一些。但是，如果不当面向凌秋风问清楚，便不可能解开那些疑问，最后还是常峙决定，说先见见静月。

"我们谈谈吧。"常峙并没有用审讯的口吻开始这场谈话，他尽量使语气显得平和一些，毕竟胡永寿父子的证据只能作为佐证，而且他们究竟有何目的尚不明了。静月道长作为皇上曾经信任之人，在没有铁证之前，逼得太紧，可能会适得其反。

静月道长一如既往地保持着方外之人的淡定，他看了眼面前坐着的常峙和陆天明，问了个不相干的问题："现在是什么时辰了？"

"后半夜了。"常峙道，"应该将近丑末了。"

"这么晚了。"静月道长似乎想强调这个时间，又道，"天都快亮了，两位尚未歇息，却来这牢中见贫道，想是查到些尔等认为有价值的线索了吧？"

无论是常峙还是陆天明，都是审讯高手，什么样的人都见过，为此对静月道长这句话的用意十分清楚。作为审讯人员，他们最基本的能力便是不让对方带着跑，相反，会以一种模棱两可的话去诱导对方，跟着他们的节奏走。

"谈谈印晓天吧。"常峙的语气依然是淡淡的，像是在跟朋友谈话，"莫非你对这位俗家弟子无故被卷入风波，毫无愧疚感吗？"

静月道长没有立即回答，他似乎在衡量常峙到底得到了多少关于印晓天的信息，沉吟片晌后说道："对印晓天，贫道深感愧疚！"

静月道长的话也是模棱两可的，陆天明便略进了一步，试探道："愧疚什么，说说。"

静月道长叹了一声，道："贫道为了引出猎鹰，把他拉下了水，罪过啊罪过！"

陆天明又问道："你跟清风道长熟吗？"

"不算很熟，只是平时会偶尔交流而已。"

"不对吧。"陆天明的声音低沉起来，语气冰冷，"那件道袍上所蕴含的意思，并非是城防图藏在玉京山紫罗观，而是拿到城防图后送去紫罗观，难道不是这样吗？"

静月道长看了眼陆天明，眼里掠过一抹异彩，一闪而没。陆天明和常峙都注意到了他的眼神变化，这表示什么呢？是接收到了来自胡永寿父子的信息，还是因为即将暴露身份而感到不安？

"此话何意？"静月道长沉默片刻后，眼神又恢复如常。

"静月道长。"常峙直接跟他摊牌了，严肃地道，"海龙囤的城防图关系到播州战局，如果你真有城防图，希望你能如实交代。还有一点你必须清楚，在国家利益面前，个人恩怨算不了什么。"

静月道长看了眼面前的二人，道："请两位明白，贫道非是在考虑个人利益或恩怨，贫道顾虑的是猎鹰。"

常峙与陆天明交换了个眼色，此话他分明是间接承认了有城防图，亦从侧面证明了胡永寿父子没有撒谎。

"明白了。"常峙道，"猎鹰的身份尚不明确，道长是怕消息泄露出去吗？"

静月道长肃然道："天邦囤之役的教训委实太过深刻，若是再经历一次，朝廷经受得起这样的打击吗，播州是否还有机会平定？"

静月道长的话显然是正确的，但这并不表示常峙就完全信任了他。天邦囤之役的确不能再发生，但在皇上面前故弄玄虚、行事诡异莫测的这种欺君行为，莫非能再次重演吗？当下试探性地问道："那么按道长的意思，要如何才能交代实情？"

"信任，绝对的信任。"

陆天明不由得哼了一声，道："信任的前提是彼此的信任，你要让别人信任你，亦须拿出足够的诚意吧？"

"让贫道去见皇上，届时贫道会拿出足够的诚意。"

"不早了，请道长先行歇息吧。"常峙没有给他明确的答复，起身告辞。

出了牢房，陆天明问道："府台打算让他去见皇上吗？"

"皇上对他很是重视，相信陆镇抚使也感觉到了吧？"

陆天明自然是感觉到了，不然的话，皇上也不会亲自派人去播州调查静月的身份，而且至今尚不知道究竟派了谁去查。

"不管他是出于什么目的，只要能拿到海龙囤的城防图，就是对朝廷有利的。"常峙想了想，又道，"天亮后我会入宫去听听皇上的意见，再决定是否带他入宫。"

二人在班房里喝了口茶。不多久，袁刚带着司马寿到了，陆天明霍地起身，问道："怎么样？"

司马寿脸色沉重，将掌心一摊，掌上有一只锦盒。

常峙心头一沉，看来是真的了。他拿过锦盒，打开，里面放着一枚印铃，仔细一看，果然有猎鹰的标志。

大家都没有说话，班房里的气氛沉闷、压抑到了极点。猎鹰找到了，可是谁也没有因此而高兴或是兴奋，反而心头无比沉重。大家都想到了，猎鹰在朝中的身份定然不低，但怎么也没想到居然是当朝的三品大员，皇帝身边的禁军指挥使。这个消息一旦传出去，伤的何止是同僚的心，皇上更是会难过，堂堂锦衣卫指挥使如何就让敌方腐蚀了呢？

陆天明瞟了眼常峙，道："去见见吧。"

"尔等先回吧。"常峙并没想让大家都跟着去见的意思，"我一个人去即可。"

对于这个决定，大家都能理解，虽然凌秋风是猎鹰的最大嫌疑人，但在尚未正式确认前，应予以朝廷大员基本的尊重。即便他真的是猎鹰，现在也还没到在众目睽睽之下审判的地步。

凌秋风没有睡，眼里布满了红丝，头发也是乱的，整个人看上去非常疲惫，像是完全变了一个人。常峙看到他这个样子，心里仿佛被刺了一下。他曾是京城叱咤风云的人物，似乎与生俱来就带有一种不可侵犯的霸气，和一股不容置疑的锐气。这也难怪，在他手里的案子都是大案要案，是皇上亲自下旨要办的，尽管他们的品衔属于是同级，但手上办理的案件却不可同日而语。

常峙过来的时候，让牢头备了几样简单的酒菜，在牢房的那张简陋的桌前放下，抬头道："凌指挥使，饿了吧？来，咱们喝两杯。"

凌秋风站起身，估计是长时间没换过坐姿腿麻了，站起来后停顿了一会儿，这才走到桌前，席地坐下。常峙倒了两杯酒，举杯与之对饮。

凌秋风快速地一口饮尽，放下杯子时，眼睛一瞟常峙，道："天还没亮吧？府台这种时候来，不只是为了喝酒吧？"

常峙又斟满了酒，示意凌秋风再干一杯，事实上接下来要说的话，他需要以酒壮胆方能说得出口。

两杯酒下肚，身上慢慢热乎起来，常峙用袖子抹了把嘴，道："举报你的人是本府的捕头胡青云。"

凌秋风眼里的精光一闪而没，嘿地笑了一声，道："我知道他有问题，所以让陆天明去查他的身份。"

"凌指挥使有没有想过他为何敢举报你？"

"在去玉京山的当天，看到举报信的时候，我首先想到的是中了圈套，从举报冉小七到举报我，这是一个草蛇灰线、伏延千里的连环套。"凌秋风动了动眉头，沉重地道，"但如今静下心来想，可能是我错了。"

"哦？"常峙的兴趣被勾了起来。假设胡永寿父子是有问题的，那么前后的两封举报信就是一个局，"错在哪里？"

"常府台可曾想过，我有何价值，为何会成为他们的眼中钉？"

常峙险些脱口而出，因为他们认为你是猎鹰，但话到嘴边，这句话又咽了下来，他想听听凌秋风的想法。

只听凌秋风道："那一日我领旨出京，举报信就到了顺天府，胡青云迅速派人去途中拦截，这一切何以如此及时如此快速？他们是想让我死，以掩盖没有城防图的秘密。不巧的是，猎鹰中途陡然出现，打乱了他们的计划，我没死，接下来他们会另想办法，让我换一种死法，这就是常府台今天来的目的吧？说到底，我只是个替死鬼。"

替死鬼！这三个字在常峙脑中掠过时，犹如惊雷，使之脑袋里嗡嗡作响。他过来不就是想告诉凌秋风他就是猎鹰的消息吗？莫非无意之中他也成了别人的棋子？

"说吧，又掌握了什么关于我的证据？"凌秋风拿起酒杯自饮了一杯，然后目不转睛地看着常峙，直把常峙盯得心里发毛。

如果真是这样，实在太可怕了，常峙的脸皮情不自禁地抽搐了一下。凌秋风看着他的表情变化，道："是不是掌握了我是猎鹰的证据？"

常峙艰涩地道："为何会作如此想？"

"猎鹰不除，静月同我们一样寝食难安。"凌秋风身子微微前倾，凑近常峙的耳畔，小声道，"把我抛出去，是另一个捕鹰计划，目的是要引真正的猎鹰出来。"

常峙明白了，此刻谁急着要让凌秋风死，谁就有可能是真正的猎鹰。跟聪明人对话，无须拐弯抹角，到了此刻，已没什么不难出口的事了，当下将那枚猎鹰的印铃拿了出来，又将胡青云如何跟踪他们之事详细地说了一遍。

凌秋风听了后，没有一丝惊讶，似乎觉得这样才是合情合理的，说道："动用隐秘传输路线，是我启动锦衣卫暗使的方式，此事外人是不可能知情的。"

常峙道："你启动了播州的暗使？"

"对。"凌秋风道，"三天前发出去的消息，目标是印晓天的下落，这个人必须找到。"

"接下来你有何打算？"常峙本就不想去怀疑凌秋风，此时业已完全信任了他。

"猎鹰可能很快就会浮出水面。"凌秋风道，"我们只需跟平时一样，静观其变就是了。"

常峙沉吟片响，道："有个问题我还没有想通，如果这是播州内部的暗斗，似乎也不太合理。我军逼近播州城外，现在甚至连城防图都有泄露的可能，他们为何还不顾播州安危，斗得你死我活？"

"这只能说明一件事。"凌秋风神色凝重地道，"如果静月是为播州的田家服务的，那田家可能在酝酿一个更大的阴谋。"

"什么阴谋？"

凌秋风摇头道："猜不透，或许和印晓天有关。"

"印晓天？"常峙也觉得如果田家真有什么阴谋，可能会与印晓天有关，不然印晓天的失踪不会如此诡异莫测。那静月是参与了这起阴谋，还是被田家利用了？

二

　　四年前的戈青锋是个意气风发的少年，那时候他虽只是播州府的一名捕快，但他觉得未来可期，果然在当年的下半年，擢升捕头。

　　在擢升的当天，他暂时抛开公务，去向沈月梅报喜。他们已经定了亲了，她不仅是他未来的妻子，更是他在这世上唯一的亲人，这个消息当然要在第一时间告诉她。可是他尚未走出衙门，便听得后面有人喊，回头一看，乃是捕快庄信。

　　那是他的哥们，意气相投，平时没事的时候常聚在一起喝酒。他正要告诉他今天没时间，改日再聚时，发现庄信的脸色不对劲。

　　"怎么了？"

　　"头儿……"庄信支支吾吾的，把戈青锋惹火了，道："有屁快放！"

　　"头儿。"庄信费了老大的劲儿才说出口，"刚接到报案，沈家出事了，满门被杀。"

　　那一刻戈青锋只觉天旋地转，似乎他的世界在那一刻崩塌了。

　　他不知道自己是怎么到的沈家，一路上浑浑噩噩的，直至闻到一股浓烈的血腥味才让他清醒了过来，准确地说，他是被眼前噩梦般的场景惊醒的。五个人倒在血泊中，乃是沈月梅及其父母兄嫂。

　　沈月梅是被一刀毙命的，捅在心口。她的脸白得像纸，嘴唇亦无血色，那烂漫的笑再也不会出现在这张可爱的脸上了。

　　戈青锋抱着她的尸体无声地哭泣，是谁如此狠心，下此毒手？

　　不知何时，有人拍了拍他的肩膀。他抬起头，是庄信，手里拿着封沾了血迹的信封，递到他的面前。

　　"是凶手留下的。"

　　戈青锋连忙打开信，上面潦草地写了四个字：血债血偿。

　　看着那四个字，戈青锋的手剧烈地颤抖起来，哭红的眼在此刻看起来像充满了血。他交代庄信，好生处理尸体，等他回来，然后朝门口飞奔而去。

　　庄信大叫一声，几乎没作任何犹豫跟了上去，他知道戈青锋要去做什么，既然是兄弟，有福时同享，有难时自也要同担，哪怕要面对的是生死。

　　戈青锋这次的升迁，缘于破获了一桩大案，在播州当地被称之为"乌香案"。

乌香原是藩国进贡流入中国的，每年入贡约五百斤。这种东西吃了后有提神之功效，但也有害处，一是会上瘾，一旦成瘾，想要戒掉的话很难，当今皇上也有食用乌香的习惯，所食之量越来越大，有大臣曾建议皇上不要继续食用，免得伤了龙体，皇上也曾听取建议，停食了乌香，只是没几天又重新食用上了，说是不食之后，极为难受；二是会伤身体，虽然说食用之后精神大振，但药效过去，便萎靡不振，精神状态较常人更差。

由于皇上的食用，相当于是间接推广了乌香，民间亦流行起来。只是这种东西产于藩外，再加上朝廷要征收一部分税，价格十分昂贵，等同于黄金。于是便有人动歪脑筋，开始走私，戈青锋破获的便是一桩乌香走私案。

干这种生意的铁定不是普通人，一则需要有稳定的货源，以及走私的渠道，没有关系是进不来的；二则需要有雄厚的资本，非是一般商人所能承受得起的。被戈青锋抓获的乃是那个走私团伙的二当家，姓熊名能，江湖人称黑熊，是个厉害角色，黑白两道通吃，没人敢惹他。

戈青锋不光抓了他，还缴获了两百斤的乌香，其价值等同于两百斤黄金。此案的破获，让播州府挽回了许多损失。在归无迹的提议下，由杨兆龙准许，擢升戈青锋为捕头。然而让戈青锋没有想到的是，他升迁的代价竟然是未婚妻一家五口的性命。

这个仇他必须报，哪怕就此死了，总比活着煎熬好受些。事实上此刻他也无意继续活下去，踩着五具尸体坐在捕头的职位上，能心安吗？

那日，戈青锋冲进了程耀武的府上。那是当地最豪华的一座宅子，进出此地的都是有头有脸的人物，像他这样的捕快根本没有资格成为座上宾。戈青锋到门口的时候就被拦下了，说是闲杂人等不得入内。

太嚣张了，不但未将官府的公差放在眼里，还敢杀公差之家人威胁，你真的以为有钱就可以为所欲为吗？戈青锋钢牙一咬，呼呼两拳打出。两个守卫惨叫着倒地，在地上呻吟挣扎。

冲入门时，里面的人闻风而来，乃是十来个打手，替程耀武看家护院的。戈青锋看都没看他们一眼，冲入人群中，伸手便打。

这里的人都该死！戈青锋杀红了眼，拳头落处，便能听到对方骨头耄耄碎裂的声音，这种声音好像能够给他带来快感，是的，这里的人都该死！

击倒了那批人后，戈青锋继又往前冲，穿过一块巨大的照壁，走到大厅前的广场时，程耀武出现了，同时出现了大批高手，有持剑的、握刀的、擎枪的或是提着流星锤的。这些所谓的武林高手，在利益的诱惑下，抛却了习武者的使命和宗旨，心甘情愿地成了一个走私团伙的门客。

戈青锋知道，沈月梅一家就是程耀武下令让这些人杀的。他喘着粗气，怒视着程耀武厉喝道："熊能是我抓的，有事冲我来，为何要杀沈月梅一家？"

"你想干什么？"程耀武目露凶光，表情里带着一丝不屑，言下之意是说，人就是我杀的，那是给你的警告，杀错了吗？

戈青锋被他那不可一世的样子激怒了，人命大如天，而到你手里却成了玩弄手段的一种方式，视人命如草芥。每条人命的背后便是一个家庭，只要一人倒下，那个家庭便毁了。是的，毁了，她是我未来的妻子，在这世上唯一的亲人，我的世界崩塌了，下地狱之前若不将你捎带下去，死难瞑目。

戈青锋咬着钢牙，从牙缝里蹦出一声尖啸，纵身扑向程耀武。那些高手早有准备，有三四个人几乎同时从三个方向合围上来。戈青锋头一偏，以迅雷不及掩耳之势夺下前方那人手里的刀，刀头一转，精芒掠过对方的脖子，鲜血朝天空喷溅而起，随之一阵血雨洋洋洒洒地飘下来。戈青锋看也没去看那人一眼，手中刀由上而下划出一片精芒，若惊龙般闪了一闪，又是两个人倒下。

旁边围观的众高手见状，俱皆为之一惊，没承想区区一个捕头竟有这般修为。他们彼此间交换了个眼色，十几人同时动身围了上去。刹那间刀光剑影大盛，铁锤咆哮，铁枪飞舞，俱往戈青锋身体的各个要害招呼。

这些高手并非徒有虚名，他们个个都有真才实学，随便拎一个出去，在江湖上都是响当当的。十余人同时杀上来时，戈青锋压力陡增，后腰挨了一锤，吃痛之下，身子情不自禁地向前倾。这时候眼前霍地闪过一道精芒，来不及闪躲，脸上传来一阵剧痛，皮肉翻卷，热血往嘴角下流。

戈青锋哼了一声，双腿呈微微下蹲的姿势，以便在剧痛之下站稳身子。血红的眼环视了周围的人，又看了眼外围站着的作壁上观的程耀武。他伸出舌头舔了舔脸颊上流下来的血，朝着程耀武露出了一抹近乎诡异的笑。他在挑衅，示意他本就没打算活着离开这里，但是在死之前，一定会拉程耀武一同去见阎王，此仇非报不可！

一股血腥味卷入嘴里时，戈青锋陡然一声厉喝，向前扑出，闯入了重重的刀光剑影。一个人如果连死都不怕，那么这世上便再也没有能令他畏惧的事情了。他豁出去了，一个劲地往前冲，只想尽快冲到程耀武跟前，结束了他的性命，完成自己活着的使命。然而，越是心浮气躁，越达不到目的，他身上的伤口越来越多,没一会儿,几乎成了一个血人,鲜血不断地往下滴。

程耀武发出一声笑,如王者一般带着讥讽和藐视。戈青锋只觉脚步越来越重,重心不稳,他知道自己离死不远了,可仇人却依然在笑,心下越发急躁。

"头儿,兄弟来了!"就在这时,庄信出现了。

这几乎是一场压倒性的杀戮,没有人会在明知是死的情况下依然挺身而出,可庄信还是像傻子一样地出现了。戈青锋回头去看时,眼中忽然涌上一股热泪,兄弟,今生欠你的,容我来世再报!

庄信的加入,让这场原本压倒性的杀戮产生了些许的变化,至少戈青锋可以松一口气,更加专注地往前冲,杀向程耀武。

在程耀武看来,这两个捕快就是来送死的,在十余位高手的围击下,他们几乎没有活下来的可能性。然而,这只是正常情况下的看法,他低估了人的潜力。戈青锋想要报仇,他之所以还能支撑到现在,唯一的念头就是替沈月梅一家报仇,不然即便活着,也是种折磨;庄信只想帮兄弟,他不想看到兄弟生不如死。这两个人都豁出去了,殊死搏斗。庄信为他的兄弟挡住了大部分的攻击,他最终倒下了,身体落地时,身上几乎无一完整处,趁着还有一口气在,他回头去看他的兄弟,只见血人儿一般的戈青锋杀到了程耀武的面前。程耀武想跑却晚了一步,在凶兽一般的戈青锋面前,一个普通人的手脚再快也无济于事,一拳落在胸口时,程耀武嘴里的血噗地喷将出来,又是一拳击在脑门,顿时七窍流血,倒下地去。庄信见状,微微一哂,闭目而逝。

程耀武一死,那些所谓的高手皆一哄而散。戈青锋倒在尸体丛中,躺了会儿,咬牙切齿地支起身子,摇摇晃晃地走到庄信的尸体前,泪水混合着血水落下脸庞。他把他的尸体抱起来,再一使力,背在肩上,趔趄着朝门外走。

一人一尸,浑身是血,每走一步便会留下一个深深的血脚印以及一长串的血滴,引来路人围观。不知走了多久,走到了何处,播州府的捕头纷纷赶过来,从戈青锋身上把庄信的尸体接了过去。

戈青锋的神情依旧是麻木的,没有报仇的快感。他知道从此以后他即便活着,也形同死了。杨兆龙赶到的时候,问他是不是把程耀武杀了,他只是点了点头,没有说话。杨兆龙叹了口气,但其实内心是欣赏他的,这是一个有情有义有血性的男人应该做的,然后面发生的事依然超出了杨兆龙的意料。

戈青锋没回衙门,而是去了播州府的牢里。他是捕头,认识牢里的人,自然没人会拦他。据狱卒描述,戈青锋进入熊能的牢房后,将他一拳一拳地活活打死了。

这显然是触犯了律法的，慢说是有公职在身的捕头，本身代表的就是律法，即便是不知法的普通人，干下了这等事，也是要受到制裁的。好在杨兆龙欣赏他，把他调去三圆山监狱当了个牢头。

戈青锋活下来了，可事实上他已经死了。唯一的亲人因他而死，最好的兄弟也因他而死，而他这个最该死的人反而活了下来，世间之事端的荒唐！从此后，他变成了一具行走在世间的行尸走肉，没有情感，没有灵魂，活在黑暗下，与世间所有的美好隔绝着。

在被田家庆折磨得不成人样时，他向杨兆龙请求，给他个痛快，他不想熬了。可当他听到杨兆龙说要给他报仇时，他不由得咧嘴笑了。报仇？报得了仇，报得了心中永难抚平的恨吗？即便是说出了归无迹就是血梅，事情发展到现在这个地步，田家庆会饶得了他吗？

不会！田家庆既然把他抓到这儿，一定是有准备的。

"说！"杨应龙看着戈青锋，眼里充满了杀气，"如果你真知道谁是血梅，那就必须得说出来。"

"大将军是在挑衅吗？"田家庆转头看向杨应龙，眼神变得犀利起来，"在下刚才已经说过了，印晓天已潜入播州，海龙囤的城防图可能已经泄露，难道在下说得还不够清楚吗？血梅是想和印晓天里应外合，拿到城防图。如果真让他们得逞，播州就完了，你我还有明争暗斗的必要吗？天亮后，在下会当着五司七姓的面，拿出证据，但是在此之前，在下希望两位将军少安毋躁。"

"娘的，老子稀罕你的证据！"杨兆龙踢翻了一张椅子，恶狠狠地朝田家庆道，"海龙囤没有城防图，哪来他娘的泄露之说？"

"将军不信？不过在下以为，城防图会不会泄露，将军心里最是清楚。"田家庆眼里闪过道寒芒，朝戈青锋瞟了一眼，又道，"明天，最晚后天，印晓天就会出现在龙隐谷，这也是在下判断血梅必然会现身的原因，因为他一定会去跟印晓天接头。"

"那么你接下来有何打算？"杨应龙似乎有些心虚了。血梅是明军的细作吗？他接到过猎鹰的报警，印晓天确实已进入了播州。如果印晓天的目的真是城防图的话，那么播州内部的暗斗确实没有任何意义了，这种时候唯有一致对外方有活路。

"印晓天如果现身，一定会出现在龙隐谷，在下已经将那里包围了。"田家庆郑重地道，"在下所说的一切很快就会水落石出。此举关系到播州的生死存亡，在下希望大将军能够彼此信任。"

杨应龙道："值此生死存亡之际，我自然希望五司七姓能排除间隙，通力合作，一致对外。不过我有个要求，我的人必须进入龙隐谷。"

"这是自然的，大将军随时都可以派人进去。"田家庆答应得很爽快，不由得让杨应龙的疑虑少了几分。作为播州的实际掌管者，他最希望看到的是五司七姓一致对外。如果田家庆说的是真的，那委实是播州之幸。

走出田府，杨应龙让归无迹接管调来的这支军队，进入龙隐谷探查，务必找出印晓天。杨兆龙依然愤愤不平，说让戈青锋留在田家必死无疑。杨应龙道："我知道戈青锋可能是无辜的，但接下来你得防着归无迹。"

"啊！"杨兆龙没想到大哥让归无迹接管军队是有意支开他，"那大哥的意思……"

未待他说完，杨应龙问道："我再问你一次，当年海龙囤建完后，究竟有没有人逃出去？"

"应该都死了。"杨兆龙似乎不太敢确定，含糊地答了一句。

"应该都死了？"杨应龙眼睛一瞪，"什么意思？"

杨兆龙显然有些怕他大哥，目光游离，不敢直面杨应龙，道："当年海龙囤建完之后，按照大哥的吩咐，把所有参与修建的工人，都集中到龙隐谷地下洞穴，利用龙仙草的药性，让他们产生幻觉，死后集中掩埋，这些我都照做了。可是当时出现了怪事，你也是知道的，所以现在有消息说，城防图泄露了，让我怀疑当时是不是有人趁乱逃了出去。"

"那些人死后，你没有清点尸体吗？"

"大哥啊，密密麻麻的几千具尸体，在那种阴气森森的鬼地方，哪个有心情去数尸体玩！"杨兆龙皱着眉头道，"当时我也是想，不可能有人能活着出去，就草草埋了。"

杨应龙沉声道："我怀疑那个静月就是从龙隐谷逃出去的。"

"大哥的意思是说，那静月利用他的徒弟进入龙隐谷下地穴，勘察海龙囤的模型吗？"杨兆龙瞪大了眼睛看着杨应龙道，"不对啊大哥，我埋了那些人后，亲自按下洞口的机关，亲眼看着龙顶石轰然落地。按照机关设计，龙顶石落地封住洞口后，机关自毁，没有人能从那里进去，就算用炸药都炸不开。而且就算是用炸药的话，后关的将士又不是聋子，早听到响动了。"

"若真是这样,那静月是怎么逃出去的,印晓天又是怎么进去的?"

这一句话把杨兆龙问得哑口无言,摸着脑袋诧异地道:"老……我也奇怪,真他娘活见鬼了!"

"所以要去查清楚。"杨应龙道,"偷偷地跟着归无迹。如果他真是血梅,一定会露出蛛丝马迹的。"

"大哥的意思是让我进入龙隐谷去查吗?"杨兆龙虽然是个铁塔般高大的汉子,可一提起龙隐谷,心里就莫名发怵。

"当年既然是你没把事情做干净,现在自然还得是你去摆平。"

三

"出来,给小爷出来!"当知道在这个暗无天日的地方,还有其他人或是什么东西存在时,印晓天周身的神经一下子就收紧了,手握铁锹,蓄势待战。但是,连续喊了几声,均没有回应。

印晓天只觉快要疯了,这种感觉就好像他是一只猴子,让人牵着绳子玩耍。明明有人放了把铁锹在此,却偏偏不现身出来,在暗中看着他惶恐、愤怒,"看着小爷害怕,你觉得高兴是吗?你娘的,你个断子绝孙的无根的阉货,你但凡还有点种,就出来!"

喊声落下,依然无人回应。印晓天骂了一阵后,知道躲在暗中那人不会出来,泄了气,一屁股坐倒在地。冷静下来后,把在这里所遇之事回忆了一遍,从室内备了食物和水,到室内室外安排的悬梯,对方给他准备的这些东西都是用得上的,是有意指引他一步步从密室走到海龙囤模型。虽然目前无法揣测对方的用意,但可以肯定的是,这把铁锹的出现,一定有其特殊的用处。

有何用处呢?

印晓天用手掂了掂手里的铁锹,忽似想到了什么,连忙起身,把铁锹放回原处,仔细观察起来。

麻袋的口子朝向石壁,铁锹放置的方向也正好对着石壁,这是不是意味着那边有什么异常?印晓天端着蜡烛往前几步,顺着这个方向往那面石壁看。那石壁与其他地方并无特别之处,如果非要说不一样的话,那里相对要平整一些。再往前凑近些,把蜡烛贴着石壁仔细端详,果然让他发现了端倪,心头不由得怦怦剧跳起来。

这块石壁是有缝隙的，很细，歪歪地形成了一个不太规则的椭圆形，这会是逃生的暗道吗？印晓天身上的热血顿时沸腾起来。目前虽然还有很多事情想不清楚，更无法理解为何有人会在暗中指引着他出去，但是，无论如何，只要能逃出生天，走出这个鬼地方，比什么都强，至于那些想不明白的问题，待出去了再慢慢想便是了。

印晓天掂了掂手里的铁锹，刚要动手，忽想到了什么："不对，如果这真是条暗道的话，应该是由机关控制的，要是砸坏了，出不去了，那小爷的命就真得交待在这里了。他娘的既然不让砸，给小爷弄把铁锹作甚，壮胆用的吗？"

印晓天一时想不明白，就没心思去细想了，当务之急是找到机关，逃出这个鬼地方，他一刻也不想待在这里了。当下把铁锹搁在地上，一手拿蜡烛，一手在石壁上摸索，找了许久，几乎把这附近的地方一寸一寸地摸了个遍，也没有找到机关。

当燃起的希望之火再次被浇灭时，印晓天失去了耐性，恼了。把他掳到这里来的那人，一次又一次地耍了他，像看猴戏一样看着他急得上蹿下跳，谁能说得准这是不是又是一次戏弄呢？

"娘的，小爷豁出去了。"印晓天低喝一声，拾起铁锹就往那块石壁上砸。叮的一声响，冒出一串火花，石壁分毫未损，倒好像是晃了一晃。印晓天灵机一动，用铁锹的一端顶着石壁咬牙切齿地往前一顶，石壁往里凹进去了。不过石壁后面应该是用了弹簧一类的特殊装置，只露出一个缺口。

莫看只是一个小小的缺口，却有风往里灌进来。闻着那新鲜的略带了点潮湿的空气，印晓天像是闻到了美食的味道一般，异常兴奋，使出吃奶的力气，再用力往里顶，缺口越来越大，见人差不多可以钻进去的时候，把腿一伸，用一条腿撑住石壁，不使它弹回复位，然后再用手撑着铁锹将石板卡住，另一条腿也慢慢地跨上去。当整个身子蹲在那洞口时，两手托住卡着石板的铁锹，徐徐弯腰，双腿向前，脑袋朝后，让身体慢慢滑入洞里去，大半个身体进去后，双手从铁锹处逐一换过来，托住石板，最后脑袋往里一缩，迅速地收回双手，啪的一声，石板自动复位。

这是个低矮的山洞，勉强能弓着背坐起来，仅容一人爬行，仔细看的话，能发现洞壁有凿过的痕迹，明显是后期人工挖的。按照常理推断，这应该就是当时工匠逃生的出口。印晓天大为兴奋，体内血流加速。只是当那块石板弹回去时，里面黑得伸手难辨五指，再加上空间太小，狭仄的空间给人造成的压抑和恐慌感是无法用语言来形容的。印晓天刚入里面，便开始害怕了，石板弹回时发出的声音，把他吓得一惊，只是如今进都进来了，只得硬着头皮往前爬。

山洞很长，印晓天感觉自己爬了许久，可前面依然是黑乎乎的望不见尽头。这条通道到底通向何处，是生路还是死路？越想越感觉心慌。即便有风灌进来，可是空间太小，依然让人觉得呼吸不畅，时间一久，汗水就湿透了衣衫，黏糊糊的十分难受，想要侧身换个身位，便磕到了洞壁，心里不禁烦躁起来，加上心理上的恐惧，一时颓丧到了极点："这下死踏实了，想逃都没地方逃，而且还是小爷使了吃奶的力气自己跳进来的。阉货啊阉货，你这般算计小爷，真是缺德到家了。"说话间，印晓天微微仰起头，望了望前方，漆黑一片，又侧过头望了眼身后，心想如果这时候回去的话，那块石板应该是可以打开的，到了那间密室，虽说横竖也是一死，但至少不会死得如此难受吧。

如此一想，想要返回去的念头便越发强烈，翘着屁股往后倒爬，刚爬几步，又停了下来："印晓天啊印晓天，你他娘的也说了，横竖都是一死，又何须去想死得难不难受？至少往前走还有一丝希望，可是如果往后退，等于放弃了活下去的唯一的希望，图一时之安逸，放下生的希望，如此窝囊之事，岂是你干的？这他娘的不是你的作风啊！

"对，就算是死，也不能让暗中看你笑话的那阉货看扁了，小爷就算在这里歇气了，也得像个爷们的样子！"印晓天自我安慰了一番，牙一咬，眼一闭，又往前爬。

闭起眼睛后，心头的恐慌和烦躁感消散了不少，好在这个通道虽狭仄，但弯曲的幅度并不大。如此不知道爬了多久，忽觉头顶到了什么东西，睁开眼一看，是一块木牌，若灵位那样大小，悬在洞顶，隐约可以看到上面似乎写了字。印晓天看到那东西，心里不由得一紧，上一次看到木牌，写的是"一十一天，阳寿即尽"，这次写的会是什么，该不会是那阉货反悔了，让小爷的阳寿在今日即尽了吧？

思忖间把头凑上去，瞪大了眼睛一看，只见上面写了十字：往后是牢笼，往前是地狱。

印晓天周身一震，这是警告！是在告诉他如果此时退回去，虽像牢笼，难以逃越，但至少不会马上死，可如果再往前，那就是地狱，必死无疑。

"你娘的！果然让小爷猜到了！"费了半天劲，抵达的不是想象中的彼岸，而是更加可怕的地狱，印晓天顿时就怒了，"想要小爷的命早说啊，玩这么一圈后才告诉小爷出去后就得死，你真把小爷当玩具啊！"

可是怒归怒，背后操纵的那人从始至终不曾现身，就算把自己气死了也无济于事，该面对的还是得去面对。印晓天微微抬头，往前看了眼，前面似乎有个出口，朦朦胧胧的好像还能看到暗灰色的光，难道那不是天空的光亮，而是地狱的鬼火吗？

不知是洞里太闷热，还是被吓的，汗水大滴大滴地从印晓天的额头滴下来，还要不要继续往前走？

不行！不行！印晓天目不转睛地看着前面那片未知的晦涩的光，心里大喊着不行，但好奇心却在催促他往前。如果前人的传说是真的，死了后要下地狱，那提前一步先去地狱熟悉熟悉环境，跟阎王和那些小鬼打个招呼混个脸熟又有何妨呢？

走！印晓天再次下了个大大的决心，小爷何幸如之，能在生前见到地狱的模样，那就让小爷去闯他一闯吧。爬了半天，渴了，向孟婆去讨碗水喝……哦对了，那孟婆究竟是个少女还是个丑陋的老太婆？倘若是个丑陋得让人无法直视的老太婆，那水还能否下咽呢？

印晓天一边再次鼓起勇气扭着屁股往前爬去，一边尽量让自己胡思乱想，越是不着边际越好，这样至少能暂时忘记恐惧和胆怯，这是他这些天来总结出来的宝贵经验。

天亮了，常峙神色凝重地入了宫，或许是一宿未睡的缘故，脸色看上去十分难看。

万历帝早就起床了，只不过他没有早朝的习惯，待在御书房里，廖文在一边侍候着。见常峙进来，抬眼问道："有眉目了吗？"

"启奏皇上，魑魅魍魉都跳出来了，现在应该到了黎明前的至暗时刻。"常峙将如何去查永寿南北杂物商行，胡永寿父子如何举报静月，指认凌秋风是猎鹰，又将与静月和凌秋风的谈话内容细细讲了一遍。

"哦？"万历帝放下手里的书，饶有兴趣地道，"你是如何认为的？凌秋风是猎鹰还是说真正的猎鹰尚未现身？"

常峙坚定地道："臣相信凌指挥使。胡永寿父子抛出凌指挥使，是另一场捕鹰计划。"

万历帝问道："你觉得真正的猎鹰现身出来的概率有多大？"

"臣以为，概率很大。"常峙道，"眼下朝廷正在全力追查猎鹰。对猎鹰来说，压力和威胁都很大，这时候突然出现了个替死鬼，可以让他继续潜伏下去，求之不得。"

万历帝沉默了会儿，没有发表任何意见，道："让静月道长进来吧。"

须臾，静月道长入内。这一次万历帝并没给他赐座，直接道："道长还有什么事隐瞒着朕，今日不妨都说了吧。"语气里有一丝不耐。

静月道长揖手道："皇上容禀，炮制道袍事件，贫道的确是想引猎鹰出来，只是贫道没想到这些伎俩让猎鹰看穿了。至于印晓天的失踪……"

说到此处时，静月道长停顿了一下，瞟了眼万历帝，刚要开口，听得外面有响声，便私心将话又咽了回去。廖文急走出去，与一名小太监小声说了两句话，转身复回，朝万历帝道："主子，锦衣卫急报，玉京山紫罗观的清风失踪了，总旗包万民沿着播州方向追踪下去了。"

万历帝闻言，眼里掠过一道精光。常峙也是吃了一惊，清风的失踪意味着什么？这时候，常峙注意到静月道长的脸色发生了变化，看来有一点胡青云没有说错，静月与清风的关系不一般，但如果他们卧薪尝胆隐藏身份是为了复仇，莫非复仇行动已经开始了吗？会对播州之役产生怎样的影响？

"该拿出你的诚意了。"常峙顾不上是否会在万历帝面前失态，沉声道，"在国家利益面前，请抛开个人私怨。倘若影响了播州之役，坏了家国大事，你便是死千百次亦不足以谢其罪。"

"印晓天的失踪是贫道安排的。"静月道长像是下了个极大的决心，说道，"他去了播州，目的是要拿到海龙囤的城防图。"

"为何要隐瞒此事？"万历帝感觉自己被玩弄了，愤然道，"如此做的目的是什么？"

"为了复仇。"静月道长那清癯的脸扭曲了一下，眼神中射出一股恨意来，与往常的神态大相径庭，"贫道与杨应龙之仇不共戴天。"

常峙问道："清风失踪，是去了播州吧？"

"是的，贫道与清风乃是同门师兄弟，原本皆为播州玉虚观玉贞子门下的弟子。"静月道长道，"杨应龙在建设海龙囤的时候，请了两方面的能人，一是建筑方面的高手，要求是在不改变海龙囤原有地形山势的前提下，建造出与紫禁城同等规模的宫殿来；二是在海龙囤周围布置奇门异阵，要求是在发生大规模战争时，可以做到一夫当关万夫莫开的效果。负责建筑的是土木大师李纯阳，而负责设阵的便是贫道的恩师玉贞子。"

据静月道长回忆，杨应龙为了做到此工程的绝对保密，将两拨人马安排进了三圆山龙隐谷的一座地下溶洞。在进去的时候，李纯阳留意到溶洞的入口事先加装了机关，洞口顶端有一块重逾千斤的巨石，唤做龙顶石，一般是在皇宫贵族的墓穴里才会安装那东西。一旦从外面启动机关，龙顶石下落，机关自毁，便不可能再次被打开。

当时李纯阳就说，这可能是一次没有退路的旅程，大伙儿进入这里后，就没有出去的机会了。

尽管如此，杨应龙依然把工程的各道工序进行了严密的分工，并且将各个工事上的人隔离开，使之相互没有交集。特别是两个团队的主要设计人，从设计阶段到整个施工过程，李纯阳和玉贞子都是被单独安排在一个房间里，当建筑和机关的图纸设计好后，再切割成若干部分，分配给各自下面的人独立去完成，这样就可以做到大家虽在同一地方工作，但无法了解到工事的整体情况。比如在海龙囤上面建宫殿的时候，玉贞子的人不知道具体情况，他们只能从一座仿真模型上看到海龙囤宫殿的整体状况，而无法得知具体的建造细节。

在宫殿施工过程中，李纯阳团队的人被分作数批，按照拿到的切割后的图纸各自作业，分批日夜轮班进行，轮休者都会被集中到龙隐谷的溶洞里，分配在各个区域休息，由专人看管，没有讨论交流的机会。

等到李纯阳的人施工完毕，玉贞子的人便被安排去观摩仿真模型，同样拿着切割后的图纸，分批去实地的各个地方布置机关阵法。

这样的一套管理机制，再加上李纯阳此前发现的洞口的龙顶石装置，让所有人都越来越不安。毫无疑问，如果施工的人全部能活着出去，那么海龙囤的建筑和机关情况，将毫无隐秘性可言，唯一解决的办法就是把参加施工者全部杀掉。

没有人想死。在死亡的威胁下，李纯阳团队的人在施工回来时，偷偷地将一些短小的工具在身上藏着带回来，最后选择了一个房间，在同伴的掩护下，由两个或三个人凿壁，欲从石壁凿出一个洞去。

由于动静不能太大，参与的人也不宜过多，所以进度很慢，好在海龙囤的建设也非寥寥数月能建好的，经过一年多不停的挖掘，逃生的通道被打通了。

逃生通道的打通，给大伙儿带来了生的希望，但另一个新的问题亦随之而来，通道太小，只容得下一人爬行通过，这么多人如何逃得出去？如果分批逃的话，是要出问题的。杨应龙对人员的管理十分严格，每批人员出工或回来，都要清点人数，再汇合总人数向负责人汇报，也就是说他们一天要点两次名，少一个人都会被察觉，更别说分批逃了。

好不容易看到了希望，没想到再次陷入了绝望。

"最后你们是怎么逃的？"廖文忍不住好奇地问。

"没逃，谁都没逃。"静月道长道，"因为只要有一个人逃了，就会害死其他人。"

"哦？"廖文奇怪地道，"那你和清风是怎么逃出来的？"

按照静月道长的说法，拖到了最后的时刻，海龙囤全部施工完毕的当日，杨兆龙带了一大批士兵进来，将所有工匠集中到一处围了起来，然后不由分说，开始杀戮。

大家担心的这一刻终究还是来了，惨叫声四起，鲜血乱溅，溶洞顿时变成了地狱，浓烈的血腥味很快充满了这个封闭的空间，巨大的恐惧亦笼罩在所有人的心头。为了避免所有人被杀，当时玉贞子与同辈师兄弟，临时布了个八卦阵，利用平时偷偷攒下来的，用于种植在海龙囤各个要害的龙香草的粉末，洒在空中，企图暂时困住杨兆龙的军队。

龙香草是种毒草，它会散发出一种淡淡的清香，一旦吸入，便会产生幻觉，八卦阵配合龙香草粉的效果自然是极好的，杨兆龙及其军队果然产生了幻觉，疯了一样到处乱跑乱喊，阵形大乱。

看似达到了效果，其实没有。因为在被严密地监管下，即便是知道龙香草的毒性，也不可能弄到解药，所以在杨兆龙那边的人产生幻觉时，这边的工匠们也同样出现了幻觉，两拨人同时乱跑乱喊，相互践踏挤压，死伤无数。

玉贞子在紧急之中，出此下策，自然也有其想法。如果顺利的话，可以利用八卦阵，将工匠和杨兆龙的人隔开，在龙香草的药性过后，通过逃生出口逃出去。尽管这需要时间，但是在这样恶劣的环境下，也只能是能活几个算几个了。

可惜的是，想象与现实之间是有差距的。要知道当时大家都失去心智，与杨兆龙的人混杂在一起到处乱窜，在那样混乱的环境下，如何去区分，并且将他们从阵中拉出来？

静月和清风是最先被从阵中隔离出来的人，但当时药性没有过去，即便逃出了包围圈，他们依然在四处乱窜。等到药性一过，杨兆龙进行了更加疯狂的反击。玉贞子等人为保护其他人逃出来，奋力迎战，然而那时候任何的反抗都是徒然的。静月和清风逃出来后，在洞口等了会儿，希望还会有人活着出来，可他们眼巴巴地看着，却再也没见一人出来。

"也就是说只有你俩逃了出来？"常峙的目光中依旧带着怀疑，似乎在说，为何偏偏是你们俩？

静月道长满脸凄容，没有去理会常峙，径说道："贫道与清风逃出来后，矢志报仇，这么多年来我们一直在寻找机会。但巩固了海龙囤后，杨应龙的野心越来越大，他建立了一个小朝廷，仅凭贫道与清风二人想要复仇，痴心妄想而已。直到去年，朝廷对播州用兵，贫道知道机会来了。但没想到的是，天邦囤一战，朝廷惨败。"

万历帝沉声道："于是你就对朝廷失去了信心？"

"是的。"静月道长爽快承认了，这让万历帝感到十分意外。他怔怔地看着静月道长，"出兵前朕曾向你讨教，你说宜速决，原来你让朕速战速决并非基于国家考虑，而是为了急于报仇。这且罢了，天邦囤一役，我军惨败，你便对朕和这个国家失去了信心。你当朕是什么，当军国大事是什么，是你随意可以摆弄的机器或工具吗？"

万历帝的脸阴沉得可怕，但他没有发作出来，当务之急是要知道海龙囤城防图的确切消息。静月道长并非没有留意到万历帝的脸色，只是对他来说，生或者死已无关紧要，他活着的意义就是复仇，径直说道："那时贫道想到了龙隐谷下面那洞中的海龙囤的仿真模型。如果能再次去那洞里，在模型里走一遍，虽说无法摸清楚海龙囤建筑和机关的具体细节，但大致的情况还是可以知道的。有了这份图，即便海龙囤是龙潭虎穴，也有机会杀上去。但是……"

"但是你既然想与播州田家合作，就必须除掉杨应龙的细作猎鹰，这既是你向田家所纳的投名状，也是为了防止猎鹰从中作梗的必然措施。"常峙接过静月道长的话茬，抢先说出了他急于除掉猎鹰的目的，以免他不肯说出实情。没想到静月道长却道："贫道不曾与播州田家合作。"

是他不肯承认吗？常峙看着他，脑子里瞬间转过无数个想法。

"如果贫道与田家合作，为何要让印晓天去取城防图？"静月道长见常峙不信，提出了一个疑问，"三圆山一带是田家的势力范围，龙隐谷就在三圆山里面，田家的人进入那个地下溶洞，得到海龙囤的城防信息直如探囊取物。"

这个问题着实把常峙问住了，确实地说是把所有人都问住了。如果静月道长跟田家有合作，的确没有让印晓天去播州的必要。那么这究竟是怎么回事呢？难不成他们之间真的没有合作，胡永寿父子说的情况是属实的？但是如果胡永寿父子所说的是真的，就会产生另外一个疑问。在顺天府和锦衣卫盯着胡永寿父子时，他们意识到通过商铺的账目会泄露举报人的字迹时，索性及时跳出来举报了静月。这一招明眼人都看得出来，他们是假举报之名，行替静月脱身之实，因为如果静月长期被关押并接受审查，就相当于是一颗废子了。

难道那是巧合？不对，凌秋风怀疑田家庆在实施一项更大的阴谋，这里面一定还有问题，只是静月没有说实话罢了。

"贫道急于挖出猎鹰，不过是为了利于复仇罢了，与田家无关。"静月见常峙被他问住了，继续说道，"但如果不挖出猎鹰，城防图就无法进入京师，送到玉京山，那么复仇之希望将会再度破灭。"

常峙扬了扬眉，问道："为何一定要把城防图送到玉京山去？"

"为了和田家谈条件。"静月道长道，"城防图在玉京山，贫道随时可以献给朝廷，届时明军大举攻城，覆巢之下，田家自也难以保存。"

常峙道："谈什么条件？"

"让田家与明军合作，里应外合，拿下海龙囤，如此可以确保万无一失。"静月道长道，"这对田家来说是有利的，因为田家也想除掉杨应龙，独掌播州。"

啪的一声响，万历帝狠狠地将桌上的砚台摔在地上，他终于发作出来了。"你不仅利用家国大事玩弄手段，还拿它在私下与人做交易。播州的平定，事关国家的统一大局，你的复仇计划倒是万无一失了，可是对朝廷来说，打掉了一个杨应龙，另立一个田宏仁，那么此战的意义何在？"

"你太大胆了！"万历帝涨红着脸，怒道，"朕现在就可以杀了你，让你的复仇计划成为泡影！"

"皇上，晚了。"静月道长似乎并不在意万历帝发不发火，会不会杀了他，"清风已经去了播州，他会直接跟印晓天接头，取得城防图。"言下之意是说，没有城防图，明军根本攻不下海龙囤，朝廷只能跟他合作。

这算是威胁吗？也许是的，静月道长的复仇计划筹谋了很多年，对他来说复仇才是第一位的，至于个人的生死和国家的利益全都可以抛置脑后。

"带下去。"未经万历帝同意，常峙径自下了道命令。廖文瞟了眼万历帝，见他没有明确反对，便让门外的侍卫进来，把静月道长押了出去。

"皇上。"带走静月后，常峙马上道，"他没有说真话，事实上他没有资格跟田家谈条件。田家有一子，唤做田家庆，臣亦有所耳闻，此人虽双腿有疾，不能正常行走，但聪慧过人，以田家庆的作风，他不会受制于人，更不会听人摆布。而且他的话里有一个很大的漏洞，如果真有城防图，印晓天能否出得了播州也是个问题。此人在锦衣卫不过是个打杂的，没任何本事，谁都看得出来，他难以胜任此事，静月作为他的师傅，心里应该更加清楚。既然如此，为何还要让印晓天去播州？这显然是说不通的。为此，臣以为，印晓天的失踪可能另有隐情，与田家庆正在实施的计划有关。"

"常府台的话不无道理。"廖文见万历帝余怒未消，便说道，"当务之急是要弄清楚田家庆在实施什么样的计划。"

万历帝叹了口气，道："一个方外之人，居然可以冷漠无情到这等地步，为了一己之仇恨，无视天下苍生，家国利益。"

听了这话，常峙似受了启发，说道："他会不会受到了田家庆的什么威胁，因此才不敢道出实情？"

万历帝道："有这种可能性吗？"

常峙道："臣以为，有此可能。他的确一心复仇，但他对皇上应该是有感情的。从古至今，也没有一个庶人敢拿国家利益和安危为赌注，去报一己之仇，这样的话太疯狂。"

万历帝皱着眉头，陷入了沉思。如果静月道长真的是被胁迫的，他心里或许会好受些。常峙停顿了下，又道："臣建议今日把静月从顺天府移走，带去锦衣卫审问，同时把凌指挥使一并移交锦衣卫。眼下陆天明正在调查胡永寿父子，只要这对父子真是田家的人，就一定会有所行动，届时便可以从他们身上打开突破口。"

"这事你看着办吧。"万历帝看上去似乎有些累了，又或许是被细作之事搞得有些烦了，挥挥手让常峙下去。

四

印晓天扭着屁股一路往前爬，发现那个发出晦涩的光亮的地方，不是什么地狱，居然是出口！

是时，正值清晨，在里面闷了数日，当呼吸到早晨新鲜的空气时，印晓天禁不住贪婪地多吸了几口。那空气像是甜的，还带着丝丝的清爽味道，这感觉实在是太好了！他快速地挪动双腿，迫不及待地爬向洞口。由于距离太阳升起还有些时候，此时天是青色的，像一块青得可爱的布，没有一丝的杂色，草是绿的，也绿得可爱。再往远处望则是绵延不绝的山，山上的树叶有黄的、红的、绿的，大自然所有的一切都充满了盎然生机。他边使劲地爬，边浏览着外面精彩而可爱的世界，忽然左手落空，上半身往下坠，缩回手朝下面看时，把他吓出了一身冷汗。

刚才忘情地往前爬，不曾留意前面。原来这个洞口的下面是万丈悬崖，下面云蒸雾绕的，深不见底。由于印晓天的左手落向崖外，碎石扑簌簌地往下掉，许久才传来嗒嗒嗒的回响，真要是掉了下去，非摔成肉饼不可。印晓天抬起手拍了拍胸口，连呼了几口气："幸好小爷机灵，及时收手，不然的话就变成一摊肉泥了。"定了定神，微微伸出头往洞口上方看了看。洞口被草木覆盖，还垂挂着几根树藤，许是多年的老树了，那些树藤都较粗，支撑一人是完全没有问题的。

印晓天大喜，当下把手伸出去，抓住一根树藤，使劲用力一拉，确定没问题后，以树藤为着力点，将身子慢慢地探出去。当大半个身体都探出洞口，脚踏在洞口边缘时，细碎的石子带着沙沙声响往悬崖下掉，搞得印晓天心惊肉跳，更不敢往下面瞧，边往上爬边在心头默念：西方佛祖、南海观音、五方揭谛保佑，让小子我逃出生天，莫堕地狱……

如此战战兢兢地往上爬，印晓天总算是有惊无险地上去了。站起来后，往悬崖后面退了几步，确定没有危险后，夸张地伸展了下四肢，什么地狱，这分明就是他一直留恋的人间！

就这么出来了吗？

此时此刻，呼吸着新鲜的空气，看着眼前这熟悉的一切，印晓天只觉恍如隔世，甚至有些怀疑眼前的所见是不是幻觉。于是抬起手扇了自己一个响亮的巴掌，啪的一声脆响，脸颊传来一阵火辣辣的疼，这才确信不是梦，也不是幻觉，是真真切切的人世间！

虽然逃出生天，可新的问题也随之而来，为何在洞口会放一块警示牌，说往前是地狱呢？

从这几天的经验来看，暗中耍他的那阉货，不像是虚言恫吓、故弄玄虚之辈，其目的应该也是明确的，就是想从他身上得到道袍的秘密，现在那人的目的尚未达到，却指引他出了那暗无天日的密室……

"不对！"想到这儿，印晓天的心瞬间又收紧了，那往前一步是地狱的警告不是虚言恫吓，他虽然出来了，但是会遇上比在密室更加可怕或是更加凶险的事情,"有什么会比待在地底下更加可怕和凶险的事呢?"

是人吗?或许这世上没有比人更加可怕的物种了,接下来他会遇到什么人、什么事呢?

忽然,一阵窸窸窣窣的脚步声传来,印晓天正自胡思乱想,听得那脚步声,吓了一跳,急忙寻了个草丛,钻了进去,往四周打量。

龙隐谷位于海龙囤西面,在三圆山的中心位置,实际上就是三座大山中间的一个盆地。当年建设海龙囤的时候,为了防止设计图泄露,便选择了这么一个隐秘所在。不过凡事有所得亦必有所失,这地方是田家的势力范围,以田家庆的为人,当时有没有留一手,端的不好说,因此这也成了杨应龙的心病,这些年来一直想要削弱田家的势力。可惜的是,杨应龙虽然阴险狡诈,但论谋略,却略逊一筹,始终没能把田家压下去。

须臾,山径上出现了一个人。看到那个人时,印晓天的心一下子就收紧了,呼吸不由自主地变得急促起来。按照洞口的那警示,如果说往前真是地狱的话,那么那人便是地狱使者。他的那张脸完全没有生气,甚至连眼神都带着死亡的气息,手提柄剑,像是来勾魂的。

那人越来越近了,裤管划过地上的草时,发出的窸窣声响清晰可闻,印晓天分明闻到了一股死亡的气息。

那人走到印晓天所在的位置时,停下了脚步。一股阴寒之气瞬间袭将上来,印晓天情知可能被发现了,把牙一咬,心想他娘的左右是死,小爷也得死出个爷们的样子。刚要起身去跟那人搏斗,不想那人竟对着前方忽然说道:"别动,也别出声。"

是在对我说吗?印晓天愣了一下,他顺着那人的目光往前,前方分明没有人,基本可以确定那人就是在对他说话,可他是谁呢?

"你在海龙囤模型上走了一遭,随时随地都可以把海龙囤的城防图画出来,此事在播州已尽人皆知,若让人发现,唯死而已。"那人兀自看着前方的某处,声音低沉,"接下来,我就是你的引路人。记着,今天这里会被包围,切不可轻举妄动,等天黑后往你的右前方走,看见那道山丘了吗?到时我会在那里故意留出一个缺口,你就借着山丘摸出去。出谷后一直往南,就能走出三圆山,然后沿海龙囤南麓再往东走。"

印晓天实在有太多的问题想问他了。他是谁,是不是绑匪,为什么要安排这一切,往东走去哪里,要干什么……然而未等他发问,那人似乎发现了什么,转身离开了。

没一会儿便见一个大汉走上来，叫道："可有发现？"

"禀将军，没有任何发现。"那人转身，朝那大汉道。

"他娘的，那印晓天在龙隐谷底下你信吗？"那大汉正是杨兆龙，他看着归无迹道，"刚才老子去洞口查看了，上面都长了草了，龙顶石也并无移动的痕迹。他若真去了地下溶洞，是如何进去的？"

归无迹木无表情地道："兴许是田家庆虚言恫吓。"

印晓天听着他们的对话，震惊无比。看来播州方面的人真的在找他，想要走出海龙囤，走出播州城，无疑困难重重，原来所谓的地狱指的是这个。想到此处，印晓天不由得一声苦笑，端的是甫出地穴，又入地狱。

"将军要派人来搜一遍吗？"归无迹看着杨兆龙问。

杨兆龙看着他，反问道："你已经搜过一遍了，还需要再派人来吗？"

"将军此言何意？"其实归无迹听得出来，杨兆龙已经在怀疑自己。

杨兆龙又问道："你觉得戈青锋是血梅吗？"

归无迹冷笑，道："我明白了，将军觉得是我诬陷了戈青锋吗？嘿嘿！跟了将军这么多年，一同出生入死，没想到抵不过一个牢头！"

杨兆龙愣了一下，他虽粗鲁，却是个性情中人，极其看重兄弟情义，很多时候只凭感情用事，听了归无迹的这句话，心里被刺了一下。他回想了一下这两个人先后从播州府出来时的情景，归无迹是在得到龙隐谷有异常的消息后，在他的指派下出来的，也就是说他的行为是被动的。戈青锋则是在归无迹久去不归，主动要求出来查看的，莫非是戈青锋真有问题？

"会水落石出的，今天就会有结果。"归无迹淡淡地说了一句，便往前面走去，"我带人来搜一遍。"

杨兆龙兀自愣愣地看着他的背影。现阶段复杂的情况对他来说，已超出了想象的范畴，自然也就无法得出结论。谷外的嘈杂声愈来愈盛，他知道是五司七姓的人陆续到了，对戈青锋来说，今天便是审判日，对播州来说又何尝不是呢？但如果戈青锋被证实就是血梅，是幸还是不幸呢？

杨兆龙举步往谷外走。此时东边的早霞映红了半边天，太阳很快就会喷薄而出，新的一天开始了。

沿着龙隐谷一直往前走，出了三圆山，沿途上行走的人越来越多。他们边走边讨论着，可能是受到当前环境的影响，人人都神色肃穆，沿途皆有重兵把守，明眼人都能看得出来，今日田家庆定有大动作。但是面对这样的阵仗，却鲜有人能猜透这是杨田两家公然对决的开始，还是会促成两家的合作，或者说没有人可以看透田家庆的心思。那羸弱的残疾少年简直是个幽灵，你平时几乎很难感觉得到他的存在，但事实上播州局势的演变跟他有着千丝万缕的联系。

在田家府邸的左侧，有一所规模不大的军营，这卫所名义上是田家看家护院的家丁驻扎之所，其实它的作用路人皆知。里面的所谓的家丁，无论是装备还是纪律都与正规的军队没有两样。

卫所前方是一座广场，田家庆把大家都安排在了此处，五司七姓的当家人俱被安排在前面的座位上。田宏仁正在那里招呼着，但他的脸色似乎并不好看，不知是不是昨晚忙了一夜的缘故。

过了辰时，戈青锋被抬了上来，他依旧被绑在"刺猬"上，浑身是血，看上去与死了无异。

播州城共有两座监狱，一座在城内，由播州府直接管理，关押的是普通的犯人，另一座就是三圆山监狱，所关者不是江洋大盗，就是江湖匪首，民间将之称作阎罗殿，进去的人基本上没有能活着出来的。

三圆山监狱的牢头虽只是个不起眼的角色，但戈青锋作为阎罗殿的管理人员，加上几年前震惊播州城的乌香案，几乎无人不知、无人不晓。然而大家对戈青锋的印象，更多的是出于同情。当看到这位无依无靠、酗酒度日的单身汉像条死狗一样被抬上去时，所有人都不由得愣了一下，他会是血梅吗？

没过一会儿，一名丫鬟推着轮椅，将病恹恹的田家庆推了过来，在距离戈青锋十来步的地方停下。丫鬟将轮椅的方向一转，使田家庆面向众人。

田家庆的脸色本来就是苍白的，一副随时都会断气的样子，此时看上去更是带了几分疲惫，让大伙儿的心不由得揪了起来，生怕他什么时候会背过气去。

现场的嘈杂声渐息，除了风吹过龙隐谷时传来的呜咽声，便再也听不到其他声音了。

"诸位叔伯、兄弟拨冗而至，教你们受累了！"田家庆的声音十分微弱，却不知为何有风一般的穿透力，使每个人都能清晰地听到。只是看上去他更像是弱势的一方，为了证明李朝宗不是血梅，也为了兑现他昨日的承诺，殚精竭虑，使之本就虚弱的身体更加不堪。为此，一句"教你们受累了"，立时赢得了众人的同情和好感。

"昨天在下说，血梅会再次出现，非是无知狂妄，更非武断臆测，而是断定血梅是明军的细作,想从内部瓦解播州,从而使明军在这场战争中取得优势。那么血梅为何会在我的预测下准时出现呢?"田家庆目光一扫,从五司七姓的当家人身上掠过,又道,"原因无他,因为印晓天要出现了,血梅一定会与印晓天接头,拿到海龙囤的城防图。"此话一落,人群中立时响起一阵骚动。

"也许列位会奇怪,在下何以敢预测印晓天会在这时候出现?"田家庆徐徐地抬起手,示意大家安静下来,"其实说穿了很简单,从接到印晓天进入播州的消息至今已逾三日了,也就是说他在播州至少待了三日以上。在此期间,此人杳无音讯,亦无人看到过他的踪迹,那么就只有一种可能,他在播州的行动没有人知道,自然也就没有人可以对他造成妨碍。三天时间足够他取到想要的东西了。"

"说清楚了这个问题,又会延伸出两个新的问题。第一,如何断定印晓天是来取城防图的?第二,昨天他出现了吗?"田家庆似乎能准确地预判出众人之心思,因此旁若无人地坐在轮椅上自问自答,事实上他的判断是正确的,众人想要了解的正是这些疑惑,当看到大家露出迫切的神色时,田家庆似乎更加自信了,他稍微调整了下坐姿,背部离开椅背,坐直了面向众人,"第一个问题很容易判断,印晓天的师傅乃是京师奉天观的静月道长,相信杨大将军也接到了消息,那老道在皇上面前故弄玄虚,说是有海龙囤的城防图,结果把自己弄到牢里去了。以在下得到的消息来判断,此人的野心可能不只是想找出猎鹰那么简单,他在酝酿一个更大的计划,而这个计划的前提就是要拿到城防图。第二个问题,准确地说,昨天晚上没有发现印晓天,原因是血梅在去龙隐谷的时候,被哨所的兄弟发现了,故血梅只得再次行凶杀人,刚巧让播州府的归无迹撞见,在后关将士的围堵下,血梅欲逃,最后侥幸落在了在下的手里。

"昨晚,在下与父亲一夜没睡,为的就是想在第一时间拿到证据,给大家一个交代,给播州百姓一个交代。死了那么多人,闹得人心惶惶,倘若血梅再持续作恶,播州将不战自溃。"田家庆歇了口气,又徐徐地道,"好在,幸不辱命,找到证据了。"

这时候田宏仁走上前,站在其子一侧,手一抬,出示了一根约筷子大小的竹管,高声道:"这是在三圆山监狱外墙的一块可活动的墙砖里面找到的,为了找到这个,花了好几个时辰。一般的机密信息是阅后即焚,许是天助我播州,这道消息是昨晚刚传递进来,尚未拆封。"

说完这番话后,田宏仁打开竹管,从里面倒出一张纸,摊开后送到五司七姓的各当家人手里,让他们一一阅读。

杨应龙接到手里，瞟了一眼，只见上面写道：接印晓天出播州，务保城防图无误。落款是明将刘綎，旁边还盖了征南大将军刘綎的印钤。

朝廷将领的大印是无法伪造的，说明此消息出自明军无疑，但就算此消息来自明军，又如何证明是给戈青锋的呢？

田家庆靠在轮椅上，见他们都看完了，脸上带着疑问，便说道："诸位叔伯、兄弟一定想说，这上面虽有明将落款，但并没写是交给谁的，为何认定这消息就是给血梅的，是吗？不急，有人可以证明。"

杨兆龙看了眼坐在旁边的杨应龙，满脸疑惑，除了物证，居然还有人证，谁能证明戈青锋是明军的细作，归无迹吗？

事实上杨应龙也猜不透个中的玄机，他甚至在想，昨晚田宏仁父子究竟干了什么，可以掌握如此多的消息？

巳时了，今天的天气不错，太阳高高挂着，常峙与陆天明交接完毕，目送着两辆囚车在锦衣卫的押送下徐徐离开。

这是他抛出去的两个诱饵，凌秋风钓的是猎鹰，静月钓的是胡永寿，但愿能够成功，不然的话不仅无法向皇上交代，而且随着时间的推移，战争的形势越来越严峻，田家庆正在酝酿一个更大的阴谋，再不揪出细作，使战争有实质性的进展，后果是不堪设想的。

在跟陆天明交接的时候，常峙留了个心眼，没有跟陆天明说将凌秋风转移到锦衣卫，是为了引出真正的猎鹰，只说是皇上安排的。至于为何要如此做，他也说不上来，可能是因为猎鹰实在太神秘了，多留个心眼总是好的。

陆天明将凌秋风、静月在锦衣卫安置妥当后，便对胡永寿进行了更加严密的监视。即时起，胡永寿父子的任何一个微小的举动，他都会了如指掌。

陆天明对锦衣卫的监视和侦察能力是有信心的，他们干的就是这种事，不管是什么人，也不管是干什么的，只要他有问题，便无法逃得过他们的眼睛。现在他要做的就是把戏做足，只要把饵放足了，他相信再狡猾的蛇也会出洞。

走近刑房的时候，静月已经被安排在刑凳上面了。所谓的刑凳，乃是一种专门用来行刑的铁椅，左右椅把上可以扣住犯人的双手，前椅脚上也有铁环，用以锁住犯人双脚，椅背上有个铁套，可以锁喉，只要坐上了这把凳子，身体便不再是属于自己的了，如毡板上的肉，任人宰割。

"锦衣卫的刑房不是谁都能进来的，而进来的人一般也不容易出去。"陆天明一步步走向静月道长，眼里带着杀气。抛开他是不是在与田家合作不说，单是从个人感情上讲，陆天明对这个道士一点好感也没有。一次次的故弄玄虚，一次次的欺骗，包括皇上在内，把所有人都玩得团团转，仅凭这些，就足以让他死上好几次了。现在教他受些皮肉之苦，算不得过分吧？运气好的话，说不定还能问出些什么来。陆天明在刑凳前站定，冷冷地道，"到了这里，就不要再抱什么幻想了，都交代了吧，免得报不了仇，还生不如死。"

"你要让贫道说什么？"

"你与田家究竟在筹谋什么计划，永寿南北杂物行是不是你与田家交流信息的联络站，印晓天去干什么了，他在你们的计划里面充当的是什么角色？"

"还要让贫道说多少遍？"静月道长不知是害怕还是别的什么原因，脸色铁青，"贫道与田家没有合作。如果非要说有关系的话，那也是贫道在利用他们报复杨应龙。"

陆天明转身，往刑房外走出去。这种人他见得多了，然再嘴硬的人也是血肉之躯，所以不担心他何时会招，因为那不过是时间问题而已。

走出刑房后，陆天明转过一道弯，直奔凌秋风所在的牢房，他觉得无论于公于私都该去见见他了。

凌秋风的精神出奇地好，这让陆天明感到有些意外。让人指认是猎鹰，而且证据确凿，这是天大的事，如果不能翻供，那就意味着只有死路一条，在死亡的威胁下，谁还能如此想得开？

"凌指挥使的精神看起来不错。"陆天明边走进去边说道。这话听上去更像是在试探，凌秋风作为锦衣卫的指挥使，如何能听不出来？但他只装作没听明白，浅笑道："陆镇抚使莫非还不许我想开些吗？"

陆天明苦笑一声，在狱中的那张桌前坐下，叹了口气，道："当晚，得知你被胡青云带回来的时候，我就知道要出事，但无论发生什么，我都相信你是无辜的。所以在第一时间我便入宫去见了皇上，提出静月可能就是猎鹰。尽管我也知道这想法不太成熟，没有确凿的证据，不该贸然在皇上面前信口开河，但当时我是真急了。"

"我知道。"凌秋风表示理解，并向他道了谢，"你现在还认为静月是猎鹰吗？"

陆天明沉默了会儿，然后抬头道："事情发展到现在，我糊涂了。"

"是越发认不清谁是猎鹰了，还是认为我是猎鹰？"

"我是在想，为什么胡永寿父子会认为你是猎鹰。"陆天明道，"这里面有两种可能性，一是他们说得没错，你就是猎鹰；二是他们有其他目的。"

"你认为哪种可能性更大一些？"

陆天明又沉默了会儿，看着凌秋风反问道："你究竟是不是猎鹰？"

凌秋风脸色一沉，道："为何这么问？"

"现在我们更倾向于认为，胡永寿父子是田家的人。从这个角度来说，他们和静月的目的是一致的，都急于揪出猎鹰，好让田家的人在京师不受威胁，所以……"陆天明话头一顿，继道，"我现在有些纠结，一方面我愿意去相信胡永寿父子，因为证据的确充分。然如此去想的话，在感情上又无法接受。"

"我能理解。"

"那么就请凌指挥使与我解解惑吧。"陆天明道，"你为何与冉小七接触？"

"难道陆镇抚使没有与他接触过吗？"凌秋风冷笑，"在一个衙门里共事，难免会有接触的。"

"你曾通过秘密渠道两次向播州发送过消息，是什么消息，发给谁的？"

凌秋风眼里寒光一闪，沉声道："这算是审问吗？"

陆天明微微一愣，艰难地点了下头，苦笑道："算是吧，不过你应该能理解。"

凌秋风也点了点头，道："陆镇抚使应该业已了解，我两次向播州发送消息的时间，一次是在一年前，即天邦凹之役打响之后，另一次则是在四天前，从时间节点上分析，陆镇抚使应该不难猜测出我是给谁发了消息。"

"暗使？"

"是的。"凌秋风说道，"如果你想知道暗使的身份以及消息的内容，可以去跟皇上申请，得到皇上的同意后，我自会交代。"

陆天明知道这个程序，但这也是最难办的。一旦向皇上发起申请，便表示对凌秋风展开了正式的调查，这将是一件旷日持久的事情。最关键的是暗使的身份是高级机密，如果在调查过程中，出现纰漏，谁担得起这责任？

正在这时，门外有人禀报，陆天明显得有些烦躁，起身朝狱外的人道："说吧。"

"胡青云来打听静月了。"

陆天明眼里闪过一道寒光，问道："胡永寿那边可有异常？"

"目前还没有。"

"继续盯着，盯死了。"

"看来你快成功了。"

陆天明转身看向凌秋风,道:"但愿如你所言,拔掉了这颗钉子,大家都会好过些。凌指挥使暂且在此好生将息几天,我得去忙了。"

凌秋风把身子靠在墙上,做出个舒服姿势,笑道:"辛苦陆镇抚使了。"他看着陆天明出去,待他的身影消失,脸上的笑容随之收敛,这是个十分谨慎且缜密的人,行事滴水不漏,但他刚才露出烦躁,为何?

太阳渐渐升高,秋天的烈日依旧是很毒的。戈青锋被拷问了一夜,经受了巨大的折磨后,再经太阳一晒,便越发没有精神了,被绑在"刺猬"上,耷拉着头,与死了无异。隐隐约约中,他听到田家庆那微弱却有穿透力的声音响起,"大家知道此人是谁吗?他叫方正平,表面身份是播州泰丰染坊的掌柜,另一重身份则是明军在播州的联络人,那泰丰染坊实际上是明军的联络站。昨晚,我们将它端了。"

戈青锋听到这段话后,尽管连睁开眼去看一眼的力气也没有,但脸皮还是情不自禁地动了一下。

"娘的!"杨兆龙骂了一句,不知道是为了播州有明军的联络站生气,还是在为那方正平的样子而吃惊。

方正平的样子看起来的确十分糟糕,他应该是经受了比戈青锋更加可怕的酷刑,四肢都折了,右腿的关节处甚至能看到一截裸露的骨头,左脸高高肿起,血肉模糊,根本看不清他本来的面目。他被两个人抬上去后,重重地摔在地上,似乎已经当他是一具死尸了。

这样的酷刑没几人能熬得住,方正平招认了也在情理之中,照这么看来,莫非戈青锋真的是明军的细作?

田宏仁向众人出示了方正平的供状,他承认了泰丰染坊是明军的联络站,他本人和戈青锋都是明军安排在播州的细作,直接受刘缍节制。

如果说明军传递出来的消息,尚不足以证明戈青锋是细作的话,方正平出现之后,情况就变了,人证物证俱在,证据确凿,其细作之身份也就无甚争议了,也能够从侧面证明,他是血梅的合理性。

"娘的!"杨兆龙又骂了一句,戈青锋是他找来抓血梅的,他做梦也想不到找来抓血梅者竟然是真正的血梅,面对这样一个结果,他一时间委实难以接受,忍不住把身子凑过去,朝旁边的杨应龙道,"大哥,你认为他真是血梅吗?"

杨应龙皱了下眉头。毫无疑问，这场审判可以用诡异莫测来形容，从田家庆说血梅一定还会出来行凶到现在，一切都像是安排好的，然而这一切却又是那么无懈可击，针对戈青锋的证据可谓是铁证如山，却又让人有种魔幻般的感觉。在杨兆龙向他提出问题的时候，杨应龙也不禁问自己，这一切都是真实的吗？

"你觉得归无迹有问题吗？"杨应龙回头看向弟弟，反问道。

杨兆龙一愣，他自然是无法回答的，慢说他现在脑子乱了，一团糨糊，即便在平时，面对如此错综复杂的局面，也疲于应付。

"如果归无迹有问题，为什么戈青锋没有把他揭露出来？"杨应龙知道弟弟无法回答这样的问题，继又道，"只有一个可能，戈青锋在求死。"

"求死？"杨兆龙吃惊地看着哥哥，他是鲁莽，但他不笨，很快便明白了哥哥的意思。自打戈青锋那未过门的妻子被人灭门后，他其实就已经死了，行走在世间的，不过是一具行尸走肉罢了。

"不过这只是假设，前提是归无迹一定有问题。"杨应龙叹了口气，"眼前的局面我也看不透。"

其实杨应龙说得没错，戈青锋的确是在求死。对于他来说，活着就是种折磨，是痛苦的、煎熬的。当田家庆用各种酷刑轮番折磨他的时候，他只有一个念头——死，只有死才能解脱，解脱身体和心理上的巨大折磨。他知道辩解只是徒劳而已，即便他说出了归无迹就是血梅的事实，也无济于事，田家庆会加倍折磨他，让他改口，或者捏造证据，让所有人都以为他像条疯狗一样在乱咬人。同样是死，不妨死得有尊严一些。

事实证明他的猜测是完全正确的，田家庆果然找出了所谓的证据，证明他是血梅，是明军的细作。至于那些铁证是怎么来的，他猜不出来，或许是明军内部有细作存在，为他提供了明将大印，拔掉了明军在播州的联络站。不过现在他无心去想那些事了，头越来越昏，连呼吸也是困难的，这估计就是所谓的弥留状态吧？

不过这种感觉很好，身体上的疼痛似乎消失了，平时所谓的烦恼也荡然无存，好像来到了另一个世界，一个安静的祥和的世界。

他似乎看到了沈月梅，她一点儿都没变，还是当初认识她时的样子，素面朝天，不施粉黛，却如阳光般能够温暖他的心。特别是她的笑靥，像花儿一样，不是特别艳丽，也不妩媚，然不知为何，却是那样赏心悦目。

"你好吗……"戈青锋笑着向沈月梅问，见着她时，他每次都这样问，不厌其烦，沈月梅也问他过得好不好，笑靥如花，看到她的笑，戈青锋只觉心旌荡漾，便憨笑道，"我……很好……"

"走吧。"沈月梅过来拉他的手。戈青锋由她拉着往前走，觉得只要有她在身边，天上地下去哪儿都无所谓。

站在戈青锋旁边看守的人，听到他喉咙里嗝嗝作响，似乎要断气了一般，便走到田家庆旁边，小声禀报。田家庆扭头看了一眼，道："放他下来，给他些水喝。"他还不想让戈青锋死，因为审判尚未结束。

杨兆龙看着戈青锋被放到地上，转头朝杨应龙问道："接下来我们该怎么办？"

杨应龙道："不管归无迹是不是血梅，此人都不能再用了，今晚就让他消失。"

杨兆龙点了点头，宁错杀一百，不放过一人，这可能是眼下最直接有效的解决方案了。

出示了方正平的供状后，田宏仁高声道："诸位，血梅一案已真相大白。此案给我们敲响了警钟，若我们内部相互猜疑、互不信任，外敌就会乘虚而入。血梅在播州掀起了轩然大波，然有一种声音却说，血梅是田家的杀手，目的是要弱化杨氏，趁机夺权。如果让这样的声音再持续下去，明军破城指日可待，播州就完了。接下来还有一件事，我希望诸位能齐心协力将之完成，保我播州全境平安无事。"

这番话在血梅案告破的前提下说将出来，极具煽动性，五司七姓的人纷纷高声问是何事。

田宏仁道："不瞒诸位，海龙囤的城防图已经泄露了。"

此言一出，全场哗然。如果海龙囤的城防情况泄露，那么这座号称是天下奇险之城将无险可守。一旦涉及个人利益、生死大事，便没有人会袖手旁观，一时间人人色变，个个激愤，大喊是哪个泄露出去的，只要他尚未出播州，我等就算是拼却性命也要将之追回！

田宏仁看着众人那激动的情绪，微微一哂，这是他想要的效果，只要五司七姓的血性还在，还是一条心，同心勠力，便无解决不了的事。他高举双手，向众人作揖道："田某在此多谢诸位了！只要五司七姓同气连枝，那么播州便是铜墙铁壁，谁也打不进来！从我们掌握的情况来看，那窃取城防图的人叫作印晓天，乃是京师奉天观静月道长座下的俗家弟子。诸位可能会好奇，窃取城防图的如何会是一个道士座下的弟子？要说清楚此事，还得从杨大将军兄弟说起。"

田宏仁说到此处时，目光一转，望向杨氏兄弟。杨兆龙看着田宏仁那张老脸，朝杨应龙道："大哥，我怎么听着有点不对劲？"

杨应龙哼的一声，冷笑道："连你都听出来了，我如何不知道？你我兄弟，今日就是出丑来了，找来追查血梅之人是真正的血梅，端掉明军的联络站也与我们毫无关系。他们田家拯救了播州，是播州百姓的救命恩人，故大家都对他们感恩戴德。田宏仁是在拉人，是不露声色地收拢人心，这一招委实厉害，我们又输了一招。"

"娘的！"杨兆龙怒道，"那我们还坐在这儿作甚，看自己笑话吗？"

"少安毋躁。"杨应龙阴沉着脸道，"今日之事可能没有如此简单，田家父子谋划的也不止这些。"

杨兆龙瞪着眼道："还有什么？"

"如果戈青锋不是血梅，而是血梅的替死鬼，那么田家父子的目的是什么？"杨应龙看了眼弟弟，又道，"他们是要保护真正的血梅。"

杨兆龙心里莫名一慌，道："老子……"

"别着急，到了这时候急也没用。"杨应龙阻止他发火后，沉声道，"回去后再想办法。"

田宏仁将目光从杨氏兄弟身上收回，又道："当年杨大将军建设海龙囤时，为使海龙囤的城防情况不外泄，建立模型，然后按照模型分批施工，这种做法没有错，只是善后之事没有做到位。一是该杀的人没有杀绝，有漏网之鱼跑出去了；二是该毁的没有销毁，将那座模型留了下来。可能杨大将军当时想的是，地下溶洞的龙顶石落下后，便与外界隔绝了，不可能会有人进去。但是天下之事，难说得紧，现在不仅有人逃出去了，还有人进去参观了模型，这一进一出，对我们播州来说，其威胁是致命的。"

杨兆龙心里一直憋着股火，这时候再也忍不住了，不管杨应龙乐不乐意，起身喊道："你如何知道印晓天在地下溶洞走了一趟又出来了，抓到他了吗？"

杨兆龙平时虽然鲁莽，却提出了个关键性的问题，如果印晓天没抓到，那么你是如何知道他进去又出来了？

"没抓到。"田家庆瞟了眼杨兆龙，淡淡地道，"但接到了可靠信息，他的确进入了龙隐谷地下溶洞，至于是如何进去的，还是个谜。从时间上来计算，今明两天他就会现身。"

"嘿嘿！"杨兆龙兀自不信，"老子上午去龙隐谷查看过了，龙顶石没动过，那地方也没其他入口，他是如何进去的？除非他能上天入地。"

"所以我们才需要加倍小心。"田家庆道，"合众人之力，在他出播州之前将之擒获。"

杨应龙两眼一眯，他似乎想极力看清楚田家庆，却发现越想看清此人，越是模糊不清。毫无疑问，田家庆一定在谋划一个更大的行动，而且与静月和印晓天有关联。可是，现在龙隐谷被围了个水泄不通，这里又集结了五司七姓的精英，如此大的阵仗，那印晓天还如何逃得出去？如果印晓天逃不出播州，田家庆的计划还如何实施？难不成他如此费尽周章，只是为了拉拢人心？这也是说不通的，眼下播州最大的敌人是明军，明军不退，播州不安，就算五司七姓一条心，真要打起来，亦非明军之敌手。除非田家庆真的是在为播州的安危着想，但这可能吗？

或许，也可有此可能。杨应龙动了动眉头。田家庆要做播州的王，所以暗遣血梅杀播州官员，将他架空，又找来个替死鬼在此收拢人心，使五司七姓俱以他马首是瞻。从现在的情况来看，他做到了，而他杨应龙已俨然是个名不符实的空头将军。即便此时一怒而起，要讨伐田家恐也无济于事了。五司七姓只会把他当作不顾播州安危的异类，从而合力将他推翻，真正扶田家庆上位。

田宏仁接着方才的话题又道："那静月道长便是当年参与了海龙囤机关设计的人之一，玉虚观玉贞子的弟子，其意图很明确，那就是要杀了杨大将军兄弟报仇。但他知道这几乎是件不可能完成的任务，于是便从城防图入手，与明军合作打入播州来。田某刚才也想了一下，那印晓天自然不可能上天入地，唯有一种可能，当年施工的工匠在地下挖了条逃生的暗道。这条暗道的出口在哪里，我尚不清楚，自然也无法知道印晓天是如何进出龙隐谷的了。"

众人闻言，深以为然。以当年的情况来论，工匠们预留一条逃生暗道是说得通的，同时也解释了静月是如何逃出去的，印晓天又是如何进来的等疑问。但众人并不担心，因为他们太了解田家庆了，只要有此人在，播州便可无虞。

然五司七姓的人不担心，杨氏兄弟却是心如灌铁，田家庆的胜利便意味着他们的没落，他们会甘心就此认输吗？

五

胡青云被眼前看到的这一幕震撼了，一股森寒之气自心底流出，瞬息通过血液遍及周身，全身上下的汗毛迅速扩张，头皮亦为之发麻。

他是顺天府的捕头，作为京畿府衙，乃是全国最高级别的府一级衙门，什么样的大场面没见过？但是当他看到锦衣卫的刑讯室情形时，依然毛骨悚然。

静月道长全身是血，现在血依然顺着道袍往下滴，十指的指甲已经被拔了出来，一片一片丢在地上，没了指甲的手指头上插着银针。明晃晃的针插在十根手指头上，十分扎眼。

上半身的道袍被扒了下来，胸前有一大片伤，以胡青云的经验判断，那是用利刃割的，像凌迟一样，皮肉被一片片割下来，只不过动刀的人不是专业的刽子手，手法不怎么纯熟，有些地方还能依稀看到骨头。

"他……"胡青云舔了舔嘴唇，"他招了吗？"

"快了。"陆天明瞟了眼静月道长，冷冷地道，"到了锦衣卫没有硬汉，即便是铜头铁骨也能叫他化了。事实上我们的工作才刚刚开始，以我的经验来看，大部分人撑不过一天。"

胡青云叹了口气。陆天明回头看着他道："胡捕头在同情他吗？"

胡青云一惊，无论静月道长是不是细作，光是欺君一项，就足以让他死上十几次了，忙道："陆镇抚使误会了，我岂敢作如此想？只是觉得他也有些可怜，当年满门被灭，目睹了数千人被杀的惨状，从人性的角度来看，他的行为也是可以理解的。"

陆天明唔的一声，道："看来胡捕头真是在同情他，不过我能理解。但是作为同僚，我需要提醒胡捕头，值此敏感的时刻，千万不要说错话、做错事。万一他真是细作呢？印晓天还没有下落，他去播州究竟做了什么，谁也不知道。果若与播州田家联合在图谋什么，那就是天大的事，胡捕头此时的同情便有可能惹祸上身。"

陆天明此话是在暗示，他逼问的就是静月与播州田家的关系，而且你看到的这种惨绝人寰的情景，其实只是个开头而已，静月很难撑得过今天。但是这话在胡青云耳里听来，可不仅仅是提醒而已，他分明感受到了一股威胁，并且这种威胁的话从陆天明嘴里说出来，有一种阴森的杀气，让他禁不住心惊肉跳。

"是是是……"胡青云迭声应是，"多谢陆镇抚使提醒，我此行乃是奉常府台之命，来看一下所移交犯人的情况，现在了解了，这就告辞。"

"胡捕头不去了解一下凌秋风吗？"胡青云临出门时，听到陆天明冷不丁问了一句，回头去看时，心头又是一惊。他从来没有像今天这么怕过陆天明，好比面对的是一个来自地狱的勾魂使者，浑身上下都冒着丝丝寒气，随时会取人性命。

"不去了。"胡青云勉强一笑,"那毕竟是锦衣卫的人,相信陆镇抚使会妥当处置,告辞。"说完这番话后,他像逃命似的疾步走出锦衣卫刑狱。

看着胡青云出去,陆天明微微一笑,笑容里依然带着寒气:"上钩了!"说完这句话的时候,他听到了一声来自静月道长的叹息,不由得好奇地走上去问道,"你在叹息什么?"

静月道长嘴里含着血水,含含糊糊地道:"锦衣卫果然不愧是锦衣卫!"

"现在你想通了吗?"

"想通了。"看到胡青云出去时的神情,静月道长知道他已成功进入了陆天明设下的圈套,或者说这是在皇上的首肯下,顺天府和锦衣卫联合设下的圈套。在如此强大的背景下,胡青云父子即便知道这是个圈套,也只能往下跳。

生死存亡的时刻到了,还有什么想不通的呢?

陆天明眼睛一亮,朝旁边那人使了个手势。那人会意,搬了把椅子过来,后面的书吏开始准备执笔记录。

陆天明坐下,缓缓地沉声道:"说吧。"

静月道长微微抬头,看向陆天明问道:"你知道天邦囤一战意味着什么吗?"

陆天明眉头一沉,道:"意味着朝廷的失败,杨应龙的胜利,也注定了这场战争将是旷日持久的,对朝廷来说几乎是一场灾难,难道不是这样吗?"

静月道长冷冷一笑,道:"意味着猎鹰的强大。"

陆天明愣了一下,随即便笑了。从信息战的角度来讲,的确是这样的,如果没有猎鹰及时、准确地传递了情报,杨应龙不会胜得如此彻底。此人对朝廷而言,其存在直如噩梦一般,那么对田家来说呢?如果说田家真想浑水摸鱼,取杨氏而代之,猎鹰就必须死,否则他们的人在京师的活动将是极度危险的,比如静月与田家的合作。如果让猎鹰获知消息,田家庆的计划必然会受阻。

此外,还有一个更为重要的原因是,天邦囤之战从某种意义上来说,是静月替皇上下了决心,说难听一点,是田家庆指挥朝廷动了兵。如此说也许绝大多数人都难以接受,理由是即便没有静月的怂恿,皇上也早晚会对播州用兵。但是,现实的情况是皇上听了静月的建议后用兵了。同样的一件事,由于出发点不一样,看问题的角度不同,性质自然也有天壤之别。

只是让陆天明没想到的是,静月道长在皇上面前大义凛然地执行捕鹰计划,却是为了替田家庆清理绊脚石。天邦囤一战明军惨败,让田家庆意识到猎鹰的危

-151-

险性，此人不除，他很难达到削弱杨氏，从而一步一步取代杨氏的目标。

"你要报仇，田家庆要主掌播州，所以你们一拍即合，但是你们合作的前提是除掉猎鹰，是吗？"

"是的。"静月道长道，"除掉猎鹰对我们双方都有利。"

"难怪你急着要查出猎鹰。"陆天明摇头叹道，"你太胆大妄为了！为达目的，竟然敢遥控朝廷，让皇上替你捉鹰。"

"贫道也是被逼无奈，才出此下策。"静月道长顿了顿话头，道，"当初贫道想的是，这件事对朝廷有益无害，故而才敢大胆而为。"

"田家庆的胜利，绝对代表不了朝廷的胜利。"陆天明沉声道，"你也不要忘了，皇上是要平播州，而非打掉一个杨应龙再立一个田家庆，所以你的做法与皇上是背道而驰的。"

"不是的。"

"哦？"陆天明讶然道，"不是这样的吗？"

静月道长艰难地抬起头看着他，道："从国家层面来讲，没有永远的敌人，也不会有永远的朋友。灭了杨应龙后，朝廷照样可以再灭田家庆。"

陆天明闻言，心头莫名一惊，原来他是这么想的！怪不得他利用了皇上也没有丝毫愧疚感。从他的立场出发，他的仇虽然是私仇，但报了此仇，对朝廷有益无害，而杀了杨应龙后，他的任务或是使命就已完成，接下来要如何对付田家庆，那就是朝廷的事了。

一个人怎可以自私到如此地步，仇恨真的是太可怕了！

"说吧。"陆天明盯着他，对这个道士的最后一丝好感亦荡然无存，寒声道，"永寿南北杂物行是不是田家的联络站？"

"是的。"

陆天明铁青着脸沉默了会儿，回头向旁边那人使了个眼色，寒声道："封锁南北杂物行，抓胡永寿父子。"那人低声答应，急步走了出去。

这时候刑讯室内只剩下陆天明、静月道长和那书吏三个人。陆天明面向静月道长又问道："此前你扛着不肯开口，是还抱着一丝希望，但胡青云出现后，他的表现告诉你，你已经被抛弃了是吗？"

静月道长再次点头道："是的。"

陆天明道："现在我已经知道，此前胡永寿父子向顺天府举报你有问题，其实是在帮你摆脱嫌疑，希望你能再次获得皇上的信任。你知道他们所说的大部分是谎言。但是面对皇上,面对你的复仇大业,你只能往他们编造的谎言上继续走。那么他们对凌指挥使的举报呢,是否真实?"

"是策略。"

"也就是说,凌指挥使不是猎鹰是吗?"

静月道长迟疑了一下,道:"这个贫道不敢确定。"

"但他是可疑的对不对?"

"对。所以当日在宫中,贫道才让他去玉京山,也是想试一试他是不是猎鹰。"

"怎么试?"

"他在清风道长手里拿到了假城防图后,如果拆开看了,便是猎鹰无疑,若是没拆,另当别论,没想到中途出现了个戴着娃娃脸面具的,自称是猎鹰之人。"

陆天明听他话里有话,问道:"你觉得那个戴着娃娃脸面具的人可能不是真正的猎鹰?"

"有可能是,有可能不是,贫道无法判断。"

陆天明知道他说的是实话,便又道:"说说印晓天吧。"

静月道长叹了口气,道:"他是最无辜的。"

"他的失踪是意外?"

"是的。"静月道长又是一声长叹,"他应该是被田家庆抓走的,这是田家庆对贫道的威胁。"

"威胁?"陆天明不解地道,"区区一个印晓天能威胁到你复仇吗?"

静月道长沉默了会儿,似乎下了很大的决心才说道:"田家庆若只想要印晓天的性命,尚威胁不了贫道,能威胁到贫道的只有一样东西。"

陆天明眼里寒光一闪,很快意识到了是什么东西,道:"城防图?"

"没错。"静月道长道,"道袍事件的最终目的是要引出猎鹰,其核心是海龙囤的城防图,但是实际上贫道手里没城防图。在道袍事件实施之初,田家庆将印晓天抓去播州,以贫道看来,只有一个目的,让他去龙隐谷的地下溶洞,摸清楚海龙囤的模型,如此一来,他就是张活地图。倘若贫道中途变卦,他便放出印晓天,而印晓天的出现,便意味着贫道欺君,欺君是死罪。"

"如果前几日揪出了猎鹰,印晓天会如何?"

"他应该永远也出不了龙隐谷了。"静月道长动了动眉头,眼里有一丝愧疚,"以田家庆的为人判断,他不会很快让印晓天接触到海龙囤的模型,贫道的动向决定着他的生死。"

陆天明略微理了下头绪，道："这里面有两个问题，一是在那个所谓的猎鹰出现后，你便向皇上交代了没有城防图的真相，那么田家庆对你的威胁还存在吗？二是胡永寿父子已经说了，是你让印晓天去的播州，这意味着田家庆的计划有变，难道他会让印晓天出现在京师？"

"你说的两个问题其实是一个问题。"静月道长道，"贫道方才说了，田家庆让印晓天进入龙隐谷到接触海龙囤模型，不会一步到位，应该会是一个循序渐进的过程。当日凌秋风与猎鹰的会面，是起突发事件。如果那人不是猎鹰，至少也是在猎鹰的授意下出来干扰的人，所以猎鹰计划的失败非是贫道之过，田家庆得知消息后，应该没有怪罪于贫道，这才允许胡永寿父子现身，帮贫道解围。可是当胡永寿父子帮贫道解围时，贫道知道计划变了，印晓天应也已经接触了模型，所以对贫道的威胁依然存在。"

"是什么样的威胁？"

静月道长反问道："胡永寿父子帮贫道解围，再次获取皇上信任的前提是什么？"

陆天明道："与田家没有瓜葛。"

"那么皇上肯信任贫道，他的目的又是什么？"

"讨主意，攻下播州。"

"没错。"静月道长哼地苦笑一声，"可活地图掌握在田家庆手里，明军便无法攻破海龙囤，贫道的仇也就没法报得。"

"这似乎有些矛盾，如果你没法报得血仇，与其合作又有何意义可言？"

"这是一个磨合的过程，这个过程何时会结束，取决于朝廷的态度。"

陆天明不解，问道："朝廷的什么态度？"

"如果战争无限期地拖延下去，势必会拖垮朝廷的财政。"静月道长道，"要知道在打播州前，朝廷已经发动了两场大规模的战争，所以田家庆判断，朝廷必不会让这场战争拖太久，如果不出意外的话，双方会以谈判的方式结束这场战争。"

陆天明冷笑道："杨应龙作为播州名副其实的掌管者，在你们的计划中却成了一颗必弃的死棋，实在是可怜得紧呐。"

"这符合大家的利益。"

"利益。"陆天明咀嚼着这个词，抬头道，"现在你交代了印晓天的去向和作用，对田家庆来说是否会是场毁灭性的灾难，他有后备计划吗？"

静月道长沉吟会儿，道："田家庆那个人高深莫测，谁也无法猜测他在想什么，或许对他来说，不存在什么毁灭性的灾难，也不存在什么后备计划，可能他一开始就已经在酝酿一个更大更深更远的计划了。"

"会是什么样的计划？"

静月道长苦笑道："若是贫道能轻易猜到，那么田家庆就不是那个田家庆了。"

"胡永寿父子知道田家庆的计划吗？"

"贫道不清楚。"静月道长道，"不过贫道猜测，应该不知道，毕竟他们潜伏在京师，也没必要让他们知道。"

陆天明叹了口气，他想静月没有说谎，便又问道："清风失踪了，他是去播州了吗？"

静月点了点头，那满是血污的脸隐隐透着股沮丧。看着眼前这张沮丧的脸，陆天明隐隐猜到了清风去播州的目的，但他是办案之人，每一项细节必须落到实处，因又问道："他去播州做什么？"

"他猜到了贫道会有今日的下场。"静月道长低着头，像喃喃自语，"那么复仇之事便只能靠他自己了。"

"风萧萧兮易水寒，壮士一去兮不复还。"陆天明看着静月道长，心情颇为复杂。此人可恨吗？的确可恨得紧。此人可怜吗？也甚是可怜，身负血海深仇，竟落得个这般下场。而他那同门师兄弟，在无法依靠他复仇的情况下，毅然前往播州刺杀杨应龙，明知道此行是飞蛾扑火，成功之希望渺茫，依旧慨然赴死。或许对他们来说，从龙隐谷逃出来的那天就已经死了，留在世上唯一的意义便是替师门报仇，不顾一切、不计代价。

"师父……"静月道长闭着眼叫了声师父，不久之后，两行泪滑落，在满是血污的脸上留下两道鲜明的痕迹，"徒儿尽力了……"

陆天明微微抬起头深吸了口气，静月道长招供了，胡永寿父子亦将落网，京师这波谲云诡的形势也该逐渐明朗了吧。他看了眼静月道长，叫了两个人进来，将静月从刑凳上放下来，吩咐道："把他送去白虎堂，把凌指挥使也带过去。"

出刑讯室的门时，陆天明又交代书吏道："你手里的这份笔录至关重要，一同带去白虎堂吧。"

书吏没有官衔，只是未入流的小吏，他的职责是只记不言，平时断不会多一句嘴，可这时听了陆天明的安排后，忍不住小心翼翼地问了句："要把凌指挥使也请去白虎堂吗？"

陆天明瞟了他一眼，道："凌指挥使不是猎鹰，外人可以怀疑他，我们不能，而且他现在依然是锦衣卫的指挥使，这么重要的事自然要与他商量。"

凌秋风站在白虎堂门口的时候，天色已暗了下来，夜幕将天地笼罩，在灯笼的映照下，白虎堂显得更加肃穆。

凌秋风知道眼前这座建筑是北镇抚司的核心，几乎所有重大的决定和命令，都是在里面决定，并下发到各个卫所去的。陆天明将他押至此处来，意欲何为？是绝对相信他不是猎鹰，来此议事的，还是另有所图？

凌秋风皱了下眉头，他想应该是来议事的。首先，陆天明是信任他的，不然他与猎鹰接触的当晚，陆天明也不会气愤地去宫里为他辩白；其次，他也相信陆天明，那是个极为冷静且睿智之人，行事滴水不漏，他应该是有重大发现了。

是静月道长招了吗？如果真是如此的话，京师的细作一案马上就能告破。想到此处，凌秋风脚步一抬，进了白虎堂的大门。

审判完戈青锋后，田宏仁趁热打铁举行了誓师大会，与五司七姓的人晓之以理，动之以情，说是明军细作无孔不入，血梅一案大家也看到了，播州在职官员被杀的杀、惶恐之下逃的逃，明军已经在内部瓦解了播州，此刻，我们如果不再齐心合力，播州必亡，覆城之下焉有完卵乎？

血梅案让五司七姓感受到了从未有过的危险。此刻明军正在城外虎视眈眈，他们可谓已经到了命悬一线的境地，这时候如果再不团结起来，共御外敌，更待何时？故田宏仁振臂一呼，响应者众，一时间群情激奋，本是一盘散沙的五司七姓，在田家的号召下居然拧成了一条绳。

此情此景让杨应龙十分尴尬，也让他感到愤怒。因为当前的场景恰似一面镜子，照出了他领导上的无能，应对突发事件上的无力，而他的无能和无力，则把田家庆烘托得若神一般的存在，这是一种威胁，更是一种羞辱。

田宏仁似乎早料到了杨应龙会有怎样的心理变化，预见了他会难堪。在把众人的情绪调动起来后，语气一转，说是当下的播州面临前所未有之危机，唯团结方得以自救，须以杨大将军马首是瞻，统一号令，方能打赢这场战争。希望从今往后，各司各姓听从指挥，在杨大将军的带领下，走出困局。

这样的反转，杨氏兄弟固然意外，也让五司七姓的人有些惊讶。在当前形势下，田家无疑是占了上风的，既然已架空了杨氏，何不趁机拿下指挥权，领导大伙儿打这场战呢？何况田家的野心路人皆知，在抢尽了风头之后，反而谦让于杨氏，所为哪般？

如此做，田家庆自有他的考虑，其中最重要的一点是，眼下朝廷打播州，兵锋所指自然是杨应龙，如果田家在这时候夺了权，朝廷的矛头就会指向他们，成为众矢之的，反而徐徐图谋，更为安全；其次，虽说杨氏从里到外已然被架空了，然百足之虫死而不僵，他还是有实力的，在此时夺权，无疑会面临内忧外患的恶劣局面，非是好时机。

田宏仁说完后，提议让杨应龙上来讲话，以鼓舞士气。杨应龙很不愿上去，尽管田宏仁给足了他面子，但他依然认为，此时上台讲话，不啻出丑。奈何很多时候作为一方诸侯或是领袖，都需要去应付一些自己不太情愿的事情，比如祭祀、讲话，或是春耕、夏种、秋收、祈福等。尽管都只是做做样子，但代表的却是一种精神，传递的是一种风气。杨应龙自然知道这些浮于表面之事的重要性，为此，在田宏仁的提议下，即便心里十分不痛快，依然站起来，强挤出一副笑容，转身向众人挥手示意，从容举步走将上去，站在田家父子的中间，昂首挺胸，暗暗地吸了口气，大声说道："五司七姓的众前辈、众家兄弟，播州的基业是祖宗留下来的，吾等今日所享有之一切，皆拜祖宗所赐。播州乃吾等之家园，谁来当家，由播州的五司七姓众家族说了算，哪个也别想来干涉。现在朝廷要来收播州，要改土归流，要让外姓来主掌播州，这对五司七姓众家族来说是奇耻大辱，是侵占，吾等定当反抗到底，不使祖宗之基业落入他人之手。我杨应龙得众家族信任，管理播州，有责任维护播州安定，更有责任让五司七姓及众多百姓在这片土地上安居乐业，我杨应龙在此起誓，无论谁来侵占播州，我都将与之血战到底，决不后退一步！"

"好！"田宏仁带头鼓掌，底下的人跟着鼓掌，一时掌声雷动。杨应龙看着这场面，感觉自己像个小丑，明明被人架空了却依然佯装不知，在这里信誓旦旦地说要带领大家与朝廷反抗到底。在此之前，天底下还没人敢耍他杨应龙，今天却被耍了个团团乱转，此仇非报不可！

掌声渐歇。由于已是午后，田家安排了酒菜，在家丁的引导下，邀请众人去各个位置上就座用餐。杨氏兄弟觉得别扭，本不想留下来，奈何难却众人盛情，再者作为播州之主若无意与众人同乐，便无异于脱离大家，值此内忧外患之际，如此做法委实不妥，便硬着头皮留了下来。

待吃喝完毕，已过申时。田宏仁忽然站起来道："今日相聚，乃是历年来最为痛快的一次，趁着大伙儿兴致高昂，我有个提议，予大伙儿助助兴如何？"

五司七姓的人闻言，两眼发亮，纷纷高声叫好。田宏仁挥了下手，不一会儿，有人将半死不活的戈青锋抬了过来。田宏仁道："杀了血梅，为吾等祭旗，今日之后，便与明军血战到底！"

众人趁着酒劲，高喊着要与明军血战到底，战斗的情绪随着热血沸腾起来。这自然是好现象，无论杨田两家怎么内斗，归根结底都是内部的事，如今强敌当前，自然是要一致对外，等解决完后外部的问题后，再理会内部纷争显然是明智之举。

这或许也是田家庆需要看到的局面吧？杨应龙认为应是如此，不管此人的野心有多大，一旦播州被朝廷吞并，一切都将成为空谈，田家庆肯定也不想看到那样的局面。为此，在杨兆龙想出去再为戈青锋说话时，杨应龙将他拦下来了。如果牺牲一个戈青锋可以稳定播州内部的局面，那也是值得的，而且杀戈青锋是众人之意愿，如果这时候硬是出去阻止众人杀戈青锋，那么他杨氏将会面临众叛亲离的局面，这是得不偿失的。

戈青锋被抬到一处高台上，那是临时搭建的一处断头台，应该是特意为戈青锋而准备的。上面放了一台铡刀，在夕阳下散发着夺目冰冷的寒光。戈青锋应该只剩下一口气吊着了，整个身体看上去软软的，两个人费了许多力气才把他的头放在铡刀口子下的木墩上，一名魁梧的刽子手右手反抓着铡刀的刀把子，只待一声令下，便会用力切下去。

"娘的！"杨兆龙骂了一声。他虽也是个凶狠的汉子，杀起人来眼睛都不会眨一下，但是当戈青锋被推到铡刀下时，心里莫名地紧张起来。他是被自己找来抓血梅的，如今却被当成血梅斩杀，让他着实难受得紧。在这一瞬间，他忽然灵光一现，说出了一句他平时可能想都不会去想的话，"大哥，你没发觉我们被控制了吗？今天所有发生的事，不管我们愿是不愿，都得顺着走？"

杨应龙斜眼瞧了下不远处坐着的田家庆，没有说话，等此番危机过去，会有跟他算总账的一天。

场上的议论声渐渐少了，不多久，这上百人聚集的地方，静得落针可闻。大家嘴上说是杀血梅祭旗、助兴，可毕竟是杀人的事，没人再有兴趣喝酒讲话。

似乎是起风了，周围的树叶随风起舞，沙沙作响，颇有些萧瑟的意味，而那些风声和树叶发出来的声音，反而使在场的每个人越发觉得，此刻的静谧惊心动魄。

田家庆扬了下手，旁边有人立时高喊了声："斩！"

随着这一声喊，刽子手握铡刀的手青筋根根暴凸，眼神在冷风里看来亦像是带着寒气的。这时候，不知是幻觉还是真的，在风声和树叶的声音中间，隐隐夹着一个叭叭的脚步声，很急，似乎还有些乱。众人循声望过去，只见门外面跑来一人，看其装束应该是附近的士兵，脸色带着抹恐惧，那种恐惧无法用言语形容，像是活见了鬼一般。

"嘀！"杨兆龙反而在这时候冷冷地笑了一声。随着这个人的出现，他的心头似乎反而轻松了。从内心上讲，他极不愿意看到戈青锋就这么稀里糊涂地被斩了，如果那名士兵来禀报的是件重要的事情，至少可以延迟戈青锋被斩的时间。

他知道这是种逃避的心理，但却宁愿被这种心理左右。可问题是，那士兵来禀报的是什么事呢，何以令他如此恐惧？

"杀人啦！"那士兵跑入里面，一时没看到杨应龙在哪儿就座，茫然地望着。看到田家父子后，便朝他们喊，"血梅又杀人啦！"

此话一落，全场震惊。除了田家父子和杨氏兄弟外，所有人都理所当然地认为戈青锋就是血梅。血梅明明即将被斩杀，如何又出来个血梅，难不成田家庆错了？而杨氏兄弟此前则是怀疑归无迹有问题，甚至他可能就是血梅。杨应龙已经决定出去后就将此人除了，现在这个消息推翻了他们的想法，难不成杀戈青锋只是田家的报复而已，血梅真的是另有其人？

在所有人之中，只有田家父子知道真正的血梅是归无迹，问题是归无迹就在现场，是谁假血梅之手杀人，目的何在？

田家庆瞬息意识到，外面的凶手可能要救戈青锋。只要有人以血梅的名义杀人，田家庆便无法再动戈青锋一根毫毛。那么问题来了，是谁要救戈青锋？思忖间，他把目光落向杨应龙，会是他吗？

"去看看。"田家庆让丫鬟推着轮椅，率先往外走。他的神情看起来依旧是平静的，经过杨氏兄弟身边时，甚至都没有去看他们一眼，因为在他眼里没有解决不了之事，也没人能摆脱得了他亲手布下的这个大局。在这个局里，每个人都是他的棋子，他就是那个翻手作云覆手雨的人，从实际进展来看，印晓天的出现，才是这个局真正向前铺陈的开始。在这种时候居然有人来冒充血梅，妄图救戈青锋出死地，田家庆觉得这件事变得越来越有趣了。不管是谁，既然你们想玩，那我就陪你们玩到底。

六

袁刚走进来的时候，天色已擦黑了，灯光照在他的脸上，那张满是书生气的脸透着股兴奋，"府台，胡永寿父子被抓了！"

常峙神色一振，道："看来我们的计划起作用了，胡永寿父子一落网，静月也必会如实交代，田家的这条线就算是被我们连根端掉了，你说这时候猎鹰会有怎样的反应？"

袁刚笑笑道："下官以为，这时候猎鹰应该也坐不住了。杨田两家虽明争暗斗，但田家在京师的细作被捕后，会对杨氏产生极为不利的影响。特别是静月，他身世特殊，掌握了大量不利于杨氏的信息，再加上印晓天在播州，如果他真掌握了海龙囤的城防图，猎鹰肯定不想让朝廷获悉任何有关于印晓天和城防图的消息。"

"所以今晚猎鹰必会露脸？"

"下官觉得这个可能性极大。"袁刚毕竟不是专业断案的，不敢把话说绝，又道，"不过我们能想到的，陆天明应该也能想到，今晚的锦衣卫定然不会平静。"

听了此话，常峙心里一沉，脸色亦沉重起来。胡永寿父子露出水面后，静月自然就不能再继续伪装了，他会一五一十地把事情交代清楚，这自然是好事，可那猎鹰是何许人啊？那是个在高官之中潜伏了多年，极为狡猾凶狠之人，他藏匿之深、危害之大，在整个大明朝的历史上都是数一数二的。然而他究竟是谁，藏在哪个机构，所任何职等，皆一无所知。值此关键时刻，他会以何种面目现身，现身时锦衣卫能否及时辨别，并将他抓捕，这些也都是未知的。常峙越想越是不安，起身往外走："备马，去锦衣卫。"

"要不要带人过去？"袁刚边跟出去边问。

"用不着。"常峙疾步往前走。猎鹰的危险之处在于如何识别，而不在于如何抓捕。

"下官与府台一道去。"袁刚本来是不紧张的，许是被常峙感染，此刻也心跳得厉害。猎鹰啊，你也该露出真容了！

即便常峙和袁刚在去锦衣卫的路上，已做好了充足的心理准备，预想了各种可能出现的状况，可是抵达锦衣卫的时候，依然被所见到的场面震慑住了。

北镇抚使司衙门重兵环伺，人人都手持兵器，敛神静气，杀气腾腾。一路往里走，及至白虎堂时，已可明显闻到一种血腥味。奇怪的是没有打斗声，尽管白虎堂外围业已被锦衣卫包围，然这么多人却没人发出声响，这样的静谧让人感觉到一种异乎寻常的诡异。

猎鹰出现了吗？从进入锦衣卫的那一刻起，这个问题便一直在常峙的脑海里盘旋。问衙门外的人时，他们虽然一副如临大敌的状态，但却没人知晓究竟发生了何事，及至白虎堂外，亦是如此。大家都很紧张，却不知道为何紧张。

常峙朝一名锦衣卫问道："谁在里面？"

"陆镇抚使和凌指挥使都在里面。"一名锦衣卫答道，"还有静月道长和一名书吏。"

常峙眼里精光一闪，同时心头莫名剧跳起来。这种时候这四人在里面，事情便越发微妙了。

袁刚望了眼大门紧闭的白虎堂，他毕竟是书生，闻着里面透出来的阵阵血腥味儿，脸色苍白，问道："你们如何不冲进去？"

"白虎堂重地，没有命令，谁也不敢擅闯。"

袁刚诧异地道："在这种情况下也不能擅闯吗？"

"陆镇抚使在里面，而且他还活着，我等只能等他命令。"

通过此番对话，常峙基本了解了些情况，陆天明还活着，这说明在此之前他与外面的锦衣卫有过对话，那时候他尚未下令让外围的人进去，说明他已控制住了局面……不对，如果陆天明已经控制住了局面，为何还不让外面的锦衣卫冲进去抓捕？还有，如此浓烈的血腥味，定然已经有人丧命。谁死了？凌秋风吗？如果死的是凌秋风，那就是天大的事，陆天明没有理由让外面的人干等着。

"是常府台来了吗？"常峙正自疑惑，忽听得白虎堂内传来陆天明的声音，声音洪亮，应无大碍。

"是我来了。"

"进来吧。"陆天明沉声道，"我正在等你。"

"等我？"常峙望着白虎堂大门，面色异常凝重。他知道发生大事了，却猜不到里面究竟发生了什么，忍不住吞了口唾液，缓缓抬足，一步一步朝大门走过去。

门是虚掩的，一推就开，吱呀一声，厚重的门板往里推开去时，里面传出来的血腥味就更浓了。常峙的心跳越发厉害，他瞪大着眼睛往里瞧，里面是黑的。随着大门的开启，外面火把的光芒便逐渐往里映入，首先映入眼帘的是一具尸体，躺在血泊之中，看其装束应是那名书吏无疑。

常峙把头探进去，似乎除了血腥味外，还有股焦煳味。这里面没有火，更没点灯，何来的焦煳味？思忖间，眼睛一抬，他看到了坐在椅子上的静月道长，从他的坐姿判断，即便没死也离死不远了。在静月道长的不远处面对面地站着凌秋风和陆天明，他们手里都握有兵器，看情形刚才经过了一番打斗，双方都挂了彩，不过看上去陆天明的伤势似乎更重一些。他右手持刀，左手垂着，血沿着他左手的手指往下滴，看来那条手臂伤得不轻，胸口也有几道伤，鲜血染红了衣襟。

他们俩中间有一人是猎鹰！常峙心头一阵战栗，他想过很多种可能性，但是没想到猎鹰会是在他俩中间。更加让他想不通的是，既然猎鹰已经现身，为何不让外面的锦衣卫进来，将之逮捕？

"猎鹰出现了。"这句话是陆天明说的，他在说此话的同时，眼睛兀自牢牢地盯着对方。

"你果然很狡猾。"此话出自凌秋风之口，"居然把贼喊捉贼这一招玩得滴水不漏。"

常峙明白了，他俩都认为对方是猎鹰，在这种情况下，外面的锦衣卫即便冲进来也无济于事。

"很好。"常峙毕竟是顺天府尹，很快镇定了下来，"两位敢不敢把兵器放下，随我走一趟？"

"自然是好的。"陆天明冷冷一笑，"我等到现在，就是等你来分辨真伪，抓捕猎鹰。"

叮的一声，凌秋风将兵器掷于地，叹息一声，转向常峙道："静月死了，审静月时负责记录的书吏也死了，案卷被烧，有关于静月身份、印晓天去向以及海龙囤城防图等所有信息，全部消失。这就是猎鹰今日现身的目的，这些信息不毁，对杨应龙极为不利。"

常峙看着静月道长的尸体，心头震惊不已。这时又是叮的一声，陆天明也抛下了兵器，转身面向常峙道："这种时候逞口舌之利毫无益处，请常府台明断。"

"好，既然两位都愿意相信我，我自是责无旁贷，请！"常峙反身走了出来，到门口时，边做了个请的手势，边留意着两个人的表情变化。因为大家心里都明白，一旦进了顺天府大牢，没查清楚是决计出不来的，如果猎鹰就在他俩中间，真正的猎鹰应该会犹豫。

可惜的是常峙似乎低估了猎鹰，走出白虎堂的门时，两人均是面无表情、脸色铁青，一副毅然要将猎鹰揪出来的坚决之态，单从行为上来看，看不出丝毫异常。

猎鹰果然不愧是猎鹰！常峙暗叹一声，难不成猎鹰有信心骗过所有人的眼睛，让顺天府甚至是朝廷，去把另外一人杀了当替罪羊？

不是。看着他俩从身边走过，走向白虎堂外，常峙否定了自己的想法。证据必须毁，而且这个证据就在锦衣卫，在猎鹰身边，无论是凌秋风还是陆天明，利用职务之便，悄然将之毁去是说不通的，毕竟证据不只是那几张案卷，还有活生生的人。最关键的是，审静月道长是保密的，没几人知道。如果真那样做了，目标很快就会被锁定，猎鹰在京师就没有价值了。

对一个潜伏的细作来说，其最大的价值就是掩藏身份，所以猎鹰现身就是对自己最好的保护。在销毁证据的时候，他已经做好了要去赴一场豪赌的准备，赌注是身家性命，输则死，赢则生。既然已经做好了准备，自然不会流露出一丝一毫异常的表情，去让人怀疑。

常峙命人把尸体抬出去，一并送至顺天府，让袁刚留下来调查，寻找蛛丝马迹，随后在锦衣卫的帮助下，将凌、陆二人押往顺天府。

猎鹰近在咫尺，从现在的情况来看，抓住他只是时间问题。但是，常峙的心里像压了一座山，无比沉重。猎鹰既然敢设下此局，每一步肯定都是经过精心布置，现在虽未着手审理，但却可预见此案的审理难度。他暗暗告诫自己，此案关系到国家安危，一定要万分慎重，不能让猎鹰跑了再次作祟。

回到顺天府后，常峙并没有急着审理，马上做了三件事，一是命人关押凌、陆二人；二是写了道折子送去宫里，这是起大案，须事先让皇上知晓；三是派出顺天府所有衙役，并联系五城兵马司，封锁京师的各个出入口。猎鹰不想让得到的消息被朝廷知晓，但他必然会将此消息送出去，告知杨应龙。做完这三件事后，他便独自坐在房内，等待袁刚归来，在审之前，他得心里先有个底。

尽管已经不早了，但是在细作未除，播州之役未结束前，万历帝也睡不踏实，宫里很快就有回应了。司礼监随堂太监廖文踏着细碎的步子走进来，步子有些急促，足见是带着皇上的旨意来的。其后面还跟了个人，是个老者，应已过了七旬，须发如雪，然面色红润，颇有点鹤发童颜之态，加上身形高大，穿一袭墨绿锦衣，看上去煞有气势，不怒自威。

常峙没认出来此人是谁，但因想到乃是与廖文一起来的，可能是受朝廷委派，协助调查此案的，其身份和手段定然不低，便迎将上去。与廖文打了招呼后，问那老者是谁。廖文介绍道："这位乃是六扇门侯爷西门秀林。"

常峙闻言，暗自一惊。六扇门这个名头他自然是听说过的，那是个介于庙堂与江湖之间的机构，专办大案难案，行事不循常理，很多时候会用江湖人的方式去解决问题。其职务有一侯（侯爷，六扇门掌门）、二护法（左右护法）、三尊者（三大尊者）、四名捕（四大名捕），以及九九八十一位武侯，在这些人当中，随便挑出一位来扔到江湖上，都是一等一的高手。换句话说，这个衙门由于人员和行事手段之特殊，其存之于世，更像是一个江湖帮派，也很少在朝中露脸，故朝中官员绝大多数人只闻其名而未见其人。

常峙听得眼前这位老者乃是六扇门侯爷，心里不由得松了口气，拱手作揖道："原来是西门侯爷，久仰久仰！"官场上见面说"久仰"二字时，多是敷衍客套之词，不过常峙对西门秀林则真的是久仰其名。

双方简单寒暄了两句，均知此非常时期，不是客套的时候，便进入正题，由常峙简单介绍了下白虎堂发生的事。过后不久，袁刚赶了回来，将在锦衣卫询问到的情况说了一遍。

袁刚说审讯静月道长时，审讯室内除了陆天明外还有一名书吏，没有第三人在场。审讯完后，陆天明叫了两个人进去，交代把静月和凌秋风一同带去白虎堂。据护送静月的两名锦衣卫人员说，他们送静月入白虎堂后就出来，随后又返回刑狱去提凌秋风，这一来一回差不多是半个时辰。

凌秋风进入白虎堂不久之后，里面就发生了争执和打斗。据守在白虎堂外的人说，他们听到争执和打斗时，没有立刻冲进去，一则白虎堂是重地，没有命令不可擅入，二则里面的二人都是锦衣卫举足轻重的人物，彼时即便冲进去了，也是无计可施，所以他们只得通知他人，守住外围，等候上面来人。

袁刚说完情况后，又补充道："下官了解了情况后，理了下本案事件发生的前后顺序。凌秋风之所以会去白虎堂，乃是陆天明审讯完静月后，主动让他过去的，也就是说凌秋风是被动的，若非陆天明叫他过去，他就没有机会发现猎鹰，自然也就不会被指认是猎鹰。还有一个时间点很重要，陆天明从审讯室出来，交代两名锦衣卫把静月送至白虎堂，而后那二人再次返回刑狱去提凌秋风，这中间约有半个时辰。也就是在这半个时辰之内，陆天明身边除了已经被杀的静月和书吏外，没有旁人。"

半个时辰的确可以做很多事。廖文问道："依你的意思，陆天明嫌疑最大吗？"

"非也。"袁刚摇头道，"反向推理的话，便是另一种可能了。凌秋风的确是被动出现在白虎堂的，但如果他没有出现，猎鹰也就不会现身，从这一点不难发现，猎鹰是被动现身而非主动的。假设凌秋风是猎鹰的话，在白虎堂是最佳的毁掉供状的地点。下官以为，从目前已知的线索来看，很难判断谁是猎鹰，关键点在于那半个时辰。"

廖文似乎尚未听懂，又问道："怎么说？"

"如果陆天明是猎鹰，他有半个时辰的活动时间，消息肯定已经送出去了，那个时间点尚未宵禁，想要把消息送出城去很容易。"袁刚应该是在回来的路上已经整理好了思路，语速很快，"如果凌秋风是猎鹰，消息应该还没送出去。故下官以为，现在已经把猎鹰的嫌疑锁定在陆、凌二人身上，非此即彼，只要查清楚其中一人即可。如今最容易着手的，便是陆天明在那半个时辰内的活动轨迹。只要把这个时间点查清楚了，猎鹰理应会浮出水面。"

袁刚的职位低，不敢把话说死，故在下结论的时候用了"理应"二字，给他自己以及在座的高官皆留了余地。常峙没有表态，将头偏向西门秀林，他是六扇门的侯爷，专办难案要案，在座所有人之中，他最有发言权。

西门秀林颇为赏识地看了眼袁刚，说道："猎鹰这一招用得很高明，既毁了证据，又拉了一个人下水，将难题抛给了我们，只要我们一有偏差，他就胜利了。不过在本案中，猎鹰也有弱点，他不惜冒着暴露的风险，毁掉静月交代的供状，目的是要保护杨氏的利益，所以说他必须要把消息送出去，只能如此，他即便死了，也算是死得其所。抓住这一点，本案就简单多了。"

常峙眼前一亮，一拍大腿道："侯爷不愧是侯爷，目光如炬，一针见血，佩服！"

袁刚赞同西门秀林的观点，说道："侯爷说的是，只要证明消息是否送了出去，便能得知谁是猎鹰。"

西门秀林道："陆天明有传递消息的时间和条件，而凌秋风则没有。如果陆天明是猎鹰，明日杨应龙一定会收到消息，如果杨应龙尚未收到消息，则猎鹰必是凌秋风。"

廖文道："这的确是个辨别猎鹰的好方法，可是要如何知道杨应龙有无收到消息呢？"

西门秀林含笑抚须，好整以暇地道："常府台可还记得皇上说过的一句话？"

常峙不由得问道："什么？"

西门秀林道："皇上曾说，他已经派人去播州查静月的身份背景了。"

常峙自然记得。那日他入宫时，与皇上讨论静月是忠是奸的问题，他表示无论其是忠是奸，身份须尽快查实，皇上当时说已派人去查了，莫非去播州查静月身份的是六扇门的人？

常峙恍然大悟道："原来皇上是委派了六扇门的高手！"

"正是。"西门秀林道，"根据本门武侯传来的消息，今日凌晨明军设立在播州城内的一处联络站被田家庆端了，这对眼下处于胶着状态的战局来说，无疑是雪上加霜。不过凡事有弊必亦有利，本门武侯将计就计，让田家庆也付出了惨重的代价。"

常峙讶然道："凌晨发生在播州的事，侯爷今日就可以知道了吗？"要知道播州远在千里之外，即便是用极速战鸽传递，最快也需要一天时间，凌晨发生在播州的事，西门秀林早就已掌握，实在是匪夷所思。

西门秀林见他疑惑，解释道："本门传递消息使用的是一种秘术，唤作长安密语，说起来也不算稀奇，它是用音律传递消息，几个时辰内便可将消息传递到千里之外，唐时便已应用于战争。"

众人闻言啧啧称奇，均言六扇门果然与众不同。西门秀林略加解释了下长安密语后，又切入正题道："播州的明军军营内有田家庆的细作，而我们很快能将他揪出来了，届时关于静月的真实身份，以及印晓天的去向，也会一并获知。了解这些信息后，本门武侯将会逼迫杨应龙与我们合作，如此一来，杨应龙有无收到猎鹰的消息亦很快就能得知。"

廖文闻言，倒抽了口凉气，惊道："军中果然有细作？"

西门秀林郑重地点了下头。

常峙叹道："此战若胜，六扇门功莫大焉！"

袁刚暗松了口气，道："如此说来，我们只需要等播州方面的消息即可。"

西门秀林抚须道："正是。"

七

出事的地点还是在后关，死了两名士卒，均是一剑毙命，鲜血在地上呈喷墨状。虽然凶手没有时间画血梅图，但是从杀人手法上来看，的确与血梅一模一样。归无迹嘿嘿冷笑了一声，这件事端的越来越有趣了，居然有人用他的杀人方式行凶！

据后关的士兵讲，他们当时看到了一道黑影一闪而没，速度奇快。等他们回过神来，去查看那黑影的出没地时，才发现已有两个人被杀了。

"也就是说，你们没看到那人的模样，甚至连对方长得是高是矮都不知道？"归无迹不可思议地看着士兵问。

"正是。我等只看见了一道模糊的身影，若鬼魅一般，一闪而没。"

田家庆怔怔地看着那两具尸体，未曾说话，那苍白的脸也没有任何表情。在这平静的表情下，他的内心却若翻江倒海一般。按照士兵所言，凶手的功夫极高，甚至在归无迹和戈青锋之上。那么问题来了，假设此事背后的指使人是杨应龙，他当初为何不让此人出来查血梅，而要找戈青锋呢？这显然是不合情理的。血梅在播州犯下一连串血案，播州官员死的死逃的逃，人手几乎空了。在这种情况下如果杨应龙手下有如此厉害之人，不可能不用，所以他现在可以断定，这件事与杨应龙无关。

那么会是谁要救戈青锋呢？难不成他真的还有另一重身份，来救他的是明军的人？这个念头升起来的时候，着实把田家庆吓了一跳，因为逼方正平屈打成招，坐实戈青锋细作的罪名，这本来是他设下的局，作为回击杨氏的一个手段罢了。现在假血梅的出现，反倒真的坐实了戈青锋是细作的身份，误打误撞真让他逮到一个细作，这种概率太小了，但同时也暴露了他的不足之处，细作无孔不入，若空气一般看不见摸不着，今后他要更加小心谨慎了。

不对！田家庆那秀气的眉毛动了一下，光是以血梅之名行凶，尚不足以救出戈青锋，还需要拿出方正平是被屈打成招的证据，才能还戈青锋的清白，难道这是一个局？

田家庆目光一转，再次看向那两具尸体，病态恹恹的脸上露出了一抹不易察觉的冷笑。是的，借血梅之名行凶是假，要挖出田家安排在明军之中的细作是真。看来这是个高人,他不一定是为了救戈青锋而来,但可以肯定的是,这是明军的一次回击,而且相当有效。

"这是个陷阱。"田家庆皱了下眉头,"我安排在明军军营中的细作保不住了。"

杨应龙惊道:"你在明军之中安排了细作?"

田家庆道:"是的,只要对方一有动作,我马上就能得知。"

"那为什么……"杨兆龙还没想明白为何以血梅的方式行凶,会让细作保不住,杨应龙却已回过了神来,凑近田家庆道:"也就是说戈青锋是细作的证据是你捏造的,刘綎的大印是让你的人盖上去的。明军估计察觉了,于是将计就计,来此救人。你的人不明就里,肯定会向你传递消息,如果不出意外的话,他现在应该就已经暴露了。"

杨兆龙见田家庆没有反驳,怒道:"老子……"

杨应龙伸手阻止了弟弟的话头,俯身朝田家庆道:"当着五司七姓的面,我不想与你翻脸,只问你一句话,谁是真正的血梅?"

"杨大将军。"田家庆却无意与他交头接耳地私聊,陡然提高了音量,苍白的脸泛出一抹病态的嫣红,"明军在反击了,若播州城破,这里的人谁也不可能幸免,血梅杀了那么多播州的要员高官,他除了是明军的人,还有其他的可能性吗?

"不妨告诉大家。"田家庆知道这一回合他落了下风,这让他在五司七姓面前的威信大打折扣,于是趁机打危机牌,把所有人都引入到不安中去,从而继续稳固自己的地位,"这只是个开始,接下来敌我双方都会加快清理细作,当谍战结束时,决战之日便来临了。别忘了海龙囤的地形已不是秘密,接下来我们必须齐心合力,将印晓天抓出来,以确保海龙囤的地形图不被泄露出去,不然的话,大家都得死。"

杨应龙见他高调地宣讲危机,便不再说什么。毕竟危机是确实存在的,而且他现在也没有证据证明血梅是田家的人,只得把戈青锋要了回去,算是自己给自己找了个台阶下,维护了播州之主的颜面。临走时,田宏仁佯装客气地送别杨氏兄弟,途中碰了下归无迹的手,低声交代道:"执行下一步行动,莫与杨氏兄弟单独照面,有危险。"

归无迹听了后,脸上依旧波澜不惊,然内心的震动却是不小。杨氏虽无法确认他就是血梅,但值此非常时期,他们本着宁错杀一百,亦不放走一人的原则,对他起了杀念。想到这里时，他的眼里闪过一道寒芒，下一步行动开始了，谁也无法摆脱田家庆布下的这盘大棋，想要杀我，只怕你们是腾不出手来了。

在播州府安顿好戈青锋后，杨兆龙回头来找归无迹，这才发现他早已失去踪影。杨兆龙再傻也觉察出问题了，便要上海龙囤去找杨应龙。临走时，戈青锋将他叫住了。杨兆龙回头问道："何事？"

戈青锋被折磨了一天，加上他的身体本来就不怎么好，被送到播州府时，就只剩下一口气了。好在他是有功夫底子的，经过一番调理后，已经醒了过来，听说归无迹不见了，可能与印晓天即将现身有关，情知自己无法亲自去寻印晓天，索性就把实情说出来，让杨氏兄弟去找，并解释说，之所以没在第一时间把归无迹的真实身份抖出来，是想利用归无迹报复田家。

杨兆龙自是相信他的，证实归无迹就是血梅后，咬牙切齿地道："田家庆那小杂碎为了夺权，杀我那么多官员，老子定教他碎尸万段！"

见杨兆龙急匆匆地走出去，戈青锋微微一声叹息。在被田家庆抓去的那一刻，他就已经准备好赴死了，至于血梅是谁，要不要去揭露他重要吗？尔虞我诈、你争我斗本就与他无关，他活着，形同死了，以怎样的一种方式离开这个世界，对他来说无关紧要。

在戈青锋叹息的时候，他似乎听到了另一声叹息。这屋里就他一人，是谁在叹息？戈青锋暗吃一惊，忍痛转过头去，扫了眼屋内，并没发现第二个人，正自惊讶，忽听有个声音传来："乱世之中，唯活下来的才是好汉，寻死觅活那是娘们所为。"

"你是谁？"戈青锋躺在床上身不能动，眼睛快速地移动着，奈何始终只闻其声未见其人。

"我是谁不重要，我是来告诉你，你没有被遗忘，天邦囤一役的惨败，也不是你的错。记住，你始终是一把刀，一把锋利的刺刀，就像刚才你告诉杨兆龙归无迹是血梅之事一样，此事只有从你的口中说出来，才会起作用，让杨田两家血拼。接下来这场旷日持久的战争会进入最后的决胜时刻，振作起来吧，戈暗使。"

听到"戈暗使"三个字时，戈青锋的身体陡然战栗起来，多少年没有人如此称呼他了？他记不起来了，他一直以为自己是孤军奋战。这种感觉就像是在地狱里，周围群鬼环伺，张牙舞爪，而在这样一个幽闭、黑暗的环境中，只有他一个是人，一旦被识破，他也将变成鬼，或者像现在这样被折磨得人不像人鬼不像鬼。

一年前，朝廷对播州用兵，他曾收到锦衣卫指挥使凌秋风的消息，让他配合明军打赢这场战争。没想到的是，那一役明军惨败，而那次的惨败对他来说，也是一次史无前例的重创。他曾试图向明军发消息，杨应龙要在天邦囤打一场伏击战，却没有人来联络他，他不知道该跟谁接头。

明军太好强了！他们以为对付区区一个播州，必然是手到擒来，所以将他晾在了一边，结果让猎鹰的消息提前抵达。杨应龙在知己知彼的情况下，打了一场漂亮的伏击战，使明军全军覆没。听到这个消息的时候，他极度沮丧，像是一个被爹娘抛弃了的孩子，望着茫茫苍天，欲哭无泪。那时他在想，他的作用究竟是什么呢？现实告诉他，一无用处。

几天前他又接到了凌秋风的消息，让他找印晓天。他努力了，而且即将成功，可谁承想又栽在细作手里。当得知明军在播州的联络站被端掉，当军营里的细作利用征南大将军的大印，制作了一封密函将他是细作的帽子扣实时，他想到了死亡。这种绝望并不仅仅是因为失去了未婚妻，他累了，孤独地行走了那么些年，他真切地感受到，很多事情是那么有心无力，包括自己的生死。

好在希望出现了。当他听到有人用血梅的名义行凶时，他知道希望出现了，他没有被遗忘，也并非孤军奋战，当身体不由自主地激动地战栗时，他居然发现自己在流泪。

"潜伏在军营的细作已经伏法，是刘将军身边的军师，接下来猎鹰也很快会伏法。"那人语气微微一顿，又道，"我现在就去要了杨兆龙的性命。"

戈青锋静静地躺在床上，心头从未如此平静过。此刻要是有酒就好了，他转目朝屋里扫了一遍，没有发现酒。当然，即便有酒他也是拿不到的，想到这里，他不由得咧嘴笑了一声。

第五天：亡命

一

印晓天寻了个隐蔽的地方睡了一天，被人叫醒的时候正在做梦。梦到杨三妹向他走来，脸上端着一种娇羞的笑，那笑容真的太美了，水一样的眼神瞟你一眼，又羞涩地闪躲开去，嘴角微微往上翘着，面若桃花，又娇又媚。印晓天嘻嘻笑着，直勾勾地盯着她看。

杨三妹走到他身边时，只觉香气扑鼻，这香味不仅仅只是胭脂香粉的味道，还有女人身上散发出来的独特而迷人的气味。印晓天闻着那气味，心神荡漾，喊了一声"三妹"，伸出手去，欲牵她的手。杨三妹轻轻一拍，娇嗔地挡开了他的手。

不知为何，杨三妹分明只是轻轻地拍了一下，然印晓天却觉得手背出奇地疼。睁开眼时，却看到了一张死人般的脸，你甚至能感觉到他脸上散发出来的森然寒气。印晓天急忙翻身坐起，正想怪他搅了美梦。归无迹忽寒声道："你想死吗？"

印晓天一怔，道："哪个想死？"

归无迹道："我曾交代你，天黑后就从这里走出去，你却在此做梦，就不怕被发现了后身首异处吗？"

印晓天站起来，拍拍屁股上的灰尘，理直气壮地道："你是小爷的哪门远房亲戚，如此关心小爷的生死？"

归无迹冷冷地道："你不相信我？"

印晓天嘿嘿冷笑一声道:"小爷凭什么相信你?"

归无迹转身,慢悠悠地往前走出去:"龙隐谷外有重兵把守,你是逃不出去的,既然你留恋此地,那就继续留着做你的美梦吧。"

印晓天一看他果真走了,急了,好不容易从下面逃出来,若困死在这儿,那就太不划算了,便跟上去问道:"你到底是谁?"

"你的引路人。"归无迹头都没回,走向前方不远处的一道山丘,边往前打探着边从草丛里摸出一套衣服,丢给印晓天,"这是播州士卒的衣服,换上,我会保证让你逃出去。"

印晓天看着他的背影,心想这一套果然跟在地穴时安排的套路是一样的,给了你希望,却又会给你制造更大的麻烦。他忽然想起那巨型计时器上面所刻的八字:一十一天,阳寿即尽。今天是第五天,距离大限还有六天时间,接下去会发生什么呢?

"逃出去后呢?"印晓天从小流落江湖,入宫后又在锦衣卫混,别的本事没有,那股机灵劲儿却非一般人所能及的,根本不相信归无迹是来帮他逃出去的,"'一十一天,阳寿即尽'究竟是什么意思?"

"走。"归无迹好像没听见他的话,观察了一番后,猫着腰往山丘后面走。

印晓天不知道走出龙隐谷后会面对什么,犹豫着究竟要不要跟他走。归无迹感觉到印晓天没有跟上来,回头道:"我理解你的怀疑,不过需要提醒你的是,我只是接到了上面的命令,把你从这里带出去,出去后的路还是需要你自己走。至于逃出去后会怎样,得看你自己的造化,我没时间一路陪着你。"

听他如此一说,印晓天越发好奇了,想问"上面"指的是谁。归无迹催促道:"到底走是不走,再不走恕我不奉陪了。"

"娘的!"印晓天骂了一句。不管如何先出去再说,当下脱掉身上的衣服,凑鼻端闻了闻,又酸又臭,往草丛里扔了,拾起地上的那套衣服穿着,学着归无迹,猫着腰跟在他后面走。

这条线路是事先安排好的,即便遇上了人,也都是田家的人,只当作没看见,放了他们过去,故走得十分顺利,不多久便出了谷口。这时候后关已遥遥在望,印晓天对海龙囤的地形早已熟记于胸,看到后关时,惊道:"那不是……"

"那里就是海龙囤后关。"归无迹未待他开口,又道,"有重兵把守,一旦被发现,插翅难飞,跟我来。"

印晓天这时候才真正相信,原来自己真在播州,关他的那溶洞,就在龙隐谷底下。此时，无数的问题再次泛上心头，是谁把他抓进去的？为何让他在洞中摸索了几日后，又指引着他出来，对方究竟有什么目的？眼前这个救他的人又是谁？

印晓天忍不住又看了眼归无迹。现在他唯一可以肯定的是，此人是播州某股势力的人，他说此番是奉"上面"的命令行事，毫无疑问这个所谓的"上面"就是把他关入地下溶洞的人。

"你是谁？"印晓天再次问道，话音里带了丝敌意和警惕。

归无迹没有说话，兀自低头往前走。

"你究竟是谁？"印晓天停下脚步，加重了语气。

"告诉你，从现在开始，你所遇到的每一个人，都有可能会要了你的性命。"归无迹背对着印晓天，冷冷地道，"除了我之外。"

印晓天有太多的问题要问，但是当归无迹说出这句话后，却又多了个新的疑问，"为什么我遇到的每一个人，都会来杀我？"

"一件道袍，一个模型。"归无迹冷哼一声，"还不够吗？"

"是你把小爷关进去的，是吗？"印晓天怒道，"为何要这么做，小爷和你有何仇何怨？"

"不是我，以后你就会明白的。"归无迹道，"再不走，被人发现你就死定了。"

印晓天虽还无法确定他是友是敌，但可以肯定，此人至少暂时对自己没有危险，便又跟着他走。

到了一个山坳，归无迹回过头来道："不妨告诉你，杨应龙也在追杀我，沿着这座山往东走出海龙囤地界就是播州城了，我只能送你到此。至于能不能活着走出海龙囤，就看你的造化了。"

印晓天见他要走，连忙道："你去哪里，何不……"他本想说何不带小爷一起走，归无迹却没等他把话说完，身子一纵向前扑出，只几个纵跃，便消失在了群山之中。

印晓天怔怔地看着他离开，如堕云里雾中，想了半天也没想出个头绪来，一屁股坐在地上，道："一个个装神秘耍小爷是吧？小爷也不是好耍的，出了播州城，我就去找明军，领着他们直接打上海龙囤去。"

从这边望过去，海龙囤上的各个关隘灯火通明，隐隐可以看到来往的巡逻队。印晓天不敢大意，借着山里的草木，慢慢地往前摸过去。他在龙隐谷底下的海龙囤模型走过一圈，对这一带的地形可以说是了然于胸，不出多久，便已抵达三圆山内。爬上一处制高点往前望，在三座大山中间的谷地，有一座很大的建筑，那里就是传说中的三圆山监狱。三圆山东麓外侧，即后关的西面，正是田家势力范围所在。现在，摆在印晓天面前最大的难题是，如何穿过三圆山，从田家的势力范围绕过去。

仔细观察了番三圆山一带的岗哨和巡逻情况，果然如他先前所想的那样，这一带的守卫十分密集，岗哨塔所遍布，巡逻之人几乎是不间断地来往走动。从眼前的防御情况来看，别说是人，耗子都过不去。

印晓天叹息一声，自言自语地道："怪不得之前听说明军没法从后关攻上去，似这等防御，兵力再多也是徒然。后关一旦报警，西关、土城、中门、北门等关隘，皆会层层响应，如何打得上去？"言语间，从怀里掏出枚野果，往衣服上擦了擦，张嘴便吃。

才吃了半枚野果，陡听得身后传来一阵嘈杂。急回身去看，后关方向似乎出了什么事情，人影幢幢，呼喝声、叱喝声不绝于耳。印晓天顿时来了兴致，把那半个野果子随手扔了，嘿嘿笑道："乱得好，小爷正好趁乱混过去。"当下急下了山，往后关方向跑。

却说杨兆龙骑着马，抵达海龙囤山下。此时已是鸡鸣丑时，乃天亮前最黑暗的时候，好在战时海龙囤上下处于战备状态，彻夜灯火通明。杨兆龙弃了马一路从铜柱关小跑上去，他人高马大的体力好，经铁柱关至歇马台，未曾歇过一口气，从歇马台到飞虎关的路相对平坦，杨兆龙站着喘息几声，继又往前。

过了飞虎关，乃是龙虎大道，甚是陡峭，虽筑有石阶，依然难行。好在杨兆龙走习惯了，加上有一身使不完的劲儿，走起来兀自疾步如飞。

正自低头爬着阶梯，杨兆龙忽觉头顶有风声，虽轻微，但习武之人都能听得出来，那是有人掠过空中时，衣袂迎风发出来的声音。杨兆龙暗吃一惊，此地重兵把守，哪个吃了熊心豹子胆敢来撒野？猛地抬头去看，同时手按挂在腰际的佩刀，随时准备动手。然当他抬头看到前面的情形时，那神情宛如见了鬼，整个人愣在那里，面无人色。

在距离杨兆龙一丈开外的城墙上站了一人，那是个七旬开外的道士，不仅须发如雪，连脸都是苍白的，没有一丝血色，即便是在火光下看起来，依然瘆得慌。身上的道袍脏兮兮的，还带着泥，像是刚从泥坑里爬出来的一般，他就那样直挺挺地站在那里，看不出一丝生气。

此时，城上的士卒都看见了，均觉得有些怪异，因见杨兆龙站着没动，他们也就没围上去。

那道士看了会儿杨兆龙，开口道："还识得贫道乎？"语气冷冰冰的，像是从地狱发出来的声音，沉闷且透着丝丝寒意。

杨兆龙周身一震："你怎么可能还活着？"语气里透着强烈的恐惧。

那道士嘴角一扯，像是在笑，然看上去却越发阴森恐怖："贫道早就不在人世，之所以现身，乃是有心事未了。"

"何……何事？"杨兆龙连说话都结巴了。

"替死在龙隐谷的那些人来取你性命。"那道士陡然厉喝道，"六道轮回，是非善恶皆有业报，贫道今晚是替天行道来了！"言落时，瘦长的身子陡然一跃，半空中十指箕张，兜头朝杨兆龙扑将下来。

杨兆龙本也是勇武之辈，在战场上更是神勇无匹，何曾怕过谁来？但当年修筑海龙囤时，龙隐谷下的所有工匠都是他杀的，且当时就出现了奇异事件，把他吓得不轻，故一直无法释怀。平时更不敢踏入龙隐谷一步，心结未解，又遇死去的人陡然出现在眼前，饶是一身豪胆，也忌惮冥冥中的因果业报，见那道士前来索命，或许是害怕，又或许是心虚，脚下不由自主地往后退。此一段路十分险峻，心慌之下，一脚踏空，整个人往后倒，头磕到石阶时，把他撞得眼前发黑，然这时候身体已无法自控，不停地往下滚。

众士卒见状，惊慌失措，顾不上害怕，有的赶下去救人，有的则抡刀持枪朝那道士围上去。那道士见杨兆龙往石阶下滚，估计不死半条命也没了，无意恋战，脚尖在城墙上一点，身子倒纵，往城外的山林掠去。

"何方妖道，敢来海龙囤撒野！"就在那道士往城墙外飞纵时，山上霍然传来一声娇叱，火光下一道红色的倩影借着蜿蜒的城墙，凌空飞纵，衣袂迎风，飘然若仙。众士卒见状，顿时一阵哗然，纷纷高喊："是小姐……小姐，快擒了那妖道！"

一晃眼，那道红色的倩影便已到了近前。只见她二九年华，肤若凝脂，面若桃花，双颊粉红，俏生生的甚是漂亮，只是脸上似有若无地罩了层寒霜，给人一种不可亲近之感。那姑娘瞥了眼那道士逃窜的方向，纤腰一拧，娇躯凌空，如玉般的手掐了个兰花指，轻轻一弹，火光下一道细小的精芒脱手而出，直奔前面那道士。

-175-

那道士虽在飞奔之中，兀自眼观六路，耳听八方，听得背后有利器破风之声，右脚在树干上一借力，身子斜飘，躲过了暗器。那姑娘的身手也不慢，早已跃过城墙，朝山下疾追下去。

杨兆龙一路从石阶上滚落，身子尚未停下来，人早已失去了知觉，及至被士卒救起，已是气若游丝，眼看着就要一命呜呼了。士卒们惊骇不已，向山顶传旗语，告知杨应龙。

将近酉时，然在这样一个不同寻常的夜晚，杨应龙岂敢安睡，一直坐在书房里，听禀从各路传来的消息，得知杨兆龙出事时，心头大震，霍地跑出书房，跑下山去。

抵达出事地时，杨兆龙刚好悠悠醒转，见得大哥，这粗野的汉子居然咧嘴笑了笑："大哥……给……你丢人了，娘的……我看……看见了玉贞子。"

"玉贞子？"杨应龙脸色一变，"他……"本是想说他不是早就死了吗？可见到弟弟伤成这般模样，料想不会看错，心想难道他当年没死？

如果玉贞子端的没死，那么海龙囤城防图泄密就不足为怪了。

"快，抬上去，找大夫！"杨应龙来不及多想，当务之急是要给杨兆龙治伤。

杨兆龙说了一句话后，越来越虚弱，眼前发黑，连景物都看不清了，喘息亦是异常困难，情知自己是不行了，便摇摇头："大哥，别忙活了，我估计挨不过去了，我……我是来告诉你，归无迹失……踪了，戈青锋说那狗娘养的正是血梅，是……是田家的奴才……大哥，守住海龙囤，莫使我们的家业丢了。"

杨应龙红着眼低吼了一句："说好的我们兄弟俩要做一番惊天动地的大事，明军压境，大事未了，你怎可说这等胡话！"

杨兆龙幽幽一叹，道："我……他娘的……要食言了。"

"给我振作起来！"杨应龙见弟弟的气息越来越虚弱，心头大骇，一把抱起他，往山上奔，"振作起来，大哥带你去找大夫，振作起来……"他一边跑一边喊，眼睛红得像兔子一样，眼里蕴着泪，嘴巴夸张地张开着，疯了一样往前跑。

奈何杨兆龙的体形实在太高大，慢说是抱着，即便是背着他，也未必能跑出多少路，更何况上山的路俱是陡峭的石阶。饶是杨应龙有一身的力气，也撑不了多久，脚下一个不慎，摔了一跤，兄弟俩一同跌倒于地。

跟在后边的士卒急忙上去扶，杨应龙一把将众人推开，翻身去看杨兆龙，见他全无声息，意识到不妙，颤抖着手往他的鼻端一探，已然没了气息。杨应龙猛地缩回手，怔怔地愣了一下，随即一声悲呼，声泪俱下，"二弟啊……"

没一会儿，大夫赶到了，见到杨兆龙的样子时，知道已死，便站在旁边唉声叹气。杨应龙哭了会儿，抬头时正好看到旁边站着的大夫，陡然起身，从士卒手里夺过刀，厉喝一声，插入他的腹部，刀锋直透后背："我弟死了你才来，我要你何用！"他本就凶残，此时脸上因了悲痛而抽搐扭曲，更是若凶神恶煞一般，一脚踢开那大夫的尸体，拔刀出来，转身朝山下大喊，"我不管你是神还是鬼，今日之血债，我杨应龙即便上天入地也要讨回来！"

二

印晓天跑了一段路，因穿着士卒的衣服，一路上没遇到什么麻烦，到了海龙囤南面的南城门下。这一带虽然没有北门那么险峻，更无山涧断崖挡路，但山路崎岖，怪石嶙峋，晚上委实不太好走。

印晓天记得，从南门一直往东，就是绣花楼了。那是海龙囤给他留下印象最为深刻的地方，心想小爷路过那儿时，会不会凑巧遇上杨大美人儿？如此想着，嘴角情不自禁地扬起一道弧线，眼前出现了杨三妹那娇俏的模样。想着那从未谋面的美人儿，或许是他这段冒险之旅中唯一美好的事情了。

正自胡思乱想，抬头看时，陡见山上飘来两条人影，在月牙儿淡淡的光辉映射下，虽不能看得很清楚，但依然可以辨得清。前面那条黑影身子瘦长，身法极快，若夜枭一般，借着林中的树木跳跃飘飞自如；后面那条人影在月辉下呈现出一条淡淡的红色的影子，身材娇小，同样是在林间跳跃，但这条人影看起来却曼妙婀娜，翩若惊鸿，颇有点儿仙气。印晓天愣了一下，脑海里瞬间想到，不会是杨大美人儿真的出现了吧？

想到这个，不知为何，印晓天的心居然怦怦直跳，莫名紧张起来，连他自己都怀疑是不是激动过头了？

倒不是说对一个不曾谋面的人动心，就是个登徒子。他藏着杨三妹的画像多日，闲时便取出来看看，打发寂寞或令他恐慌的时光，这种感觉是十分微妙的。那尚未谋面的姑娘下意识地成了他的一种精神寄托，与其说这是种情感，倒不如说是一种希望更妥帖些。在漫无边际的黑暗中，在不知道自己是否能活着走出去的绝境里，任何一个人或事物，都有可能会成为心中巨大的慰藉和依靠。

印晓天停下脚步，心中带着种强烈的期许，仰头望着山上的两道人影飞跃而来。不消多时,那两个人距印晓天已不远了,后面那姑娘在树上一借力,娇躯霍地一弹,在星空的衬托下,那俏丽的身影像极了从天而降的仙女,长袖飘飘,美艳不可方物,把印晓天看得呆了。这时候,只见那姑娘纤臂一扬,月辉下闪过一道精芒,很细,若流星一般快若电闪。

印晓天见她露出这一手,越发断定来人就是杨三妹,心头越发紧张了。秋夜凉如水,而他此时竟莫名地热血沸腾,暗忖前面那人是哪个不识相的阉货,竟惹得杨大美人儿如此生气,倘若真敢往这边来,小爷少不得要出手替杨大美人儿出出气了!

思忖间,只见前面那条黑影背后似长了眼睛一般,身子一晃,躲过了后面的暗器。印晓天见状,吐了吐舌头,心想来的是个硬货啊!然想到日思夜想的美人儿就在眼前,怎么也得表现一下,把牙齿一咬,暗暗给自己打气:你个阉货,只要敢往小爷这边来,定擒了你给杨大美人儿出气!

也不知是不是巧合,前面那人居然真的往印晓天这边飞奔。印晓天见状,俯身抓了块石头在手,目不转睛地看着那人,只待合适的时机出手。可是那条黑影实在太快了,只一晃,便到了近前,印晓天刚想出手,那黑影似乎早发现了他,扬手就是一掌,刚巧扇在印晓天脸上,直把他打得七荤八素、眼冒金星,未及回神,只觉身体已然悬空,低头一看,居然已被那条黑影抓了,提着衣领奔走。本是想要在杨三妹面前表现一下的,哪承想对方连出手的机会都没给他,像提了鸡似的轻而易举地提了他就走,端的是丢人丢到了姥姥家,破口骂道:"阉货,有本事放小爷下来,小爷定打得你连爹娘都不敢认!"

那人随手一扔,把印晓天扔在地上,一个转身落地,抬脚就踩在他身上。此时,后面的那姑娘也到了,与那黑影对峙着。印晓天脸贴着地,连嘴巴都歪了,斜着眼往上瞧。只见那姑娘一身红衣,娇俏冷艳,许是角度的关系,从下边往上瞧,只觉得她的腰特别纤细,下巴尖尖的,在月光下看起来如羊脂一样白,秀发在夜风里微微拂动着,眼眸如水,滴溜溜地转动间,灵动而高傲,端的若神仙一般又迷人却又不可亲近。

不过这符合印晓天对杨三妹的想象,飘然若仙,不食人间烟火,高贵而冷艳……印晓天仰望着她,激动的同时,又有些惭愧,本来是想好生表现一番的,不想竟让人踩在脚下,以这种奇糗无比的方式跟她见面了。

"有种放开小爷,与小爷打上三百回合!"印晓天放着狠话,想在杨三妹面前挣回些面子,"告诉你这个阉货,小爷也是练过的,敢吗?"

杨三妹看了眼被那道士踩在脚下的人，见他穿着播州士兵的服饰，柳眉一竖，道："把他放开！"声音清脆悦耳，带着一股不容抗拒的冰冷语气。

那道士僵硬苍白的脸皮扯了一下，冷笑道："你若再缠着不放，休怪贫道不客气了！"

杨三妹虽是女流之辈，然气势却不输于人，道："你觉得你能逃得出去吗？"

那道士耳听得嘈杂声越来越近，知道是附近的守兵追过来了，无心与她逗口舌之能，脚下一动，把印晓天踢了出去。印晓天一声痛呼，身体径朝杨三妹飞过去。杨三妹玉臂一伸，在半空中把他接住，看都没看他一眼，随手往地上一扔，呼地一掌朝那道士拍将出去，与此同时，掌心吐出三枚银针。

那道士右手一震，手中的拂尘抖展开来，把那三道精芒卷入其中，口中一声轻叱，拂尘的尘丝在他内劲的催动下，根根张开，袭向杨三妹。

印晓天被人像球一样踢来抛去，浑身酸痛，但在杨三妹面前，他也不甘示弱，挣扎着起身，喊道："牛鼻子老道，看小爷怎生收拾你！"扬起拳头往前奔。然他那三脚猫的功夫，别说是攻击了，想靠近对方都难。不过这一次倒是叫他看清楚了那道士僵尸般苍白的脸，惊恐的同时，亦使他吃惊不已，因为这张脸他是认识的，嘴里情不自禁地发出"咦"的一声。

激战中，那道士瞟了眼印晓天的神色，瞧那眼神，分明是认出了自己的身份，不觉暗自好奇，这小子的年纪不过二十岁左右，如何能认出我来？由于分了神，让杨三妹乘虚而入，连退了数步。看到印晓天愣在那儿，那道士一伸手，想把他抓过来。杨三妹岂容他得逞，手一扬，打出一枚银针，再次将对方逼退。

嘈杂声越发近了，那道士情知恋战不得，抽身而退，只几个纵跃，便消失在林子里。这时候附近的士卒业已赶到，往那道士消失的方向追上去了。杨三妹知道那道士是高手，即便追上了也未必能拿下，因心里惦记着杨兆龙，没再往前走，反身回去。

印晓天好不容易见到杨三妹，怎肯轻易放过这机会，脱口叫道："杨大美人儿！"

杨三妹转过身来，奇怪地看着他，在播州别说是一个小小的士卒了，即便是五司七姓的人，也不敢如此轻蔑地喊她，柳眉一竖，叱道："你在叫我？"

印晓天见她俏脸含威，忙不迭收起嬉皮笑脸的样子，正色道："是哩！"

"你是谁？"杨三妹从他的言行中猜出此人可能不是海龙囤的士卒，俏脸一寒，冷冷地问。

印晓天这才意识到自己太激动了，毕竟现在的身份是播州的一名士卒，这般称呼她不免唐突了，忙道："三小姐莫怪，小人得罪了，这就告辞。"说完，头一低，欲转身离开，没走两步，只觉眼前人影一闪，香风扑面。印晓天闻着那怡人的香味，心头一荡，心想漂亮的姑娘，果然与众不同，连身上的味道也是这般好闻！

"说清楚再走！"

印晓天抬起头，暗暗地大口吸气，只觉那香味能让人沉迷，连看她的眼神也不由得迷离起来。杨三妹到底是女人，看到他的样子，早已敏感地感觉到他在想什么，叱道："好你个登徒子，找死！"右掌一立，朝印晓天拍去。

印晓天大吃一惊，着急忙慌地往后退，脚后跟被石头一绊，仰天而倒，头部落地时磕得他七荤八素，叫苦不迭。杨三妹走上两步，扣了枚银针在手，厉声道："若不再说实话，你就永远没有机会开口了。"

"我说，我说……"印晓天躺在地上连连摇手，"我叫印……尹晓风，确实不是这……这海龙囤的士兵。"他生来机灵，想起归无迹与他说的话，便信口编了一个假名。

杨三妹见他果然不是士兵，脸上杀气陡盛，道："你是何身份，来此作甚？"

印晓天道："如果我说，我睡了一觉，醒来后就发现躺在播州了，你信不信？"

杨三妹见他还在胡说八道，手一扬，便要把银针打出去。印晓天急道："且慢动手，我说的是真的，你看看这个。"说话间，从怀中摸出在龙隐谷下面拿来的画像，展开来给杨三妹看。

杨三妹一看，脸色越发难看，这小子不光是个轻佻的登徒子，还色胆包天，居然贴身藏着她的画像，这要是传将出去，教她日后怎生见人？便想杀了他灭口。印晓天善于察言观色，早看出杨三妹起了杀念，抖着那幅画像叫道："小姐莫急着动手啊，难道你不想知道我是从何处得来的这幅画像吗？"

杨三妹不由得问道："从何处得来的？"

印晓天龇牙咧嘴地支起身子，拍拍屁股，反问她道："你猜不出来吗？"

那画像是田家庆安排人放在模型上面的，杨三妹自然猜不出来，便摇了摇头。

印晓天见她摇头，反而觉得奇怪了。按理说龙隐谷下的模型是杨应龙命人造的，里面放了这幅画像，杨三妹不应该不知情，难道放此画像的是另有其人？思忖间，印晓天又看了眼手中的画，被他看出些端倪来了，海龙囤兴建改造至今，已有些年头了,如果画像是改建之时放进去的,怎么也会发旧沾灰,但这幅画看上去明显比较新。

印晓天心头暗自一沉,莫非这中间也有蹊跷?是有人故意安排让他与杨三妹相识?如果真是这样的话,以他这些天的经历来判断,这可能也是个阴谋,只是他暂时还想不透,认识一个姑娘,还是一个貌美如花的美人儿,与阴谋有什么关系?

杨三妹上上下下地打量着他,见他沉默不语,眼珠子却滴溜溜地转着,料想不安好心,又要以银针招呼。印晓天迭连告饶,边求她莫动手,边思着应对的方法。以印晓天的经验来看,这姑娘看上去冷冰冰的,功夫也不错,其实涉世未深,很是单纯。但是涉世未深不代表好骗,若要说这幅画是在路上捡来的,那是决计糊弄不过去的,反正前面已经说了自己是睡了一觉便来了播州之类的话,便说道:"我睡了一觉醒来后,不仅发现自己在播州,身边还有一幅小姐的画像,你说怪是不怪?"

杨三妹不相信有这等怪事,自是不信,冷哼道:"既然你不想说,那就永远闭上你的臭嘴吧!"

印晓天见她动手,转身就跑。可是以他的修为,如何跑得过杨三妹?没跑出几步,便教她拦住了去路,只见她寒声道:"还想骗本姑娘吗?"

印晓天苦着个脸,装出一副可怜状,叫道:"小姐明鉴,我本是京城里一名打杂的小厮,也不知哪个阉货跟我开的玩笑,将我带到播州来了。这些天我做梦都想回京城,好与亲人团聚。小姐若是好心,将我带出这鬼地方,教我回到京师去,我定将小姐若菩萨般供起来。"

杨三妹毕竟涉世未深,见他那副可怜状,心就软了下来,但海龙囤毕竟不是寻常所在,不是谁能想来就来想走就走的。这小子说自己睡了一觉便发现已在播州,身边还有一幅她的画像,实在太过蹊跷,便又问道:"你醒来时具体在哪个地方?"

印晓天一愣,心想没想到这小娘们还不怎么好糊弄,道:"大约十天……或是十几天前,我与一兄弟喝酒,喝醉了,醒过来时,发现躺在一间漆黑的密室里。我害怕啊,于是就到处乱闯,花了五天时间,九死一生,这才走出来的。"

"密室在哪里?"

印晓天眼睛骨碌碌地转着,心想要是说在龙隐谷,小爷铁定得死在杨大美人儿手里,但要命的是他对播州完全是陌生的,想编个地方都没法编,只得往前面一指，道："就在三圆山附近。"

三圆山附近基本是田家的势力范围，莫非这小子的出现跟田家有关？杨三妹想不明白究竟是怎么回事，瞟了眼印晓天，说道："我姑且信你一次，随我去王宫吧。"女人毕竟心思细腻，心想不管这小子是不是印晓天，其形迹可疑，带回去让大哥问问总是不会有错的。

"我倒是想跟着小姐回去哩，这些天贴身藏着小姐的画像，日思夜想的，自然是想和小姐多亲近亲近。"印晓天嬉皮笑脸地道，"可是上了海龙囤，我还有命能活着回来吗？"

"你再敢胡说，本姑娘现在就要你的性命！"杨三妹呵叱道，"不管你愿是不愿，都得跟我上山。"

印晓天见她涨红着脸一副娇嗔的样子，越发来劲了，笑道："小爷倒是听说过，有抓姑娘上山去当压寨夫人的。莫非你见小爷风流倜傥、气宇轩昂，天生有一股不凡的气质，便想抓了去当压寨官人不成？若真是如此，小爷倒是可以冒一冒险，大不了舍身……"未及印晓天说完，杨三妹的玉掌早已拍到。

印晓天虽只有些三脚猫的功夫，可人灵活，闪了过去，转身往林子里面跑。杨三妹冷哼一声："跑？你能跑得出本姑娘的手掌心吗？"脚下轻轻一点，跃将过去。

印晓天本是打算跟杨三妹玩玩的，倒不是说他真是登徒子，见了漂亮姑娘便起劲儿，而是杨三妹在他心里有特殊的地位。在龙隐谷地穴步步惊心，历经了九死一生，杨三妹的那幅画像给了他极大的心理安慰和支撑，让他心安了，也没那么恐惧和害怕了。在此之前，他虽没见过杨三妹的面，也不敢奢望真的能见到她，但是她确确实实已驻扎在他的心里面了。现在居然真的见到她本人了，他喜出望外，而杨三妹冷艳不可亲近的样子，让他下意识地想引起她的注意，期望能与她多待会儿。不承想刚跑进林子，倏地落下两条黑影来，里面黑乎乎的也看不清究竟是哪路人，倒真是把印晓天唬了一跳，心想要是杨应龙的人，小爷今晚就得交待在这里了。

杨三妹以为那两个人应该是海龙囤的守兵，刚想喊"抓住那小子"，不想那两个人径向她跑来。这时候距离近了，已能看清是两个黑衣劲装的蒙面人，不由得暗吃一惊，今晚连续出现劲敌，在如同铜墙铁壁一般的海龙囤掀起轩然大波，究竟是怎么了？思忖间，娇躯一纵，随手便打出两枚银针，直奔那两个黑衣人。

那两个黑衣蒙面人的举止大出印晓天的意料，心想在播州还有人来救小爷？

他生性机灵，很快就明白过来了。这套路和手段与在地穴时一模一样，在制造困难的同时又给你点希望，看来他依然在背后那人的控制之中，一十一天阳寿即尽的魔咒也尚未摆脱，他甚至可以猜得到，过了这一关后将面临更大的挑战。

"娘的！"印晓天骂了一句，在地穴时孤身一人无法破坏规则，如今有杨三妹帮忙，莫非还不行吗？他想挑战一下，嘴上却喊道，"打架拼命是老爷们的事儿，你走开！"跑了上去。然尚未近得对方的身，便被一位黑衣人一掌打在胸口，亏得是那黑衣人并未使出全力，只是想给他个警告而已，印晓天噔噔噔连退数步，脚后跟被石头一绊，跌坐在地。

杨三妹见状，倒是对这小子另眼相看，虽说不经打，血性还是有的，而且在明知不是对方敌手的情况下，依然不管不顾往前冲，更是难能可贵。在杨三妹的思维里，黑衣人是冲她来的，有人想夺杨氏的权，因此害了杨兆龙后又来对付她，故印晓天做出如此举动时，她是心存感激的，长袖一舞，从袖子里飞出一枚银针，挡退那黑衣人，如水的眼眸横了眼印晓天："明明是草包，还来逞强！"纤腰一拧，绕到印晓天左侧，拉起他的手就走。

印晓天拉着她的手，只觉她的手暖暖的、软软的，捏着说不出的舒服，心头不由得怦怦直跳，脸上不争气地热了起来，不由得暗叹：印晓天啊印晓天，你没碰过女人吗……哦，好像真没碰过……但没吃过猪肉，总见过猪跑吧？见过了许许多多，不计其数，怎地到了女人跟前就脸红心跳，怎地不争气？

正自胡思乱想，那两个黑衣人已经追上来了，印晓天心里明白，杨三妹若非牵着他，只怕早摆脱黑衣人了，回头喊道："他娘的别跟着了，小爷要和杨小姐回家过日子去了！"在他的眼里，杨三妹虽若冰美人一般不可亲近，但女人再厉害，男人总是有办法对付的，因此让杨三妹带走了，他一点儿也不担心，总好过落在那两个黑衣人的手里。

杨三妹银牙暗咬，拉着印晓天跑本就费劲，听得他说要回家跟她过日子去了，气不打一处儿来："你这登徒子，回去再与你算账！"

"好好好！"印晓天牢牢地牵着她的手，迭连点头，"回家后任由你收拾便是。"

杨三妹平时虽然总板着脸，但到底是未出阁的姑娘，听了那话，脸上不由得浮上一抹红晕："再乱说就把你舌头割下来。"

印晓天顺杆往上爬，道："好，等回了家再割。"

杨三妹回头见那两个黑衣人越追越近，情知带着印晓天很快就会被追上，一时急了，松开他的手道："你滚吧！"言下之意是说，反正他们也不是冲着你来的，没必要跟着我瞎跑。

印晓天心里若明镜一般，那黑衣人乃是为他而来，如果真这么走了，心中不忍，而且刚与杨三妹见面就这么分开，也是有些不舍。以他这几天所经历的事情分析，黑衣人断然不会要了他的性命，倒不如在这儿逗逗英雄，给杨大美人儿些好感，亢声道："男子汉大丈夫，岂能舍下自己的女人独自逃生，要死一起死！"

杨三妹俏脸绯红，啐了他一口："你个口没遮拦的登徒子，哪个是你的女人？"

说话间，那两个黑衣人已然追上来。杨三妹把心一横，回身与那二人展开恶斗。按照她的想法，只要能撑得一时，待海龙囤里的士卒到了，危机自解。可惜她低估了那两个黑衣人的身手，二人一个使拳，一个用刀，一个近身缠斗，拳头始终照着要害招呼，一个在外围策应，大片的刀光不离杨三妹周身，封其退路，配合得天衣无缝。十招之后，杨三妹已然左支右绌，眼看着就要支撑不住了，见印晓天还是没走，在旁边碍事，心下暗暗叫苦。

印晓天武功不济，脑子却好使。他看得出杨三妹撑不了多久，便趴下在地上抓了两把土，往那两个黑衣人身上撒。那两个黑衣人乃是当世高手，做梦也想不到他会使这等流氓手段，因不及防备，土入眼睛，下意识地收手去抹。

"快走！"趁这当口，印晓天拉了杨三妹的手就跑。他自然不会往海龙囤方向去，径向东走。杨三妹问道："你这是要去何处？"

印晓天道："现在海龙囤到处都是高手，咱们先找个地方避避。"其实是根本没打算去海龙囤见杨应龙。他心里非常清楚，自己身上背负着道袍上的秘密，又知道了海龙囤的构造，到了杨应龙手里，必死无疑。

诚如印晓天所预想的那样，再强悍冰冷的女人，总有男人可以制服她。杨三妹心里想着要带印晓天去见杨应龙，但一来确实如他所说，今晚有些异常，连杨兆龙也栽了跟头，海龙囤的确到处都是高手，二来连她自己也不知道为什么，居然任由他牵着手走。

这种感觉是十分奇妙的。她平时一直隐居于海龙囤绣花楼里，即便这段时间播州与明军对峙着，整体氛围高度紧张，她依然把自己关在绣花楼。若非是今晚迭连出事，海龙囤上下人声鼎沸，把她惊动了，估计依然不会迈出闺阁半步。可是，再怎么装作冷漠、坚强，甚至摆出一副无情无欲的模样，少女的内心其实都是一样的，希望有个强壮的负责任的男人，带着她穿透重重险阻，去追求梦幻中的幸福。

印晓天并非属于那种强壮的男人，但在杨三妹的眼里，他依然表现出了男人该有的血性。莫看他嘴上喜欢胡说八道，可在关键的时候他没有跑，而是与她一起想方设法摆脱那两个强敌，牵着她的手一起走。

这种奔跑的感觉，似乎很符合少女的想象，亦触动了她内心的柔弱处，于是心甘情愿地由他牵着走。

由于这一带山冈纵横，丘陵起伏，草木茂盛，趁着那两个黑衣人眼睛进沙子的机会，一路狂奔，终于摆脱了追踪。

此时应快到卯时破晓之际了，一弯弦月坠西，斜挂在微微发亮的天空。印晓天抬头在周围看了看，只见左侧山巅之上，屹立着一座红檐赤瓦的楼台，楼里挂着红幔，在青山断崖之上看起来异常醒目，回头朝杨三妹道："那就是你的绣花楼吧？"

杨三妹瞟了他一眼，俏脸依然冷冷的，道："走吧。"

"去你的闺阁吗？"印晓天嘻嘻笑道，"这么快就去你的房里，不太好吧？"

"你个登徒子，上了山后非撕烂了你的嘴不可！"杨三妹拉了他的手就要走。

印晓天自然知道她是不可能真的带他去闺房的，便与她耍赖，说道："小爷好歹是个正经人，即便是要入姑娘闺房，那也得明媒正娶过后方才使得，在这之前，断然不敢冒犯姑娘。"趁着杨三妹害羞，挣脱了她的手，一跳跳开，远远地看着她。

杨三妹险些被气得背过气去，怒火上涌，出手便要打。却在这时，忽然嗖嗖几声，数支利箭一起射来，其中一支直奔印晓天。别说印晓天没有防备，就算他事先预防到了，也未必能躲得过去，一箭正中前胸，微微愣怔了一下，仰头栽倒。

杨三妹大吃一惊，纵身躲开。回头看时，只见五个蒙面人手持弓弩，对准了她又射。杨三妹功夫再好，也斗不过那利器，看了眼倒在地上的印晓天，借着树木逃窜。

那些黑衣人没去追杨三妹，走到印晓天面前停下，背起他就走。印晓天忍着剧痛叫道："放小爷下……"未待他把话说完，旁边一人往他的头上一拍，就晕了过去。

三

　　天亮了，早霞染红了东方。

　　王宫外的一座偏殿内，放着杨兆龙的尸首。杨应龙坐在弟弟的尸体旁边，怔怔地看着那张已然失去血色的脸，五内俱焚。这个晚上对他而言，是难忘的，悲痛的，也是耻辱的，他紧紧地捏起拳头，牙齿咬得格格作响。自他主掌播州以来，何时受过这般耻辱？从现在已知的情况来看，昨晚的事情是有预谋的，除了那印晓天外，那老道以及几个不知名高手的陡然出现，不可能是巧合，是田家，田家开始行动了！

　　不多久，杨三妹走了进来。杨应龙微微一愣，身子动了一下，似乎想要掩盖杨兆龙的死讯，不想让妹妹伤心，然随即想到人已去了，怎么能够不让她知晓呢？又愣在那儿，手足无措。

　　杨三妹看到大哥的神情，已然意识到不妙，目光一转，看到杨兆龙直挺挺地躺在那里，没有一丝生气，悲从中来，厉叫一声，往杨兆龙的尸首扑上去。

　　听着妹妹的哭声，杨应龙的眼睛又湿润了。他杀人如麻，取人性命连眼睛都不会眨一下，然而连他也没想到，自己竟然无法承受失去亲人之痛。

　　"二哥……"杨三妹扑在杨兆龙面前，声泪俱下，"三妹对不起你，竟不知你就这么走了，连最后一面也不曾见着，还让那妖道跑了，不能给你报仇，三妹对不住你啊……"

　　杨应龙走上去，握着杨三妹的肩道："三妹莫哭，你这般伤心欲绝，若二弟泉下有知，亦会心痛。来，起来。"他把杨三妹拉起来，让她在椅子上坐下。

　　杨三妹却依然没从悲痛中走出来，双手掩面，悲恸不止。杨应龙叹息一声，问道："你可看清那妖道的脸了吗？"

　　杨三妹抬起头，点了点头。杨应龙道："二弟说那妖道是玉贞子。"

　　杨三妹抹了把眼泪，道："那妖道是易了容的，并非玉贞子。"杨三妹虽涉世未深，但到底是习武之人，一眼就能看出昨晚那人面部僵硬，乃是易了容的。

　　杨应龙惊道："三妹是说有人装神弄鬼害死了二弟？"

　　杨三妹肯定地点了点头，说道："大哥，我在山下遇见一个人，叫尹晓风，说是自己在京师喝了一场酒，然后就莫名其妙地让人掳至播州，醒来时发现自己躺在三圆山附近的一间密室里，身边还有一张我的画像。"

"真有此事？"杨应龙眉头一动，问道，"他人呢？"

杨三妹把山下遇到的情形细细说了一遍。杨应龙听完，不由得迷惑起来，心想这个人会不会是印晓天？昨晚连续出现多位神秘人物，说不定就是田家庆为印晓天的出场而搞的鬼。但是从杨三妹的描述来看，那小子是个草包，田家庆会利用这么一个人实施行动？

"那个人可能就是印晓天。"杨应龙道，"若是下次再遇上，把他带回来让大哥看看。"

杨三妹愣了一下，难道自己被骗了？随即她很快意识到大哥的想法可能是对的，昨晚出现那么多黑衣人，可能就是为那小子而来。

想到此处时，眼前便浮现出印晓天的模样，心里暗暗地想：你小子给我等着，再让本姑娘遇上，便不会再让你逃了。

印晓天醒过来的时候，已是中午了。发现自己躺在一座树林里，旁边还坐了个人，正是那天在龙隐谷里将他带出来的归无迹。不过他现在头上戴了顶藤制的大帽，若非印晓天正好是躺着，从下往上看，否则很难窥其真面目。

"是你！"看到那张死人一般毫无生气的脸时，印晓天也是一脸丧气，"小爷本与杨大美人儿打情骂俏，快活得紧，你非要一厢情愿地把小爷救出来，到底要做什么？"

"上了海龙囤，你只有死路一条。"

"嘿嘿！"印晓天耸耸肩冷哼两声，"牡丹花下死，总比死在你手里强。"

"跟着我，你不会死。"归无迹语气冰冷，犀利的目光透过大帽逼视着印晓天，"就像这一次，若非是我从杨三妹手里把你救出来，此刻你已经是尸体了。"

印晓天看了眼自己胸前的箭伤，已被包扎过，骂道："你别在小爷面前假惺惺地装好人了，那些黑衣人都是你派去的吧？"

"是的。"归无迹道，"以这种方式把你救出来，是在保护你。"

"你究竟是谁？"

"这个问题在我们第一次见面的时候，你已经问过了。"

印晓天支起身子，坐在地上，怒道："你把小爷抓到龙隐谷，又不让小爷死在里面，耍猴一样耍了小爷整整五天，还没耍够吗？"

归无迹居然坦然答道："还没有。"

印晓天彻底被激怒了。这里发生的事，其实与龙隐谷地穴里所经历的如出一辙，害他、坑他，把他置于死地，却又在关键时刻帮他一把，不让他死透了："你究竟想做什么？"

"你没看出来吗？"归无迹道，"这是一个逃生游戏，从你进入龙隐谷地穴的那一刻起，这个游戏就开始了。"

"逃生游戏！"印晓天一惊，密室里那座巨型计时器倏然在眼前浮现出来。他人虽离开了那里，可时间不会停，不管你是否愿意，时间一直在无情地流逝。今天是第五天了，那座计时器上刻有初五的暗楔应该缩进去了吧？

"你是说，小爷必须逃过剩下的六天？"

"没错。"

"可你为何要出手相救呢？你若是不出手，慢说是逃不过这一关，小爷连地穴都出不来。"印晓天冷笑道，"你是不是违反了游戏规则？"

"没有。"归无迹道，"在这场游戏里，你我都有不同的任务，我的任务是杀人，你的任务是亡命。"

"他娘的！"印晓天骂了一句，"照你这么说来，咱们还是一条线上的兄弟啊。既然是兄弟，总该让我知道你叫什么吧？"

"我叫归无迹。"

"归无迹。"印晓天念了一遍这个名字，问道，"那做这个游戏的目的是什么，赢了会有奖励吗？"

"如果六天后你还活着，自然会知道。"归无迹冷哼一声道，"至于奖励，若活下来了，你便捡回了条性命，这个奖励还不足以让你惊喜吗？"

"惊喜，太他娘的惊喜了！"印晓天气愤地点着头。

归无迹起身往树林外面走："接下来会更加凶险，祝你好运！"

"你又要走？"

归无迹停下脚步，背对着他道："莫非你希望我陪着？"

印晓天连忙摇手，嫌弃地道："你还是走吧，越远越好。"

"最好也别让杨三妹来陪你。"归无迹冷冷地交代道，"此花虽美，然有刺，你会死在她手里。"

"总比死在你手里强。"印晓天骂道，"滚吧！"

看着归无迹走远，印晓天找了个隐蔽些的地方，坐将下来，心想小爷现在受伤了，暂时不玩游戏了，等过两天再说。想到此处，忽然灵光一现，自言自语地道:"小爷要是躲在这里不走了,这个游戏他们还能玩得下去吗?好像也不行,小爷掌握的海龙囤模型正是明军所需,龟缩于此,置国家安危于不顾,岂是大丈夫所为?况且小爷我素怀鸿鹄之志,生来就是块当盖世英雄的好料,躲在此地,对得起哪个?"

"罢了罢了!"印晓天似乎自言自语上了瘾,装出一副忧国忧民的模样,"国家有难,匹夫有责,小爷此时不出手,实有负于天下百姓也。"

印晓天自言自语了一番,起身要走,扯动伤口,传来一阵钻心的痛楚,便又坐下道:"大白天的出去,无异于送死,战争须讲究策略,盲目地出去拼命,莽夫也。先睡一觉,待天黑了再行动不迟。"找到了高大且合适的理由后,便心安理得地躺在地上睡了。

将近午时,杨应龙让杨三妹去休息了。杨三妹临行时交代让他也去休息,杨应龙虽口头答应了,却如何睡得着呢?杨兆龙被害对他的打击实在太大了。如果王图霸业要以亲人的牺牲为代价,踩着他们的尸骨踏上王位,睥睨天下时,发现居然是孤家寡人一个,究竟值是不值?

如此想着,越想心中越乱,脑袋嗡嗡作响,便闭目假寐。没多久,外面传来嘈杂声,杨应龙睁开眼,霍地起身,若是有人敢在这时候来闹事,倒正好泄了心中的郁结之气!

走至偏殿门外,见是一个儒士模样的人不顾士卒阻拦,硬闯过来。杨应龙定睛一看,只见那人四旬左右,颔下留了一缕青须,身穿一袭黑色交领道袍,脚踏双青色布鞋,穿得朴素,与常人无异。然杨应龙看得出来,此人目光如电,气宇不凡,非是常人,因不知是友是敌,高声道:"来者何人?"

那人哈哈一笑道:"沧海一飘萍,但知人间事。梅花落满城,游士解倒悬。"

杨应龙听得一知半解,但他知道海龙囤关隘上下数十重,连只老鼠都爬不上来,此人到了王宫外,故意让士卒拦着未曾硬闯,至少说明他没有恶意。眼下内外交困,杨兆龙的死告诉他,已经到了生死存亡的重要关头,不妨听听那游士有甚说法,当下叫士卒让路,请那人进来。

入了偏殿,那儒生瞟了眼躺在一边的杨兆龙的尸体,捻须不语。杨应龙请他入座,道:"看得出先生是高人,不知有何赐教?"

"血梅是田家的人。"那人开门见山,目光炯炯地看着杨应龙道,"杨田两家已势同水火,到分生死的时候了。但眼下明军压境,倘若两家在这时候火拼,播州必破。你等对此局势均心知肚明，故谁也没有抢先动手。然田家庆非寻常人，他表面上虽未下手，暗中却早在策划。想来大将军也已猜到印晓天就是他的一招绝杀技，若成功，播州便要易主了。"

他分析的局势明眼人都能看得出来，并非什么独到的见解。杨应龙虽狠，却非鲁莽之辈，便道："明军就在城外，播州即便要易主，也不一定就是他田家来主掌。"

那人摇首道："若此战明军败，朝廷就不一定有能力和精力再攻播州了。"

杨应龙闻言，心下暗自一惊。此话着实是一语惊醒梦中人，要知道是时万历帝已然发动了两场大规模的战争，播州之役于朝廷而言可谓是强弩之末。若胜则罢了，若败了想要再次发动战争，只恐财政无法支撑。当前形势下，他若无力翻盘，日后播州岂不就是田家的了吗？

那人见杨应龙的表情有了变化，又道："昨晚血梅再现，乃是在下之手笔。"

杨应龙越发吃惊，道："你假血梅之名杀人，是要救戈青锋吗？"

"非也。"那人又摇首道，"区区一个戈青锋尚不足以让在下大费周章。田家庆孤傲自负得紧，李朝宗的仇他是一定要报的，因此往戈青锋身上泼脏水，那些所谓的证据乃是明军之中的细作伪造，只要在下将营救戈青锋的消息透露出去，那细作必有动作，如此明军那边就可以收网了。嘿嘿！田家庆害戈青锋原不过是为泄愤罢了，怪只怪他过于自负，以为只要是他设下的计便天衣无缝。在下拔了他在明军之中的细作，算是给他的一个小小的警告。"

听了这番话，杨应龙便知眼前这位断是高人无疑，起身拱手道："敢问先生高姓大名，请赐良策解我困局。"

"在下莫天行。"那人拂须微哂道，"要解播州之局其实也不难。此局之眼就是印晓天，但要抓到了此人，田家庆之局就可以破了。不过在下需要知道，大将军是否已接到猎鹰的消息？"

莫天行的语音不重，然落在杨应龙的耳朵里却如惊雷一般。要知道猎鹰是他安排在京师的细作，此乃机密，没想到这样的事情他居然也知道！此人实在是太可怕了，若为他人所用，他杨应龙生死只在顷刻之间。

"你是如何知道猎鹰的？"

莫天行见杨应龙的脸色变了，情知他起了杀念，却兀然不为所动，微哂道："在下若无过人之处，岂敢贸然拜访大将军？不过请大将军只管放宽心，这天下的芸芸众生，蝇营狗苟也好，险中求财也罢，无非是为了好好活着，在下也不例外，不会为了逞口舌之利而断送了这条性命。"

"你想要什么？"

"求富贵。"

"很好。"一个人只要求富贵，那就可以放心了。杨应龙说了声好，转身拿了张小纸条过来，递给莫天行。莫天行接过，展开一看，正是猎鹰传来的消息：静月为玉贞子弟子，联合田家庆害我主，今已死。印晓天是田家的险棋，要借明军之力破城。猎鹰绝笔。

莫天行阅毕，抬头看了眼杨应龙。此人眼下所面临的局面恰如当年的西楚霸王，四面楚歌，猎鹰不惜舍身拿到此消息，杨兆龙已死，归无迹跑了，播州大小官员被杀的杀、逃的逃，他几乎无人可用，此时看来，颇有些英雄末路的沧桑感。

莫天行叹息一声，道："大将军莫忧，印晓天既已从龙隐谷出来，当会被一路护送，将之送到明军军营。不过这里面有个很重要的问题，那印晓天乃是静月的弟子，想来明军业已接到消息。静月在与田家合作，而且那印晓天是田家安排他到军营的，那么明军会相信并放心地用那小子吗？"

"是啊！"杨应龙眼睛一亮，道，"如果田家庆真想利用明军来破城，从中渔利的话，这的确是个问题。"

"田家庆自有田家庆的办法。"莫天行道，"但田家庆可以利用印晓天，我们也可以用。"

"如何用？"杨应龙说这话的时候，脸部的肌肉不自觉地跳动起来，没有什么比眼前的处境更坏的了，只要能除掉田家庆，他什么都愿意付出。

"将计就计，引明军入城。"

杨应龙脸色一沉，低沉地道："然后呢？"

"大将军可与明军合作，先夷平了田家。"莫天行淡淡地道，"只要把田家这股势力灭了，五司七姓考虑到个人利益，自然就会站到大将军这边来。有了他们的帮忙，大将军的实力骤增，堪与明军一战。再者，说到底海龙囤的机关是玉贞子设计的，慢说是那印晓天，便是静月也是一知半解，他领明军上了海龙囤面对重重机关，能发挥多大的作用？"

对海龙囤这道天然屏障，杨应龙是有信心的，再加上经能工巧匠的设计，俨然一夫当关万夫莫开的奇险之地。如果真能灭了田家，让五司七姓重回到他的身边，由他指挥，他便有足够的信心打赢这场战争。

"明军会与我合作吗？"这是杨应龙最担心的问题。明军也不是傻子，他们此战的目的就是要拿下海龙囤，会与海龙囤的主人联手吗？

"会的。"莫天行的回答十分肯定，"在下刚刚给他们揪出了田家的细作，那是一把悬在喉间的尖刀，在下给他拔了，是他们的救命恩人，正感恩戴德呢，自然会听从在下的建议。"

杨应龙明白了，拱手道："若先生能助我度过此番危机，先生亦是我的救命恩人，日后当与先生共享富贵荣华。"

"好！"莫天行拱手还礼，"接下来我们便合力找到那印晓天，尽量将此人掌握在我们手里。若没找到，也无妨，只要他到了明军军营，在下自有办法让明将听从在下的计策。"

送别莫天行后，杨应龙心里如落了块石头，一下子轻松了许多，面对杨兆龙的尸体说道："二弟放心，大哥定不会让杨氏基业毁于我手。"

四

夜深了，印晓天兀自躺在草丛里做着美梦，梦中他正跟杨三妹打情骂俏，嘻嘻笑着，嘴角流着口水，脸颊上还带着抹红晕。

"杨大美人儿！"印晓天在梦中抓住了杨三妹的手，低头要亲，忽然啪地挨了一巴掌，脸上火辣辣的疼，便将他痛醒了，睁眼一看，眼前正站着一位冰雪样的美人儿，正是杨三妹，印晓天揉揉眼，怀疑还在梦中，"杨大美人儿，来，再给小爷来一巴掌。"

杨三妹差点被他气笑，道："你这登徒子，若论贱，你称第二，普天之下没人敢称第一。"扬起玉手就给了他一巴掌，打得毫不客气。

印晓天被打得眼冒金星，却依旧喜出望外，起身道："杨大美……杨大小姐，子曰：说曹操曹操就到，到了小爷这儿，变成了梦三妹三妹就到，真是天大的缘分！"

杨三妹正冷冷地站着，看他胡说八道，脸上一副似笑非笑的样子，道："原以为你死了，没想到不仅活得好好的，还做着美梦。"

印晓天摇摇头道："你知道我这辈子做的最美的梦是什么吗？"

杨三妹摇头。印晓天一本正经地道："就是那晚我抱着你的画像，在海龙囤模型里睡……"他兴奋之下，不小心说漏了嘴，心想完了完了，这下死踏实了。

怔怔地看着杨三妹，等着她发作。

果然，只见杨三妹纤纤玉指一动，指尖已多了枚银针，扣在他的脖子上，寒声道："你果然是印晓天！说，来海龙囤做什么，与田家庆那病秧子一起在做什么坏事？"

"冤枉啊！"印晓天抻着脖子大叫，"田家庆是谁我都不知道，如何与那阉货一起做坏事？"

"还不承认！"杨三妹银牙一咬，手上微微一使劲，银针入肉，痛得印晓天尖叫起来，"别别别……我说，我说……你……你先把针放下。"

杨三妹不怕他跑，便放下银针，道："若有半句虚言，本姑娘就送你去见阎王。"

见杨三妹放下了银针，印晓天的火气却被撩拨上来了。他莫名其妙地被抓到此地，在那个暗无天日的地方经历了九死一生，好不容易逃出来了，却如过街老鼠一般，人人喊打，他到底是招谁惹谁了，还是做了什么伤天害理的事？可冤枉的是他什么都没做，只是喝了场酒，一觉醒来就卷入了这个所谓的狗屁逃生游戏之中，普天之下还有第二个比他倒霉的吗？更加让他无法接受的是，现在居然被一个女人拿着针逼供，大声道："小爷一没作奸犯科，二没坑蒙拐骗，三没调戏妇女，堂堂正正、清清白白，没有什么是不可以说的，今天索性都跟你交代了吧。在十天前，小爷在京师跟一个叫包打听的小太监喝酒，喝完之后，睡了一觉，眼一睁，你猜怎么着？发现自己在一间暗无天日的密室里，当时的第一反应还以为是包打听那阉货搞的恶作剧，戏耍小爷的。出来后听了别人说起，才知道那个地方叫龙隐谷地穴。从头到尾我都不知道发生了什么，为什么要把我关起来？后来在地穴里发现一个箱子，不知是哪个阉货吃饱了撑的，把小爷家里的一应物什都搬了过来，直到发现箱子里的那件道袍时，小爷我才真正确认，此事估计就是那件道袍惹的祸。"

杨三妹语气缓和了些，问道："那件道袍里究竟藏了什么秘密？"

"小爷也想知道啊！"印晓天偷偷地看了眼杨三妹，见她的脸上没了杀气，提着的心终于放下了，他知道人与人之间交往，讲的是气场，谁的气场强，谁就压谁一头，兀自愤然道，"小爷我好歹也是人中龙凤，不傻，要是早知道那件破道袍里藏了秘密，还会把它丢在家里？"

杨三妹觉得也对，要是他早知道秘密，定然会提前预防，估计也不会遭这么多罪，又问道："你是如何从地穴里出来的？"

印晓天嘿嘿怪笑几声，说道："那地方除了黑之外，还有许多白骨。一个人被关在那暗无天日、密不透风的鸟地方，面对着上千具白骨，你想想那是什么场景？小爷想死的心都有了，可是小爷每次想放弃的时候，总会出现一些提示，让小爷有信心走下去。事实上不是小爷凭本事自个儿走出来的，而是有人指引，那阉货想让小爷摸清楚了海龙囤的结构后活着出来。出来之后，以为是逃出生天了，没想到比在地穴更加危险，小爷就像老鼠出了洞，人人喊打。昨晚你也看见了，要多惨有多惨。"

"昨晚究竟是怎么回事，那几个黑衣人射了你一箭，将你掳走了，你怎地又好好地躺在这儿？"杨三妹拿一双妙目直勾勾地看着他，好像是在说你昨晚怎么没死呢？

印晓天呵呵一笑，有几分自嘲的意味，道："小爷也奇怪，怎么就没死成呢？在你出现之前，有个戴着大帽的黑衣人，叫归无迹，就坐在这里，他告诉小爷说，这是一个逃生游戏。"

"游戏？"

"小爷要是逃出去，就算捡了条命，要是没逃出去，死了活该。"

杨三妹眼里发着光："他真是这么说的？"

印晓天道："现在小爷就差把心掏出来给你了，莫非你还不信吗？哦，对了，还有一件更他娘崩溃的事也与你一并儿说了吧。在地穴里面，有一个大型计时器，是用木齿轮驱动的，每个木齿轮旁边都装有一只暗楔，刻有初一到三十的字，每天过了子时，暗楔就会嘎的一声嵌进去，提醒小爷一天过去了，离死又近了一天。在计时器的一端，刻有八个字：一十一天，阳寿即尽。现在什么时候了？若是过了子时，到今天就是第六天了。"

"现在已过了亥时。"杨三妹道，"看来这逃生游戏的时限是一十一天。"

印晓天点头："没错。"

杨三妹柳眉一动，道："按照计时器的提醒，一十一天后阳寿即尽，你必死无疑啊，根本没有捡回一条命的机会。"

印晓天道："是啊，这逃生游戏就是一场猫玩老鼠的游戏，什么时候那阉货玩腻了，小爷就得死！"

杨三妹看着他的脸，观察他是不是说谎了。印晓天见她目不转睛地看着自己，道："怎么，是不是觉得小爷这张脸英俊帅气，十分有男人味儿？"

杨三妹没理会他，沉默着。她能感觉到这回印晓天没有撒谎，同时也让她认清了形势，以及杨氏目前所面临的处境。这些问题她先前没有想过，今日得知后方觉大哥之艰难。又想到二哥已故，接下来不知该如何是好，不觉悲戚起来，眼圈一红，泫然欲泣。

印晓天虽吹牛说阅女无数，但实际上并没与女人真正接触过，被杨三妹这瞬息间的情绪变化搞得手足无措。刚才还凶巴巴的盛气凌人，如何一下子就委屈起来了？

"哎哟我的杨大小姐，杨大美人儿，要说受了委屈，那也是我。你看看，我本来在京师活得洒脱自在，一觉醒来，让人掳到了播州，参与狗屁的逃生游戏，而且只有一十一日的寿限。现在出来了，好不容易遇上了梦寐以求的美人儿，可她却以为我是细作，不信我。你说我冤是不冤，委不委屈，可不可怜，需不需要被同情？"

杨三妹妙目一转，道："你可认识昨晚那妖道？"

印晓天一愣，没有立即答话。杨三妹看着他那神情，以为又要编谎话骗她，嗔道："我二哥死了，就是被那老道害死的，如果你不说实话，就让你去陪我二哥。"

"说认识吧，其实也不算认识……你别动，我说的是实话。"印晓天见她又想动手，退开一步道，"其实我只见过他的画像，好像叫……叫什么来着？哦对，好像叫玉贞子，从辈分上来算，我得叫他一声师祖。"

杨三妹见他果然没撒谎，脸色略微缓和了些，道："这么说你就是奉天观静月道长的俗家弟子，是吧？"

"是，小爷都认了！"

杨三妹又沉默会儿，忽郑重地道："我陪你一起玩这个逃生游戏。"

印晓天几乎不敢相信自己的耳朵，这感觉就像凭空掉下来一锭大元宝，砸在他头上……不对，一锭大元宝岂能与杨大美人儿相提并论？就像是嘴巴被菩萨开过光了，说要杨大美人儿做伴，那人儿果真就心甘情愿地跟在他身边，即便他心里明白，杨三妹如此做定然有她的目的，但是对一个身处绝境里的人而言，有一位姑娘甘愿陪着他冒险，这已经是上天对他最大的恩惠了。他不可思议地道："你说的可是真的？"

"千真万确！"杨三妹道，"但有两个要求。"

印晓天道："别说两个要求，两百个小爷也应了。"死都不怕了，还有什么豁不出去的呢？

-195-

杨三妹伸出手，道："把那幅画像还给我。"

印晓天爽快地从怀里掏出那幅画像，交到她手里。一个活生生的杨大美儿日夜陪在身边，还要画像作甚？

杨三妹把画像收好，又道："不得胡说八道，占我便宜。"

印晓天大呼冤枉："天地良心，我可从没占过你便宜，昨天晚上拉你的手算吗？那也是你先动手拉的我……好好好，算我拉的，算我的。"

杨三妹红着脸道："满嘴的胡言乱语，还不是占我便宜吗？"

印晓天振振有辞地道："如果对一个人的爱慕也算是占便宜，那这世上还有爱情吗？什么是爱情你知道吗？就是你打我一下，我骂你一句，我损你两句，你再打我两下，又相互调情，你亲我一嘴，我还你一嘴，这就叫爱情。"

杨三妹大多数时间都在绣花楼，几乎过着与世隔绝的日子，当然不知道什么是爱情，但没吃过猪肉总也是见过猪跑的。仔细一想，确也是这么回事，再者说一个涉世未深的待嫁的姑娘，让异性爱慕，心里终归还是欢喜的，也就没再坚持不让印晓天胡说八道，转身道："走吧。"

"去哪儿？"印晓天看着她问道，"回家吗？"

"谁与你回家？"杨三妹啐了他一口，道，"带你去闯逃生游戏。"

"哦对。"印晓天忍痛跟上去，脸上却依然是笑嘻嘻的，"咱俩先一起去历险，然后再欢欢喜喜地回家。"

杨三妹冷哼一声，道："你有命回去再说。"小蛮腰一扭，径往前走。

"兵来将挡，水来土掩，随他去吧。"印晓天捂着胸口的伤跟着出去。有了杨三妹陪在身边，他的心情明显好多了，"有你在，小爷可舍不得死。"

弯弯绕绕地走出一座山，再往东走，就是铜柱关一带了。印晓天有伤在身，再加上今天尚未吃过东西，肚子里空空如也，早已气喘吁吁，出了一身臭汗。这些天以来他也没洗过澡，身上又臭又黏，实在难受得紧，边走边叫杨三妹停下。杨三妹却只装作没听见，径往前走。印晓天实在是又累又饿，借有伤在身，"啊"地叫了一声，倒在地上闭目装死。

杨三妹听得声音回头过去看，着实吃惊非小，以为他真的晕过去了，跑上去蹲在他身边，边摇边喊道："登徒子，你怎么了，快醒醒！"

印晓天心里暗暗发笑，看在你还紧张小爷的份儿上，不与你计较了，不过死罪可免，活罪难逃，小爷还得再让你担心会儿，当是惩罚了。任由杨三妹怎么摇晃，印晓天就是一点动静也没有，那样子真如死过去了一般。

这下真把杨三妹急坏了，倒不是说担心他，对他动了感情。田家庆在利用他策划一个大大的计划，她想通过他去了解那个逃生游戏，看看到底有什么阴谋，以便帮大哥解困。现在倒好，什么事都没做成，把他累坏了，一时懊悔不已，声音也有些哽咽："是我错了，你毕竟有伤在身，经不起长时间跋涉……可你这登徒子，光会在嘴皮子上逞能，却是一点也不结实……"继而又想，他死了倒也干净，田家庆的计划不就泡汤了吗？

杨三妹想到这儿，起身便要走，刚走出两步，却又有些于心不忍，万一他没死呢？还有，那田家庆是何等狡黠之徒，死了这么个不会武功的登徒子，能让他的全盘计划化为泡影吗？便又回身，在印晓天身边蹲下，继续摇。

印晓天见火候差不多了，装出一副悠悠转醒的样子，虚弱地道："莫再摇了，再摇下去小爷的七魂六魄都被你摇散了。"

杨三妹见他醒来，那冷若冰霜的脸出现了一抹笑意，喜道："你醒了！"

这一笑着实把印晓天看得呆了，恰如一朵水上的莲，在灿烂的阳光下绽放，清新自然，超凡脱俗，不觉痴痴地道："你笑起来真好看。"

"看来你的脸皮又痒了！"杨三妹扬起巴掌作势欲拍。

印晓天看她扬起的巴掌，有恃无恐。他有一百种对付这姑娘的方法，当下略施小技，装出一副虚弱得连喘息都费劲的模样，艰难地道："你……要是……真下得来手，就打……打吧，只……只要你高兴，小……小爷死……死了也情愿。"

论功夫，杨三妹随时都可以把印晓天拍死，可是论耍滑，一百个杨三妹也对付不了一个印晓天。见他一副奄奄一息的样子，自然不敢真拍下去。印晓天得寸进尺，幽幽地道："我……我饿了，给我些吃的……东西。"

杨三妹听他要吃东西，反而满心欢喜，只要你还能吃，说明就死不了。她下山时就准备了干粮和水，从背后的一个包袱里取出来，交给印晓天。

印晓天却不拿，只盯着食物道："你……你觉得我……像……像是……能自己吃……吃东西的样子吗？喂……喂……我。"

杨三妹一想也是，都虚弱成这样了，自然没力气，便顺从地喂着他吃。此时印晓天心里早已乐开了花，如今虽说身处绝境，可是有这样一位美人儿陪在身边侍候着，吃着她亲手喂的东西，小爷没白活一回，死就他娘的死了吧。

他边在心里暗暗偷笑，边还演戏给杨三妹看，边吃边咳，一副随时都会噎死的样子。杨三妹心思单纯，不防有诈，自然照料得越发用心。如此一个精心喂着，一边慢慢吃着，看上去端的是一双充满了浓情蜜意的小情侣。

第六天：毒计

一

印晓天让杨三妹喂着吃了些东西后，心里异常温暖。他打小父母双亡，是一个流浪的孤儿，后虽被王兴领入宫去，衣食无忧，但自始至终没有享受过母爱的温柔，杨三妹是他生命中唯一一个侍候他吃东西的女人，即便他心里明白，这个女人跟着他乃是另有目的，但这又怎样呢？换个角度看，无论何时死，人生下来便是奔向死亡的，无可逆转，生命弹指即逝，还有什么是不能放下的？或许享受当下的快乐，感受眼前的温柔，珍惜活着的每一刻，才是最为重要的。

印晓天佯装吃了东西后精神恢复了些，龇着牙坐起来，然后转头直愣愣地看着杨三妹，认真地道："谢谢！"

杨三妹看着他这副正儿八经的样子，反而有些不习惯，问道："谢我什么？"

其实杨三妹并不知道，莫看印晓天一副正儿八经的样子，其实是在正儿八经地胡说八道，幽怨地道："我是个孤儿，四岁的时候就死了爹娘，到处流浪，忍饥挨饿、遭人打骂那是家常便饭，像狗一样……不，比狗还贱，狗病了还有主人为它操心呢，我要是病了死了也没人在意。刚才我死过去的时候，隐隐听到有人在叫唤，那声音很急切，充满了关心，让我知道原来在这世上，还有一个在意我、关心我的人。那时我在想，我不能死啊，若是就这么死了，岂非辜负了姑娘的一片好心？也不知怎么着，就那么想着，我就醒过来了。"

杨三妹听他的身世如此可怜，出于女性与生俱来的母爱，不由得生出恻隐之心，但是对他后面的几句话又产生了怀疑，人死过去的时候，真能听得到有人在叫唤吗？当下问道："你真听到了我在叫你？"

"那还能有假啊！"印晓天认真地点点头，又继续煽情，"刚才你喂我吃东西的时候，我心里温暖极了。这么多年来，你是第一个喂我东西吃的人，让我感受到原来人间还有温情。所以我要谢谢你，从今往后，虽死无憾了。"

杨三妹听着听着，居然被感动了，幽幽地问道："你真不怕死吗？"

"怕，怎能不怕？"印晓天深沉地叹了口气，连脸上都带着诗意，像诗人一样蹙着眉头，谈论生死，"在地穴的那几天，小爷都不知道是怎么熬过来的。不过人是会适应环境的，后来渐渐地接受了现实，横竖是一死，真到了那一天，小爷也得死得像个爷们的样子，如此激励着自己，一步一步走到今天。遇着你，小爷更加不怕了，虽处困境，却有美人相伴，值了！"

杨三妹静静地听着，开始有些佩服他了。每个人都怕死，这世上最让人无法面对的就是死亡了。古往今来，多少英雄人物、帝王将相，尚且不敢直面死亡，这小子不仅没有崩溃、颓废、自暴自弃，反而渐渐接受了现实，为了让自己显得不那么懦弱，咬紧牙关一步一步坚持到了今天，何其不易啊！

杨三妹不知道的是，真正激励着印晓天走到今天的，其实是建功立业，把自己知道的秘密献给明军，通过此战的胜利，来彻彻底底地改变自己的人生。当然，这些话是不能讲给杨三妹听的，一旦出口，杨三妹很快就会杀了他。

印晓天见她没说话，心里也不由得伤感起来。他被王兴捡了后，一直生活在京师，天子脚下，繁华之地，自然什么样的女人都有。可是丑的他看不上，美丽的、高贵的却看不上他。杨三妹是他遇上的一个比较特殊的女人，冷艳、高贵，像冰山上的雪莲，不可亲近。然而她的高贵仅仅是一种天生的气质，和富家小姐的那种所谓的高贵有本质的区别，并非高不可攀，而是需要用真情去融化它。

现在，杨三妹就坐在他面前，她的美丽一览无遗，洁白无瑕的肌肤在月光下散发着特有的光彩和气质，端的若雪莲一般令人迷醉。看着她的脸，印晓天仿佛活在梦里，不敢相信杨大美人儿会陪伴他历险。是的，不敢相信，这像是一场梦幻，那么不切实际，飘忽不定，仿佛任何一个不经意的响动，都会惊醒这场美丽的梦。

也许这种梦幻的感觉才是真实的，因为他和杨三妹终归是敌对关系。当有一天，他领着明军踏破播州城的时候，可能结束的不只是这场梦，还有这位姑娘的性命。

想到这里，印晓天的脸上真的浮现出了一抹若诗人般的忧伤，亲爱的姑娘，莫非我们的相遇，终究是一场美丽的误会吗？

"你怎么了？"杨三妹扑闪着大眼睛问。

印晓天微微一叹，道："没什么。"以后的事不想也罢，能活到哪天尚且是未知数，想那么远干什么呢？过一天算一天便是。思忖间，转首看了眼杨三妹，有她陪着，每过一天，小爷便赚了一天，值了。

女人的心是极为敏感的，杨三妹知道印晓天的心思，因此也感觉到了他为何忧伤，或许他俩的相遇真的是错的，可是在这特殊的时代，发生的一切都是畸形的，出乎常理的，况个人乎？无论怎样，她都得陪这小子走下去，看看逃生游戏的后面藏了什么样的秘密，看看那个假扮玉贞子、害死她二哥的妖道，会否再次出现。她得拯救这座城，得为二哥报仇，这是她的命，更是她的责任。

二人沉默着，一时谁也没有说话，空气静谧得有些奇怪，完全没了先前的那种温馨和柔情。

杨三妹看着他，像是没话找话，问道："你有何打算？"

印晓天嘿嘿一声笑，道："能有什么打算？能活着才是小爷现在最大的期望。"

杨三妹又问："要是逃生游戏结束后，你还活着，有何打算？"

印晓天嘻嘻笑道："要是小爷活着逃出去了，第一件事就是去找一个媒婆，去海龙囤提亲，把你娶回家。"

杨三妹一听，俏脸唰地就红了，啐道："你个登徒子，成天就知道在我面前胡说八道，欺负我！"

如此有一句没一句地说着，丑初时分，动身又走。

一夜无话，破晓时分已至播州城内。

东方露出了鱼肚白，也许对所有人来说，全新一天的开始，将会带来全新的希望，但对印晓天而言，则表示寿限又短了一天，离死亡又近了一步。

时时刻刻计算着自己余下的日子，想着留在这世上的岁月已然所剩无几，这对任何一个人来说都是种无比痛苦的折磨。印晓天嘴上说看开了，能活着一天算一天，但心里终归是有阴影的，谁不留恋这繁华人世呢？特别是进入播州城后，这种感觉便越发强烈了，看着人来人往，看着街上琳琅满目的商品，以及沿街飘出来的食物的香味，印晓天激动得差点哭出来，这久违的人间烟火味啊，委实太过诱人！

"走！"印晓天翻手拉过杨三妹的玉手，"陪小爷吃东西去！"

杨三妹本不想去的。播州城内鱼龙混杂，万一让明军的人发现，那么她的计划就泡汤了，可再一想，如果印晓天让明军发现了，至少会对田家庆的计划造成阻碍，说不定这场逃生游戏在无形中就被破解了，如此田家庆即便想要补救，也会大费周章。从内心上说，她是同情印晓天的，一个人经历了那么多惊心动魄的事，吃不饱睡不好，整天提心吊胆的，最重要的是未来的日子里，他还不知道能不能活下去，在这样的情况下，想吃一顿好的过分吗？当下任由印晓天牵着手走，及至一家酒店外时，他忽然停下了脚步。杨三妹以为他改变了主意，问道："怎么了？"

印晓天不好意思地道："小……我……我身无分文。"

看着他那窘迫的样子，杨三妹不由得莞尔一笑，道："我有。"

印晓天看着她的笑容，心情一下子就开朗了起来，这不就是同甘共苦吗？即便这样的日子可能是短暂的，那也不去管了，连能够活多久都不知道，且享受眼前的温存就是了。二人笑着走入酒店，在一张空桌前停下，啪地一拍桌面，高声叫道："小二，拿菜谱！"

小二笑着小跑过来，伸手递上菜谱。印晓天坐下，支着脑袋盯着菜谱上的菜，眼里直冒绿光，什么烧鸡、八宝鸭、酱牛肉、红烧鲤鱼每样都想吃，心想现在小爷身上要是揣着大把银子，就把菜谱上的菜每道都点一遍，吃他个天昏地暗。可惜被那个阉货抓来播州，身上没带银子，现在人家姑娘做东，若是点多了，好意思吗？

杨三妹冰雪聪明，看穿了他的心思，抬头朝小二道："小二哥，上十道好菜，一壶酒。"

小二一愣，以为是自己听错了，问了一句："十道吗？"

杨三妹点头道："没错，十道。"

"好嘞！"小二答应一声，刚要转身，只听印晓天在后面叫道："要……要两壶酒。"

小二回头又应了一声。印晓天向杨三妹笑笑，不好意思地道："那个阉货，在地穴里只放了一坛酒，尽管省着喝，没两天也喝完了，这些天馋得很。"

杨三妹点点头道："无妨，今天你只管喝。"

印晓天见她今天如此顺着自己，心里反倒是沉重了起来。是啊，小爷现在身上背着海龙囤的秘密，如果被人发现，大批人杀进来，或许这一顿就是断头酒了。

杨三妹见他忽然安静下来，哼了一声，道："怎么，现在怕了？"

印晓天挠挠头，讪笑道："怕肯定是有些怕，哪个不想多活些时候，多享受享受人生？但你说像小爷这种情况，怕有何用呢？如果一定要拿命来换这顿酒，那就他娘的换了吧，死也不能死得太狼狈了，不是吗？"

杨三妹点点头，没有说话。没过多久，十道菜陆续上来。印晓天撸起袖子，夹了一大块牛肉往嘴里送，当那肉香在舌尖弥漫开来时，他简直有种想哭的冲动，终于回到人间，享受到人间的美食了！在食欲的刺激下，也顾不上什么雅不雅观，不停地往嘴里塞东西，不时倒杯酒，润润嘴，免得噎着。要不是对面坐的是位姑娘，他连酒杯也省了，直接用酒壶灌。

杨三妹没有动筷子，只是看着他吃，见他这副狼吞虎咽的样子，不知为何，非但没有产生厌恶感，反而生出一种怜惜。这个世界，女性的地位虽然不高，但是出于与生俱来的性别差异，当一个男人在异性面前时，总想表现出最好的一面来，或优雅、或大方、或彬彬有礼，没有一个男人愿意把自己丑陋的一面在异性面前表现出来。而眼前的这个男人，在极度的饥饿下，情不自禁地狼吞虎咽，嘴里塞得吐不出半个字，如此行为，并非其本意，却又由不得自己控制，足见他实在太饿了，吃了太多的苦。

杨三妹轻轻一叹，在这一瞬间，她的心态在无意识下发生了微妙的变化，对他不再有敌意，亦没有了成见，倒是像个姐姐一般，看着他吃得愉悦，心情也不觉好了起来。

印晓天一下子扫完了大部分的菜，这才发现杨三妹没动过筷子，腼腆地道："都快被我吃完了，你如何还没动筷子？"

杨三妹拿起筷子，随意夹了筷菜送入嘴里，道："你只管吃，不够再叫。"

一壶酒喝完了，印晓天又拿起另一壶，倒满了后一口饮下，笑道："痛快，痛快！"

杨三妹嫣然一笑，慢慢地夹着，细嚼慢咽。印晓天咽下一口菜，忽道："今天谢谢你！"

杨三妹诧异地看着他道："如何忽然矫情起来了？"

印晓天脸色酡红，已有几分酒意了，说道："小爷让人给设计了，迫不得已玩这场逃生游戏，不知道这顿酒是不是小爷最后的早餐。所以小爷不光得谢谢你请我吃这一顿酒，还得谢谢你在我最后的日子里，陪我一起度过，是你的出现，让我最后的日子有了光彩，成为我这一生最美好的记忆，如果……"

许是喝了酒的缘故，说到动情处，印晓天不觉哽咽了一下，继又道："如果今天小爷真得死，你也算是唯一陪我走完最后一程的人，这份情我印晓天永生永世记下了。"

看到印晓天的这副模样，杨三妹着实吓了一跳，这才知道他不是矫情，是真的动了情。所谓人之将死，其言也善。这登徒子平时虽胡说八道、油腔滑调的没个正形，但她相信他此刻所言，完全是真情流露。

女人总是感性的，容易被感动，印晓天如此一闹，杨三妹也不由得伤感起来。他曾说他是孤儿，打小开始四处流浪，这中间吃过的苦自不消说，后被一个太监领进宫去，险些被人阉了，成人后在锦衣卫打杂，干的是低三下四的活儿。然噩运并没在他身上结束，朝廷与播州开战，本来以他的身份来说，这场战争怎么打也牵涉不到他身上，奈何投错了师门，拜在奉天观静月门下。那静月为替玉贞子报仇，不惜把他卷了进来，这才让他遭遇了这等非人的折磨。

有的时候，许多事端是命中注定的，有些人一生平平安安，享受荣华富贵，而有些人来到这世上，就注定了要吃许多的苦。杨三妹抬头看了眼印晓天，明眸里闪烁着柔和的光，那张原本冷若冰霜的脸亦温柔了许多，就好像一块洁白无瑕的玉，在阳光的照射下散发出来的那种温润的光芒，柔美中带着光泽，散发出神圣的美丽的光。

印晓天提起酒壶，给杨三妹也倒了一杯，举杯道："不管你跟着我是出于什么目的，都得谢谢你。这顿酒是你请的，我借花献佛敬你一杯。这杯酒后，无论今后发生什么，我都认你这位朋友了。"

杨三妹迟疑地端起酒杯，瞟了眼他微微发红的真诚的脸，不觉内疚起来。她跟着他自然是有目的的，她想了解这个逃生游戏最后究竟是什么，想知道田家庆到底在实施什么计划，甚至想过在利用完后杀了他。以他的聪明，或许她的这些小心思他早已知悉，然他却不在乎，依然把她当作朋友，感恩她的一路相伴，单从这一点来说，她就显得狭隘自私了。

不不不！杨三妹蹙了蹙蛾眉，如今两军对阵，播州城更是内忧外患，在这种不是你死就是我亡的残酷环境下，岂容得下私情？敌人会因为你的善良而饶你不死吗？二哥的尸首还在海龙囤上躺着，难道他就该死吗？

想起杨兆龙的死，杨三妹脸上又阴沉了下来。不管怎样，二哥是因为玉贞子而死的，与眼前的这小子脱不了干系，你总不能因为这小子的三言两语而忘了血仇吧？

"怎么，嫌我这个无名之辈，不配与杨大小姐攀交吗？"印晓天见她端着酒杯不动，脸色也是越来越不好看，不得由发问。

杨三妹闻言，终是不忍拒绝他，伸手与之一碰，饮下了那杯酒。印晓天不傻，他清楚他们之间是有隔阂的，即便是嬉笑打骂也不过是一时的欢愉罢了，当下苦笑一声，也饮下了杯中酒。

不知为何，这杯酒咽下去时，竟然有些苦涩。或许这正是他俩当下的状态，再怎么打得火热，亦无法走入对方的内心，终归要以悲剧收场。

气氛略有些尴尬，印晓天平时虽胡说八道惯了，可煽完情后，竟不知道如何再让气氛活跃起来。

正值此时，酒店外走进来三人，当前一位是个道士，四十开外，瘦骨嶙峋，脸上颧骨高耸，目光犀利，一副阴鸷的模样，叫人生厌；另一位是个胖和尚，大腹便便，左手挽着一串佛珠，每颗珠子皆有拇指大小，右手捏了根禅杖，脸上始终端着笑意，两眼微微弯起，一副笑弥勒的样子；最后一位是个中年书生，头戴四方巾，穿一袭淡青色的襕衫，脚上穿着黑色的双脸鞋，手持一支大毛笔，背后背着竹篓，一副行走四方、一意求学的秀才模样。

那三人进来后，寻了张桌子坐下。那道士高叫道："店家，道爷饿了，先来两个包子一碗茶！穷酸，你点菜。"

秀才十分不乐意地道："凭什么你先吃着，叫在下点菜？"

道士嘿嘿一声冷笑，道："怎么，使唤你不得吗？"

秀才嘟囔了一句，阴着脸接过小二递上来的菜谱，瞟了眼旁边的胖和尚，问道："和尚，吃酒吗？"

胖和尚笑道："吃，如何不吃！"

三人进来后，印晓天便提高了警惕，一个道士、一个和尚、一个秀才凑到一起，本就奇怪，再看那三人的举止，也不像是什么正经人。这时，只听杨三妹轻轻地说了句："我们走。"摸出锭银子，往桌上一扔，起身就走。

印晓天看到杨三妹的神色，情知那三人非是善类，随之起身跟着出去。尚未走出两步，便听那道士在后面叫道："和尚，有人嫌你丑，看着你这张肥脸吃不下饭，走了！"

胖和尚回首看了眼印、杨二人，笑道："人家姑娘怕是被你这张死人脸吓跑的。"

秀才趁机揶揄道："这是近半年来和尚说得最正确的一句话。"

道士眼里寒光一闪，啪的一声把手里的剑重重地搁在桌上，喊道："那姑娘且站着，道爷有话相问。"

杨三妹没去理会，径往外走。胖和尚哈哈笑道："人家姑娘是觉得跟你说句话都瘆得慌，懒得接你的话。"

道士霍地站起，不知使了什么身法，风似的绕过几张桌子，到了杨三妹跟前，沉声道："姑娘若是不说清楚，就别想走出这道门。"

秀才嘿嘿一声怪笑，道："那敢情好，关起门来让和尚耍耍！"

"休胡说！"胖和尚叱道，"和尚是那种不要脸的人吗？"

秀才道："昨天晚上，苗家村的那位姑娘是怎么回事，你倒是与我道个仔细。"

杨三妹越听越觉得难以入耳，说道："我俩是吃饱了离店的，与三位无关。"

"这可真是巧了。"道士冷笑道，"我等三人刚刚入店，你俩不早不晚刚巧就在这时候吃饱了，饱得可真是时候啊。"

印晓天算是看明白了，这三人分明是来找碴的，既然躲不过去，那就索性面对吧，反身走上两步道："确实是巧了，我俩刚吃饱，三位就进来了。明人面前不说暗话，别跟小爷绕弯子，说吧，什么事？"

二

道士看着印晓天，目光中透着杀气，沉声道："敢在道爷面前自称小爷，口气不小啊！今天道爷倒是想看看你有多少本事。"言落时，呼地拍出一掌，直奔印晓天前胸。

杨三妹知道印晓天很难在道士面前走上一招，出手如电，及时挡了那道士一招。高手过招，胜负往往只在毫厘之间，杨三妹在转眼间化解了一招，着实令道士对她另眼相看，嘿嘿怪笑道："姑娘武功不差啊！"

后面胖和尚笑道："人家姑娘要护情郎，自然会出全力，这有什么奇怪的？"

杨三妹闻言，耳根子一热，回头看了眼后面的胖和尚和书生，最后把目光落在面前的道士身上，寒声道："释儒道同时现身，如果我没猜错的话，三位是黔南三怪吧？"

"错了，错了姑娘。"秀才起身走过来道，"非是三怪，是三侠。"

道士说道："还有一句话她也说错了，不是释儒道，是道释儒。"

秀才不服气，辩道："本朝自开国以来，独尊儒家，自秦以降，便没有将道

-205-

放在第一位的习俗,且你把儒放在最后是何道理?"

印晓天道:"两位慢慢吵,在下先行告退了。"

"且慢,今日你怕是走不得了。"秀才将那支巨笔在印晓天面前一晃,"实话与你说了吧,我们三个今天要找的就是你。至于这位姑娘嘛,你若不想多管闲事,随时可以走。若是想留下来也无妨,一会儿把你抓了,送给那花和尚。莫看那和尚慈眉善目的,耍起姑娘来在黔南可是一绝。"

"你走吧。"借着酒劲,印晓天豁出去了。杨三妹虽不是他的女人,但至少也算是他的朋友了,况且这两天他们形影不离,少男少女之间对异性多少总有些幻想,印晓天对她也是有好感的,让她替自己面对危险,作为男人无论如何也做不出来。况且在这场逃生游戏里,到最后他多半无法逃生,时限一到,死是早晚的事,何必拉上自己心仪的姑娘,玩什么生生世世在一起的游戏呢?

秀才酸溜溜地道:"啧啧啧,端的是多情种,临死了还为对方着想,是个汉子。不过你可要想清楚了,她一走,你就是煮熟了的鸭子,怎么也飞不走了。"

印晓天看了眼杨三妹娇俏的模样,豪情上涌,大声道:"你也说了,要找的是小爷我,关她何事?你们要还算是男人,冲小爷来就是了,休啰唆!"

"好,很好!"秀才叫了声好,朝道士道,"人家已经做好赴死的准备了,这种杀人的事还是你干吧。"转身回到桌上去了。

道士怒视了眼秀才,倏地拍出一掌,掌缘挟着道劲风,径往印晓天的脑门拍去。印晓天早做好了思想准备,不管你出什么招,水来土掩,兵来将挡,大不了一死而已,见对方掌力拍到,身子一移,翻手抄起旁边的一把椅子,劈头盖脸地朝对方砸落,"去死吧!"

道士冷哼一声,掌心一翻,啪的一声响,那椅子顿时四分五裂,立掌如刀,势道未减,兀自劈向印晓天的肩头。这一次印晓天没辙了,只觉左肩一沉,传来一阵剧痛,肩膀仿佛被卸下来了一般,脚下踉跄几下,险些跌倒。

道士厉喝一声:"拿命来吧!"十指箕张,往印晓天的天灵盖罩落。这一招若是落实,印晓天必死无疑。

杨三妹冷眼旁观,看到印晓天被那道士击中时,不知为何,心里竟说不出的难受,是喜欢上了他吗?应该不是,或许是出于怜悯吧,抑或是不想他就这么莫名其妙地被人杀了,见那道士出了杀招,玉臂一抖,打出一枚银针。

杨三妹的武功高出印晓天数倍,这一针打出去,又快又准,近距离下即便是那道士,也难躲得开去。射入左锁骨下方,道士吃痛之下,不由自主地后退了两步，印晓天之危顿解。

"看不出姑娘还是位狠角色啊。"胖和尚霍地起身，提着禅杖大步走过来，"正好对和尚的胃口，且接和尚一招试试！"说话间，粗大的左臂一抖，那串硕大的佛珠受到内力催动，嗒嗒嗒直响，往杨三妹的俏脸上落去。

印晓天叫了声："小心！"

杨三妹玉面含霜，长袖一挥，倒卷过去，空中红影一闪，那红袖像长了眼睛一般，往佛珠上一卷，然后顺手往回一扯，居然把那胖和尚连人带佛珠一道拉了过来。印晓天见状，暗暗叫好，杨大美人儿果然厉害，只一招就把该死的秃驴打得无还手之力。心念未了，胖和尚居然哈哈一笑，由着杨三妹把他的身体带过去，"姑娘这般热情，莫非看上和尚了吗？"伸出蒲扇样的手抱向杨三妹。

杨三妹浑然没想到这和尚如此无赖，娇哼一声，左手一立，朝他迎面拍过去。胖和尚似乎早有防备，禅杖一迎，挡开对方一掌，手在杨三妹的肩上一搭，杨三妹的身子不由自主地往他身上倾斜。趁着这当儿，那胖和尚把头往杨三妹的肩上一凑，眯着眼闻了闻她的秀发，嘴里发出一阵啧啧声响："好香，好香！"

印晓天大怒，又抄起把椅子，朝那胖和尚怒砸。那胖和尚根本没把他放在眼里，喝一声"走开！"禅杖斜挑，便把印晓天挑了个人仰马翻，撞倒一张桌子，桌上的杯盏叮铃当啷地俱掉在地上。好在店内的食客均已溜到店外看热闹，并未伤及无辜。

杨三妹无端被羞辱，怒火中烧，娇躯一纵，脚尖在桌上一点，跃至半空，避开胖和尚的同时，长袖一舞，往和尚脸上打落，红影闪烁中，三道精光闪了一闪，奔袭而出。

杨三妹的飞针天下一绝，即便是高手亦惧她三分。胖和尚不敢托大，闪身避开。杨三妹一招得胜，得理不饶人，又是打出三枚银针，直把胖和尚逼得又后退了几步。秀才在旁边看得分明，若论单打独斗，和尚恐不及杨三妹，见其不敌，有意帮忙，手中巨笔一晃，凌空唰唰几笔，笔影闪动，招招不离杨三妹要害。

印晓天龇牙咧嘴地从地上爬起来，见杨三妹被一僧一儒围攻，忍着痛哈哈笑道："两个男人围着个女人打，不害臊吗？要是小爷，早寻个地洞钻进去了，可不敢再出来丢人现眼。"

秀才知道他使的激将法，因没去理他，只顾往杨三妹身上招呼。印晓天又道："还他娘的什么黔南三侠，我呸，黔南三狗吧，三条欺软怕硬的恶狗，专挑女人欺负，丢人都他娘的丢到姥姥家了。你家姥姥要是地下有知，看你们这几个孙子如此没出息，定从棺材里跳出来，把你们拉到地下，好生管教。"

印晓天武功不怎么样，嘴上功夫却着实了得，把那秀才骂得心浮气躁，分神之下，手上自也露了破绽。杨三妹趁机反击，压力大减。

秀才喊道："道士，把那聒噪的小子废了，省得在下分心。"

道士中了杨三妹的银针，虽伤得不轻，但对付印晓天却足够了，从桌上抓起剑，就往印晓天身上刺。印晓天一弯身躲过，知道他身上有伤，行动不便，一边骂一边利用店内的桌椅，满店地绕着跑。

"牛鼻子，给小爷听仔细了。"印晓天边跑边骂道，"小爷刚吃饱，陪你跑两圈练练也就算了，若还追着不放，莫怪小爷真不客气了。啊，还来？告诉小爷，你娘住哪儿，小爷非当着她老人家面好生训斥几句，是在哪儿借的种，竟生出这么个野东西。"

道士听了这些话，肺都气炸了，本是冷静之人，一时失去了理智，怎奈被银针刺中的穴位尚有些麻木，行动大受影响，追不上印晓天，便抓起桌上的那些杯盏扔。他越是失控，印晓天就越高兴，骂得越发起劲儿，把他十八代祖宗都搬上来——数落了一遍。

另一边厢，秀才和胖和尚不再受印晓天的影响后，齐心协力合斗杨三妹。二人毕竟是高手，且平时形影不离地在一起，配合甚有默契，把杨三妹打得无还手之力。二十招后，已是十分吃力了，杨三妹心想我若真落在这三人手里，生不如死，不妨先行逃走，去宣慰司搬救兵来方是上策。

心念一落，打出两枚银针，腰肢一拧，便往门外逃。胖和尚早料到了她的心思，喝声："想走吗？和尚手里从不曾跑掉过一位姑娘，留下吧！"呼的一声，禅杖宛如蛟龙出海，由下而上递将出去，打在杨三妹的脚上。

杨三妹的气力本就消耗得差不多了，被禅杖一击，痛呼一声，跌落下来。胖和尚哈哈一笑，抬起双手接住了杨三妹，温香软玉入怀，心神为之一荡，见她挣扎，伸手便点了她的穴位。

印晓天看到杨三妹被抓，且还被那丑陋的秃驴抱着，怒火攻心。小爷尚未抱过杨大美人儿，你这死秃驴色胆包天，敢当着小爷的面羞辱小爷的女人，厉喝一声："放了她！"也不知是从哪儿来的力气，身子一纵，和身跃向前去。

胖和尚嘻嘻一笑："不自量力的东西，你这三脚猫的功夫也敢在和尚跟前放肆，去！"抬起一脚，刚好踢在印晓天的胸口，将他踢飞出去。

砰砰砰一阵响，连续撞倒了两张桌子，直把印晓天摔得浑身若散了架一般。

然想到杨三妹在那恶僧手里，顾不上痛，疯了一样又跑上去。

"真想找死吗？"胖和尚又是一脚，再次把他踢飞。

印晓天身上本就有伤，这一脚端的是要了他半条命，许久起不了身。当所有人都以为他放弃了抵抗时，却见他咬着钢牙又艰难地站了起来，踉跄几步，站稳了后，抹了把嘴角的血，又朝胖和尚走来。秀才摇头一叹，道："冲冠一怒为红颜，奈何英雄多情。"

看着印晓天的样子，杨三妹的心头一酸，泫然欲泣。她一直深处闺中，鲜与人接触，慢说是有人肯为她赴汤蹈火，便是知心的也没两个，何况在杨应龙身边待久了，看惯了钩心斗角，对这冷酷的世界早已失去了希望，从没敢奢想这世上有人肯为了她而不顾一切。印晓天的举动宛如一阵狂风，在她的内心掀起了轩然大波，原来并非所有的人都是那么世俗和势利，也还有人肯为了另一个人而不顾一切，甚至付出自己的生命。

当一个人可以为另一个人付出，不顾一切，不沾染一丝一毫的利益时，那一定就是爱情。

此时此刻，杨三妹的心里充满了暖意和感激。印晓天说感谢她的相伴，让他的人生有了光彩，对她来说又何尝不是如此呢？在遇上那登徒子之前，她的人生几乎是苍白的，像一潭静止的水，无波无澜，是他让她的人生起了波澜，有了色彩，让她知道了什么是爱，明白了生命之中除了利益，还有更加重要的东西，值得去珍惜、呵护。

杨三妹的眼里涌出了泪水，开始真正地从内心上为他担忧，无论怎样，这是一个值得她去珍惜的人。

可是，以他的武功而言，在黔南三怪的手底下断难走过十招，必死无疑。

逃生游戏就这样结束了吗？

如果有机会你就走吧。杨三妹朝他摇了摇头，示意莫再做这种傻事。印晓天抬手在鼻尖抹了一下，然后露出一抹笑意，依然是一副玩世不恭的样子。此时他的这种态度与往昔不同，他想用这种态度告诉杨三妹，他不怕，这些天一直被人捉弄，生死一线，如果今天是他生命最后的期限，他想要做一回自己，把这条命献给所爱的人，为她而死。

胖和尚抱着杨三妹，在她脸上亲了一口，然后朝秀才道："穷酸，这小子实在碍眼，送他上路吧。"

秀才十分不乐意，道："凭什么你抱着美人儿，让在下干这等杀人的肮脏事？"

-209-

"杀人的事莫非你还干得少了？"胖和尚嘟囔了一句，又道，"休在和尚面前卖乖，快把正事干完了，好赶路，免得宣慰司的人到了，节外生枝。"

秀才嫉妒和尚，依然不肯动手。道士拿眼横了他俩一眼，道："我来。"此时他身上的麻木感基本已消，提着剑朝印晓天走上去。

印晓天抓了把椅子在手，恶狠狠地瞪着道士厉声道："动手之前小爷想问件事，你们是谁派来的？"

道士脸皮一动，冷笑道："想做个明白鬼？可惜了，道爷受人之托，对方似乎只想让你做个糊涂鬼，认命吧。"

道士举剑刚要动手，门外霍地传一声大喝，随即哗啦啦闯入一批人，个个黑衣蒙面，人人手擎一柄大刀，不由分说，就往站在最外面的道士身上砍。事起仓促，那道士急忙闪身躲避，那些人倒也没恋战的意思，抓了印晓天就走。

印晓天大叫："你们是哪来的阉货，放小爷下来……"未待他说完，抓他的那人用刀柄狠狠地在他脑袋上一扣，便昏死过去。

那些人忽倏而至，又忽倏而去，这一番变故只在眨眼之间，秀才和胖和尚还没完全反应过来，印晓天就已经被他们抓出了酒店外。

秀才问道："要不要追？"

胖和尚道："你让和尚抱着个大姑娘满街跑啊？不追了，先回去再说。"

杨三妹见印晓天突然被一群不知名的人劫走，心中又喜又忧，喜的是他终于摆脱了黔南三怪，忧的是那伙人不知是哪方面的，倘若也是想要他的性命，那端的是甫出虎穴，又入狼窝了。

京师的天气阴沉沉的，好似随时都有可能下雨。

这个季节要是只穿一件单衣便已有些寒意了，万历帝今日穿了身皮弁服，脸色看上去有几分憔悴，亦有些苍白。

这几天以来，万历帝没睡过几个好觉，潜伏在京师的那个细作实在让他伤透了脑筋，但是当猎鹰浮出水面，看到那个人时，他的心里却不免有些失落。

锦衣卫在大明朝历史上是有特殊地位的。当年太祖开国时就设立了此机构，作为皇帝的贴身侍卫，他们除了护驾之外，亦掌巡查缉捕之职责，其根本目的在于拱卫京师，以达到保护皇帝安全的目的。毫不夸张地说，他们是皇帝的手脚，是最信任的亲兵。然令人没想到的是，细作真就出在锦衣卫里面。

万历帝看着底下跪着的陆天明，自嘲式地笑了一下，道："朕亏待你了吗？"

陆天明低着头没有回答，从内心上讲，面对万历帝时，他是有愧疚的，能做到镇抚使的位置，朝廷自然没有亏待他，甚至是重视他的。何况一个是正统的国家统治者，一个只是播州的宣慰使，两者之间谁代表正义，谁是图谋不轨者一目了然，若无特殊原因，谁会放弃朝廷给的官职，去投靠一个区区宣慰使呢？

"为何呢？"万历帝见他低着头没有作答，又问了一句。

陆天明依然沉默。事实上也没什么可以回答的，无非是利欲熏了心，一时糊涂罢了，又有什么可说的呢？朝廷给官员的俸禄并不高，这也可以说是旧制了。自本朝开国以来，提倡廉政，给官员的待遇仅供糊口而已，若是家里人口多的话，日子就过得有些紧了，故许多官员常通过各种手段，捞些外款。此类的事有明一朝，可算是公开的秘密了。

杨应龙给的条件相当优厚，只要此战得胜，播州成立了小朝廷，就许陆天明高官厚禄，届时他便是开国的功臣，举家受封，荫及子孙。有句话说得好，宁为鸡头，不做凤尾，播州的小朝廷小虽小矣，可到了那儿他就是一时无两的大人物，日后在生活上更是不可与现在同日而语，一时心动，便走上了那条不归路。

很多时候天堂与地狱仅一线之隔。作为猎鹰，陆天明并不后悔，因为他险些成功了，距离那小朝廷的开国功臣仅一步之遥，他梦想过，奋斗过，败了又何妨呢？何况此番的斗争，虽无刀光剑影，却同样凶险无比，精彩绝伦，与六扇门的这一场对决，乃是当世顶尖高手之间的过招，他虽败犹荣。

万历帝叹息一声，挥挥手示意左右把陆天明带下去。

西门秀林是在今天早上接到莫天行的信息的，并在第一时间赶去了顺天府。常峙见到他时，便知道有消息了。猎鹰乱京师久矣，其存在几乎成了朝中的一根刺，如芒在脊，寝食难安，眼看着猎鹰的真实身份要浮出水面，不免有些激动，问道："是谁？"

"杨应龙已经接收到了猎鹰的消息。"

杨应龙接收到了消息，说明这消息是陆天明传出去的。证实了陆天明是猎鹰时，常峙暗暗松了口气，幸好不是凌秋风，锦衣卫尚未烂透，这消息无论是对朝中官员还是对皇上而言，都是一种安慰。

"接下来该如何应对？"

"先去面圣吧。"西门秀林建议道，"印晓天身上揣着城防图已经是公开的秘密了。播州的内斗业已公开化，而对朝廷来说，也到了紧要关头，这个时候谁能抢到印晓天，或许谁就能赢得这场战争最终的胜利。但是目前还有一件事尚未明朗化，田家庆究竟在实施什么计划？"

"这个田家庆实在太可怕了，我们只知道他在利用印晓天实施一个可怕的计划，却得不到这个计划的任何蛛丝马迹。"常峙叹了口气，又道，"侯爷的人……"

"老夫的人肯定会有所行动。"西门秀林毫不客气地打断常峙的话，"但一则清风已去了播州，使播州的形势更加波谲云诡，二则本门武侯在播州毕竟势单力薄，不能妄想他能在整个事件中起多大作用，先去见了皇上再说。"

陆天明被带下去后，万历帝看了眼凌秋风，他看上去有些憔悴，眼里满是红丝。万历帝暗叹一声，道："陆天明你去审吧。"

凌秋风抬头看向万历帝。他的眼神是温和的，没有命令的意思。凌秋风心里明白，皇上心里是有愧疚的，让他去审陆天明实际上是一种补偿，或者说传达出的是一种信任的信息。对凌秋风而言，任何的嘉奖都比不上皇上的信任，于是欣然领命。

万历帝目光一转，落在西门秀林身上。他是六扇门的侯爷，朝野内外最为神秘、最是强大的门派的掌门人，若非是他出手，猎鹰可能尚未被揪出来，那么是不是有办法再次探察到田家庆的计划？

"皇上。"未待万历帝开口，西门秀林仿佛预知了他的心思一般，率先开口了，"种种迹象表明，田家庆的计划已经到了最后阶段，此计划一旦得以实现，可能是石破天惊的。老臣以为，这时候去查计划的具体内容，恐是来不及了，当务之急，先设法抓住印晓天再说。"

万历帝明白，那田家庆既然利用印晓天实施计划，毫无疑问，印晓天定会被重点保护，想要抓他非是件容易的事情，便问道："抓印晓天一事你可有良策？"

"老臣的人会与杨应龙联手，如果条件允许的话，也会跟锦衣卫的暗使配合行动，但能否抓住印晓天，老臣不敢断言。"

万历帝眉头一拢，他知道西门秀林说的是实话，六扇门实力虽强，可播州毕竟远在千里之外，鞭长莫及，而锦衣卫的暗使戈青锋身负重伤，说不好能起多大作用，眼下决战在即，也只能尽人事听天命了。

三

印晓天醒过来的时候,眼前一片漆黑,伸手摸了摸,往后不远处是一石壁,心下顿时凉了半截,不会又回到地穴,让小爷再经受一回吧?

正自心惊胆战,忽听到哐当一声,随即一道火光照进来,印晓天不禁眯了眯眼,用手挡光朝那头看,这才看清楚原来是在一个山洞里,洞口装了一扇木门,顺着火光再往远处看,似乎有一丝丝的亮光透进来,敢情现在仍是白天,他是被放在了山洞最深处。

进来的是两个黑衣中年人。看他们的装扮,就是从酒店里劫持他的那些人,只不过此时他们已摘去了面巾,露出了真面目。印晓天瞧了他们两眼,警惕地站起来,问道:"你们是谁?"

其中一个黑衣人冷冷地道:"我们是刘将军的人,奉将军之令前来找你。"

"刘将军?"印晓天想起来了,明军之中有个叫刘铤的将军,外号刘大刀,忙问道,"你们是刘铤的人?"

"正是。"另一个黑衣人走到印晓天面前,"把你找来,是要问你几件事。"

印晓天听他们是明军的人,安心了些,但看他们的脸色和说话的语气,却又是冷冰冰的,怀着敌意,心里十分不痛快,暗忖:在小爷面前摆什么谱呢?小爷现在知道海龙囤的地形,对此战胜负能起到决定性作用,你们却还用这副态度来待小爷,等会儿小爷少不得要刁难你们一下,方解心头之气。当下没好气地道:"何事要问小爷?"

不想那黑衣抬手就给了他一个大嘴巴子,厉叱道:"在谁面前称爷呢?老子不妨实话告诉你,刘将军的命令是杀了你,要不是老子心慈手软,你小子的命早没了。"

这一巴掌把印晓天打得七荤八素,也彻彻底底把他激怒了,大声道:"杀小爷?刘大刀凭什么杀小爷?现在小爷也不妨告诉你,小爷知道海龙囤的地形,你们要是真想攻入播州去,趁小爷还没反悔,赶紧着把小爷哄高兴了,要不然你们死多少人,小爷还真就不管了。"

"是吗?"另一个黑衣人冷笑道,"你与杨应龙的妹妹卿卿我我的打得火热,现在杨应龙正在找你这妹夫呢,你的话有几分可信?我们已经查清楚了,把你抓来播州,关入地穴的人正是田家庆。他现在又把你放出来,目的何在?你与播州方方面面的势力都有扯不清的关系。现在老子给你个机会,把你与田宏仁、杨应龙如何勾结,要怎生对付明军等事,一件一件说清楚,要是说不清楚,这个山洞就是你的葬身之地了。"

印晓天听着这些话,心头若针扎般的痛。他历经九死一生逃出来,只望能把在地穴所见告知明军,好教他们顺利攻入播州去,可他做梦也没想到,一片赤诚之心喂了狗,人家非但不领他的情,还怀疑他与敌方勾结,欲图不轨。

"哈哈哈,他娘的!"印晓天一声怒笑,心凉到了极点,"真话你们不信,非要小爷编故事?"

"编故事你也得让人相信啊?"那黑衣人冷笑道,"你要嘴硬也无妨,老子这里多的是伺候你的法子,要不要试试?"

印晓天怒骂道:"有种你给小爷试试,延误了战机,你们谁也吃罪不起。"

"看来你小子是不见棺材不落泪。"另一个黑衣人摇头叹息着,从怀里掏出只盒子,揭开盒盖,凑到印晓天面前,"这个东西叫蛊,湘黔一带的土著常用于那些不听话的狼心狗肺、数典忘祖之徒,你小子投敌叛国,用在你身上正好合适。"

印晓天低头一看,瞬间头皮发麻。只见盒子里装的是一条拇指大小的蜈蚣,蜷伏在盒子里,估计是揭开盖子后闻到了气味,开始蠕动起来。印晓天见状,全身的汗毛都竖了起来,怒归怒,心寒归心寒,可好汉不吃眼前亏,真让这东西爬到身上,那还了得,叫道:"有种,你们真他娘的有种,小爷服了,把这脏东西收起来,小爷告诉你们海龙囤的地形就是。"

那黑衣人兀自没有收起来的意思,摇头道:"你得把如何勾结杨应龙、田宏仁的事一桩一桩讲明白了,并诚心悔过,决意报效国家,如此我们才能相信你所说的海龙囤地形是真的。"

印晓天恨不得骂他十八代祖宗,奈何人家手里端着脏东西,打又打不过人家,只得再次服软,道:"小爷打从被抓到播州,再到逃出地穴,压根就没见过什么杨应龙、田宏仁,他们是秃子还是瞎子,小爷都不知道。至于为什么要把小爷抓入地穴,让小爷熟悉海龙囤地形后再放出来,你们信也好,不信也罢,小爷真是不知道。"

话音刚落,旁边的另一个黑衣人陡然抓住印晓天,从腰间抽出一根绳子,将他绑了个结实,扔在地上。那手里端着盒子的黑衣人慢慢地蹲下身子,将那盒子凑到印晓天的鼻端。那蜈蚣蠕动着身子快速地爬将出来，往印晓天的鼻孔钻。

印晓天大骇，叫道："小爷好心好意送消息来，以便你们破城，你们如何不知好……"尚未待他把话说完，只觉鼻端一痒，蜈蚣已经钻入鼻孔里去了。

这样的恐惧和害怕在平时是无法感受到的，当一条百足之虫爬入鼻孔，钻入体内去时，所承受的不仅仅是肉体的痛苦，精神上的伤害更大。可任凭印晓天如何大喊大叫，皆无济于事，蜈蚣已经进入了体内，经过喉管后，不知在哪个角落住下来了，再也感觉不到。

"这个蛊叫作百毒活蛊，让百种毒虫互斗，最后只剩下这么一条，它是吃了百虫之后存活下来的，知道进入你体内会有何后果吗？"那黑衣人冷冷一笑，"会由内而外地感到噬咬的痛楚，随着时间的增加，痛楚感就越来越强烈，直至全身皮肤一寸一寸崩裂、溃烂，最后剧痛而亡。好在此蛊是有解药的，你何时交代，老子何时给你解药。"

印晓天可不是什么英雄，也不是大忠大勇之辈，脸色吓得发白，头上全是冷汗，叫道："你们到底要我说什么？"

那黑衣人道："真话。"

印晓天今天算是彻彻底底领教了什么叫无奈，真话没人信，非要编谎言方能过关。编谎言并不难，甚至可以说是他的长项，可如果编了一堆连自己都瞠目结舌的谎言后，他们会否饶过自己呢？

答应是肯定的，不会。明军认定他已投敌，无论说什么最终都是死路一条。

这也是逃生游戏的其中一环吗？印晓天的心底传来阵阵寒意，到处被追杀，连自己人都要置他于死地，这世界怎么了？

罢了，死就死吧，既然横竖难逃一死，那还编什么谎言呢？每个人都是有底线和尊严的，印晓天当然也有，大声喊道："小爷说的句句是真话，如果你们这些愚蠢的阉货硬是不信，小爷也没办法，有种给小爷个痛快。"

"逞英雄？"那黑衣人冷冷一笑，"老子倒要看看你能撑到什么时候。"说完，招呼了声另一个黑衣人，走出洞去。

洞内安静下来，也暗了下去。对此刻的印晓天来说，这种静谧和黑暗仿佛是催化剂，加速了体内痛楚的蔓延。那两个人出去后没多久，身体里就传来疼痛，开始只是轻微的麻痒，后来这种不适感越来越强烈，又痒又痛，就好像身体里面爬满了蚂蚁，在啃噬着他的肉，这样的痛感与外伤不同，它看不到摸不着，疼痛的感觉会随着筋脉流走全身，更加让人恐惧。

印晓天使劲地挣扎着，奈何四肢被绑，徒然无益。由于身体的运动，血液流动加速，毒性蔓延得更快，疼痛感愈来愈盛。他本以为落入明军手里，算是逃出生天了，没想到迎接他的是比死亡更加痛苦的折磨。

"哈哈哈……"印晓天咬着钢牙一阵怒笑，"王八蛋，阉货，你们这群阉王八，败了死了活该，小爷在阎王那边等着你们！"

越来越痛，越来越难受，印晓天实在受不了这种万蚁噬体的折磨，用力挪动身体，及至石壁时，仰头撞向石壁。他想死，与其受这种折磨，倒不如痛痛快快地一死了之。

有的时候死也是一种解脱。由于印晓天身体本来就虚弱，撞了几下后，便开始晕了，意识逐渐模糊，体内的痛楚似乎也减轻了些。

也许这就是死亡的感觉吧。想到自己真的濒临死亡，不知为何，忽然想起了杨三妹，那杨大美人儿……不，杨三妹，她被黔南三怪抓了去，不知现在怎样了？继而又想起了那胖和尚，那没阉干净的东西，在酒店里当众对杨三妹又搂又亲，如今被他掳了去，她一定生不如死吧？

不行！印晓天晃了晃脑袋，小爷就算要死也得去把我的杨大美人儿救出来，让她脱离了苦海再死不迟。如此想着，便挣扎着坐起来，靠在石壁上思索脱身之策。他在这世上，除了王兴外，可谓举目无亲，不过那老太监倒是不用担心，他在宫里好歹生活无忧。来了播州后，许是冥冥之中的安排，让他结识了杨三妹，若是换作他人，断然不会对敌人动心。可他印晓天非是普通人，即便他知道杨三妹跟着他别有用心，那又如何，喜欢一个人莫非也要受到外界种种因素的拘囿吗？他才不管，如果老天垂怜，兴许就成全了他们的这段姻缘呢？

想到杨三妹，印晓天只觉连身上的痛楚都减轻了许多。得去救她，无论是为了自己心里好受些，还是为了这段感情，抑或是出于男人保护女人的天性，救她出狼窝，都是他义无反顾的事。

正想着如何才能摆脱那些黑衣人，忽听得外面传来一声厉喝，随即便是一阵激烈的兵器撞击声。印晓天神色一振，是哪个受菩萨点化，前来救小爷了？

听到那打斗声，印晓天忍不住兴奋起来，他不用死了，可以出去救杨三妹了！

一阵激烈的金铁狂鸣后，打斗声越来越稀，不多时走进来一个人。印晓天努力地瞪大眼睛往那人打量，依稀见得那人约四旬上下，颌下有一缕胡须，穿的是一身黑色的交领道袍，因不知来者是哪方面的人，问道："你是谁？"

"明军的人。"那人边说边走上来。

印晓天闻言，又有种想撞墙的冲动，怎么又是明军的人？

事实上此人印晓天见过，只不过换了面目认不出来了而已，此人正是六扇门的武侯百变郎君莫天行。莫天行走到他身边蹲下，替他解了绑，一手捏住他的嘴，不知塞了粒什么东西进去。

印晓天唔唔两声，想要拒绝。莫天行却没给他机会，手在他的下巴一拍，咕噜一声，吞了下去。

"这是解药。"莫天行一手提了印晓天起来，不由分说便往外走。

"你要带小爷去哪儿？"

"自然是去明军军营。"

"小爷不去。"吃了解药后，身上的疼痛大减，印晓天挣扎道。

莫天行回头看了他一眼，问道："不去军营你要去何处？"

印晓天执拗地道："去救杨三妹！"

莫天行苦笑道："再与她纠缠，你便跳进黄河也洗不清了。"

此时印晓天已恢复了些力气，甩开他的手，嘿嘿冷笑道："莫非你们现在相信小爷吗？"

莫天行一时语塞。战争之时，细作猖獗，连皇上、刘綖身边都出现了细作，哪个会尽信被静月和田家庆利用，从敌营里出来的，还与杨应龙的妹妹有扯不清关系的印晓天？在去营救戈青锋之前，刘綖曾交代莫天行，印晓天若能用，亦须慎重对待，考察其一言一行，若不能用，杀之亦无妨。

对于刘綖之言，莫天行是认同的。尽管京师传来消息说，印晓天的身世是清白的，但是经过了如此一番变故，在涉及国家安危的重大问题上，面对印晓天时哪个敢掉以轻心？

"若要人相信，须拿出足够的诚意。"

"是吗？"印晓天讥讽道，"若小爷现在把海龙囤的地形图画出来，你敢信吗？"

"如果真能把海龙囤的地形图画出来，待此战一结束，大明朝上上下下都会感谢你。"莫天行说话模棱两可。因为评价印晓天的功过，必须是等到战争过后，而在当下，他的一举一动依然需要认真审察。

印晓天不傻，他自然听得出那不过是敷衍之词，不过他现在不在乎了，身处这个敢死的逃生游戏之中，还剩五天时间，他多半是活不了的，生死由人不由命，是否受人怀疑重要吗？"你们信，我便把城防图画出来，算是尽了大明子民的一份力，若不信，那也是无可奈何的事，此战之胜负也只能由他去了。"

"莫信此人的话。"印晓天话音刚落，洞外忽然传来一个声音。此时二人已接近洞口，能看清楚洞外的情况。只见外面站了个人，头上戴了顶藤制的大帽，几乎将整个脸都遮住了，手持一柄剑，整个人看上去与那柄剑一样，冷酷无情，带着股浓烈的杀气。

印晓天虽然看不清他的脸，但此人却是太熟悉了。刚要说话，便听洞外那人又道："你身边的这人是杨应龙派来的，跟他走你就死了。"

印晓天大吃一惊，不由得回头看了眼莫天行。莫天行冷冷一笑，道："你就是传说中的血梅、播州府的归无迹吧？如果我猜得没错的话，你应该就是田家庆那计划的实际实施者。"

印晓天悄悄地往后退了两步。对他而言，莫天行无论是杨应龙的人，还是明军的人，诚如归无迹所说的，跟他走就死了。从这个角度上来看，跟着归无迹走至少可以躲过这一劫，有机会把杨三妹救出来。

莫天行是何等人物，即便危机当前，依旧是眼观六路耳听八方，印晓天的举动早已落入他的眼里，心头不由得一震，莫非印晓天果然已叛变？

心念未已，归无迹动手了。锵的一声龙吟响起时，大片的剑光往洞口覆盖过来，他的剑与他的人一样，冷峻、杀气凛然，而且出剑的角度十分刁钻、狠毒。莫天行毕竟是见过大阵仗的，面对归无迹凌厉的招式并不慌张，脚下一退一进，巧妙地躲开了对方的剑网，身若游鱼一般从洞口边缘滑了出去。他的想法是先离开此洞，以便施展身手与归无迹一较高下，因为无论印晓天是否叛变，此人都不能留给田家庆。哪承想刚出了洞口，便看到周围齐刷刷地站了一批黑衣人，他们个个手持兵器，杀气腾腾，见莫天行现身，未等归无迹命令，无声地攻了过来。

见此阵仗，莫天行心头大震，莫非这是一个圈套？好一个田家庆啊，他明白各方势力都在找印晓天，索性将计就计，在播州城闹出个大动静，然后请君入瓮。

"与杨应龙合作你以为就能拿下播州？"归无迹嘴角一撇，好像是在笑，但在这一笑之中却流露出一股逼人的杀气，"你错了！双雄相争，无非你死我活罢了，杨应龙再傻也明白这个道理，所以你们的合作注定了要以失败告终。看着吧，等把你抓了，杨应龙还是会与田少爷合作。"

那些黑衣人俱是百里挑一的好手，每个人均可独当一面，联合起来时，便会汇作一股狂风骤雨。无论你修为如何，有多少临阵经验，在一波又一波激烈的攻击下，也难免若浮萍一般，身不由己。

看到莫天行左支右绌，印晓天暗松了口气，这家伙不行了，那么他就可以免于被明军逼供。心念未已，林子里陡然传出一个声音："这么多人欺负一个，不嫌无耻了些吗？"

印晓天闻言，心想会是哪个来救莫天行？定睛一看，只见林子里一瘸一拐地走来位二十五六岁汉子，头发乱得像鸟窝，从脸颊到嘴角有一道细长的疤，留着一脸的胡子，手里提着壶酒，人未至一股酒气早已随着林子里风扑面而来，整个人看上去暮气沉沉，唯独那双眼睛是雪亮的，透着股沉稳、冷静和狼一般的狠劲儿。

"戈青锋。"归无迹冷冷地注视着他，整个人在这一瞬间似乎变成了一柄锋利的剑，寒意森然，那张死人一般僵硬的脸上掠过一抹残酷的笑意，"正愁找不到机会杀你，你自己倒送上门来了！"

戈青锋仰头一阵狂饮，直至壶底朝天方罢，然后随手将那酒壶一扔，冷笑道："你杀不了我，相反，今日你得死。"

"哦？"归无迹讶然地看着他，等着他继续往下说。戈青锋摇摇晃晃地走上来，道："杨大将军的人马上就到，播州那么多官员都死在你手里，说不定连杨兆龙之死都是你下的套。若是落在杨大将军手里，你死一百回都不够他解恨的。"

印晓天闻言，心下一沉，心想杨应龙、田家庆、明军等三方的人都先后出现了，小爷端的成了抢手货！

一阵风吹来，撩起归无迹的头发，这使他看起来更加冷峻、阴沉，道："咱们走着瞧！"

戈青锋转头看了眼被黑衣人包围的莫天行，眼神有些复杂。他是听到莫天行与杨应龙合作的消息后，将自己灌得有七八分醉意时，强撑着出来的，若非靠酒精的麻醉，以他此时的身体状况来说，恐怕连马背都爬不上去，但如果不走这一趟，不去求证一下那莫天行是否就是把他从阎王爷处拉回来的人，委实心里难安。亏得他在播州这么多年，又一直在三圆山监狱任职，接触的均是些三教九流的人物，认识的人多、人脉广，通过播州城酒店里发生的事，边打听边追踪，越来越觉得此事蹊跷。因为他追踪到了劫持印晓天的那伙人，却始终没有发现杨三妹的踪迹，这说明什么？

或许那些人是刻意留下蛛丝马迹，想让有些人知道印晓天的去向，说明这可能是个圈套。意识到这一点后，戈青锋差人去向杨应龙报告了这一情况，如果说莫天行真是救他的那个人，他此时只能依靠杨应龙帮他脱离危险。

在抵达此地外围时，戈青锋通过声音证实了他就是救他的那个人，这让他激动无比。这么多年的潜伏生涯，他都是一个人，这情形就好像在茫茫黑夜里驾驶着一艘船，行驶在望不到岸的大海上，看不到光明，自然也看不到希望，他只能靠着毅力和信念苦苦支撑着。当他觉得快撑不下去了，想要放弃时，莫天行突然出现了，给了他光明和希望，让他体内的热血再次沸腾起来，他并不是一个人在战斗，还有战友在与他一同出生入死！现在莫天行有难，他必须倾尽全力，将他救出来，哪怕是为此死了，也在所不惜。

莫天行也看了他一眼，此刻，他俩虽都没有言语，但这瞬间的眼神交流，彼此都心知肚明，他们是一个阵营的兄弟，是在为朝廷、为这个国家在战斗！莫天行陡地哈哈一笑，豪情万丈，出掌如风，只听一阵啪啪啪声响，三五个人在他面前倒跌开去。戈青锋也不甘落后，尽管他此时全身若散了架一般，一动就会痛，但热血已经燃烧了起来，这使他忘却了痛楚，加入战斗之中。

约一炷香的时辰过后，他们等到了杨应龙派来的人，然等到的结果却大出二人意料。

杨应龙孤零零地坐在杨兆龙的灵柩前，秋天的夜风从灵堂外吹过来，他不觉打了个寒战。弟弟死了，妹妹失踪，一个血仇未雪，一个生死未卜，而如今的局势又是内有田家，外有明军，内外交困，想到这些，杨应龙的心头掠上抹英雄末路的苍凉感。

百战疲劳壮士哀，

中原一败势难回。

江东子弟今虽在，

肯与君王卷土来？

杨应龙冷冷一笑，望了眼躺在棺材里的杨兆龙，莫名想起了当年的西楚霸王，八千子弟，横起江东，气势如虹，叱咤关中，奈何势去，兵败乌江。他如今又何尝不是呢？杨氏在播州虽是世族，在祖辈的努力下，才有了能与五司七姓并肩而立的地位，但是要说杨氏的崛起，在播州以霸主的姿态出现，却是在他手里实现的。他不光要与五司七姓争，还要与朝廷争，只有打赢了这一战，他才算是播州的王，其地位才无人可撼动。

五司七姓看到了他的雄心，个个战战兢兢，生恐自己的地位受到威胁，终于在田家庆的撺掇下，趁着明军攻城，联起手来从中作梗。杨应龙咬了咬钢牙，看来是他把事情想简单了，以为明军大举来袭，五司七姓至少会为了各自的利益一致对外，没想到田家庆翻云覆雨，利用局势，布下了一个大局，以至于教他陷入了泥潭，挣扎不得，更不知该如何下手，左右为难。

"二弟啊！"杨应龙大叹一声，"大哥无用，你走后，没将三妹看好，丢了……"

杨应龙正自悲叹，外面突然传来一阵嘈杂声，旋即有人入内禀报说田家庆到了。

杨应龙一怔，好你个田家庆啊，你利用血梅杀害播州众多官员，你我之矛盾俨然公开化，你就不怕我将你杀了吗？

"谁同他一块儿来的？"

"就一个推车的丫鬟，无他人陪同。"

杨应龙微微一愣，是谁给他的胆子敢往海龙囤闯？或者说是什么力量让他有孤身犯险的勇气？

"让他进来。"杨应龙知道田家庆非同寻常，但依然好奇他此番所为何来，会用什么样的理由说服他不拧下他的头颅。

田家庆进来的时候，靠在轮椅上，那张脸依然苍白、病态恹恹，但他很镇定，似乎全然不担心杨应龙会将他怎么样。杨应龙看到那张脸时，只觉有一股森然之气扑面而来，这个病秧子虽然一股病入膏肓的模样，却天生有一种独特的气质，令人不寒而栗。似乎这世界上没有他解决不了的问题，哪怕是再大的危机，亦淡然若素，不能从他的表情中看到一丝波动。

这样的人实在太可怕了！杨应龙明明知道这里是自己的巢穴，要杀那病秧子易如反掌，但他依然感到有些紧张，因为他清楚田家庆不是来送死的，一定有办法不教他动手，甚至让他服软。

"莫非你是想清楚了，来主动投案的吗？"杨应龙故意提高音量，使自己看上去有气势些。

"大将军。"田家庆略微调整了下坐姿，目光炯然有神地看着杨应龙道，"在下说过，当此危难之际，五司七姓理应团结起来一致对外，以前在下是如此认为，现在、将来也会一直持此态度。"

杨应龙冷冷一笑，沉声道："指使血梅杀害大量播州官员，就是你一致对外的态度吗？"

田家庆垂下眼睑，幽幽地叹了口气。杨应龙眼中寒芒一闪，嘿嘿怪笑道：

"无以反驳了吗？"

田家庆又是一叹，痛惜地道："大将军依然相信戈青锋啊？"

杨应龙气极而笑，如果你想用花言巧语获取我的信任，那是痴心妄想了！

"如果归无迹是血梅，大将军可曾想过，是谁把戈青锋救出去的？"

杨应龙一时语塞。事实上他至今没想清楚这里面究竟是怎么回事，杨兆龙的死把他的心彻底打乱了，是谁易容来害杨兆龙的？他临死前说归无迹就是血梅，那么来营救戈青锋的那个"血梅"又是谁？

"戈青锋是朝廷的人。"田家庆郑重地道，"这件事情在下已经查实了，他真实的身份是锦衣卫暗使。"

杨应龙心头一震，道："证据呢？"

田家庆从怀中取出一张纸，示意后面的丫鬟交给杨应龙。

杨应龙半信半疑地瞟了他一眼，伸手接过纸，只见上面写道：莫天行是六扇门的武侯，戈青锋乃锦衣卫暗使，计划正如期推进，我主宽心，影子。

什么计划？影子是谁？

"这个计划叫作刺明。"田家庆又将身体靠在轮椅上，淡淡地道，"影子是在下安插在京师的一枚钉子。"

杨应龙倒吸了口凉气，这是不是意味着，猎鹰的落网与影子有关？不管他们之间是否承认，事实上杨田两家的暗斗从没断过。自从这场战争伊始，他们之间的暗斗从播州延伸到了京师，双方的细作展开了你死我活的斗争。杨应龙一直以为，他已经挖掉了田家庆在京师的细作，并且大致摸清楚了他正在实施的计划。现在看来他错了，不，准确地说是他再次低估了田家庆，原来他在京师安插的细作，除了静月和胡永寿父子外，还有个影子，而且比猎鹰隐藏得更深。

怪不得！杨应龙忽然想明白了，冉小七为什么会在毫无预兆的情况下暴露身份？原来是影子！

四

天气阴沉沉的，这阴郁的天色使得夜幕降临得特别早，刚到申时天就黑了。

凌秋风走入锦衣卫刑狱的时候，里面已经燃起了火把，空气中除了霉变味外又多了股刺鼻的味道。他用手抹了抹鼻子，推开门，走进了审讯室。

审讯室里面有些闷热，教人透不过气来。凌秋风脱下外套，露出那身龙首、鱼身、生有双翼的飞鱼服。锦衣卫平时是不穿飞鱼服的，只在有重大活动或有特殊需要时方才穿戴。凌秋风今日之所以穿上它，乃是有意为之，希望陆天明看到这身服饰会生悔过之心，从而在他那里得到更多关于播州的线索。

陆天明抬头看了他一眼，眼睛在飞鱼服上停留了片刻，又转了开去，脸上没有任何变化。

凌秋风在他面前坐下，叹道："我原本是最信任你的，但凡只要有你参与的行动，我都十分安心，唉……如今看来，冉小七应该是你故意放走的，是吧？"

陆天明没有直接回答他的问题，反问道："如今凌指挥使还会信任我吗？"

凌秋风被他这突如其来的一问，问得措手不及，微微一愣，道："这自然得看你的表现了。"

"凌指挥使认为冉小七是谁揭露的？"

凌秋风又是愣了一下，难道不是胡永寿父子吗？他看着陆天明的眼睛，心头陡然沉重起来，隔了会儿才艰难地问出口："是谁？"

"如果我一下子说出来，凌指挥使可能很难接受，甚至不敢相信，容我一点一点分析，如何？"

凌秋风的心头忽然怦怦跳了起来。按理说这样的审讯他经历得太多了，比陆天明级别更高的罪官坐在他面前也有的是，他没有理由会紧张。可现在面对陆天明，他无由来地紧张起来，甚至内心有一丝的恐惧。

如果冉小七不是胡永寿父子揭露的，如果京师潜伏着一个比猎鹰还深的细作……看着陆天明那张严肃的凝重的脸，凌秋风只觉脊梁骨发凉。

"静月为了与田家合作，达到其报仇的目的，不惜一切配合田家庆。他在京师所做的一举一动是谁在指挥？如果说捕鹰计划是事先设计好的，那么在静月受到怀疑时，胡永寿父子为何会那么快做出反应，挺身而出去为静月洗清嫌疑？"陆天明在说这段话的时候，又恢复了在职时那种沉着冷静的神态，眼里发着光，"胡永寿父子如此做，固然是想把凌指挥使拉下水，将水搅浑，但有两点对他们非常不利。其一，会透露出静月与田家合作的一些秘密，其二，他们也将被怀疑，因为区区一个顺天府的捕头敢去跟踪调查锦衣卫的指挥使，无论他调查到的证据是否属实，但由于事关重大，朝廷定会加以重视并展开调查，不利于他们潜伏。永寿南北杂物商行是田家安插在京师的一个重要据点，经营多年，何其不易，然胡永寿父子却在短时间内做出决定，去为静月洗嫌疑，谁给他们下的命令？"

凌秋风坐不住了。他知道陆天明的分析是正确的，作为杨应龙安插在京师的资深细作猎鹰，在临死之际，他完全有理由揭发田家的细作，为杨应龙最后再做一次贡献。

"我很早就感觉到，在胡永寿父子的背后，有一个高人存在，而此人才是我在京师的真正对手，因此我一直在暗中调查。"陆天明停顿了下话头后，又道，"怎奈此人隐藏得实在太深了，我只知道他代号影子，至于究竟是谁，尚未能查出来。"

"影子！"最担心、最害怕的事终于还是来了，先前以为猎鹰是播州方面潜伏在京师最深的细作，只要把猎鹰揪出来，于这场战争而言，便是取得了阶段性的胜利。现在看来，胜利不仅远远未至，而且尚处于黎明前最黑暗的，同时也是最难熬的时候。

凌秋风艰难地咽了口唾液，问道："胡永寿父子有没有可能知道影子是谁？"

陆天明摇头道："只怕未必知道。"

凌秋风沉默，是的，对于这样一名高级别的细作，哪怕是直接听命于他的下属，也未必能知道他真正的身份。

"不过我倒是可以给凌指挥使提供一个调查的方向。"陆天明道，"种种迹象表明，田家庆的计划已经启动，近两日内影子一定会有行动。"

"猎鹰落网，是不是影子干的？"杨应龙听到"影子"这个代号时，同凌秋风的心情是一样的，紧张而又恐惧，从影子再联想到田家庆正在实施的"刺明计划"，不禁让杨应龙生出一股森然寒意，那是种看不见又摸不着的恐慌，像影子一样无形却无处不在，他瞪大了眼看着田家庆，仿佛想要一口将他吞噬，厉喝道，"说，是不是影子干的？"

"够了！"田家庆这一声"够了"声音不大，却相当有气势。他冷冷地看着杨应龙那张扭曲的脸，像是在看一只关在笼子里的凶兽，有几分藐视和不屑，"胡永寿父子、静月在京师被逮捕，难道不是猎鹰干的吗？明军尚未打进来，你我倒是打得不可开交，照这么下去，只能让明军得渔翁之利。倾巢之下焉有完卵乎？播州城若是被克，你我只有死路一条，在这一点上我们的利益是一致的对吧？生死存亡之际，你我只能联起手来一致对外，待解决了外敌，内部的矛盾以后再解决，如何？"

"教我如何信你？"

"不难，在下邀大将军去看一场戏，看我如何将明军的细作一网打尽。"田家庆胸有成竹地看着杨应龙，徐徐地道，"现在，请大将军下令逮捕戈青锋，以他为饵，将明军的细作引出来。"

杨应龙惊道："你的意思是说，播州城内不止戈青锋一个细作？"

田家庆断然道："不止他一个。"

杨应龙的呼吸顿时急促起来，如果田家庆说的是真的，那么现实的情况比他想象的还要可怕和复杂。生死存亡面前，容不得半点马虎和犹豫，这一次他决定相信田家庆，因为至少有一点他说得没错，倾巢之下焉有完卵乎？既然他说逮捕戈青锋能引明军的细作出来，并邀请他一起观局，这说明他没有撒谎。现在他唯一的疑问是刺明计划到底是什么？

"刺明计划是一次怎样的行动？"杨应龙终究还是问出了口，他觉得现在可能是摸清楚田家庆最好的时机了，既然要合作，首先需要坦诚，"印晓天在这次行动中担任什么样的角色？"

"说穿了其实也不复杂。"田家庆微微一笑，"就是让明军相信印晓天，并利用印晓天把明军引入海龙囤，来个瓮中捉鳖。"

"明军会相信印晓天吗？"杨应龙觉得在重要的军事行动中，任何一个将领都不会轻易去相信从敌方逃出来的人。

田家庆点头道："会的。"

杨应龙看了眼手里这张影子送来的密信，又问道："影子远在京师，他为什么说刺明计划如期推进？"

"影子在这个计划中非常重要，因为只有他能让明军相信印晓天。"

"影子是谁？"

"知道影子的人越少，这个计划成功的概率便越高，请将军恕在下无法奉告。但有一件事在下可以明确地告诉大将军，在下或能为杨二哥报仇。"田家庆见杨应龙一脸的紧张，微微一笑，一切尽在他掌控之中，从现在开始杨应龙也将成为他的一枚棋子，"如果在下所料不差的话，救戈青锋的正是杀杨二哥之人。今日我在播州城设了个局，现此人应已入局，大将军只需派出人手去，定可手到擒来。"

杨应龙震惊地看着田家庆，战栗着道："三妹她……"

"大将军放心，三妹无碍。"

"好！"杨应龙再无疑虑，派人出去，命令先前去追踪戈青锋的人，见到戈青锋立时抓捕。

戈青锋做梦也没有想到，由于对形势的误判，会给自己以及莫天行带来灭顶之灾。但这似乎也是个无解之局，因为影子的存在对每一个潜伏之人来说都是致命的。看着戈青锋和莫天行二人被带走，归无迹冰冷的脸上出现了一抹淡淡的笑意，看来这一回合田家庆又赢了。

印晓天轻叹一声，总算是捡了条命回来，但这一次他是为杨三妹而活下来的，不然刚才早一头撞死了，便起身往外走，他得去救她。

归无迹叫道："你要去何处？"

印晓天头也没回，边往前走边道："去救杨大美人儿。"

"出去你就得死。"归无迹沉声道，"刘綎不会放过你的。"

"他凭什么？"印晓天停下脚步，低吼了一句。杨应龙、田家庆要利用他也好，想杀他也罢，他认了，可他实在想不明白，明军为何也要杀他。身上的余痛兀自在折磨着他，而此时伤得最重的则是他的心。他是在京师长大的，后又在锦衣卫打杂，虽无大富大贵，但那种无忧无虑的日子他是知足的，要什么惊天动地，说什么为国为民，每天吹吹牛、喝喝酒，他觉得挺好。这么多年无忧无虑的日子过下来，他对王兴、对朝廷是感激的，没有稳定的生活环境，何来他无忧无虑的日子呢？所以他虽没有为了什么家国天下去拼杀的念头，只想过那种市井小民的生活，可作为市井小民他是合格的，从来没有对国家起过歹念。

到了龙隐谷地穴后，身处那种极端的环境中，他甚至时刻想着出去后要为国家出一份力，把海龙囤的地形告知明军，好让他们早日破城。哪里想到，出来后一腔热忱居然喂了狗，得不到信任不说，还派人来杀他，凭什么？

"凭什么？"归无迹冷哼一声，"凭这是一场你死我活的战争，一切不利于战争的因素，务必清除，凭你与杨三妹打得火热，凭你的授业恩师是播州人，且为了一己之私欲，欺骗了朝廷，与播州田家暗通款曲，凭这些他们就可以将你千刀万剐。"

"什么？"印晓天霍地转过身去，吃惊地看着归无迹，如被人兜头浇了一桶冷水，传来一阵透体的寒意，"他……"

"怎么，不信？"归无迹透过藤制大帽，看了眼印晓天，将播州玉虚观的人如何被杨应龙抓去建海龙囤，玉贞子等人又是如何死在里面，静月和清风逃出来后，又是如何隐姓埋名伺机复仇，以及静月制造道袍事件等事详详细细地说了一遍。

印晓天听完，目瞪口呆，久久没有回过神来。

太不可思议了，原来在地穴看到的那千人坑，有很大一部分是静月的同门；原来当初郑而重之给他的那件道袍，居然是故弄玄虚，是在利用他；原来从他接过那件道袍的那一刻开始，他就一步一步走入了别人安排的陷阱，走上了一条不归路，成为众矢之的，从此后没人会相信他，他只有一条路可以走，那就是死。

可是此时的印晓天怎么也想不到，当他知道了真相后，却已经掉入了另一个陷阱，继续为人利用，走向另一条绝路。

"你也不用灰心丧气，还有一条路可以走。"归无迹从印晓天的脸上看到了绝望，走到他面前，似乎是想劝慰他，"因为还有人想要你活着。"

"你吗？"印晓天看着归无迹，冷冷一笑，"你究竟是谁？"

归无迹手一伸，把那顶大帽摘了下来，露出那张精悍冷酷的脸，像是寒风里一柄冰冷锋利的刀，孤峭犀利，连脸庞的棱角都散发着逼人的寒气："事到如今，不妨与你交个底，我表面身份是杨兆龙的副手，平时替杨兆龙打理播州宣慰司事务。"

"真实身份呢？"

"田家安排在杨应龙身边的细作，代号血梅。"归无迹道，"田家一直在与杨氏争权，所以田家和静月的目标是一致的，都想杀了杨应龙，可惜静月失败了，所以田家放弃了他，选择了你。"

"选择了我？"印晓天的脑海里马上跳出在地穴时的情景，看来这一切都是田家安排的。

归无迹道："静月策划道袍事件，真正的目的是要引出猎鹰。去年天邦囤一战，明军惨败，事实上是猎鹰及时传递军情之功。猎鹰的存在，不只威胁着明军，同时也威胁着田家。静月为了实现他的复仇计划，打击杨氏，这才有了道袍事件，试图引出猎鹰，所以从他把道袍交给你的那一刻起，你就不再是你自己了，而是别人手里的一枚棋子，生死不计。"

印晓天问道："为何要把我抓到播州，关在龙隐谷地穴内，设定一十一天的时限？"

归无迹道："按照田家庆最初的设想，抓你入播州仅仅是为了把你当人质而已。但他很快发现了问题所在。"

"什么问题？"

归无迹道:"静月为了复仇,卧薪尝胆几十年,在紧要关头不惜以你为饵,引猎鹰现身,换句话说,为了复仇他可以不惜一切,那么抓你做人质又有何意义呢?"

印晓天苦笑一声,没有作声,他为自己感到悲哀。归无迹继道:"静月的道袍事件实际上是他唱的空城计,道袍上所暗示的城防图根本不存在。为了掣肘静月,田家庆设计了逃生游戏,说白了就是一场故弄玄虚的游戏,让你深入游戏设置的情境之中,一步一步接近海龙囤模型。"

印晓天为人机灵,听到这儿恍然大悟,叫道:"如果静月有异心,就把小爷抛出去,他的空城计就拆穿了,皇上定然饶不了他!"然转念一想,这里面是有问题的,空城计毕竟是空城计,骗得了皇上一时,但不可能永远骗下去,早晚是要被拆穿的。从目前来看,逃生游戏从地穴延伸到了外部,实际上与掣肘静月已无多大关系,这里面又有何玄机?此外,他现已知晓海龙囤的模型,难道田家就不怕他真的献给明军吗?为何要故弄玄虚,让他一步一步接近海龙囤?

归无迹目光炯炯地看着他,似已猜透其心思,说道:"如果静月没有问题,成功揪出了猎鹰,并且促使朝廷灭了杨应龙,让田家主掌播州,你就没有必要去接近海龙囤的模型了。换句话说,你成功在海龙囤模型上走了一遍,并且能活到现在,是因为静月失败了。此外,你不学无术,武功低微,却从海龙囤地穴毫发无损地逃了出来,这话说出去没人会信。偏偏你小子还是个多情种,从地穴出来后,与杨三妹纠缠不清,朝廷方面对你的疑心就更大了。"

印晓天嘿嘿一阵苦笑,看来地穴出口的那块木牌上说得没错,退后一步是牢笼,往前一步是地狱,所谓的地狱实则就是人心。

多么可怕的现实!历经千辛万苦想要逃出来,可是当真正逃出来的时候才发现,原来你不再是原来的那个你,在这个世界上你的存在就像他人心里的一根刺,唯拔之,方才痛快。

既然如此的话,与杨三妹在一起又何妨呢?横竖是死,横竖让人不信任,倒不如抛开世俗的一切,不再去讨好,不再奢求他人的相信,尽情地活出自我,即便是只能活几天,至少也潇潇洒洒地活过一回,不是吗?

归无迹留意着他的表情变化,道:"在这个世上,还是有人相信你的。"

"你吗?"印晓天不屑地一笑,"就算你信任小爷,又有何用?"

"至少可以活下去。"归无迹郑重地道,"可以和你所爱的人在一起,去过另一种生活。"

印晓天目不转睛地看着他，眼里又有了些光彩，杨三妹对他的诱惑是极大的，有她在身边，即便是被所有人误解又何如，小爷过小爷的逍遥日子去就是了，"你安排小爷去地穴，又引导小爷出来，玩这他娘的逃生游戏，究竟想要干什么，现在游戏结束了吗？"

归无迹道："你还得继续往前走。"

印晓天瞪大了眼睛，怒道："究竟要玩到什么时候？"

"莫非你不想救杨三妹了吗？"

想到杨三妹，印晓天莫名紧张了起来，"她在何处？"

归无迹眼里精光一闪，显然他是知道杨三妹在哪儿的，却摇头道："我还不知道她在哪儿，或许是让播州的某个势力抓了起来，也或许是在明军手里。但是，想要跟她过一辈子，你必须得做到两件事，一是找到她并把她救出来，二是利用明军打败杨应龙。"

印晓天愕然道："为何一定要打败杨应龙？"如果他真的利用明军打败了杨应龙，还能和杨三妹在一起吗？即便在一起了，是否会过得幸福？

归无迹知道他的顾虑，微微一叹，道："杨应龙知道你是从龙隐谷走出来的，掌握了海龙囤的地形，你觉得以他的性格，他会让你活着吗？"

印晓天闻言，地穴里的情景一幕一幕掠过心头，那个密室、巨型计时器、千人坑，以及海龙囤模型等。他在经历那一切的时候，就已经与杨应龙结下了生死之约，非死即生，他们之间只能活下来一个。与此同时，也与田家庆结下了难解之缘，从地穴开始直至现在，从这个逃生游戏中一关一关闯过来，田家庆既是这个游戏的设计者，亦是主宰者，他的命运几乎由着田家庆摆弄，这也正是他能有惊无险走到今天的原因。田家庆不想让他死，他就算有轻生的念头，也无法遂愿。

这是个解不开的死局，除非杨应龙倒台，不然这个逃生游戏只怕永远都不会结束。

然而，这里面有个关键问题，很显然，田家庆是要利用他打败杨应龙，从而实现主掌播州的目的。但如今的情况是杨应龙不信任他，明军也不信任他，双方都想将他除之而后快，那么利用明军灭掉杨应龙的目标要如何实现？

"说你的计划吧。"印晓天觉得既然双方已经到了摊牌的时候，那就把话说透了，冷冷地看着归无迹道，"小爷是你们手里所捏的一枚棋子，何时生何时死，不过是执棋者一念之间的事，给小爷个痛快，怎么干？"

归无迹孤峭的脸上浮上一抹光彩："想明白了？"

"想明白了？"印晓天冷哼一声，能想得明白吗？谁都想让他死，到处追杀他，他想得明白想不明白，又如何？人都想活着，他只是个小人物而已，不是什么大英雄，不会为了国家、理想委曲求全，甚至不惜付出生命而成全绝大多数人的利益，他只想活着，平平庸庸地活着，仅此而已，"想不明白又当如何？"

"好。"归无迹伸出手拍了拍他的肩膀，"接下来要走的是逃生游戏的最后一关，生死关，我会与你一起闯。"

印晓天愕然地看着他，这游戏不是田家庆设定的吗，何以要你与我一起闯？

归无迹眼中精光闪闪，说道："生死关不是田家庆设定的，而是必须要经历的，唯走完了这最后一关，他的计划才能完成。"

印晓天看着他的表情，不觉紧张起来，问道："生死关是什么？"

"走吧。"归无迹擦过印晓天的肩膀往前走去，"很多事提前知道了结局未必就是好事，只有未知的，才会让人感觉到希望。"

印晓天转身，看到归无迹的背影时，颇有种壮士一去兮不复还的壮烈，不禁心头一凛，掠过一抹不祥的预感。

时间在不知不觉中流逝，夜深了，印晓天边走边仰头深深地吸了口气，又是一天过去了，接下来要去面对的将会是什么呢？

第七天：影子

一

凌秋风连夜突击审讯了胡永寿父子。影子的陡然出现，让他感觉到心慌、紧张甚至是恐惧，这种感觉比之寻找猎鹰时更甚，短短几天内，他的人生经历了大起大落。这些天他始终行走在悬崖的边缘，一步走错，万劫不复，而这一切皆缘于猎鹰的存在，如果再来一遍，他不知道自己能否看到战争的胜利。

影子比猎鹰更可怕，藏得更深，凌秋风知道胡永寿父子未必知道影子是谁，但如果不连夜审讯，估计会寝食难安。为了保证审讯的效果和效率，他采取了特殊手段。

胡永寿被提到审讯室内，既未被绑起来，也未上刑，只是被安排坐在椅子上，背后站了两名带刀的锦衣卫。凌秋风则坐在胡永寿对面，两个人只隔了一尺距离，佯装出一副轻松随意的姿态，漫不经心地看着胡永寿。此时，在隔壁的审讯室不断地传来用刑和惨叫的声音，那是胡青云的叫声，从他的叫声中不难判断出，用了大刑。

锦衣卫用刑的手段是出了名的，凌秋风没动胡永寿，却让他听到其子正在被用刑的声音，这一静一动，是无比煎熬和折磨的，其效果甚至比直接在胡永寿身上用刑还要难受。

听着那一阵阵叫声，胡永寿的脸色越来越难看，那张圆头圆脑颇为贵气的脸渐渐地扭曲，眼里露着红丝，似要喷出火来。

这是凌秋风想要看到的效果，胡永寿的情绪越激动、内心越痛苦，凌秋风就越放松。他悠悠然地起身，走到靠墙的一张桌子前，捏起杯子饮了口酒，然后咂咂嘴，目光一抬，再次落向胡永寿，说道："如果你说出影子是谁，我念在你有重大立功表现，放你儿子一马，抓到影子之后，保证还他一个自由身。"

凌秋风边说边慢慢地走近胡永寿身侧，俯下身去又道："你总不会为了一个影子，葬送自己的儿子，让胡家断子绝孙吧？"

"我不知道影子是谁……"胡永寿无法再忍受这样的折磨，忽然冲凌秋风吼叫道。随着这一声吼叫，他涕泗俱下，那叫声最终变成了悲痛欲绝的哀嚎。

看着胡永寿的样子，凌秋风显然有些失望。尽管他早就预判胡永寿可能并不清楚影子的真正身份，但当他看到胡永寿绝望的神情时，他也感到了一种绝望，如果在胡永寿这里找不到突破口，那么想要挖出影子的概率几乎为零。

"影子平时是如何联系你的？"凌秋风发出低沉的声音，尽管他尽量想克制自己保持平静，但声音中还是透露出了一丝不安和恐慌。好在胡永寿正处在疯狂的边缘，没有听出他声音中的破绽，用一种近乎恳求的语气对凌秋风道："请先停止用刑，容我慢慢交代，可好？"

凌秋风朝侍候在侧的一名锦衣卫使了个眼色，那人会意，转身出去了。须臾，隔壁停止用刑，胡青云的叫声亦再没传来。胡永寿暗暗地松了口气，平静了下情绪后道："影子与我联系，都是用纸条。"

"纸条呢？"

"阅后即焚。"

"暗中调查我行踪的不是胡青云，而是影子，对吧？"得到胡永寿的认可后，凌秋风又问道，"静月被抓后，你父子二人试图替他洗脱嫌疑，这也是影子指使的吗？"

"是的，如此大的事，我父子二人怎敢私自作主？"胡永寿的语气微微一顿，又道，"影子是高手中的高手，他无处不在，如影随形。当日静月实施捕鹰计划时，凌指挥使半途遇到猎鹰，而犬子恰好出现在现场，事实上也是影子的安排。"

凌秋风惊道："你的意思是说，静月的行动也是受影子掌控的吗？"

胡永寿点头道："应该是。因为在静月被锦衣卫和左骧武卫营接送入宫去之前，我们就接到了影子的消息，让我们准备好人手，抓捕猎鹰。"

原来是这样！怪不得区区一介道士，敢运筹帷幄，布下那般精巧的迷局，即便面对种种危机兀自面不改色、坦然自若，原来是有高人在背后指点。这样一来，此前所有的谜团都解释得通了，猎鹰与影子两大高手明争暗斗已许久，虽不曾谋面，更不知对方真正的身份，但是对彼此的性格、行事风格早已了然于胸。影子策划了捕鹰计划，试图挖出杨应龙安插在京师的细作，只是他虽熟知猎鹰的行事风格，却没料到他有极高的武功修为以及极为高明的临场应变能力。

高手之间的对决，拼的是巧劲和对事件精准的判断能力，毫厘之差，即判胜负。当时只怕影子也没有想到猎鹰会公然现身与凌秋风接触，在那种情况下，谁都会产生这样一种疑惑：这是猎鹰故布疑阵，还是凌秋风真的与猎鹰有所勾结，或者说他本身就是猎鹰？要知道影子早已对他的行踪进行了调查，并且得知他曾两次通过特殊渠道向播州发送过消息，怀疑他是猎鹰也是情有可原的。

猎鹰与影子暗中的较量业已结束，今猎鹰被捕，那么接下来便是朝廷与影子直接斗智斗勇了。可是审讯到现在，影子是谁依然毫无头绪。

静月临终前，没有交代影子的存在，一则他也不知道影子的真正身份，二则还是对田家庆抱有一丝幻想。毕竟清风去了播州，那是一场九死一生之旅，静月唯一的希望是想让田家庆出手，帮清风一把，了却他们毕生之愿，并让清风好好地活下来。

凌秋风叹了口气，人啊，都是自私的，那个被绑架去播州的印晓天，作为静月的一枚棋子，可能是这场战争中最无辜的人。田家庆利用印晓天究竟在实施一个怎样的行动，只怕唯有抓到影子方才能够揭晓。

天亮了，晨光熹微，天地之间起了层淡淡的薄雾，一如此刻的时局，看不透摸不清。

凌秋风走出锦衣卫衙门后，直接去了宫里。田家庆的计划业已启动，影子的出现让此刻的形势越发显得扑朔迷离，他们没有时间了，当务之急是要入宫将此事奏明皇上。

万历帝听到"影子"这两个字时，脸色煞白，本以为揪出了猎鹰会使时局有所缓解，让战争有所推进，现在又冒出来一个影子，一下子便把时局推向了更加诡谲莫测的境地。

从眼下的情况来看，影子的存在与田家庆在谋划的所谓的计划一定存在必然的联系，也就是说，那个计划会牵动朝野，影响战争最终的走向，其一旦成功，必是石破天惊的。猎鹰说，在田家庆的计划落幕前，影子一定会有行动，这是众所周知的事情，问题是现在没有关于影子的任何线索，即便他有所行动，也是无法察觉的。

沉默，死一般的沉默。万历帝靠在座椅上，痛苦地用手支着头，半晌没有作声。凌秋风也没有主意，只有呆呆地站着，连口水都不敢咽一下。

　　殿外传来个细微的脚步声，不一会儿，有个太监悄悄地走到门外。廖文见状，踮着脚走过去，二人细声交谈了几句。廖文回身禀奏道："主子，六扇门的西门秀林来了。"

　　万历帝抬头道："快请。"

　　西门秀林大步入内，那张红润的脸上虽看不出异常，但他这么早入宫面圣，明显是有急事，抑或是他也得到了什么重要的消息。

　　"皇上，播州那边可能出了问题。"西门秀林只向万历帝拱了拱手，急迫地道，"本门武侯每日必会与臣通一次消息，但是昨天，臣却不曾接到他的任何消息。"

　　万历帝紧张地道："你的意思是他已出了意外？"

　　"对。"西门秀林转头看了眼凌秋风，又道，"本门在播州的武侯，江湖人称百变郎君，擅易容术，其功夫修为在江湖上也是排得上号的，以他的本事不会轻易暴露身份，如果他真的出了意外，唯一的可能是京师还有播州的细作。"

　　凌秋风惊道："此话怎讲？"

　　西门秀林道："在确认猎鹰的身份前，老夫曾说过，本门武侯会在播州确认杨应龙有没有收到猎鹰的消息，并且找机会与杨应龙寻求合作。如果这些事情让细作得知，便不难推断出在与杨应龙接触的人之中哪个是本门的武侯了。此外，锦衣卫暗使戈青锋是百变郎君救出来的，一旦我武侯落入敌手，戈青锋恐也难以幸免了。"

　　凌秋风越听越是吃惊，当下将影子的事对西门秀林说了一遍。西门秀林闻言，也是吃惊不小。要知道六扇门是一个特殊的机构，在朝在野、黑白两道都吃得通，且门下高手如云，居然连他都不知道影子的存在，实在是件匪夷所思之事。

　　西门秀林蹙着白眉思索了会儿，道："影子要么在宫里，要么在顺天府。"

　　此话一落，廖文便不顾场合地尖叫起来："侯爷这话针对性未免也太强了些吧？要是那个影子没在顺天府的话，那么我就是影子了？"

　　当日西门秀林在说那番话时，是在顺天府，在场的除了他自己外，还有顺天府尹常峙、经历袁刚以及廖文等三人，换句话说，如果西门秀林所料不差的话，影子只能是常峙、袁刚和廖文三者之中的其中一人。

听到西门秀林的分析，凌秋风倒是精神大振，他做梦也没敢想居然这么快就锁定了影子的人选，只是兹事体大，他不敢马上表态，目光一转，落向万历帝。

万历帝也没有马上表态，他虽作为一国之君，但常峙、廖文在朝中都是举足轻重的人物，如果仅凭西门秀林的一番臆测之辞，就把这些大员打入牢狱，未免草率了些。可转念一想，田家庆的计划已然启动，留给明军的时间已经不多了，如果不及时抓住影子，了解并阻止田家庆的计划，后果不堪设想。如果不抓，有可能失去抓捕影子的最佳时机，但如果抓了，怎么处理？在没有任何证据的情况下去严审吗？

西门秀林清楚万历帝的顾虑，他跟其他朝臣不一样，身上多少带了些江湖习气，说话行事直来直去，见万历帝拿不定主意，便建议道："老臣以为，可照搬处理猎鹰一案时的手法。"

廖文阴阳怪气地道："把有嫌疑的都抓了吗？我倒是无所谓，充其量不过是宫里一个打杂的奴才。可常峙是谁，他是顺天府尹，他要是被逮捕，京师会乱的，可倒正遂了影子的愿。"

廖文此话虽然说得酸溜溜的在为自个儿开脱，但并非没有道理。顺天府不同于其他地方上的州府，一般府的府尹是四品，顺天府尹则是三品大员，而且一般的三品衙门用铜印，顺天府用的则是银印，处处体现出明朝第一府的特殊地位，掌管着京畿重地的安全和民生，其重要性不言而喻。

"廖公公在怕什么？"西门秀林的语气不重，但当他看着廖文说出这句话时，着实让廖文心头一震。就当下的形势而言，挖出影子可能比当初找出猎鹰还要急迫，这种时候跳出去多嘴，是会给自己惹上麻烦的。看到西门秀林那张严肃的不怒而威的脸时，廖文意识到自己今天的话有点多了，低下头不敢再发表意见。

宫里一下子静了下来，所有人都在等着万历帝表态。

万历帝苍白的脸上没有任何表情，但他很快就做了个决定，抓，并且这件事依然由凌秋风负责。但是抓捕并不是意味着就要充当嫌犯对待，万历帝的意思是，秘密"请"常峙、廖文、袁刚三人入锦衣卫软禁，不得引起任何人的注意，而且不得审讯。因为从当下的形势来看，去调查、审问谁是影子已经来不及了，田家庆不会给朝廷这么多时间。但是，如果影子在田家庆的计划中起了重要作用的话，至少可以在关键时刻阻碍田家庆计划的实施，这对战争是有利的。

凌秋风、西门秀林从宫里出来，廖文则在他俩后面跟着，装出一副是皇上指派他去锦衣卫办事的样子，然有心人依旧能看得出来，他的眼睛是黯淡而无神的。多年在宫里当差的经历告诉他，这一去很有可能凶多吉少，那影子比猎鹰隐藏得还要深还要狡猾，即便现在已经把目标锁定在了三人之中，但把他挖出来的概率还是不太高，极有可能最终会面对两种后果，一种是让真正的影子反咬一口，自己成了影子的牺牲品，另一种是为了剔除影子的威胁，本着宁错杀的原则，与真正的影子一起被杀掉，成为影子的陪葬品。

廖文的悲观并非没有道理，在与猎鹰的斗争中，凌秋风不也差点没命吗？

凌秋风对廖文现在的心情十分理解，安慰他道："请廖公公放心，我一定会把影子挖出来，还公公一个清白和自由。"廖文只是苦笑一声，未作表态。

很快，常峙和袁刚也被"请"到了锦衣卫，为了防止意外，凌秋风在软禁那三人的院子外，派了重兵把守，并全程请西门秀林一起看管监守。

然而他们怎么也想不到，影子之所以称为影子，乃是他无处不在，所谓如影随形，主人在哪儿他就会在哪儿，所以当田家庆需要他推动刺明计划时，他依旧会如期推进。

二

按照习俗，人死后停灵时间越久，便越能显示其身份的尊贵，即便是一般的老百姓，最少也是停灵七日，条件稍好些的，有二七、三七、四七甚至更久的。杨应龙自然不想委屈了弟弟，只是当下播州不平静，局势亦尚未明朗，停灵久了难免影响士气。他想好了，不管怎样至少让弟弟停满二七，在这期间不惜代价擒住凶手，替弟弟报了此血仇，再安排他入土。

今天是杨兆龙被害的第三日了，乃是大殓之日。老人言："三日而后殓者，以俟其生也。三日而不生，亦不生矣。"亲人去世后，在世之人依旧抱着一线希望，期盼奇迹的出现，此正是三日而大殓习俗的由来。事实上所有人都知道人死不能复生，奇迹是不可能出现的，诚如现在的杨应龙一样，所坚守的不过是对亲人的最后一分留恋而已。

天空不知何时开始飘起了雨丝，夜晚也来得特别早，好像天色一下子就擦黑了。由于今晚是大殓，所有前来祭祀的亲朋好友都会过来灵前拜别，灵堂前的整个院子里早已是人满为患。杨应龙从灵堂里出来，眼睛一抬，望向众人，眼里充满了红丝，脸色则生硬如铁，阴冷而没有任何表情，随后用低沉的声音吩咐底下的人，祭祀者全部登记在册，直到每个人都把名字写上，这才逐个放大家入内上香祭拜。

杨应龙翻阅着祭祀名录，检查实到之人和签到之人的数量，五司七姓的人基本都到了，这和他事前预料的差不多，播州的那些大家族大多数还是忌惮他的，无论是碍于面子还是权威，至少都来了。但他很快发现了个问题，签到数目和实到人数不符，有十五人浑水摸鱼，躲过了签到。

杨应龙霍地抬起头，目光如电，在人群中巡视着可疑之人，那十五人定是来者不善！

人群中有个人十分醒目，六旬开外，须发灰白，脸色清瘦，整张脸布满了疤痕，像蚯蚓一样横亘于脸上，十分怪异。

杨应龙慢慢地走过去，霍然大喝一声："抓住他！"周围的士卒随时待命，听得喝令，纷纷朝杨应龙所指的方向围将上去。

现场顿时乱了起来，混乱中有十余人悄悄地向杨应龙移动，很快形成了合围之势。这显然是场有预谋的刺杀，借满是伤疤的那人吸引对方，另外的人则伺机刺杀杨应龙。

众士兵很快把那满是疤痕的人围住，打斗起来。不远处，那十余人也动手了，齐喝一声，围攻上去。

杨应龙来不及去想这是哪方面的人马，口中一声暴喝，高大的身子一纵，踢倒一人，打开一个突破口，闯了出去。右手一探，从一名士兵手里夺过一杆枪，呼地一扫，枪头若流星划过，血光飞射，已有一人倒下。

杨应龙持枪而立，愤怒地看着眼前的这些人，厉喝道："你们是谁？"

喝声未歇，人群中人影闪了一闪，半空中灰白的须发迎风飞扬，右手一抖，剑气纵横，大片的精光若银瓶倒悬，一泻千里，三四个人在剑光下惨叫着倒地，对杨应龙形成的包围圈顿时瓦解。

杨应龙定睛一看，来救他之人居然就是田宏仁，着实让他惊异不已。田宏仁是个练家子，莫看他已过六旬，须发灰白，却是精神奕奕，老当益壮，目光一瞟杨应龙，精光乱射："老夫来迟，教大将军受惊了！"

田宏仁现身得非常及时，不仅替杨应龙解了围，也替他解了心结，用行动告诉杨应龙，田家是诚心与杨氏合作。

田家庆施施然从人群中挤出来，面对周围激烈的打斗，淡然若素，抬手一指，指向那脸上满是疤痕的人道："大将军怕是认不出他是谁了吧？"

此时那人已被重重包围，身上多处受伤，浑身浴血，作最后的垂死挣扎。杨应龙看着那人，实在觉得陌生得很，便问道："他是谁？"

田家庆脸上露出一抹浅笑，道："他是玉贞子的徒儿清风道长。"

杨应龙闻言，吃了一惊，原来是他！静月和清风一直潜伏着伺机报仇，只是这么多年过去了，他们寻不到机会，今天是什么原因促使他们采用此等近乎自杀式的方式进行刺杀？

确切地说，逼静月和清风选择这种方式报仇的人正是田家庆。诚如杨应龙所想的那样，那么多年过去了，他们一直寻不到机会，最后将所有的希望都放在与田家的合作上。当静月的努力付诸东流的时候，他深知将这场战争当作复仇的筹码，将包括万历帝在内的所有人都骗得团团转，难逃一死，便只有让清风带着死士作最后的殊死一搏。

清风死了，确切地说他是自行了断的，在杀杨应龙没有任何希望的情况下，他果断选择了自杀，与静月道长一样。如果活着是一种折磨，那么倒不如以这种决绝的方式来了结自己的一生，以求得灵魂上的解脱。

其余的死士俱皆死在刀枪之下，灵堂外充满了血腥味。这种血腥味让在场的所有人都觉得十分不舒服，因为这仅仅只是开始，当下谁也没有胜利，后面还有一场更大的杀戮，来决定谁能笑到最后。

包万民是跟着清风这群人混入海龙囤的。由于今晚是杨兆龙入殓的日子，前来祭祀的人较多，整个海龙囤上下的管理较以前相对松懈，一路跟着祭祀的人上来，基本没遇上什么阻碍。若非在灵堂前设了登记这道关卡，清风等一行人或许没那么快被发现，如果再给他们些时间准备，或许真能杀了杨应龙，了却他们毕生的夙愿。这位天生就有一股书生气质的锦衣卫总旗，看着清风等人倒在血泊中，脸上浮现出一抹忧郁之色。从个人的感情上来说，包万民是同情他们的。他们原本是方外之人，在山里看日出日落，于观中敲晨钟暮鼓，比任何人都要过得悠闲自在，怎奈杨应龙为了王权霸业千秋万载，修建海龙囤，并将征调之工匠民夫如数杀害。

血海深仇不共戴天，即便是方外之人亦不能将之看淡。从此之后，他们走上了复仇的不归路。他们错了吗？或许这世上的事，都不能用是非对错去衡量和评判，今日之悲剧早在修建海龙囤的那一刻起就已注定，包括杨氏兄弟，他们看似叱咤风云，实际上也是这场悲剧中的一分子。那么谁是背后那只翻云覆雨的手呢？田家庆吗？一切都还是未知数。虽然这场战争已经到了最后分胜负的时刻，但包万民相信，能主宰这天下的，唯有大明王朝，那田家庆也逃不脱悲剧收场的命运。

等到大殓结束，已过了亥时，夜深了，凉如水，祭祀的人带着哀容陆续下山。包万民混在他们中间走下山去，他主动追踪清风等人入播州是存着私心的，现在他有两件事需要去做，一是通过驻扎在播州的明军军营向朝廷汇报清风等人的动向，二是寻找印晓天。他与那小子虽无师徒名分，却有师徒之情谊，无论那小子现在处于怎样的境地，是否叛变，他都要将他救出来。

播州城郊的一座小酒肆内，归无迹戴着那顶大帽，帽檐压得很低，几乎遮去了整张脸，手里端着酒杯浅酌。印晓天坐在他对面，也换了身衣服，戴了顶帽子，他虽不习惯，觉得别扭，倒也没反对，至少如此打扮可以省去许多麻烦。

印晓天面对桌上的酒菜，毫无食欲。他想起了刚出海龙囤时杨三妹请他吃饭的情景，那天她就是在酒店里让黔南三怪抓走的，而且那秃驴对杨三妹垂涎欲滴，不怀好意……想到这些，印晓天便心乱如麻，食之无味。

归无迹瞅了他一眼，淡淡地问道："怎么了？"

印晓天道："要去闯生死关可以，但在此之前，必须把杨三妹救出来。"

归无迹冷冷地道："一个人，无论他能力再强，若是受感情牵绊，便会一事无成。"

印晓天沉声道："小爷从来就没想过要成什么大事，只想安安稳稳地守着个娘们过日子，小爷不管你以前对我做了什么，今后对我有什么企图，反正烂命一条，小爷豁出去了，无所谓，但这件事你必须答应。"

"罢了，你也别耍赖了。"归无迹摇头叹息一声，说道，"我给你个保证，杨三妹不会有事，只要你走完了逃生游戏的最后一关，我保证把她完好无损地送到你面前。"

印晓天抬了抬头上的帽檐，眼睛一眯，道："你凭什么给小爷做这么个保证？我的杨大美人儿不会就是你差人抓的吧？"

归无迹喝了口酒，不紧不慢地与他周旋道："人是谁抓的我不知道，但可以肯定的是，抓杨三妹的人，不会动她分毫。"

"为何？"印晓天兀自不信他的鬼话，"你若不解释清楚，便想让小爷跟你走，做梦去吧！"

归无迹道:"各方势力的较量已经到了最后关键的时刻,对方捉拿杨三妹的目的很明确,就是想威胁杨应龙。若是伤了她,或是让她受了侮辱,惹怒了杨应龙,还怎生威胁?"

印晓天虽然聪明,可毕竟缺少权谋和手段,一听归无迹之言,确实是这个道理,便没再坚持,道:"小爷权且信了你的鬼话,下一步怎么走?"

"去明军大营。"

印晓天刚喝下去一口酒,听到这话,呛得咳嗽起来:"你说什么,再说一遍?"

归无迹郑重地道:"去明军大营。"

"喝醉了吧大哥。"印晓天抹了抹嘴,"你要带小爷去明军大营?"

在说这句话的同时,印晓天相信归无迹没跟他开玩笑,而且以归无迹的性子,成天挂着张死人脸,也不是那种会开玩笑的人。那么问题就来了,他们千辛万苦地把他弄到播州,经历九九八十一难,最后一关居然是要把他送回明军大营,图什么?就为了亲眼看到他被明军杀掉,图个痛快?

"吃好了吗?"归无迹似乎不想跟他多作解释,起身道,"走吧。"

"大哥,姓归的……"印晓天边跟着他往店外走,边道,"你如此做究竟用意何在,可否给句痛快话?"

归无迹头也不回地走出酒馆,道:"自从在地穴里发现海龙囤模型的那一刻起,你不是就想着助明军破城,建立一番不世之功业吗?我成全你。"

印晓天越听越糊涂,道:"你说你是受观音菩萨点化,来助小爷我成就一番功业,小爷也不敢信啊。"

"信不信由你。"归无迹兀自往前走。

"归大哥,归大爷!"印晓天虽然想不清楚逃生游戏最后一关究竟是什么,但可以肯定断然不会是什么好事。现在归无迹居然告诉他,保证杨三妹毫发无损,而且还要把他送回到明军军营去。费了这么多的周折,他们竟是为了做善事,这种话骗鬼鬼也不敢信,因此心里憋得慌,缠着归无迹道,"你们到底想要小爷做什么,给句痛快话不行吗?小爷现在是过街老鼠,人人喊打,都落到这种地步了,对你们已构不成威胁,还有必要藏着掖着吗?"

"知道多了,对你没好处。"归无迹强调道,"总之生死关对你没坏处。"

印晓天嘿嘿冷笑道:"小爷就是不信你们如此做是为我好。"

归无迹不再跟他说话,无论印晓天如何纠缠,只管低头往前走。印晓天边紧跟在他身边，边缠着他说话。忽然，归无迹脚下一停，印晓天没有预防，一头撞在他肩上，直撞得他鼻子发酸，痛叫了一声。

归无迹转身低声道："莫出声。"

"怎……"印晓天话未出口，便看到一条熟悉的人影迎面走来。只见那人四十来岁的样子，穿一袭鹅黄色的道袍，头戴顶月白色的四方巾，颌下留着一缕青须，手持柄折扇，面黄肌瘦，一副落拓书生的模样，正是锦衣卫总旗包万民。他从海龙囤下来，正打算去明军军营。印晓天没想到会在播州遇上包万民，顿时若见了亲人一般，又是亲切又是激动，想要现身出去，却让归无迹拦住了。

印晓天转头见归无迹盯着他看，眼神虽然被大帽挡住了，但依然能感觉到一丝寒意，便道："他是小爷的师父。"

"锦衣卫总旗包万民吗？"归无迹对印晓天的身世和后来的遭遇了如指掌，很快便猜到了包万民的身份，小声道，"他是来找你的，莫教他发现。"

印晓天冷笑道："你不是要带小爷去明军军营吗？现在有人来接小爷了，为何怕了？"

归无迹加重了语气，沉声道："你要是这样过去，到了明军那边，多的是想要你性命的人。"

印晓天问道："你带小爷去，便不会有人想杀小爷了吗？"这句反问多少有些嘲讽的意味，没想到归无迹肯定地道："我自有方法保你性命。"

这不由得让印晓天如堕五里雾中，以归无迹的身份，到了明军军营犹如羊入虎口，自身尚且难保，凭什么说有办法保他性命？

然而，印晓天也清楚，归无迹说的是实情，若是跟着包万民冒冒失失地出现在明军军营，只恐没人会信他，说不定还会将他以细作视之，跟着归无迹反倒是安全的。他现在也想明白了，他是让人操控的一枚棋子。这局棋奇诡莫测，走到现在依然看不透也想不明白。既然逃不出这棋局，那还不如看看这逃生游戏的生死关到底是什么，归无迹究竟在搞什么鬼。

如此想着，印晓天不再缠着归无迹说话了，连生死都豁出去了，那个所谓的生死关又算得了什么，有那么重要吗？不就是走一趟明军军营吗？小爷去闯他一番又如何！眼睁睁地看着包万民走远后，印晓天抬头望向茫茫夜空，道："这会儿应该快到子时了吧？"

归无迹冷冷地应了一声，道："过子时了。"

印晓天叹息道："又一天过去了！"

"到第八天了。"归无迹面朝印晓天,此刻虽然看不到他的眼睛,但他的语气却十分难得地未带一丝寒意,破天荒地带着些许忧郁道,"你小子能活到现在也不容易,好在快熬出头了,走吧。"

印晓天迟疑地跟着上去。他们走的与包万民是同一个方向,也就是说归无迹真的要把他带去明军军营,这生死关越发扑朔迷离了,归无迹这个双重细作会如何保他性命?那田家庆又是怀着怎样的目的,会出此令人百思不得其解的奇招?

第八天：死生

一

天亮了，天空中飘着绵绵细雨，包万民进入军营的时候，身上已经湿透了，换了身衣裳后便去见了明将刘綎。

刘綎是江西南昌人，十五岁参军，万历十一年参加云南边陲之役，击溃缅军，万历二十年，入朝鲜抗倭，万历二十六年，再次入朝平倭，皆大胜，身经百战，战功赫赫，威震海内，人送外号刘大刀。他外表看上去像是个粗粝的汉子，身上深刻着军人的印记，实则粗中有细，擅临场应变，战术多诡，乃是个有勇有谋的老将。见得包万民，问明情况后，粗眉一拧，道："如此说来，杨田两家又走到一起了？"

"从目前来看是这样的。"包万民低声一叹，暗地里为静月和清风感到可惜，一心复仇，结果沦为他人之弃子。

刘綎也将近来的情况说了一遍，并道："刚刚得到消息，六扇门武侯莫天行、锦衣卫暗使戈青锋皆被杨应龙抓了去，扣押在播州宣慰府。"

包万民惊道："他们的身份是如何泄露的？"

"这件事我也是百思不得其解。"刘綎道，"在莫天行被抓前，我们有过一次会晤，他说猎鹰是谁，京师那边应该已经确认了。如果此时猎鹰已经伏法，还有谁能让他们暴露呢？"

事实上刘綎昨晚一夜未眠，他担心除了猎鹰外，还有细作存在，于是通过军队的渠道向京师传递了消息。但要从京师返回消息过来，至少得等两天左右，他等不起，又不敢贸然行动，陷入了两难的境地。

包万民看着刘绥道："让我军行军受阻的是海龙囤，将军是否在等印晓天的消息？"

刘绥同样看着包万民道："如果找到了他，此人尚可信任否？"

包万民愣了一下，从个人感情上来说，他自然是相信印晓天的，但这是关系到国家安危的战争，他不敢用个人之情感去判断，一时不知如何回答，思量片刻后道："我与他虽无师徒之名，却有师徒之实，从感情上讲我愿意去相信他。"

"他是个小人物。"刘绥出身军人世家，几乎没做任何犹豫就将此话说出了口，"可以诱惑或威胁到他的东西太多了。"

"小人物与诱惑和威胁程度有必然的关联吗？"包万民是书生，对这方面十分敏感，不由得皱了皱眉，好在他还算是理性的，又道，"不过我理解将军，战争非同儿戏，关系到国家、百姓以及成千上万将士的生死，不能感情用事。田家庆肯定是利用他在实施一个不可告人的阴谋，不过即便他已为田家庆利用，我相信也能将他策反，为我所用。"

"你有此把握？"

包万民几乎未作迟疑，道："他本性不坏。"

话音刚落，外面有人来报，说是营外有个叫印晓天之人求见。

刘绥、包万民二人闻言，面面相觑，说曹操曹操就到，巧合吗？

"只他一人吗？"刘绥沉声问。

"随印晓天而来的还有一人，说是播州宣慰司统领归无迹。"

与播州方面对峙这么久，刘绥自然是知道此人名号的。据已知的消息显示，此人极有可能就是传说中的血梅，换句话说，他是田家庆的人，那么这件事就变得玄妙了起来，田家庆派他来军营做什么，这是他此番阴谋中的一部分吗？

"让他们进来！"刘绥低沉地吩咐一句，脸色冷如寒铁，人家敢直闯军营，莫非你还不敢面对不成？

不消多时，印晓天和归无迹被押了进来，为了防止意外，两个人的双手均被反绑着。

印晓天环视了眼营帐，见到包万民时，眼睛发亮，笑道："老包……太好了……有你在我就放心了！"

不管明军是否怀疑，自打进入军营的那一刻起，印晓天的心终于落了地，那种感觉就好像在外流浪了很久的孩子，历经千辛万苦终于回到了家，他相信哪怕那个孩子再顽劣，家终归是家，总会有人相信他的。所以当看到包万民也在军帐内时，他喜出望外。这下好了，他不仅回了家，还见到了亲人，一会儿便将自己知道的和盘托出，助明军攻上海龙囤去。但意外的是，包万民并没有如预想中的那样表现出热情或喜悦，相反，他的表情有些冷漠。

印晓天见状，笑容瞬间在脸上消失，同时心里像是被什么刺了一下，传来一阵揪心的痛。他冷冷地笑了一下，装出一副不屑的样子，然此刻心里有多失望多难受，只有他自己知道。

事实上并非包万民不想与他亲近，然一则这是在军营，二则刘綎的脸上生硬如铁，他显然对印晓天没有多少好感，甚至是带着敌意的。客观地讲，这并非刘綎没有人情味儿，印晓天只会一些三脚猫的功夫，却完好无损地逃出来了，这本身就值得怀疑，现在，他身边还跟了个播州宣慰司统领、田家庆的细作，便越发让人不安了。最关键的是这不知天高地厚的浑小子，居然还跟杨应龙的妹妹缠缠绵绵，玩那一套所谓的爱情，如果刘綎不加以怀疑，那反倒不正常了。

"哪个是印晓天？"刘綎抬头看了他们一眼，冷冷地问了一句。事实上他早就从包万民的神色中看出来哪个是印晓天了，如此做不过是想给印晓天一个下马威，好让他老老实实地与明军合作。

印晓天嘿嘿一声冷笑，也没什么好脸色，微微仰着头道："你就是刘大刀吧？"

刘綎目光一扫，精光乱射，这些天"印晓天"这三个字时常在他耳边响起，他也一直在想象他究竟是个什么样的人，今晚相见颇有些意外，这个让朝野瞩目的印晓天居然是一个看上去油头滑脑的轻浮的毛头小子。不过联想实际，倒也符合他的性格，不然怎会抛弃国家利益，勾搭杨应龙的妹妹？

刘綎沉声问道："来此作甚？"

刘綎越是用这般冷冰冰的语气说话，印晓天越是反感。这一路走来九死一生，能让他坚持下来的信念，无非是逃出生天后，与明军联手踏破播州城，可他怎么也没有想到，原本以为的自家人也对他存有敌意。嘿嘿！这就是人心，人与人之间，在特殊的环境下，不会有丝毫的信任。

不过印晓天也看开了，这就是田家庆想要达到的效果，所有人都被他耍得团团转，如之奈何？

"小爷要是说来此送死，你信吗？"印晓天的语气也是冷冰冰的，甚至还带着几分嘲弄。

"放肆！"旁边的一个将领实在忍不了他的语气，出声呵斥。

"放你娘的屁！"那将领的呵斥把印晓天激怒了，都到什么时候了，还摆什么官架子？心想反正早晚都得死在你们手里，还忍你们作甚？便作色道，"小爷现在是你们手里煮熟的鸭子，要杀要剐，悉听尊便！"

"晓天！"包万民终于发话了，他太了解印晓天了，别看他在京师时逢人便称兄道弟，笑嘻嘻的似乎什么都不在乎，实际上他的性子倔得很，耍起狠来谁也不会放在眼里，"这是军营，不可任性！"

"这位兄台说得是。"归无迹瞟了眼包万民道，"眼下决战在即，理应精诚团结。"

刘綎目光一转，落向归无迹，道："阁下是播州要员，按道理说确实不该与印晓天一同出现在我军军营，本将军倒是想听听阁下的高见。"

"高见不敢当，如果将军肯相信，在下愿坦诚相待。"

"好！"刘綎高声道，"愿闻其详。"

归无迹拱拱手，说道："不瞒将军，在下的表面身份是播州宣慰司统领，实际上是田家庆安插在杨应龙手底下的细作，也就是播州城传得沸沸扬扬的血梅。"

刘綎没想到他如此坦诚，但这是否可以视之为威胁呢？如果是的话，委实是太猖狂了，几十万大军在侧，他凭什么敢公然挑衅？

刘綎钢牙一咬，冷笑道："莫非你是嫌命长，想试试本将军的刀能不能砍下你的脑袋吗？"

"将军说笑了。"归无迹道，"事实上在下还有一个身份，不为外人所知。"

"哦？"刘綎神色一沉，显然十分意外，他是一个拥有三重身份的细作？

其实意外的不光是刘綎，印晓天也是非常诧异，他看着归无迹那张冰冷的毫无表情的死人脸，突然呼吸急促起来。"生死关"三个字飞快地在他脑子里掠过，印象中归无迹似乎说过，生死关并非是田家庆设定的，但他们必须闯过这一关才能活下来，这是不是意味着今日主宰他们生死的是刘綎？如果主宰他们生死的就是刘綎，那么……

归无迹将贴身所藏的一道密函拿了出来，走上去交给刘綎。刘綎微微迟疑了一下，伸手接过，打开来看，瞥目间只见他的神色霍然大变。旁边的那个将领见状，锵的一声，抽刀在手，随时准备动手。

刘綎看着那道密函呆了片响，抬头道："你果真是……"

归无迹道："莫非将军还在怀疑吗？"

印晓天忍不住问道："那信到底写了什么？"

"给他看一下吧，整个事件中他是最辛苦的，现在该是让他知道真相的时候了。"归无迹示意刘绽将密函交给印晓天。刘绽抬起手递了过去，印晓天接在手里，瞪大了眼一看，不觉倒吸了口凉气，只见上面写道：归无迹是我方之人，务必信之。落款是常峙，旁边盖了顺天府的大印。

印晓天看完目瞪口呆，痴痴地看着归无迹问道："你他娘的是自己人，为什么？"

归无迹眼里精光一闪，说了四个字："将计就计。"

听到这四个字时，所有过往的一切都在印晓天的脑海里若浪涌般浮现出来。这一路走过来，的确是归无迹帮他度过的，若非有他，以他的能力只怕早死几十回了，说他是自己人，似乎是合情合理的，却又是与情理相悖的，不由得问道："田家庆的计划到底是什么？"

"刺明。"归无迹道，"刺明计划的核心就是通过你，引导明军进入海龙囤，以破解当下僵持之局面，促使明军与杨应龙正面对抗。"

印晓天不禁又问道："然后呢？"

"明军胜在兵强马壮，杨应龙则胜在对海龙囤地形的熟悉以及上面布置的机关，两虎相争，必是两败俱伤。"归无迹冷冷一笑，"届时田家庆便可收拾残局，得那渔翁之利。"

印晓天觉得不可思议："就这么简单？"

"就这么简单。"归无迹见他脸上兀自有疑惑，又解释道，"这逃生游戏，无非是让你觉得这一切来之不易，越是辛苦得到的东西越不会随意丢弃。到了明军军营你一定会想方设法让刘将军相信，你是真诚的。对于刘将军而言，实际上也没有别的路可选，因为再拖下去，对军队而言难免军心涣散，对朝廷而言，军费也是难以为继的。"

刘绽叹了口气，归无迹说到了点子上，亦是戳中了他的心窝，他的确等不起，再等下去是会出大问题的，便问道："接下来当如何？"

归无迹道："戈青锋和莫天行被关在播州宣慰府的消息，将军应该已经得知了吧？那是田家庆布下的陷阱，目的是引诱你们去救人，一旦你们的人出现，一个也别想活着逃出来。"

刘绽起身道："我也想到了可能是陷阱，正为此烦恼。"

"让在下去。"归无迹的脸色本来就冰冷如雪，此时面色坚毅，更是如钢铁一般散发着寒光,"田家庆并不知道在下的真正身份,因此在下可以轻松地接近他。待在下杀了那病秧子,救出莫天行和戈青锋二人,这刺明计划就算破解了。"

这是个好计划,就眼下来看,没有比这计划更加完美的了,但那也是极度危险的,甚至可以说是趟死亡之旅。此时的播州宣慰府早已是龙潭虎穴,即便是真的杀了田家庆,破了刺明计划,归无迹也是逃不出来的。

刘绖沉默着,毕竟归无迹不是他手底下的人,没有权力让他去送死。但他也没有反对,算是默认了,隔了会儿,才说道:"我挑选一批身手了得的人在外围接应你。"

归无迹告了声谢,转首面向印晓天,那张死人一般毫无表情的脸上破天荒地出现了一丝宽慰之色,带着抹暖意,道:"我没有食言,将你带回来并取得了刘将军的信任,接下来你要把海龙囤的城防图完整画出来,助我军踏破海龙囤,攻下播州城。"

这一刻,印晓天颇有些感动,他做梦也没有想到,原来杀人无数的血梅,冷漠无情的归无迹,竟是一直保护他的人,他现在也明白了生死关的真正含义,那就是勇闯播州府,刺杀田家庆。这的确不是田家庆布置的任务,也的确是必须去完成的,但他能活着回来吗?

"他娘的!"印晓天看着归无迹本来是想给他一个笑容的,却不想鼻子一酸,险些落下泪来。

原来这个冷漠无情的被自己恨之入骨的人,竟是自己的同伴,他们共同经历了一段非凡之旅,同生共死,栉风沐雨走到了今天,但是当他知道生死关是什么时,居然要面对生死离别。这一刻他才真正体会到战争的残酷,那不光是一场生与死的考验,更加是人性的考验,只有经历了这种考验的人,才能称得上是真正的英雄。他不知道该说什么,便含着泪笑骂了一句。

二

天空很快擦黑,雨渐渐地密了,此刻播州宣慰司的氛围与这天气一样,沉闷、阴郁带着抹浓浓的肃杀之气。门口两盏灯笼在风中晃着,映照着那扇巨大的朱漆大门和猩红的柱子,远远望去,它形同一只凶兽,正张着血盆大嘴,欲吞噬即将来临的猎物。

门口倏地落下一条黑影，正是归无迹，他的身法很快，若鬼魅一般，只一晃，便避开了门口的守卫，掠入墙里面去了。

穿过前面的大堂，行至二堂的院子前，只见左侧一间耳房里亮着灯，里面坐着杨应龙和田家庆二人。归无迹朝左右打量了一下，院内有十几名高手把守，他犹豫了一下，反身出去了。如果在这儿动手，即便能杀了田家庆，被那十几名高手缠住，一时也难以脱身，且会引来更多的守兵，届时就插翅难飞了，倒不如先去把戈青锋、莫天行二人救出来，他们都是一等一的好手，与他们联手杀出去的概率会更大一些。

归无迹闭着眼睛都能出入宣慰府，他知道人关在哪儿，轻车熟路地找到了地方，打眼一看，门口只两个人守着，疾扑过去，出剑如风，夜光下只见寒光闪了一闪，那两个人便应声倒地，剑柄轻轻往门板一扣，门开之时，溜入里面去了。

戈青锋以为此番必死无疑，早已做好了赴死的准备，没想到在这龙潭虎穴还有人来救他们，定睛一看，见是归无迹时惊得连眼珠子都快瞪出来了。莫天行见状，同样是震惊莫名，明明是他把他俩抓进来的，这时候又冒险来救，究竟是何意思？

归无迹知道他们难以理解，边解开他们身上的绳索边道："抓你们是迫不得已，身不由己，救你们是出于道义，义不容辞。"

说话间，戈、莫二人已恢复自由身，尽管有许多问题想问，但大家都知道这是什么地方，彼此交换了个眼色，转身出去。

在归无迹进这间关人的房屋之前，门外只有两个人把守，除此之外，再无旁者，可是当三人走至门外时，发现院子里密密麻麻地站满了人，持弓者弯弓待射，持剑者剑已出鞘，剑拔弩张，杀气腾腾。站在最前面的正是杨应龙和田家庆二人，田家庆坐在轮椅上，背后的丫鬟给他撑着伞，神色冷峻。

杨应龙看着归无迹，他的神情和戈青锋见到归无迹时一样，惊讶得眼珠子都快瞪出来了。戈青锋曾说，归无迹就是血梅，是田家庆安排在播州府的细作，两者曾斗得你死我活，如今怎么走到一起了？唯一的解释是他们都是朝廷的细作，只不过隶属不同的机构，此前互不知道对方的身份，现如今决战在即，为了这场战争的最终胜利，他们都摊了牌，这才使他们走到了一起。

田家庆说会有明军的细作现身，杨应龙怎么也没想到那个细作竟然是归无迹。

田家庆的神色依旧是淡淡的，说不上惊讶，更是谈不上吃惊，他永远是一副云淡风轻的样子，好似这一切都在他的掌控之下、意料之中。

"大将军。"田家庆轻描淡写地扫了面前的三人一眼，脸色微微一沉，露出一股似有若无的杀气，"此三人便是乱我播州者，他们相互勾结，彼此接应，里应外合，将播州搅得人心惶惶，连我都险些被他们骗了。"

杨应龙不禁回头问道："此话怎讲？"

田家庆道："杨二哥召戈青锋找寻血梅，并将血梅锁定在归无迹身上，这条路没有走错，是我错了。我当时想的是，播州重要的官员在血梅的威胁下死的死、逃的逃，所剩无几，归无迹是播州府统领，而且因了解杨二哥的性格原因，他其实是播州的实际管理者，甚至说他是播州的顶梁柱亦不为过，将血梅的帽子扣在他头上，会不会是细作彻底瓦解播州的一个陷阱呢？为此，我才着手调查戈青锋，一查之下果然查出了问题，这让我更加确信戈青锋就是血梅。"

杨应龙听完，忍不住叹了口气，原来当时田家庆是如此考虑的，这么看来倒是他心胸狭窄，始终把目光放在内斗上，完全没有从播州的大局考虑。

"但是我没想到的是，莫天行又冒充血梅出来搅局。他的目的很明确，就是要救戈青锋脱险，那么他的身份就不难猜测了，定然是朝廷的人无疑。"田家庆说了这一大段话后，微微喘了几口气，脸色看上去越发苍白，似乎随时都会背过气去，隔了会儿又道，"过后不久，杨二哥被杀。据杨三妹和当时在场的目击者说，杀杨二哥的乃是玉虚观的玉贞子。此乃无稽之谈，死了的人怎么可能复活？但事情发展至此，有一点可以肯定，救戈青锋的和杀杨二哥的定然是同一个人。随后，莫天行出现在海龙囤，说是要与大将军合作，我便基本确定此人就是假冒血梅、杀害杨二哥的人。只是当时没有证据，再加上大将军对我是有成见的，不敢贸然行动，直至收到影子的密信，方才真相大白，原来此人是六扇门武侯百变郎君莫天行。"

杨应龙盯着莫天行，脸色涨红，呼呼地喘着粗气。田家庆看了他一眼，又道："这三人在播州犯下滔天罪行，现在我将他们交给大将军发落。"

杨应龙抽出腰间的佩刀，喝一声"杀！"刀光一闪，朝莫天行奔袭过去。与此同时，弓箭手井然有序地向四周散开，分布到院子的各个角落，以防戈青锋等人逃走，刀剑手则随着杨应龙杀了上来，将戈青锋、归无迹等人围得水泄不通，一场压倒性的围剿开始了！

杨应龙虽也习武，但毕竟有许多政事需要处理，练武的时间自然是少之又少。然莫天行作为六扇门武侯，放在江湖上也是排得上号的，没过几招，差距便显示出来了。田家庆在一边看得分明，朝旁边一人使了个眼色，那人会意，组织一部分人杀了上去，没一会儿，莫天行同样被重兵包围。

无论是莫天行、戈青锋还是归无迹，他们都有各自的独门绝学，若论单打独斗，鲜有人是他们的敌手。但在重重包围之下，铁人也撑不住，倒下去的人越来越多，地上躺满了尸体，血流成河，而戈青锋三人身上的伤也越来越密，浑身浴血。

戈青锋回头看了眼归无迹，曾经的死敌，如今却成了生死与共的战友，这世间之风云变幻端的神奇之至。

归无迹亦朝他看了一眼，嘴角一弯，似乎想笑，然而他那张脸平时就与死人无异，面无表情，此刻的这一笑直是比哭还要难看。

戈青锋见状，突地鼻子一酸。这就是战争，一方面是极端的残酷，另一方面则又有极度的温情，在死亡面前，他们的心是连在一起的，因为他们有共同的信仰，这种共同的信仰甚至比之亲情还要可贵。

一刀插在归无迹的腹部，那挺直的腰禁不住一弯，有人趁机踢了他一脚，身子在空中划过一道弧线，往外落去。当归无迹在眼前消失时，戈青锋的心一下子就被掏空了，含在眼里的泪终于落了下来，顺着满是血污的脸往下滴，这惨烈的一幕终归还是来临了！

作为潜伏在播州许多年的细作，戈青锋曾想过许多种死亡的方式，比如被人暗杀，或身份败露后被折磨而死，总之他生而孤独，以为也会孤独地死去，正如上次在田家的那次审判，就是他预想中的死亡方式。可他做梦也没想到，当他迎来了战友，重新燃起希望的时候，却也迎来了诀别，命运总是如此无情地跟自己开玩笑，如果可以选择，他宁愿孤独地死去，至少那样他可以死而无憾。

是的，如果莫天行不去救他，他就不会被怀疑，如果他俩没有被抓，归无迹便无需只身犯险，独闯这龙潭虎穴……今日的这一切，归根结底皆是因他而起……想到此处，戈青锋心胆欲裂，对他这种人来说，死算不了什么，他随时都准备好了迎接死亡，怕只怕由于个人的原因，影响整个战局，祸及战友！

"啊……"戈青锋仰天一声长啸。与此同时，三四把兵器从他身体的前后插入。他脚下一个趔趄，嘴角一弯，发起一声自嘲式的冷笑，脸上那道狭长的疤痕随之抽动了一下，血从他的嘴边溢出，很快被雨水冲走，但很快从嘴里冒出来的血越来越多，顺着雨水不断地往下滴，而后脚下一个趔趄，轰然倒地。

再见了这混账的世间，再见了战友，如果有缘在黄泉路上再相逢，一定带你们去见我的妻子，尝尝她做菜的手艺。

想到沈月梅，戈青锋心中的戾气逐渐消散，露出一抹笑容，闭上了眼睛，眼角依旧有泪，这是遗憾的泪，也是喜悦的泪，终于可以与她相见了！

莫天行已然虚脱了，四肢犹如灌了铅一般，动作越来越慢。当他看到戈青锋倒下时，大叹一声，一掌拍向自己的脑门。作为六扇门的武侯，他擅易容、精武术，在朝廷和江湖之间游刃有余，从无败绩；他是江湖上令人谈虎色变的百变郎君，也是在朝中挂了号的官员，谈起六扇门的武侯，甚至比锦衣卫的总旗还要体面。拥有这样一份职业，他是骄傲的，比之一般江湖人士不知要高贵多少倍，今日陷入重重包围，生还无望，即便要死，他也要死得体面些。

杨应龙怔怔地看着倒在地上的莫天行，钢牙咬得咯咯作响。这些天来，他心心念念要做的事就是替杨兆龙报仇，不承想莫天行却没给他这个机会，他不甘心，觉得对不起死去的弟弟，一时怒火中烧，刀一扬，将莫天行的头颅剁了下来。

归无迹被人一脚踢飞后，并没有被踢出包围圈，他是让人抬出去的。田家庆垂目看了他一眼，没有说话，随即像是累了一般，闭上了眼睛。归无迹也看了他一眼，没有恨也没有怨，神色间淡淡的。没有人知道两个人这一眼的对望，代表了什么，又意味着什么，只是这种出奇的平静，在残酷的围杀之中，透着几分诡异。

杨应龙提着莫天行的头颅走出来，一副失魂落魄的样子。田家庆睁开眼睛望向杨应龙，眼里布着红丝，他揉了揉眼睛，道："杨三妹在哪里？"说这句话的时候，他的眼睛没有去看归无迹，好像是在向别人提问。

归无迹躺在距离田家庆三尺远的地方，没有说话，嘴角溢着血。

"三妹是他抓的吗？"杨应龙怔怔地看了眼田家庆，又把目光移向归无迹。

"播州酒店发生的事，是他联合明军下的套。"田家庆道，"利用黔南三怪和一帮黑衣人，将三妹和印晓天分别劫走，一个送往军营，一个不知所终，明军在攻城的时候，让大将军投鼠忌器，如此他们的胜算就大了。"

杨应龙提着莫天行的头颅靠近归无迹，慢慢蹲下，把刀在他面前一立，沉声道："三妹在哪里？"

归无迹闭上了眼睛，他知道难逃一死，那么又何必在临死前向他们屈服呢？

"你杀了那么多播州的官员，不只是我们恨你，播州的百姓同样也恨你入骨。"田家庆徐徐地道，"如果把你送至菜市口，再请个刀法精湛的刽子手将你的肉一片一片割下来，分给全城百姓，我想到时候定然是万人空巷，这样会造成怎样的效果你想过吗？"

田家庆歇了一口气，又道："其一，刀法精湛的刽子手割下来的每一片肉都薄如蝉翼，也就是说会在你身上割数千刀。比如说你的下半身都割完了，两条腿只剩下骨架子，但你还不会死，因为你的上半身还是完整的，体内的脏腑更是没受到任何损伤；其二，明军不会视若无睹，因为谁也受不了那种羞辱，但他们在短时间内打不进城来，只能冒死派人来营救，到时候为你而丧生的人只会更多……咳咳咳……你要想清楚了，为了一个杨三妹，你要不要受那凌迟之苦，要不要让更多的人来为你陪葬。"

归无迹听完这段话，胸口明显地起伏起来，但他依然闭着眼，须臾，轻轻地说了句："在城外的山神庙。"

"走吧。"田家庆像是累了，闭上眼靠在轮椅上，让后面的丫鬟推他出去。

三

戈青锋、莫天行和归无迹三人的首级，连夜被挂在了播州城的城头。

刘綖听到这消息，悲痛万分，叹息不迭。其实他心里非常清楚，这一趟归无迹可以不用去，因为谁都清楚戈、莫二人被抓，是田家庆给明军下的套，一脚踏入播州府，不啻进了鬼门关，有去无回。最关键的是，刺杀田家庆和营救戈、莫二人这两件事本身就是矛盾的，播州府早已是龙潭虎穴，布下了重兵。若是先刺杀田家庆，能不能成功殊难预料，以田家庆的谋略，只怕他早就洞悉了归无迹的异常，逃生游戏和刺明计划虽是两套行动方案，却是连贯的，必须由归无迹和印晓天二人联手，方才能把刺明计划贯彻执行下去，归无迹突然只身出现在播州府，一定会让田家庆起疑心。退一万步讲，即便刺杀成功，也会被伏兵包围，他独自一人很难杀出重围；如果先救戈、莫二人，是可以多两个助手，如果不被发现的话，救出他们后再去刺杀田家庆，机会更大，但问题是会不被发现吗？

答应显然是否定的，刘綖也早就预料到了会是这个结果。

归无迹此行是用生命在表他的诚意，毕竟他潜伏在播州多年，拥有三重细作的身份，再加上印晓天也不是个省油的灯，跟杨应龙的妹妹打得火热，即使有顺天府的密函，也难以在短时间内取信于人，特别是涉及战争这种大事，刘綖必会查实以后再决定下一步行动。在归无迹主动请缨要去播州府的时候，刘綖并没有表示反对，他是想看看归无迹到底有多少诚意。

现在人死了，刘綖固然伤心，但作为三军将帅，伤心归伤心，却认为是值得的。战争本来就要死人，只要死得其所，那么他的死就是有价值的，至少现在他可以放心地用印晓天了。

印晓天连夜被叫到主帅营帐时，睡眼惺忪，嘴里埋怨着还让不让人好好睡觉了，可一听说归无迹等人牺牲的消息时，顿时睡意全无，面现一股悲戚之色，半晌没有说话。准确地讲，他与归无迹没有什么感情，他是被他的死震撼了，明知山有虎偏向虎山行，虽千万人吾往矣，这就是传说中的真正的英雄。

随即又想到，那逃生游戏结束了吗？地穴里那巨型计时器是否还在继续计时，那一十一天、阳寿即尽的魔咒是否解除？按照归无迹的说法，逃生游戏实际上只是刺明计划的前奏，逃生游戏的游戏规则被打破后，刺明计划也会被打乱。从表象上看，归无迹真正的身份是朝廷的细作，现在他已回到明军军营，不再受田家庆控制，那一十一天、阳寿即尽的预言也就无从说起，可真是如此吗？田家庆酝酿了那么久的计划就这么容易被破解了？

不知道是不是这些天以来所经历的事，让印晓天心里产生了阴影的缘故，他总觉得事情没这么简单，惴惴不安。今天是第八天了，而且这一天即将过去。如果地穴里那个大型计时器不是虚言恫吓，如果那个魔咒依然没有被解除，会发生什么呢？他真的会死吗？

最重要的是，田家庆没有死，刺明计划也一定还在进行之中。

"把海龙囤的城防图画出来，为死去的人报仇。"刘綎粗大的声音传来，把印晓天从冥想中惊醒，一时没有言语，刘綎浓眉一动，又道，"你在犹豫什么？"

"逃生游戏、刺明计划还在继续吗？"在说此话的时候，印晓天的脑海里来回闪烁着地穴里的那个巨型计时器。

"不管有没有在继续，我们只有尽快结束这场战争，才能让所有人回到正常的生活轨迹当中去。"

印晓天望了眼旁边站着的包万民，见他颔首示意，这才走上去，凭着记忆提笔画图。他的记性本就不差，再加上在海龙囤模型里仔细走了一圈，不消多久，便将城防图画了出来。

刘綎拿到了图，立刻召集主要将领到帅营讨论作战方案。

据图上显示，海龙囤的北面俱是悬崖峭壁，无路可走，更别说行军了；东面有铜柱关、铁柱关、飞龙关等关卡雄峙，一夫当关万夫莫开，也是攻不上去的；西面是后关方向，虽说地势最为平坦，可那里驻有重兵，又是田家势力所在地，两军交战，即便是胜了，也是惨胜，剩余的兵力从后关一路杀上去，一旦遇上海龙囤上的杨应龙主力，凶多吉少。

为了保险起见，最后决定以南面绣花楼方向为突破口，那里的地势介于东、西两面之间，虽有机关，但由于地形上没有东面那么险恶，又距后关有些路程，只要能在敌军的援兵赶到前突破绣花楼，攻上去的概率较大。

印晓天倒是知道绣花楼下的机关位置，从那里攻上去的确是最理想的。但想到绣花楼，心中便不由自主地想起了杨三妹，她如今在哪里呢？可安好？届时会不会与她在战场相遇，如果真打起来，如何是好？想到这里，不由得心乱如麻。

"我有个要求。"印晓天不管刘𬘩的脸色如何难看，依旧鼓起勇气将自己的想法说了出来，"如果我们打上了绣花楼，可否饶杨三妹一死？"

刘𬘩沉默着，脸色非常难看，这要是换作他人，只怕早被他拉出去祭旗了。他极力地控制着情绪，沉声道："她是杨应龙的妹妹！"

"那又怎样？她是杨应龙的妹妹就该死吗？"印晓天豁出去了，这段时间他的内心一直是不安定的，现在虽说到了明军军营，没了以前那种强烈的危机感，但心里依旧惴惴不安，有时连做梦都会梦到地穴密室里那台巨型计时器，听到暗楔发出嘎的一声，如若催命的音符般把他吓得从床上跳起来。逃生游戏似乎结束了，但计时器依旧在往前走，一十一天后会怎样，他会不会死？一切都是未知数，而正因为是未知的，死亡的阴影才会一直笼罩着他。第八天即将过去，第九天已经来临，两天后死神会否如约来临？

印晓天对着刘𬘩冷若冰霜的脸一阵冷笑，小爷是在阎王那里挂了名的人，还会在乎你的脸色好不好看吗？她是杨应龙的妹妹又怎样，是世人眼中的妖女又如何？小爷只知道她是我喜欢的女人，这就够了。如果能在死之前再见她一面，见她安好，小爷也就心满意足，无所牵挂了。

帅营内的气氛紧张到了极点，沉重得只能听到众人粗重的吸呼声。包万民知道印晓天的脾气，站在他的角度，他也能理解印晓天的心情，便轻咳了一声道："将军，皇上出兵播州的目的是要'改土归流'，并非要树立仇恨，在条件允许的情况下，不杀杨三妹也是合情合理的。"

包万民这话说得不卑不亢，他的身份是锦衣卫，说出去的话是有一定分量的。刘𬘩虽是武将，但毕竟身在官场，他明白如果让锦衣卫揪到小辫子，断然没什么好果子吃，便冷哼一声，起身走出去了，实际上算是默认了包万民之言。

待众将陆续走出去后，包万民走到印晓天身边，语重心长地道："晓天，我明白你的心情，但还是需要提醒你，在官场说话得小心。"

"老包……"印晓天的心气退了后，忽然莫名有些伤感，"我可能活不长久了。"

"这不是你的风格啊。"包万民故意露出一抹笑意，说道，"你小子跟泥鳅一样滑不溜秋的，哪个能奈何于你？更何况你现在身处明军军营之中，这是一支征战天下无往不利的雄师，他们一定能踏破播州城，胜利而归，到时回了京师，我们还去过以前那样的日子。"

"好……"印晓天嘴上说好，但心却依然没有真正安定下来，他怕与杨三妹真的在战场相见，怕一十一天后真的应验……

尾声：刺明

一

两天后的黎明时分，明军拔起营寨，三军将士站在铅云低压的苍穹下，远远望去，队伍与云天相接，使这天地之间平添了分肃杀之气。周围旌旗猎猎，马鸣阵阵，号角声里，三军踏破清晨的宁静，向着前方进发。

忽然，黑漆漆的空中划过一道霹雳，紧接着奔雷声隐隐从天际传来，若擂鼓一般，从三军头顶掠过。

深秋时节，极少有打雷的情况，似乎天公也要为明军助威一般，响起了雷声。

不知道是不是因了这雷声的助威，连印晓天都觉得当前氛围立时庄严肃穆起来。是的，战争是残酷的，甚至是许多士兵都不愿经历的，可当真正融入到这样的一个环境中来时，对每一个士兵来说，都是神圣的。对峙了这么久，真正决战的时刻到了，只要打赢了这一仗，便可以庆祝胜利的喜悦，回去和家人团聚，可以自豪地告诉乡人，他们赢了，为大明江山的统一作出了巨大的贡献。

印晓天自然也希望这场战争快点结束，结束这种熬人的日子，然后好好地活着，去过自己想要过的生活。

可是，他真的还能回到过去吗？如果按照地穴密室里那台巨型计时器的时间来计算的话，今天正好是第十一天，即印晓天大限之日。

不知道是不是过度紧张的缘故，印晓天忽然身体一晃，眼前一黑，跌下马去。包万民大惊，飞身下马将他从地上抱起来，一边大叫着一边去检查他的身体。好在印晓天只是昏迷了那么一瞬间，随即又清醒过来。

"感觉如何？"包万民急切地问，"这到底是怎么回事？"

"太累了吧。"印晓天苦笑一声，"这一十一天来，每天都是提心吊胆的，未曾好生休息过。"

刘绶差人前来问询时，印晓天已没什么事了，复又上马，跟着队伍走。但是印晓天这次莫名其妙的晕倒，让包万民的心提了起来。一十一天，阳寿即尽莫非是真的？刺明计划真的还在进行之中？

如果这些猜测是真的，田家庆靠什么取印晓天性命？又是如何在运作刺明计划的？

及至中午时分，海龙囤已遥遥在望，此时，从京师而来的一道急函到了，说是京师确还有一名细作，代号影子，现目标已锁定在顺天府的常峙、袁刚和司礼监的廖文三人，但尚未真正确认是谁。

在戈青锋和莫天行被抓时，刘绶就怀疑尚有细作存在，如今确认了影子，心头顿时沉重起来。因为归无迹的身份证明就是顺天府常峙提供的，现在他基本可以肯定常峙就是影子，归无迹必定是田家庆的人，而且刺明计划也确实还在推进。但是，这里面有个很大的问题，归无迹为何要闯播州府去营救戈、莫二人？总不会他的死亡也是刺明计划的一部分吧？

想到这里，刘绶的脸色变了。如果归无迹之死是刺明计划的一部分，那实在是太可怕了！印晓天有没有问题呢？他提供的海龙囤城防图又有没有问题呢？真真假假、虚虚实实原本是战争中的一部分，兵不厌诈嘛，刘绶早就习惯了，可是一涉及细作的渗透，而且在决战前夕依然不知道印晓天是不是细作，着实把刘绶难住了。

大军已经接近海龙囤，箭已在弦不得不发，关键是再拖下去也没有实际意义。但是在战争打响前，他至少得了解印晓天。当下将包万民单独召了过来，将急函交给他看。

包万民阅毕，脸色微微一变，原来归无迹冒死去播州是要打消刘绶的疑虑，进军海龙囤，那么印晓天……

不对！从感情上讲，包万民不想去怀疑印晓天，以他的性子而言应该不会藏得这么深，再结合他刚才晕倒的情形，可能这中间另有蹊跷。

"你怎么看？"刘绶盯着包万民问。

包万民将自己的想法说了之后，并建议马上向京师回函，逮捕影子，而后又道："刚才印晓天突然晕倒，我在怀疑会不会让人给下了毒？"

刘绽脸色一沉，道："你是说田家庆在威胁他，把我军往错误的方向带？"

包万民点了下头，但他不是十分确定，如果是这样的话，田家庆的把戏也太简单了。

刘绽马上唤来军医，去给印晓天诊断。印晓天一脸茫然地看着包万民问道："我有什么病吗？"包万民示意他不要说话，让军医诊断便是。然军医诊了许久，没有诊出任何异常，只说是有些体虚而已。

如果不是被威胁，那么印晓天投敌的可能性就大大增加了，不然的话，归无迹不可能单独把他放在军营。

"你来吧。"刘绽眼里精光一闪，烦躁地直接命令包万民。

包万民倒没有责怪刘绽的态度，毕竟审讯是锦衣卫的强项，只是令他尴尬的是，审讯的对象是他极不愿去怀疑的徒弟。包万民没有被激怒，印晓天却无法忍受了，嚷嚷道："怎么，又开始怀疑小爷了吗？"他此时的内心是十分敏感的，既为自己的处境感到不安，同时又怕别人把他当细作看，事实上这两种心情是自相矛盾的。只要巨型计时器还在往前走，刺明计划依然在推进，那么他就是这计划的一部分，不然的话，田家庆不可能煞费苦心地安排那逃生游戏。然而令他抓狂的是，他不知道自己在这计划里扮演的是什么角色，最终会起到什么作用。

包万民唯恐他跟刘绽吵起来，便把密函的事说了。印晓天是聪明人，很多事情一点即透，当他听说有影子这个人的存在时，便已意识到是怎么回事了。原来逃生游戏的生死关指的是播州府的那个圈套，归无迹早就知道自己要死了，但他依然义无反顾地前去赴死。

"他娘的！"印晓天狠狠地骂了一句。归无迹被认定是细作后，他就算跳进黄河也洗不清嫌疑了。他知道自己是有嫌疑的，问题是疑点在哪儿？归无迹死了，让田家庆亲手给杀了，这刺明计划还如何推进？总不会让他去完成刺明计划吧？如果真是这样，未免也太胡扯了，别说他不愿意替田家庆去完成那狗屁计划，现在他连计划的下一步是什么都不知道，如何去完成？

印晓天抬头望了眼刘绽，他明白了，刘绽一定认为他就是刺明计划的最后执行人。要命的是，从眼下的情势来看，的确是这么回事儿，他想反驳也无从驳起。

包万民懂武，却又天生有种书生的儒雅之气，心细如发，又能明察秋毫。他细心地发现在印晓天烦躁的背后，眼神是慌乱而焦急的，这说明他的确不知道刺明计划的背后究竟隐藏了什么，这让包万民更加确信印晓天是被田家庆利用了的，便故意把声音放缓，好使印晓天能平复心情，道："你先莫着急，把你从进

—259—

入地穴那一刻起，到随着归无迹走到军营的事情，仔细说一遍。"

刘绽一听急了，按照巨型计时器统计的时间，印晓天到军营是第八天，八天的事情如果细细说来，那得说多久？

"三军停留在敌人的眼皮子底下，随时都有危险，我等不了那么久。"

印晓天摊摊手，破罐子破摔，装出一副无可奈何的样子道："他没耐心听，正好小爷也没耐心讲。老包，别费口水了，就算小爷说破了天，也没人会信。"

刘绽怒道："如果你拒不交代，本将军随时都可以杀了你。"

印晓天知道他绝非虚言恫吓，与其带着他让田家庆的计划继续推进，倒不如杀了他，阻止计划进行，与田家庆来一场硬碰硬的厮杀。印晓天冷笑道："来吧，要动手就快点动手，别他娘的磨蹭。不管你信不信，今天是第十一天，小爷的大限之日，早死几个时辰晚死几个时辰对小爷来说没大区别，来吧，照着脑袋砍！"

刘绽见他一副死猪不怕开水烫的样子，怒火中烧，锵地拔出佩刀，作势欲砍。印晓天跟他对视着，眼睛血红，急促地呼吸着，喝道："砍啊，小爷受够了，砍啊……"话音未落，突觉一阵晕眩，脚下跟跄了一下，险些跌倒。包万民见状，急忙扑上去将他扶住，急切道："你怎么样？"

印晓天脸色苍白，勉强定了定神，看着包万民那关切的样子，忽然一阵感动，道："老包，谢谢你！"

包万民一愣，随即鼻子一酸，大叹了一声。他从印晓天的眼神里读懂了他内心的痛苦和煎熬，从惊心动魄的逃生游戏中一关一关地闯过来，好不容易到了军营，以为回了家，可以尽自己的一份力，助国家、助百姓脱离这场战争。哪承想他并没有受到该有的信任，还被视为眼中钉，时时刻刻防着他，甚至要将之杀了，以绝后患。他经受着这巨大的折磨和痛苦，同时也怀疑自己，害怕自己给朝廷带去灾难性的后果，自责、煎熬、痛苦时时伴着他，让他变得极度脆弱和敏感，倒不如一死了之，一了百了。

"来，坐下来。"包万民扶印晓天在地上坐下，抬头朝刘绽道，"将军，现在不是置气的时候，请给我些时间，也给印晓天些时间，他现在比任何一个人都难受、都痛苦。"

刘绽入刀归鞘，转身站到一边。包万民席地坐在印晓天对面，道："现在如何了？"

印晓天知道眼下的形势，摆了摆手道："我没那么脆弱，放心吧！"当下将在地穴的经过和出地穴后如何一路走到军营，拣紧要的说了一遍。

包万民问道："你说在地穴里发现了杨三妹的画像？"

"是的。"

"画像在何处？"

"让杨三妹收了回去。"

"收了回去？"包万民讶然道，"这么说杨三妹也不知道模型上有她的画像？"

"是的。"印晓天见包万民沉思，问道，"那画像有什么蹊跷吗？"

"那画像肯定是田家庆放的。"包万民神色凝重地道，"一定与刺明计划有关。"

"若是如此的话，我倒是得谢谢田家庆。"印晓天的精神恢复了些，失笑道，"在那暗无天日的地穴里，若非有杨大美人儿的画像陪着，我可能真没勇气走出来。"

"都什么时候，还嬉皮笑脸？"包万民嗔怪了一声，又道，"你说在播州酒店被抓走后，有人自称是明军的人，给你下了百毒活蛊，后来莫天行给了你解药？"

"是的。"

"吃了解药后，身体确认没事了吗？"

"当时很难受，吃了解药后就不再疼痛了。"

包万民蹙着眉头站起来，按照逻辑推理，播州酒店的劫持事件应该就是个陷阱，目的是要引莫天行现身，将他抓了，这才会有后来归无迹为了获取刘綎的信任，勇闯播州府的事情。田家庆以影子和血梅为代价，仅仅是为了促使刘綎发兵吗？莫天行给印晓天的解药肯定是从黑衣人身上搜出来的，那会是真的解药吗？如果不是解药，那会是什么？与杨三妹的画像又有何关系？

包万民抬头望向不远处的海龙囤，莫天行和戈青锋身份的暴露，肯定是影子所为，缓解了杨田两家的暗斗，促使他们重新走到一起，一致对外。田家庆煞费苦心地布下逃生游戏和刺明计划，会甘心与杨应龙分享，为他人做嫁衣吗？从京师的影子与猎鹰的暗斗来看，田家庆的野心肯定不止于此，难道他是想利用印晓天得到的海龙囤城防图，让明军与杨应龙决斗，以便他坐收渔翁之利？

不对。此前明军早就尝试过进攻海龙囤，几次都知难而退，如果这次的进攻再次失利，明军也完全可以全身而退，那么田家庆的目的不就没法得逞，刺明计划不就流产了吗？

-261-

包万民想得头皮发麻，却依然想不出刺明计划是如何实施的。现在唯一可以肯定的是，印晓天身上的蛊毒应该还在，且随时都会发作；其次，刺明计划的核心部分除了印晓天之外，应该还有一人，便是模型里发现的画像上的主人杨三妹，田家庆利用两个完全与他无关的人，来推动这个计划，这才是此计划真正可怕的地方。

包万民回身，将自己刚才的所思所想告知刘綎，最终何去何从，请刘綎定夺。

刘綎扬了扬浓眉，很快下了决定，继续向海龙囤进军。影子即将落网，猎鹰被逮住了，胡永寿父子业已伏法，血梅、静月、清风已死，朝廷方面的莫天行和戈青锋也为此付出了生命，这场惊心动魄的细作战已经落幕。朝廷该做的已经做了，作为三军之帅，他没有理由再将这场战争无限期地拖下去，撒开裹足不前不是他的作风不谈，无限期的拖延战事对朝廷来说本身就是一场灾难，即便今日不出兵，隔天皇上也会下旨催促，田家庆更不会再让他回去。事到如今，他已没有选择，一边嘱咐军医和包万民，随时注意印晓天的状态，在战事结束前务必保证他不出意外，一边号令三军出发。

抵达海龙囤后，刘綎命令三军所有人都用湿布蒙面，以免中了那龙仙草的毒。一切准备妥当后，战鼓声起，三军一声厉喝，快速地奔向海龙囤南面。

二

战幕拉开了，明军若潮水一般扑向海龙囤，印晓天的心随着战幕拉开而剧烈地跳动起来。接下来会发生什么，田家庆的刺明计划究竟要达到一个怎样的目的，他所经历的一切会在这场战争中出现怎样的反应，都将在这一战中体现。当谜底即将揭晓，战争的胜负和个人的生死即将在这一刻宣判的时候，印晓天的心头莫名地紧张起来，他不由得舔了舔微微发干的嘴唇，回头看了眼骑在马背上镇定自若的刘綎，心想他娘的大将不愧是大将，虽手握千万人之命运，却兀自面不改色。

先头部队很快到了海龙囤南面，印晓天手搭凉棚，遥望着那边，正寻找着杨三妹的倩影，忽见刘綎的传令过来，说是让印晓天上前线。包万民拍拍他的肩膀道："晓天，绣花楼前的机关是你的师祖所设，对你来说并不难，走吧。"

印晓天知道战争已经打响，一切都由不得他，只得应声好，在包万民和一名军医的随同下拍马往前。及至海龙囤山麓，印晓天抬头一望，望见山上的情形时，身体不由得一震，犹若灵魂出了窍一般，呆若木鸡。

绣花楼矗立在崇山峻岭之间，宛若绿水青山中的一抹红，异常醒目。楼中一位佳人着一袭红衣，眉目如画，俏脸含霜，在阴沉沉的天空下，凛冽的秋风里，一如迎风傲立的高山雪莲，孤傲冷俏。秋天萧瑟的大山，因了她而增色不少，她俏生生地站在上面，仿佛仙子临凡，不食人间烟火。

一幕幕过往的场景渐次在眼前浮现，打骂嬉笑声亦在耳边回响，温暖的回忆和冰冷的现实交错之下，印晓天痛苦不堪。

你可还好？印晓天遥望着山上的杨三妹，心中暗道：被那黔南三怪掳了去，是否受了委屈？

如此想着，心中升起无限怜爱。可越是如此，越下不了决心。真的要在战场相见，拼个你死我活吗？为了什么？为了国家一统，为了天下百姓……印晓天浑身颤抖着，无论有多么冠冕堂皇的理由，一个男人怎能向自己心仪的女人下手？

印晓天办不到，朝着刘綎陡然大声喊道："小爷不干了！"

"这可由不得你！"刘綎回过头，铁青着脸道，"为了一个女人，上千万人的性命就不顾了吗？"

印晓天红着脸激动地道："那是你的队伍，你的责任，关小爷鸟事！"

刘綎气得发抖。此时有探子来报，说是田家庆的兵马驻扎在后关，看架势可能会和杨应龙配合，前后包抄明军。

从田家庆的野心来看，作壁上观，最后坐收渔人之利的可能性很大。但田家庆毕竟不是普通人，行事神鬼莫测，难说会出什么奇招。为了以防万一，刘綎命令副将领一支军队按兵不动，留意后关动向，叫先锋部队先行攻上去。

呐喊声大作，先锋部队率先往前冲。绣花楼下到处都种满了龙仙草，明军第一次行动的时候就吃过它的亏，如今有了地形图，再加上口鼻皆蒙上了，龙仙草的影响基本可以忽略不计。但绣花楼下的布局却没有如此简单，楼下设有阵法，此阵将天然的山川形势与五行八卦合而为一，相辅相成，天衣无缝。门外汉慢说破解，着了道儿尚且不知陷在阵中，一旦阵法启动，人便会失去方向，从而产生恐慌，甚至失去理智。

恐慌心理是会蔓延的，而且其传播速度相当快。这么多人的一支队伍，只要小部分人乱了，整支队伍就会阵脚大乱，全无章法。

城防图上只标记了龙仙草种植的大概位置，大批将士冲到绣花楼下时，触动五行八卦阵，山川移位，方向倒置，眼前的景物倏然大变，从山下望上去，那些明军惶惶若热锅之蚁，到处乱窜。刘缍知道那些人命在旦夕，若不能及时想办法，他们绝对难以活着回来。

这时候，站在绣花楼里的杨三妹，霍地纤臂一动，红袖随风起舞，半空中银光闪了一闪，三枚针眼上穿着红线的银针穿过铅云密布的天空，向外飞射。此时，在五行八卦阵外的人是看不到异象的，只是隐约看到三枚穿着红线的银针在空中晃动，然阵内之人，看到的则是另一幕奇诡的景象。

那三枚银针飞上天空时，银光一闪，光晕由小变大，渐渐地布满了头顶的整片天空，白光正晃得耀眼时，光线出现了色彩，仔细一看，竟是二三十位绝美女子踏着白云飘然而来。

阵内的将士见状，都看得呆了，却在这时，周围环境又是一变，上面的绣花楼消失了，四周俱是浓雾以及嶙峋的怪石和参天的大树，仿佛置身于一个上古莽荒丛林，阴森神秘，幽深诡异。忽然，林子里响起一声吼叫，听不出是什么东西发出来的，声响极大，似乎脚下的土地都在震动。紧接着，吼叫声越来越多，似乎有成千上万只上古异兽，在兽王的召唤下，正往这边聚集。

将士们正自惶恐，林子里忽响起沙沙声响。那声音很密，犹如豆大的雨点打在树叶上一般，整片森林都被那声音包围着。不一会儿，腥风四起，成千上万只异兽张着血盆大嘴，咆哮而至。

这情形虽然跟包口听所描述的有所出入，但诡异恐怖的场景却是一样的。此时阵外之人看到的却是伏兵四起，大批人擎刀持枪往前冲。由于明军被异象震慑，失去了作战能力，只有挨打的份儿，播州的士兵便如切瓜也似，毫不费力地左冲右突，只眨眼工夫，山上就已遍布尸体。

鲜血如血雨一般，不停地洒向半空，染红了山上的树叶，浸湿了地上的泥土，没过多久，鲜红的血便汇作一条条细流，流将下来。

"看看，你睁大了眼睛看看！"刘缍朝印晓天大吼，"你说他们的性命不关你的鸟事，现在呢，如果你现在还说他们的生死与你无关，老子马上放你下山，过你的逍遥日子去！"

说到底印晓天只是个被太监领入宫中的孤儿，在这之前虽经历了父母双亡和艰苦的流浪生涯，但这血淋淋的残酷的战争场面，却是第一次看到，远比说书的口中所描述的战场惨烈千百倍。无数人在顷刻间倒下，他们惨叫着、厉嚎着，在生命的最后一刻挣扎着，尸体、头颅、残肢断臂不断地从山上掉下来……有些将士滚到印晓天附近时，有的已经断了气，有的则还活着，或断了手臂，或被削去了半边脸，浑身上下血肉模糊……面对如此惨烈之景象，印晓天浑身直打哆嗦，他现在无论如何也说不出"关他鸟事"之类的混话了，闻着浓烈的血腥味，听着不绝于耳的惨叫声，即便他再没大局观，也无法熟视生命如草芥的极端场面而无动于衷。

刘绽像是吃准了他的心思，厉喝道："你走啊，要是救不了我三军将士，趁早给老子滚下山去，莫在这儿杵着看热闹。"

鲜血流到了印晓天的脚下，他没动，像是与脚下的土地黏在一起了。是的，战场是个极为奇怪的地方，你怕它，不敢去面对它，然当真正与它狭路相逢的时候，却又无法离开了，因为你的每一个举动，都会影响成千上万人的性命。

抉择的时刻到了，印晓天抬头望了眼山上的杨三妹，她长袖飘飘，红衣在风中乱舞，不停地挥动双手，驱策着半空中的银针，辅助阵势发挥的同时，指挥着底下砍杀明军的播州士卒。

看着她的样子，印晓天的脸扭曲起来，这一刻他似乎突然明白了，原来他们果真是两个不同世界的人，不只是身份、地位不一样，立场也是对立的。面对着不断死去的明军将士，他无法坐视不理，毕竟那是一条条鲜活的生命啊！哪个不是娘生爹养？哪个没有家室？个人之私情再重要，抵得过那一条条人命吗？对杨三妹来说，保卫她的家园，保卫其治下之民众，也是义不容辞之事。他相信此刻她的内心也是痛苦的，以她的性子，只怕也厌恶战争。可是再痛苦、再厌恶又如何呢？还是要面对，这是他和她无可推卸的责任。

责任，在如火如荼的战争中，印晓天终于明白了什么叫责任。

印晓天纠结之时，田家庆正遥望着这边的情形，田宏仁的神色看上去有些焦急，显然是在担心印晓天会不会临阵退缩。田家庆一如既往地云淡风轻，即便他已经从刘绽的表现中，看出影子可能已经暴露了，却依然没有露出一丝的惊诧和慌张，因为那都在他的预料范围之内，影子和血梅在刺明计划里本来就是要牺牲的。

"那小子不会跑了吧？"田宏仁忍不住嘀咕了一句。

"父亲放心，刘绽断然不会放他走。"田家庆的脸上含着抹淡淡的笑意，转首朝父亲道，"在这个世界上，人与人之间都是不信任的，有时候连誓言都难以取信于人，唯一还能获得他人尊重的只有生命。那么多人死了，人终归是有恻隐之心的，成千上万条生命在他的眼前哀嚎、牺牲，那小子断然不会无动于衷。"

田宏仁一想也对，何况摆在印晓天面前的还有杨三妹，此时他即便想逃避也挪不动脚步了。

诚如田家庆所说的那样，印晓天断然不会无动于衷，他从没见过那么多人在自己面前死去，好好的一座山，顷刻间变成了森罗地狱，这跟在地穴里见到千人坑时的情景完全不一样，那种震撼、恐惧和在心理上造成的冲击，是无法比拟的。只见他一咬牙，往山上走去。包万民和军医见状，急忙尾随跟进。刘绽见他想通了，脸上油然跃上一抹希望的光芒，喝一声"跟上！"招呼了声后面的将士，率众而上。

"放心。"包万民边跟着印晓天走，边道，"一会儿冲上去时，我会尽力保全杨三妹的性命。"

印晓天转过头去看了他一眼，眼里带着血丝，嘴唇抖动了几下，艰难地挤出一句话："她会恨我的。"

包万民轻轻一叹，道："人生多无两全事，但你如今的选择，至少会让你的余生心安。"

"余生？"印晓天苦笑，"老包你真会开玩笑，我有余生吗？"

包万民一愣，随即宽慰他道："年纪轻轻的说什么丧气话？田家庆也不神，他只是在你身上种了蛊，等此战结束到了京师，我会请名医来给你诊治，一定能药到病除。"

印晓天浑然没把他这话听进去，抬头望了眼绣花楼前的杨三妹，喟然长叹。我是喜欢你的，同时亦感激着你，让我的人生不再苍白，让一个平凡而普通的人，尝到了爱情的滋味，如果今天非要有一个人离开这世界的话，那个人一定是我。我们本就是两个不同世界的人，你要保卫你的家人和家园，而我却不得不去阻止这场杀戮，或许我的离开对我们彼此来说，都是种解脱。

杨三妹看到印晓天领军上山的时候，不由得对他刮目相看。可能在别人眼里他只是个市井小民，嬉皮笑脸的无赖，经不起生死考验，为了保命，会全力配合田家庆。但现在你看，他最终还是舍小义顾大局，牺牲个人的利益，甚至不惜付出生命，去阻止这场杀戮，此大丈夫所为也！

杨三妹冷若冰霜的脸上微微泛起抹笑意，若春风拂过湖面，漾起一池的涟漪，春意洋溢。其实他还是有许多优点的，他性格开朗，即使知道自己只有一十一天的寿限，依然没有自暴自弃，以各种理由安慰自己，保持着乐观，不管面对什么样的环境，都可以没心没肺地活着；他重情重义，宁愿自己死，也不愿看着她被人欺负。说心里话，她曾被他打动过，莫看他只是个市井小民，可他身上的品质，非那些衣冠楚楚的公子哥儿可以相比。怎奈苍天把他俩安排在了对立面，让他们在战场相见，何其残忍！

杨三妹既希望他抛下众人独自逃生，这样他俩至少不用以死相搏，却又希望他能率军一战，唯如此才像个男人的样子，心中矛盾之极。

罢了，若今日真要死在他手里，也是天意吧！

是的，天意！杨三妹幽幽地吐了口气。

"他真的上去了！"田宏仁高兴地说了一句，转首看向田家庆，对儿子的神机妙算佩服不已。

田家庆坐在轮椅上，悠然地靠着椅背，面带微笑："我们的计划就快成功了。"

田宏仁颔首道："如果此番真能一举击溃明军，朝廷元气大伤，就不会再对播州动什么心思了。"

田家庆含笑不语，目不转睛地看着印晓天的举动。

绣花楼下，到处都是鲜血和尸体，印晓天往上面看了一眼，最先冲上去的那批明军已被杀得所剩无几，余下的面色惊恐，四处乱撞。那些人估计是救不出来了，即便救了出来，精神业已失常，形同废人。

印晓天暗吸了口气，抛开杂念，审视周围的环境。这里的环境他是熟悉的，当然，所谓的熟悉并不是说曾在模型里走过一遍，而是这里所布的五行八卦阵，是静月道长曾经教过他的。他心想你这老东西啊，总算还是做了件好事。

心里有了底，印晓天回头朝刘绽道："一会儿上去时，听我口令。"刘绽二话没说，点了点头。

"天地定位，山泽通气，雷风相薄，水火不相射；八卦相错，数往者顺，知来者逆，是故易逆数。"印晓天默念口诀，眼观地形，一幅完整的五行八卦布局图已在眼前形成。依据八卦理论，乾配天，坤配地，兑配泽，离配火，震配雷，巽配风，坎配水，艮配山，杨应龙一心为王，故按照天尊地卑之理，南面乾位为尊，那里断然走不得，触之则阵法立启，乾坤相对，互为辅助，天霁则地旺，地动则天变，亦是凶位。独艮位从表面上看，最是凶险，周边山石嶙峋，地上俱是乱石，慢说是行军，平素走路也是极为困难的，实际上却是此阵中唯一的一个空当，也就是俗语所说的生门。

"走艮位，逆行，快速至坤位。"印晓天大喊一声，刘绽未作迟疑，朝后面挥了下手，身先士卒，率众而上。包万民和军医二人则紧跟在印晓天旁边，护其周全。

杨三妹见状,心头大震,此地以奇制胜,倘若阵法让人破了,难与明军一战,不由得往西面望了一眼。开战之前,田家庆曾与杨应龙约好,一旦明军进攻,他便会配合杨应龙,上下夹击,现在五行八卦阵即将被破,田家庆何以还没有动静?

杨三妹心里一阵慌张,田家庆是一匹狡猾的狼,他的话有几分可信度?或许眼前这一切,正是在他的计划之中。

想起田家庆的计划,杨三妹娇躯倏地一颤,转首看向正在指挥三军的印晓天,他也在田家庆的计划之中吧?

那么接下来会发生什么?

杨三妹慌了,如果眼前所见的一切,都在某一个人的计划之中,这是种怎样的体验?就好像芸芸众生均卑贱如蚁,无论怎生努力,命运都在某个人的掌握之中,哦不,不仅被掌握,就连生死都早已注定。如果一切真的早已注定,那么眼前的胜负,甚至是生死还有什么意义呢?

想透了这一点时,杨三妹顿时心灰意懒。或许大哥早应该与明军合作,把那个恶魔一般的人除了。可惜的是,大哥一心为王,要主宰播州,哪承想到头来真正主宰播州的是田家庆。

一切都已晚了,人生是没有回头路的,再说让杨应龙向朝廷臣服,也是不可能的事。杨三妹深深一叹,或许这一切真的早已注定。

印晓天从艮位进入,未触发阵势,逆行走到坤位时,与埋伏在那里的播州士卒相遇,双方一交战,胜负立判,无论是士兵的素质还是单兵作战能力,俱难与明军相提并论,不消多时,便被打得四散逃窜。

阵法的每个环节都是相连的,环环相扣,坤位一破,即便此时触动阵势,威力也会大减。明军军心大振,乘胜继续推进,势如破竹,从震位而上,一直打到乾位,所谓兵败如山倒,是时播州士兵已无再战之勇气,只有被砍杀的份儿。

已到绣花楼脚下,刘绖暗暗地提了口气,紧张地往四周张望。印晓天的作用发挥了,显然城防图是准确的,印晓天对此地机关也是熟悉的,看似一切都在有序推进,但他心里明白,在这顺利的表象下一股更大的危机正在逼近。刺明计划到底是什么尚未参透,只是大致判断可能会和杨三妹有关,接下来印晓天与杨三妹会做出怎样的举动?

这一刻不只刘绖心慌,印晓天也是惴惴不安。好顺利,这一切都太顺利了,顺利得好像田家庆要把海龙囤拱手让给明军。但这可能吗？

印晓天抬起头，望向绣花楼，只见杨三妹咬着银牙，俏脸含霜，眼波含水，隐隐似有泪光闪动。见到她那神态时，印晓天心如刀割，他打死了她的家人，破坏了她的家园，从今往后，她将去何处安身？

"杨三妹，杨小姐，杨大美人儿，小爷我对不起你了！"印晓天朝着楼上喊，"如果有来生，给你当牛做马，来赎今生的罪过！"

刘绽见状，心头一震，叱喝一声，让包万民贴身跟着，切不可让印晓天做出异常的举动。吩咐完了，还是觉得不放心，又派两个人上去，跟在印晓天左右，交代他们，如有必要，可以随时击杀。

杨三妹看着楼下站着的印晓天，冷冷一笑，今生的孽缘已使彼此伤痕累累，来世还要再相互伤害吗？

"滚！"杨三妹寒声道，"今生来世，我都不想再见到你了。"

印晓天心头一沉，一股酸楚涌将上来。

呵，是啊！今生已伤她至深，来世还有脸见她吗？看着楼上那娇滴滴的人儿，在风中微微战栗着，印晓天不知道该说什么，说他会放过她，日后可以让她好好生活吗？这算是怜悯，还是一个胜利者对失败者的宽宥？

嘿嘿！所谓的来世赎罪，所谓的日后让她好好活着之类的屁话，在此时看来，连他自己都觉得虚伪恶心。如果播州易主，如果她的兄长离世，只她一人孤零零地活着，对她来说本身就是种折磨和煎熬吧？

那样活着，生不如死啊！

"我错了……"印晓天抬头望着她，眼中含泪，可是错了又怎样呢？能挽回吗？如果能让他重新选择一次，还会否做出同样的决定？

刘绽喊道："杨三妹，缴械投降，本将军可饶你一命！"

杨三妹连正眼都没去瞧刘绽一眼，只看着印晓天道："敢上来吗？"

印晓天几乎没作任何犹豫，大步走了上去。

刘绽大叫道："拦住他！"

"滚开！"印晓天回头朝刘绽厉喝，"让他们滚开！"

"晓天……"包万民本想劝他，可当看到他血红的眼睛时，又把话咽了回去。今日是逃生游戏十一日的大限，不管接下来会发生怎样的石破天惊的事情，对印晓天来说，他只是想在临死之际再见一见心爱的人儿罢了，这也错了吗？

包万民看到，在印晓天与刘绽对峙的时候，跟在印晓天左右的两名士兵，脸上已涌出了杀气，他们随时都会取了他的性命。印晓天不是傻子，他自然留意到了旁边两个人的举动，但他豁出去了，反正早晚得死，还会在乎怎么个死法吗？他朝着刘绽做了个挑衅表情，举步往前走。

杨三妹见状，笑出了声，也笑出了泪。你是好样的，我没有看错你！

那两名士兵手中的兵器一扬，一左一右刺了出去。

包万民大喊一声："晓天小心！"但他只是喊了一下，并没有冲上去营救，理智告诉他，一旦印晓天上了楼，想象中的可怕一幕就会发生。

印晓天吃痛，低头看了眼插在自己两肋的兵器，怒道："你们这帮吃人的狗东西，小爷与自己的女人相见干你们何事？"

话音刚落，突见银光闪了一闪，印晓天旁边的两个人低哼一声，应声而倒。随即红影一晃，印晓天被红袖一卷，卷上半空，入了绣花楼。包万民又喊了一声，但他依然站在原地，没有动身，心中有一个声音在喊：让他去吧，他是被卷入这场战争中的最无辜的受害者。临死之时，让他率性一回，去与心爱的人道个别，说上几句暖心的话。

印晓天上了绣花楼后，楼上楼下的气氛顿时就变了，一股叫作紧张的东西在山间蔓延，进入每个人的体内，流窜周身，连呼吸亦变得急促起来。

印晓天虽是第一次上杨三妹的闺阁，但这里的一景一物却是熟悉的，甚至有种亲切感。在地穴里时，他还在模型里睡了一晚呢。

那一晚他睡得特别香，还梦到了杨三妹，出了地穴后，果然遇见了她，还与她开始了一段生死之旅，虽只短短几天，却足以让他用一生去回忆。

人生端的好生奇妙，又好不残酷，温馨的场面尚历历在目，转眼间就要面对生离死别。

站在绣花楼里，印晓天忍着痛强行装出一副轻松的姿态面对着杨三妹，闻着从她身上飘过来的熟悉的气息，身上的痛楚消失了，朝她笑了笑，道："如果你要杀我来解恨，就动手吧。"

杨三妹面有凄容，幽幽地看了他一眼，慢慢地转过身，从里屋取了柄剑出来。楼下的刘绽等人见状，大吃一惊，那妖女要做什么？

杨三妹没有拔剑，而是在亭台的那张桌前坐下，伸出纤纤细手，抓过一只精致的银瓶，在桌前的两只白玉杯里倒了两杯酒，抬头道："坐。"

印晓天一愣，不知道她要做什么，慢慢地走过去坐下，杨三妹举杯道："最后再喝杯酒如何？"

"好。"印晓天毫不犹豫地端起杯子，朝着杨三妹欣然一笑，看来她对他还是有感情的，在动手之前还给他喝一杯送别酒。

　　这就够了，印晓天朝她微微一笑，他爱过，知道在这世界上还有一个女人喜欢着自己，对他这种人而言，还有什么不知足的呢？

　　印晓天一饮而尽，向着杨三妹微微一笑，道："动手吧，我不怨你。"

　　杨三妹拿起剑，慢慢地拔出来，青光耀眼。

　　"妖女！"刘缠在楼下大喊，"你若是敢动他，本将军决不轻饶了你！"

　　印晓天霍地转首，愤怒地望向刘缠，谁他娘的还在乎你的饶恕？怒喝道："这是我俩之间的事，你要是再敢多一句嘴，小爷让你们都死在山上！"

　　刘缠连连跺脚，刚才就应该把这小子杀了，一了百了，现在主动权在人家手里，真要是把那小子逼急了，联合杨三妹发动阵势，三军依然是有危险的。

　　见刘缠果然不敢再说话，印晓天朝杨三妹微哂道："没人再敢聒噪打扰我们了。"

　　"好。"杨三妹轻轻应了一声，拔剑在手，把剑递了过去，送到印晓天面前。

　　印晓天大吃一惊："你要做什么？"

　　杨三妹固执地道："拿着。"语气不容拒绝。

　　印晓天只得接剑，痴痴地看着她。

　　杨三妹妙目一抬，眼里有几分柔情，几分幽怨，说道："你这登徒子，油腔滑调的满嘴没半句正经话。知道吗？从来没有人敢在本姑娘面前如此胡说八道，他们都怕我，或敬畏，或仰慕，或小心翼翼，或温文尔雅。在遇到你之前，我以为所有的男人都是那个样子，在没有得到手之前，总是假装斯文，虚伪之极。遇上了你这登徒子后，我才知道男人也不全是会伪装说假话，对你还是有几分新鲜感的。"

　　印晓天听着她说和自己相处的感觉，一副十分享受的样子，连呼吸都不敢太重，生怕打断了这种美好的感觉。杨三妹又斟上一杯酒，见他喝下了，继道："后来见你越来越胆大，说话越来越没有遮拦，不管心里接不接受，还是不由自主地产生了几分好感，你说怪是不怪？"

　　印晓天笑了，微微眯着眼，眼里满是柔情，但他还是没有说话，想继续听她说。杨三妹说道："你是第一个让我动过心的男人，特别是在播州酒馆里，我被那和尚抓了时，你明知不是他们的对手，却依然一次次地站起来想要救我，我便知道你是我可以托付终身的男人。"

听到这儿，印晓天忽然心里一酸："可……可今日我还是害了你。"

"你害了我，也让我看清了你。"

"是的，让你看清了我伪善的面目，我与那些善于伪装的男人一样，欺骗了你。"

"不。"杨三妹断然道，"所有人都以为你不过是个市井小民，经不起生死考验，要么躲起来独自逃生，不敢面对，要么像狗一样向田家庆摇尾乞怜，以求得苟延残喘。可你没有，为了阻止这场杀戮，为了解救更多的人，你做出了一个男人应该做出的决定，从你率军上来的那一刻起，你在我心中的形象便完美了。"

印晓天呆呆地看着她，痴了。他伤害了她，亲手毁了她的家园、她的幸福，却没想到她会说出这样一番话来。可杨三妹越如此说，他的心里就越内疚，痛苦地摇着头道："三妹，莫说这样的话，杀了我吧，让我好受一些。"

"是的，我恨你，恨不得把你这登徒子千刀万剐了。"杨三妹蹙着柳眉，怨道，"可事到如今一切都晚了，与其死在明军手里，倒不如让你杀了，也会让我好过一些。"

印晓天吃惊地看了眼手中的剑，原来她取来此剑，是要让他动手杀她！

"你不会死。"印晓天急道，"即便播州没了，你也不会死。"

"播州没了，亲人没了，连你……"杨三妹本是想说，连你都无法活过今日，我活着还有意义吗？可话到嘴边又咽了回去，这一刻她才明白，原来在她的潜意识里，依然希望他能活着，"我不需要任何人的怜悯，包括你。如果你真的喜欢我，就拿出你刚才率军上来的勇气和气概，让我死得有尊严些。"

印晓天提剑站起来，看着她一副视死如归的样子，一时没忍住，泪湿了眼眶。我是喜欢你的啊，想一生一世保护你，怎么下得了手取你性命？冤有头债有主，这一切都是由我引起，如果今日你我之间非要死一个的话，那个人一定是我，"三妹，对不住了，原谅我没有这个勇气。"言语间，剑柄倒转，抹向自己的脖子。

杨三妹似乎早就料到了他会如此做，纤臂一探，抓住了剑锋，那嫩白的手指触及剑刃时，便流出血来，殷红的鲜血一滴一滴地往下滴。

印晓天见状，心疼不已，不敢再乱动，抖动着嘴唇含泪道："放手……"

杨三妹几近恳求地道："留着你的性命，去杀了那恶魔般的人好吗？"

印晓天知道她说的是谁。是的，他才是罪人，他设计了逃生游戏，布下了刺明计划，造成了今日的局面，他才是最该死的那个人！

"我想让你活着啊……"印晓天哽咽道,"只有你活着,我所做的事才有意义。"

"可是你亲手毁灭了我,不是吗？"杨三妹叹息道,"或许这就是你我的命吧,被人操纵着,注定了要悲剧收场。"说话间,左臂一动,中指往剑身上轻轻一弹,铮的一声,剑身一颤。印晓天的内力不及她的一半,剑柄虽还握在他的手里,可剑刃却朝着杨三妹的脖子反弹出去,不及他反应过来,剑尖已划过她雪白如霜的脖子,鲜血溅了他一脸。

印晓天愣了一下,见杨三妹往地上倒,急扔了手中的剑,过去一把抱住她,嘶喊道:"三妹……"

可惜杨三妹已经不能说话了,喉咙里咯咯作响,却未曾说出一个字来,紧接着头一歪,香消玉殒。印晓天凄厉地大叫一声,把头埋入她的怀里,失声痛哭。

这一幕情景无论是刘缒还是包万民都是没有预料到的。他们谁都没有想到,他俩是有真感情的,眼看败局已定,与其死在敌军手里,倒不如死在自己喜欢的人怀中。

在这个计划里,或许这是杨三妹最好的归宿了。那么接下来会发生什么,刺明计划是结束了,还是依旧在推进？

包万民大叹了一声,他曾答应过印晓天,会尽力保全杨三妹性命,可谁能想到是这样一个结果呢？如今杨三妹死了,印晓天估计也是了无生趣、心若死灰了吧？

"你不觉得奇怪吗？"包万民正自叹息,忽听刘缒说了句奇怪的话,不由得转过头去问道:"奇怪什么？"

刘缒道:"绣花楼是南面唯一的一道关隘,按理说发生战事,东西两面会有援兵,然迄今为止连杨应龙都没有出现,难道不觉得奇怪吗？"

经此一提醒,包万民方才反应过来,也不由得讶然道:"这是为何？"

刘缒转头望向西边,疑惑地道:"我也猜不透,除非是田家庆已经控制了杨应龙。"

包万民蹙着眉头想了想,道:"杨应龙在海龙囤毕竟是有根底的,想要控制他并不容易,我觉得可能是杨应龙中计了。"

刘缒一时没反应过来,问道:"中了什么计？"

包万民道:"开战之前,田家庆表现出了足够的诚意,不仅帮杨应龙揪出了潜伏在海龙囤的细作,还把播州宣慰司的归无迹也挖了出来,这足以让杨应龙相信，他是有诚意合作的。从眼下的情形来看，归无迹的死不仅仅为了取信将军，也是为了取得杨应龙的信任；其次，杨应龙并不知道播州酒店发生的事是田家庆布的局，所以他认为杨三妹是田家庆给救回来的，这两件事让杨应龙相信田家庆会配合杨三妹，前后夹击我军。如果田家的兵马从后路包抄的话，我们会很麻烦。"

刘綎早就料到了会有这种可能，所以留下了一支队伍观察后关的动静，然即便如此，田家庆要是发兵的话，明军殊无必胜的把握，田家庆为何不要这个大好的机会？

在此战开始之前，田家庆的确答应了杨应龙，会配合杨三妹前后夹击，等解决了明军，他们内部的问题一切都好商量。此话令杨应龙深信不已，因为不管是杨应龙还是田家庆，当务之急便是要解决兵临城下的明军，只有把明军解决了，打消了朝廷进攻播州的念头，播州才能迎来真正的安定，至于将来由谁来主宰播州，的确是可以从长计议的。可问题是怎么个从长计议法呢？

田家庆心里非常清楚，经历了这么多事，杨田两家的血仇已经结下了，表面的合作只是一时的，待此战结束，杨应龙就会把刀往田家砍，播州难免会有一场内战。如果跟杨应龙硬碰硬地打一场，鹿死谁手真的难以预料，倒不如让明军和杨应龙直接对抗，他便能不费一兵一卒，坐收渔人之利。

田宏仁看着绣花楼这边的情景，不免有些惊讶。从他的角度来看，杨三妹的举动实在匪夷所思，她是有机会最后一搏的，哪怕跑到杨应龙那边去，与其兄一起殊死一搏，也要合情合理一些，可她偏偏选择了死亡，而且是心甘情愿地死在打败了她的对手的剑下，是怎样的念头让她做出如此反常的举动？

田家庆看着他的父亲道："只要我们的计划成功，杨三妹是一定会死的。不过她选择死在印晓天手里，倒也出乎我的意料。这个女人啊，表面上冰冷如雪，性子刚烈，是个十足的冰雪美人儿，特别是对那些名门子弟，从不放在眼里。然内心其实是热情如火的，爱了一个人就会死心塌地，她最后选择死在喜欢的人怀里，其实也算合情合理。"

田宏仁道："无论她怎么死，我们的计划都会奏效。"

田家庆颔首笑道："父亲说得没错。"

天空响起一声霹雳，豆大的雨点落了下来，这阴郁的天终归还是下起了雨。杨应龙在王宫大殿的上首正襟危坐，这一声霹雳下来时，惊得他浑身一颤，紧接着沙沙的雨声自殿外广场上传来，此时殿内流动的空气亦变了，变得阴冷潮湿，这种环境的变化让杨应龙开始不安起来，甚至产生了一种不祥的预感。

大殿外响起一个急促的脚步声，杨应龙坐不住了，呼地起身，绕过身前的桌子，急步往外走。

"大将军……"跑进来的是名士卒，脸色显然有些不对劲，杨应龙心头一震，"发生了何事？"

"三小姐……阵亡了。"

轰隆隆……又是一道霹雳掠过天际，杨应龙整个人都蒙了，身子在瞬间犹如坠入冰窖，传来阵阵彻骨的寒意："田家庆他……"

"田家庆按兵不动，没来支援，我们都被他骗了！"

"啊……"杨应龙仰天一声悲呼，他是大哥，所谓长兄如父，本有责任保护家中的弟妹。即便是有什么灾厄，也是他这个做大哥的冲到前面去，可现在杨兆龙尚未入土，又传来三妹的噩耗，让他这个做大哥的情何以堪？

是我错了吗？杨应龙瞪大了眼望着外面，眼里含着泪光，我不该做那称王称霸的梦吗？

在此之前，杨应龙的目标非常明确，哪个敢挡他称王称霸之路，他就杀哪个，为了实现这个目标，他敢与天斗与地斗。可现在他开始怀疑了，弟弟和妹妹在他眼里是最亲的人，现在他们都走了，就算真的实现了称王称霸之梦，又如何呢？亲人没了，他们为了你所谓的梦想付出了生命，你能安心吗？能心安理得地当那个王吗？

杨应龙越想越是心灰意冷，嘴角一扯，忍不住发出一阵阴恻恻的冷笑，梦想破灭了，现在唯一留在他心中的只有仇恨，厉喝道："田家庆，你想要让我死，我也断不会让你活着！"喝声一落，跑向殿外，冲入大雨之中。

杨应龙的恨不仅仅只有仇恨，还有无尽的悔恨。按照战前的部署，明军只能选择两个方向进攻，即后关和绣花楼。如果是后关，田家会首当其冲，杨应龙方面应援，配合围剿；如果是绣花楼，明军在短时间内是无法攻克的，如果这时候田家的兵力从后方包抄，两厢夹击下，明军的军心便乱，到时候杨应龙再率主力出现，他相信完全有机会战胜明军。

这样的部署是没有问题的，在明军选择攻打绣花楼的时候，杨应龙的主力压轴出场，是压倒明军心理防线的利器，但是他万万没想到田家庆会放弃这样的机会，将他置于死地。

雨越下越大了，山中很快起了浓雾，包万民道："将军，不妨先上绣花楼去。"

刘綎应声好，举步朝绣花楼上走。包万民及一干主要将领随后跟上。

楼台上印晓天兀自抱着杨三妹的尸体，他的身体是蹲着的，背对着外侧，故刘綎等人看不到他脸上的表情，只是从他背部看上去，显得很安静，既没有哭泣，也没有发出任何声音，若泥雕木塑一般。

刘綎等人情知他此刻万分悲痛，不忍去打搅。只是战场形势瞬息万变，现在杨应龙没有赶过来，不代表他得知消息后不会来与明军拼命，故刘綎还是狠了狠心，走到他后面，伸出手拍了下他的背。

印晓天像是被惊醒了一般，身体霍地一颤，刘綎见他这么大的反应，连忙把手抽回。然接下来发生的事情，出乎了所有人的意料。

只见印晓天的身体颤抖了一下后，抱着杨三妹的尸体站起来，转过身时，把刘綎等人都吓了一跳。其余将领见状，纷纷抽出兵器来，严阵以待。

此刻，印晓天看上去不像是个正常人，他的眼睛是血红的，一条条殷红的血丝布满了他的眼球，怵目惊心；脸色则微微发绿，那绿色并非是浮于表面的，而是源自体内，看上去十分怪异；嘴巴微微张着，露出前面的门牙，那样子就像是一只刚刚被唤醒的异兽，带着浓浓的敌意看着出现在眼前的人。

这是怎么了，蛊毒发作了吗？

未及刘綎等人反应过来，印晓天却已然出手了。莫看他右手抱着杨三妹的尸体，可出手依然非常快，左手为爪，只一闪，就抓住了刘綎的前胸。今日刘綎所穿的是件厚厚的棉布甲，胸前重要位置装有铁甲，徒手去抓的话很难抓得了。可此时印晓天的力气极大，五指一捏，居然把甲片捏在手中，一把将刘綎高大的身体提了起来。

包万民暗叫不妙，急忙出手去救。他是锦衣卫的高手，即便是放置江湖，功夫也算得上是一流的了。按理说包万民一出手，以印晓天那三脚猫的功夫，断然挡不了，可他现在不仅力气奇大，反应也非常快，把刘綎提起来后顺势一甩，居然将他当作武器，朝包万民挥了过去。

包万民武功虽高，但是印晓天的举动完全超出了他的意料。情急之下，脚下斜走，往一边避了开去。印晓天倒也没追着包万民打，口中一声厉喝，把刘綎高大的身体往上一抛，抬腿就是一脚，别看刘綎人高马大，此时恍若纸鸢一般，往楼台外飞了出去。绣花楼孤悬于峭壁之上，下面俱是石林山坡，掉下去后即便不死，也会要了半条命。众将领见状，顾不上跟印晓天计较，纷纷赶下去救刘綎。亏得下面士兵多，及时给救了下来。众将领赶到时，只见刘綎脸色苍白，双目紧闭，直如死了一般，将帅乃三军之魂，若有不测，三军该如何是好？

包万民没有跟下去，但能望到那边的情景，不由得心下一沉，当下正是交战的关键时刻，主将生死未卜，重要的指路之人又性情大变，这仗还怎么打？军心大乱之下，慢说是迎敌作战，只消杨应龙或田家庆虚张声势，明军也必溃无疑。

"印晓天，你做什么？"包万民惊恐地看着印晓天大喊。

印晓天用那血红的眼睛看了他一眼，霍地转身，抱着杨三妹的尸体一路往西边奔跑。这时候位于西面万安关的播州士卒已然反应过来，纷纷往上赶，向绣花楼方向增援。只不过绣花楼独立于东西两端，附近没有其他关隘，所以无论是东面还是西面的援兵，要赶往绣花楼，均有段较长的路要跑。印晓天与西面的士卒相遇时，已经到了王宫的西南边。由于赶来增援的播州士卒尚不知杨三妹死活，见印晓天将之劫持，甫见面便是一番混战。

印晓天已今非昔比了，浑身上下散发着一股兽性，厉喝声中，单掌翻飞，众士卒竟没一个能近他的身。

赶过来的士卒越来越多，把印晓天围了个水泄不通。可他却似乎有使不完的力气，激战中，身上多处受伤，也不知道疼痛，夺过一柄枪，呼啦啦一扫，大片的人往后倒，趁着人群中露出一个缺口，钢牙一咬，圆睁着那血红的眼睛一声低吼，纵身掠了过去。

播州士卒见状，把刀枪纷纷往上捅，印晓天人在半空，自然无法避开，两条腿上千疮百孔。即便他不知疼痛，可行动还是受到了影响，从空中跌落下来，摔在地上时，右手依然牢牢地抱着杨三妹，翻了个身，迅速站起来，微微躬着身，咻咻然地虎视着周围的敌人。

此时，印晓天已浑身浴血，他只站了一会儿，脚底下便流下一大摊血，明眼人都看得出来，如此下去，他必血尽力竭而亡。

原来这就是田家庆的刺明计划，因其安排合理，每一个步骤都十分精细巧妙，一环扣一环，每个环节都没出大错，最终达到了他想要的效果。如果不出意外的话，海龙囤会大乱，而山上的明军一个也别想下山，只待此战一结束，播州之主必是田家庆了。

"印晓天体内的离合蛊发作了。"田家庆看到自己的计划即将成功，十分高兴，转首朝田宏仁笑道，"播州即将是田家的了，从今往后，朝廷再也不敢打播州的主意了。"

"好，甚好！"田宏仁眼里放着光。天邦囤惨败之后，再次遭遇海龙囤大败，朝廷的确不会再动播州的心思了，想到田家即将取代杨氏，田宏仁的脸上也抑制不住地露出笑意。

所谓离合，即生死也，合则欢，离则死，生为人间眷属，死要同赴黄泉，是为离合，世无解药。离合蛊并非是一种蛊毒，而是两种蛊合在一起的统称，需要一前一后分别种入人体内，在情感的催动下方能生效。

印晓天在播州酒店被劫持后，黑衣人在山洞里给他下的所谓的百毒活蛊，实际上就是离蛊，后来莫天行来救，从黑衣人身上搜出来的所谓解药，其实就是合蛊，这一前一后植入印晓天体内乃是因；印晓天在地穴的模型里看到杨三妹的画像后，一则是少年人对少女的仰慕，二则是地穴下面寂寞无聊，且又凶险重重，印晓天自然会将杨三妹放在心上，并作为打发时光、慰藉心灵的一种方式。出得地穴后，与杨三妹的相遇，虽不是田家庆安排的，但这似乎也是必然的。血梅在播州屠杀重要官员，使杨应龙的地位岌岌可危，杨三妹不可能依然躲在闺阁闭门不出，只要她现身，归无迹就会安排他俩相见，这本来就是逃生游戏中的一部分。巧的是当晚莫天行假扮玉贞子杀了杨兆龙，杨三妹现身，让他俩偶遇了。

对印晓天来说，那次的偶遇自然是惊喜无比，真的是想什么来什么，天赐的良缘一般，他怎会放过这种机会？一个未婚，一个待嫁，一个表面上冰冷如霜，内心热情似火，一个情根早种，舌灿莲花，相互吸引爱慕，这才迎来了今日之果。

这离合蛊还有个典故，说是宋时有一农夫，逮了一双雁，一只脱网而出，然悲鸣不去，投地而亡。农夫怜之，葬汾水之上，垒石识之，谓之雁丘。后人因此作了一曲，谓之《雁丘词》，如是唱曰：

问世间，情为何物，直教生死相许？天南地北双飞客，老翅几回寒暑。欢乐趣，离别苦，就中更有痴儿女。君应有语：渺万里层云，千山暮雪，只影向谁去？

横汾路，寂寞当年箫鼓，荒烟依旧平楚。招魂楚些何嗟及，山鬼暗啼风雨。天也妒，未信与，莺儿燕子俱黄土。千秋万古，为留待骚人，狂歌痛饮，来访雁丘处。

此一阕词托物咏情，赞叹忠贞不渝的爱情，中了这离合蛊的，便如那对大雁一般，不死不休。

三

"杨应龙出现了。"田家庆望着海龙囤上面的情景。当看到杨应龙疯了一样地出现在绣花楼时,他像是在看一个傻瓜。这是个弱肉强食的世界,你想称王称霸,却又没那谋略,怪得了哪个呢?

杨应龙带兵出现在绣花楼的时候,楼下的明军早已乱作一团。他朝周围看了一圈,未曾见到杨三妹的遗体,只包万民站在绣花楼内,不由分说,上来就抓人。

自从刘綎出意外后,包万民知道这一刻早晚会来,现在只要杨应龙出手,明军几乎一触即溃,这就是田家庆刺明计划最终想要达到的效果。他不能让这样的事情发生,必须在杨应龙动手前,将眼前的局面扭转过来。心下虽慌,好在不曾乱了方寸,为了不激怒杨应龙,任由其将他抓了。

杨应龙将刀扣在包万民脖子上,厉喝道:"我三妹在何处?"

"我们都中了田家庆的计。"包万民诚恳地对着杨应龙道,"他千方百计获取你的信任,目的是要不费一兵一卒取你而代之,主掌播州。令妹是田家庆逼死的。海龙囤天险,即便我们有能力破了绣花楼阵法,但是想在前后夹击之下打上去,几乎是不可能的事情。他的目的只有一个,利用我们逼死令妹,因为令妹之死就是刺明计划的一部分。"

杨应龙眼里充血,喘着粗气,握刀的手颤抖着,却没有说话。显然他尚未失去理智,也知道包万民没有唬他,说的是实情。

包万民暗暗吸了口气,继道:"田家庆在印晓天的体内种了蛊毒,令妹之死可使其疯狂,气力大增。你也看到了,我军主帅躺在下面生死未卜,就是印晓天打的。现在只要你一怒之下与我们血拼,你我的人几乎很少能活下来,如此田家庆就可以轻轻松松地上来,成为播州之主。令妹临死之前,对印晓天说,去杀了那恶魔。印晓天虽已成魔,却依然心心念念记着令妹遗言,抱着她的遗体下山去找田家庆了。他俩是真心相爱的,我目睹了令妹含笑死在印晓天怀里。死者已逝,却将活着的人折磨成魔,印晓天不顾一切地往山下冲,现在被你的人拦在西边了,遍体鳞伤,随时都会死。"

包万民的话一下子戳中了杨应龙的心窝子。是的,他有成王成霸的野心,他心狠手辣,为达目的可以不择手段,可是亲情在他心里的位置依然是任何事物都无法超越的。二弟简单直爽,三妹单纯可爱,若非因了他的王图霸业,他们本可以简单快乐地活着，如今霸业未就，弟弟和妹妹却先后为此付出了生命，他五内俱焚。理智告诉他，在此处与明军决战，笑到最后的只能是田家庆，与其傻乎乎地拿全家人的性命为他人做嫁衣，倒不如杀了那恶魔，完成三妹的遗愿，这可能是作为兄长唯一能为她做的事情了。至于王图霸业，到了今天这地步，他左右是败，已无任何希望，还提它作甚啊！

"走！"杨应龙龇着牙大喝一声，反身走出绣花楼。

包万民大大地松了口气，转身下了楼台去看刘缠。此时他已经醒了，不知是不是断了骨头，依然起不了身。

包万民蹲在他面前，说道："将军放心，杨应龙去了西面，我们暂无危险。"

刘缠点点头，道："多谢你了！"

"将军莫说客气话。"包万民问道，"下一步我们怎么做，请将军吩咐。"

"全军撤下山。"刘缠道，"配合杨应龙，从西南包抄，灭了田家庆。"

包万民应声好，让副将下令撤军。将士们利用山上的树，做了副临时的担架，把刘缠抬下山去。

走到山腰时，刘缠放心不下印晓天，问道："印晓天那小子如何了？"

包万民叹道："只怕是凶多吉少，田家庆下的也不知是何蛊毒，竟这般厉害。"

一旁的军医说道："从印晓天的举动来看，很有可能是离合蛊，此蛊一存俱存，一亡俱亡，无药可解。"

刘缠惋惜不已，道："天下怎还有无药可解之毒啊？"

军医说道："事实上离合蛊非毒。如果说感情是种子，在心中生根发芽的话，那么离合蛊便是呵护种子的养料，它是可以促进两者感情的。然若其中一人夭折，便如种子枯萎，零落成泥，离合蛊便成了腐化人心的催化剂，能教人如痴似狂，生不如死。此蛊源于湘西苗族，又叫情人蛊，相传有一对夫妻，丈夫要出远门，妻送到寨外，叮嘱丈夫早日归。丈夫满口答应，让妻放心在家等候。一月之后，妻忽觉不适。原来她在丈夫临出门时，在彼此身上种下了情人蛊，合则欢，离则死，今蛊毒发作，情知丈夫在外有人了，伤心欲绝，郁郁而终。妻亡后，正往家里赶的丈夫亦暴毙而死。一存俱存，一亡俱亡，非丹药可解。"

"一十一天，阳寿即尽"的咒语原来是真的，这是个无解之局。自田家庆的刺明计划开始实施后，印晓天和杨三妹就注定了只能是今日之结果。

印晓天咻咻然地盯着眼前的士兵，像极了一只被围困的异兽，但他自始至终都贴身抱着杨三妹业已冰冷的尸体，丝毫不肯松手，心中只有一个念头，杀了那恶魔。杨三妹的遗言宛如铭刻在了他的心里，慢说是区区刀戈，即便是刀山火海、上天入地，也挡不住他去杀田家庆的路。

人群后面突地人影一闪，众士卒见是杨应龙，纷纷让出条道来。杨应龙一步一步往前走，他既迫切地想要再见一面杨三妹，却又害怕看到她的尸体。那是他唯一的亲人了，如花的年华，本该尽情地享受这世间的爱和快乐，奈何卷入这场战争，无辜殒命。

她是没有欲望的，像冰山上的雪莲，独自在高处绽放，即便无人欣赏，亦可高傲地活着。如果不是这场战争，她本可以一辈子活在自己的世界里，无忧无虑。

终于看到她的尸体了，她在印晓天的怀中无力地垂着四肢，手指苍白得没有一丝血色，冰冷的雨水顺着她的手指不断地往下滴。杨应龙鼻孔发酸，忍不住掉下泪来。三妹啊，大哥错了，还有什么比生命更加重要？如果可以重来一次，大哥宁愿放弃权力，让你快快乐乐地活着。每天能看到你的笑，听见你的声音，那该有多好！

杨应龙走上去，伸出手想去摸杨三妹的手。印晓天却警惕地退了两步，把杨三妹抱得更紧了。杨应龙看了他一眼，没有发火，眼里反倒露出丝欣慰，三妹不幸，遭遇不测，好在有一个人对她至死不渝，若她在泉下有知，会否欣慰？

杨应龙挥挥手，嘶哑着声音道："让开。"众士卒得令，纷纷往城墙两侧退。印晓天身体一纵，往西边猛跑，他似乎知道自己命不长久，想要在生命的最后时刻，去完成杨三妹交代的遗言，脚步十分急切。

杨应龙低喝道："去后关，不杀田家庆，誓不为人！"众人齐声领命，往西而去。

站在西面观战的田家庆见到山上的情景时，俊朗的脸变了，计划中所有的事他都料到了，何以这最后一步竟出了差错？

按照正常的逻辑推理，杨三妹无论是自刎还是战死，皆是因明军攻山，所以杨三妹之死，是明军直接造成的。杨应龙得知消息后，必与明军火并，无论谁胜谁负，对田家庆来说都无关紧要，届时只要上去收拾残局即可。

可奇怪的是他们非但没打起来，似乎还有联手的趋势，要围剿田家。

是哪里出错了？是他低估了杨应龙的智商吗？应该没有，以杨应龙那睚眦必报的火暴性子，若不把刘绖剁成肉酱，为杨三妹报了血仇，断难消他心头之恨。可他偏偏没有那么做，难道是杨三妹的死，尚不足以挑起他内心的仇恨？

田家庆摇了摇头，苍白的近乎透明的手倏地抖了一下，随即瞳孔收缩，他好像明白了。

杨应龙的确没有谋略，也心狠手辣，可他的狠并非是六亲不认，特别是对兄弟、兄妹之情看得极重，这也是田家庆要利用杨三妹之死，让杨应龙和明军火并的原因。只是他千算万算，算漏了两点，一是杨兆龙和杨三妹死后，会对杨应龙造成巨大的打击，这种打击对杨应龙来说是毁灭性的；二是杨三妹虽为女流之辈，却也能把形势看得清清楚楚，从印晓天的举止中不难发现，她临死之前一定留下了遗言。杨应龙万念俱灰之下，才做出了玉石俱焚的决定。

田家庆闭上眼，面部因悔恨而扭曲。他比杨应龙更狠，在这场计划中血梅、影子、印晓天、杨三妹都是必死的，为了达到目的，他可以轻轻松松地决定送他人去死，成王的路不就是用尸体和鲜血铺就的吗？可是他千算万算却算漏了一点，那就是人性。人之所以为人，乃是因为原始的兽性会被人性约束，人与人之间会争斗、会残杀。但人是有感情的，当付出的代价超越感情时，便会克制欲望。

"庆儿，杨应龙联合明军，两厢夹击，我们必败。留得青山在，不怕没柴烧，先撤吧。"田宏仁微微颤抖的声音传来，犹如一记闷棍当头击来，把田家庆的梦击得支离破碎。他回头朝父亲吼道："往哪儿撤？"

田宏仁愣了一下，没有还嘴。他太清楚这个儿子的个性了，天生聪慧，智谋过人，这些年来，田家几乎是他在掌管的，经他之手的事，莫有不成者。自从实施刺明计划后，他在幕后运筹帷幄，可谓是神机妙算，每一步都在他的算计之中，不曾出过大的偏差。别看他平素一副不苟言笑、遇事皆云淡风轻的样子，实则心气儿极高，无数次为自己的计划暗暗得意。

他败不起，也不可能败，以他的智慧怎么可能败给那些粗俗之辈呢？

知子莫若父，田宏仁知道他是骄傲的，如同一块好钢，坚硬却也易折，当下暗自狠了狠心，改口道："没错，以我儿之智慧，那些人怎是对手？打虎亲兄弟，上阵父子兵，咱爷俩拼他一把又何妨。"

"父亲，我们不会败。"田家庆郑重地说了一句，"你带兵去阻击明军，我去对付那傻子。"

"好！"这次田宏仁没作任何犹豫。无论怎样，他都要支持儿子，更何况他儿子的智慧天下第一，无人可比！此战是胜是败，尚是未知之数，他如何能拖儿子的后腿，打击他的信心呢？当老子的不管在怎样的环境中，都须支持儿子，给他以信心，刚才情急之下所说的那句话，着实是太不应该了。如此想着，把手里的伞一扔，领兵而去。

田家庆目光一抬，神色间又恢复了往日的平静，他相信不管在什么样的处境下，都可以把杨应龙那傻子耍得团团转。

只可惜田家庆这次又失算了，人越急躁就越容易出错，杨应龙的确缺少谋略，但他并不傻，以前之所以让他耍得团团转，那不过是欲望在作祟罢了。而人一旦没了欲望，上当的概率也就会大大下降，这时候即便是田家庆舌灿莲花，说得天花乱坠，亦无法令杨应龙动心。杨三妹的尸体就在眼前，他一心只想报了血仇。再者旁边还有个印晓天，甫看到田家庆，血红的眼里便浮上一抹浓浓的杀气，未待田家庆开口，口中一声虎啸，纵身扑将上去。

田家庆虽手无缚鸡之力，但身边不乏高手，立有四人从其身边跃出，分作四个方向，向印晓天围击。杨应龙低喝道："姓田的，拿命来！"刀刃迎风，在雨中发出一声龙吟，奔袭过去，与印晓天并肩而战。

田家庆依然高傲地看着杨应龙的举动，那神情如同是在雨中赏花，闲看风云，心想不动刀兵，以这种江湖方式解决倒也好，只要你一死，海龙囤全线崩溃，倒省得我费劲了。

杨应龙人高马大，佩刀一舞，立卷起数道劲风，狂风扫落叶也似，一下子将田家庆手下那四名高手的压力都拦了下来，目的是要让印晓天腾出手去对付田家庆。

印晓天虽失去了理智，甚至可能连正常的思维都没有，但他心心念念要杀了田家庆，完成杨三妹最后的遗愿，一旦空出手来，岂会放过这机会？身体奋力地一纵，虎扑出去。别看他一手抱着杨三妹，但这一纵之力依然很大，直接腾上半空，左手的长枪一掷，咻的一声响，长枪划破长空，刺穿层层雨帘，直奔田家庆。

印晓天这咬牙切齿的一掷，力道何其之大！再者在那一瞬间，几乎所有人的注意力都集中在眼前的打斗上，对印晓天的这陡然一击，防不胜防，及至发觉时却已晚了。那杆长枪快若电光石火，瞬息即到，田家庆身边的人想要挡都无从挡起。噗的一声，枪头从田家庆的胸口插入，直透脊背，余力未消，把他连人带椅带出了一丈开外，方才落地。

这是田家庆做梦也没有想到的结果。印晓天是他的棋子，执棋人怎么可能会死在自己的棋子手里？他蹙着剑眉，一脸的不甘心，怎奈现实就是如此戏剧化。当你认为可以操控一切的时候，事实上正是灾难的开端，人终归是人不是神，当欲望极度膨胀，过度自信的时候，等同于在悬崖的边缘跳舞，一步走错，万劫不复。

"杀……"田家庆嘴里不停地冒着血，已然说不上话了，用力地抬起手，指向印晓天，"杀……"手指一落，溘然离世。

众士卒明白他的意思，大喊一声，潮涌般扑向印晓天。

印晓天睁着血红的眼睛，张着嘴大口喘息着，鲜血连同唾液不断地往下滴。面对席卷而至的田家大军，他没去理会，低头看了眼怀中的杨三妹，嘴角一扯，露出抹笑意：问世间，情为何物，直教人生死相许？或许在印晓天心里，情是一种执念，生生世世不相离。

在震天价响的呐喊声中，印晓天一手捧着杨三妹的脸，柔声道："我本卑贱，无缘佳人。倒是那恶魔穿针引线，将我俩撮合在了一起。今其已死，你我心愿已了。从今往后，生生世世，不相分离，可好？"

杨三妹自然是再也无法回答他的话了，然印晓天捧着她的脸，像是听到了她的回答，一脸的满足。

无数柄刀枪插入印晓天的身体，他似乎依然感觉不到疼痛，倒地的那一刻，还是牢牢地抱着心爱的人儿，与她头挨着头，含笑而逝。

结束了，一切都结束了，想称王的，要算计的，无辜的，有罪的，都随着生命的结束，烟消云散。

田宏仁仰天一声长啸，机关算尽，终归是功亏一篑。儿啊，父亲一直支持你，想要成就你的王图霸业，反倒是害了你啊！

儿子已亡，田宏仁只觉生无可恋，再者田家军根本不是明军的对手，兵败如山倒，一切都无可挽回，追悔莫及，痛叹一声，挥刀自刎。

田家父子尽亡，田家军一哄而散。杨应龙失魂落魄地踏过满地的尸体，走到杨三妹的尸首旁边，慢慢地蹲下，欲从印晓天手里抱走妹妹。哪承想印晓天虽已断了气，但抱着杨三妹的手却至死未松，怎么掰都掰不开。

包万民走过去道："给他们合葬吧。"

当日，杨应龙将印晓天和杨三妹二人葬在绣花楼下，然后独自一人走到王宫，去停灵处看望二弟杨兆龙的遗体，痴痴地站了许久，没有说话，只有泪水在泛滥。又隔了会儿，他发出一声深沉的叹息，取出条罗绫，上吊自尽。

二弟，三妹，大哥来了！

是日傍晚，雨歇天霁，连绵的青山，雾气蒸腾，在夕阳的折射下，海龙囤上挂了道彩虹，十分耀眼。刘綎半躺在一张软椅上，看着青翠的山，以及那道七色的虹彩，心下唏嘘，一切都结束了，但愿从今往后，世间太平，再无争战。